精读名著——美国文学

《精读名著》编委会　编

中国画报出版社·北京

图书在版编目(CIP)数据

精读名著. 美国文学/《精读名著》编委会编. --
北京:中国画报出版社,2017.2
ISBN 978-7-5146-1396-4

Ⅰ. ①精… Ⅱ. ①精… Ⅲ. ①文学欣赏-美国 Ⅳ.
①I106

中国版本图书馆 CIP 数据核字(2017)第 004926 号

精读名著——美国文学	《精读名著》编委会 编

出 版 人:于九涛
责任编辑:郭翠青
助理编辑:魏姗姗
责任印制:焦　洋
出版发行:中国画报出版社
　　　　　(中国北京市海淀区车公庄西路 33 号　　邮编:100048)
开　　本:32 开(880mm×1230mm)
印　　张:9.75
字　　数:255 千字
版　　次:2017 年 2 月第 1 版　　2017 年 2 月第 1 次印刷
印　　刷:北京通州皇家印刷厂
定　　价:36.00 元

总编室兼传真:010－88417359　　版权部:010－88417359
发　行　部:010－68469781　　010－68414683(传真)

目 录

绪论 ·· 1
红字 ·· 15
失窃的信 ·· 29
芦笛集 ·· 45
汤姆叔叔的小屋 ································ 50
瓦尔登湖 ·· 64
白鲸 ·· 76
小妇人 ·· 94
汤姆·索亚历险记 ······························ 109
哈克贝利·费恩历险记 ······················· 124
欧·亨利短篇小说集 ··························· 140
野性的呼唤 ······································ 154
假如给我三天光明 ··························· 167
夜色温柔 ·· 181
了不起的盖茨比 ······························· 195
永别了,武器 ····································· 210
老人与海 ·· 226
洛丽塔 ·· 243
赫索格 ·· 257
麦田里的守望者 ······························· 272
在路上 ·· 287

前　言

摆在读者面前的这套书，是世界文学名著的精缩版。其特点是"精缩"与"原汁原味"兼顾：既不是介绍性的，也不是摘录式的，而是保持原著结构的完整，并遵照原著的叙述角度和人称，最大限度地体现作品原貌。每部名著精缩为1万字左右，这个篇幅既减小了阅读压力，也使原汁原味成为可能。

这套书的另一特点是权威性。编委会由当前西方文学研究界的顶级专家组成，以确保选目的精度和成文的质量。可以说，这套书体现了目前国内同类书的最高水准。

丛书总计8册，每册涵盖该国（区域）的经典作品。选目兼顾"代表性"和"可读性"，即综合了学术标准和通俗标准。体裁上以小说为主，以诗歌、戏剧为辅。

每册第一部分，是五千字左右的绪论，对该地区的文学史做梳理，以使读者有一个提纲挈领式的把握。文风以学术准确性为基础，尽量做到轻松愉快、可读性强。

据有关机构统计，中国人年平均阅读量是4本书，即使在受教育程度较高的一线城市，每人每年读书量也不超过10本，如此算来，普通人要想了解世界文学名著,即使只读其中的 200 本左右,也需要 20 年时间。另外,某些名著的篇幅是很长的,比如《悲惨世界》有一百多万字,部分内容对于中国人来说很是晦涩、无趣,即使硬着头皮读完,也往往因为篇幅过大、阅读周期过长,而无法把握故事情节。

为了让普通读者更切实可行地阅读世界文学名著,我们编著了这套书。如果能实现这个愿望,我们会非常欣慰。

绪　论

美国文学:世界文学中的奇迹

美国文学只有大约二百年的历史。

与其他几个文学大国相比,美国文学实在是太年轻了。比如,中国和印度文学都有三千年的历史;英国、法国、德国文学也有一千年以上。然而,就像美国建国不过二百多年就成为世界头号强国一样,年轻的美国文学也在很多方面领先于其他国家。短短两个世纪,一大批对世界文学产生重大影响的作品问世,一大批享有世界声誉的作家脱颖而出。仅以诺贝尔文学奖为例,美国作家有12位获奖,仅次于法国,占该奖设立以来获奖者总数的11%。

异军突起的美国文学,显现出一种独特的气质:多元化、平民化、充满对生命的热爱、活力四射、富于阳刚之气。毫无疑问,美国文学深深影响了世界文学的格局及发展进程。这是一个奇特的文化现象,一个奇迹。

新大陆与新文学

1492年,哥伦布到达美洲。欧洲人第一次得知美洲大陆的存在,称之为"新大陆"。事实上,站在全人类的角度,美洲并不是新大陆,因为当地土著——印第安人有着上千年的历史。所谓"发现新大陆",完全是欧洲人一厢情愿的说法。奇怪的是,这个说法始终被承认。这是因为当时欧洲人主宰世界,欧洲人认为美洲是没有人的,是无主的土地,可以随意占用。那么,印第安人呢?按照当时欧洲人的观念,印第安人不算人。

根据现存的《哥伦布日记》,印第安人虽然不算人,但对初来乍到的欧洲人很友好。他们虽然手握长矛,但并不向陌生人身上扎。这种友好态度,持续了一百多年。1620年,英国人乘坐"五月花号"到达现在的美国,印第安人依然友好,送吃的、送穿的,美国的"感恩节"就是这么来的。

毫无疑问,当时美洲的土著——印第安人是很落后的。从社会发展阶段上看,基本处于原始社会;在文学方面,主要还是口耳相传,只有神话和英雄传说。但由于没有文字,流传下来的寥寥无几。应该说,美国民族文学从印第安文化中吸取的营养很有限。

最初的美国人——更准确地说,是刚刚移民到新大陆的英国人——从印第安人那里得到的最大好处是土地。北美洲土地肥沃、物产丰富、气候宜人、令殖民者心旷神怡。他们驱赶、屠杀印第安人,或者教化之后以供役使。在无边无际的美洲大陆上,欧洲人豪情万丈,开疆拓土,如入无人之境。

这个时期,殖民地的发展建设是非常迅速的,而文学的发展则非常缓慢。这是因为,现实生活上的需要太多,机会太多,使人无暇舞弄文字。不过,从更深的层面上看,这种社会生活,为萌芽中的美国文学奠定了精神基础,那就是:一往无前的开拓精神,一切皆有可能的乐观,无拘无束的野性,开放和包容的魄力。这种精神特质,一直贯穿在美国文学的历史中,或隐或显。

19世纪浪漫主义

美国文学的大体成形,是独立战争期间。战争过后,全新的民主共和国使人们满怀信心。这使最初的美国文学具有强烈的浪漫主义色彩,各种不同风格的作家泉涌而出。这一时期是美国文学的第一次繁荣。

最早的两位代表作家,是本杰明·富兰克林和托马斯·杰弗逊,他们都是《独立宣言》的主要起草者,文风具有强烈的实用性,而文学性偏弱。富兰克林的创作以散文为主,文笔清晰、幽默,集中探讨科学文化、民主精神、自力更生等,其中关于自学、修身、创业的言论,对于美国人的人生观、事业观和道德观产生了深远影响。托马斯·杰弗逊曾担任美国第三任总统,其创作更具政治色彩,行文朴质无华,却字字击中要害。

19世纪上半叶,美国文学以浪漫主义为主,代表作家如下。

美国文学之父:华盛顿·欧文

华盛顿·欧文(1783—1859),公认的"美国文学之父"。在欧文之前,美国虽然已经获得政治上的独立,但在文学方面始终未能完全摆脱英国的羁绊,未能创作出真正具有美国特色的作品来。

第一部真正具有美国民族特色的文学作品,是欧文在1809年发表的《纽约外史》。它运用美国本土题材,文风诙谐幽默,颇为独特。它是欧文的第一部重要作品,一经出版,立即使欧文成为美国文坛的风云人物。

欧文的代表作,是十年后结集出版的《见闻札记》,包括小说、散文、杂感等三十二篇。行文优雅、清新精致,以幽默风趣的笔调和富于幻想的浪漫色彩,描写了英国和美国的古老风俗习惯,刻画了淳朴善良的人物群像。这部作品确立了欧文在美国文学史上的地位。

《见闻札记》中影响最大的,是描绘北美洲早期移民的小说《瑞普·凡·温克尔》。作品以殖民地时期哈德逊河畔的一个山村为背景,讲述了农民温克尔的奇遇。温克尔心地善良,与人为善,却经常被妻子责骂。一天,他到森林里躲清静,无意中喝了一种奇妙的饮料,倒头便睡,一睡就是20年。当他醒来后,发现一切都变了样。小说想象力奇特,貌似荒诞的故事中,却真实地反映了当时美国农民的生活境遇。在今天的美国,温克尔的故事已经家喻户晓。

《见闻札记》的最早中译本出现于20世纪初,书名译为《拊掌录》,译者是著名翻译家林纾。林纾在译者序中写道:"欧文气量宏广,而思致深邃而便敏,行文跳踊变化,匪夷所思。"评价是很高的。

美国的孔子:爱默生

爱默生(1803—1882),美国思想家、散文家、诗人,是确立美国文化精神的代表人物,被林肯总统尊为"美国的孔子""美国文明之父"。

爱默生的一生,几乎横贯19世纪的美国。在他的少年时代,美国思想文化界众声喧哗,活跃而混沌,尽管有些人模模糊糊地意识到,一种迥异于欧洲文明的全新文化即将成型,却没有人能够清晰地表达出来。1837年,爱默生发表了一篇演讲辞,题目叫作《美国学者》,宣告美国文学已经脱离英国文学而独立,并告诫美国学者摆脱学究气,不要盲目追随欧洲传统。这篇演讲被誉为美国文化领域的"独立宣言"。

爱默生首先是个思想家,其次才是文学家。他擅长演讲,是当时美国最受尊崇的演说家之一。他经常谈论政治——比如强烈主张废除黑奴制,但他对政治的关心,更多是从思想文化角度出发,其中,个人主义是他分析很多问题的切入点。爱默生拒绝加入任何政治运动或团体,他希望超越小团体的局限,站在普遍人性的角度独立思考。他的思想吸引了大量拥护者,但他坚持不要拥护者,他希望自己成为一个"只靠自己的人"、一个"无限的个人"。

爱默生的思想,保留在他的《论说文集》里。他的散文,注重思想内容,不讲究辞藻的华丽,说理深入浅出,说服力极强。行文简练,犹如格言,以至于有评论家说"爱默生似乎只写警句"。爱默生的散文,综合了多种倾向,既斩钉截铁、不容置疑,又宽容大度具有民主精神;既有贵族式的高雅,又有平民式的质朴;既简单明了,又隐含着神秘主义气息。

侦探推理小说鼻祖:爱伦·坡

爱伦·坡(1809—1849),公认的侦探推理小说鼻祖、科幻小说先驱、恐怖小说大师、短篇哥特小说巅峰、象征主义先驱,其作品在任何时代都是独一无二的。他的创作风格很庞杂,总的来说,色彩瑰丽,非常奇特,带有一种阴暗而怪异的气氛。

这位上过战场并在西点军校学习过的作家,一生饱受争议。他才华横溢,却又生活放荡,酗酒成性,1849年10月,有人在巴尔的摩街头发现了烂醉如泥、胡言乱语的爱伦·坡,四天后,他死于"脑溢血"。即使在死后,关于他的争议也无法平息,且愈演愈烈。逝世刚两天,《纽约论坛报》就出现一篇悼文,对他极尽攻击,指责他是无可救药的酒鬼,道德沦丧的恶棍,集傲慢、狭隘、暴躁于一身,简直无一是处。当然,同时也有人挺身而出,为爱伦·坡辩护,并对一颗文学之星的陨落深表哀痛。

爱伦·坡一生,大约写了七十部短篇小说。其中,侦探推理小说只有四五篇,却被公认为侦探推理小说的鼻祖。代表作《毛格街血案》《玛丽·罗杰疑案》《窃信案》和《金甲虫》被奉为此类小说的先驱。除了推理小说,爱伦·坡还是恐怖小说的大师,他的"把害怕发展到恐惧,把奇特变成怪异和神秘"的风格,深深影响了后世作家。

受到爱伦·坡影响的主要作家有柯南·道尔、波德莱尔、儒勒·凡尔纳、罗伯特·路易斯·斯蒂文森、希区柯克等。爱伦·坡关于小说创作的著名理论是"效果论",即力图在作品中先确立某种效果,具体的创作和思考要围绕这种预期的效果,他自己的作品"绝大部分都是深思熟虑的苦心经营"的结果。

纯粹的自然主义者:梭罗

梭罗(1817—1862),散文家、哲学家,纯粹的自然主义者,堪称美国19世纪乡野文学的代表。对于中国的大众读者来说,一提到远离尘嚣、讴歌大自然的外国文学作品,很多人的第一反应就是梭罗的《瓦尔登湖》;如同一提到中国诗歌的隐逸派,立即想到陶渊明一样。

梭罗如此有名,却只出过两本书。其中一本,是三十七岁时出版的《瓦尔登湖》;另一本叫做《河上一周》,是梭罗七十二岁时自费出版的。后一本书的创作,在瓦尔登湖边的木屋里完成,内容是两兄弟在河上旅行过程中言谈的记录,所谈话题多为哲学、宗教、历史、文学等,虽然措辞讲究,细腻精致,但总体上是相当晦涩的,对于普通读者来说难以卒读。该书总共印行了一千册左右,售出一百多册,赠送七十五册,其余七百多册存放在书店仓库里,直到1853年退还给作者。对此,梭罗自嘲说:"本人藏书约九百册,其中自己的著作七百多册。"

事实上,梭罗还写过一本书,叫做《种子的信念》,这本书耗费了梭罗数十年的心血,但生前未获出版。直到梭罗逝世一百五十多年后,这本书才得以出现在世人面前,当时梭罗这个名字已经红遍全球。《种子的信念》记录了19世纪美国丰富多彩的野生果实、野草及森林。梭罗的观察细致入微,生动的植物跃然纸上;而且,梭罗还对其演化进行了深入的研究。

梭罗的一生,热爱自然、亲近自然、学习自然,追求"简单些,再简单些"的质朴生活,并身体力行进行实践。《瓦尔登湖》就是他简化生活并重返自然的真实记录。

民主诗人:惠特曼

美国19世纪的民主精神,在惠特曼(1819—1892)的《草叶集》里表现得最为直接、充分。他歌颂大自然,赞扬劳动者,鼓吹个人主义,毫不顾忌地推崇物质文明，充满对人性的热烈关爱。诗风粗犷、豪迈，反映了诗人所在的时代精神，即美国群众在民主革命时期的乐观向上精神。

全部诗歌采用自由体，无拘无束、汪洋纵横、畅快淋漓。这种诗风，是西方文学史上的创新，对后世产生了广泛影响。

19世纪现实主义

19世纪30年代之后，北部联邦开始了废除黑奴运动，而且声势越来越大，直到最后导致南北战争。很多进步人士参与其中，比如爱默生、惠特曼都写过反对蓄奴的诗。不过，对废奴运动影响最大的文学作品，是斯托夫人的小说《汤姆叔叔的小屋》，美国总统林肯称斯托夫人是"发动了一场战争的小妇人"。

废奴文学虽然仅限于道义上的谴责，但对废奴斗争的推动作用是毋庸置疑的。从文学史的角度看，废奴文学对现实的关注力度是很大的，可以看作19世纪现实主义创作的先声。

从南北战争结束到第一次世界大战，美国文学的主流是现实主义。这一阶段的前期，美国资本主义处于自由发展阶段，文学创作中所反映出的情绪比较乐观，充溢着民主、自由的精神，即使如马克·吐温对现实多有批判，但总地说来，情绪还是乐观的。而到了19世纪80年代，社会开始动荡，而且出现了几次经济危机，人们开始对现实产生怀疑，于是批判现实、揭露社会黑暗的作品增多，主题涉及农村的破产、城市贫民的艰难、劳资斗争等。此类作家以欧·亨利、杰克·伦敦和德莱塞为代表。

美式幽默的极致：马克·吐温

马克·吐温(1835—1910)，幽默大师、小说家，19世纪后期美国现实主义文学的杰出代表。他的《哈克贝里·费恩历险记》被誉为美国文学之源泉。海伦·凯勒曾言:"我喜欢马克·吐温——谁会不喜欢他呢?即使是上帝,也会钟爱他,不但要赋予他智慧,而且要在他心灵里绘出一道爱与信仰的彩虹。"威廉·福克纳称马克·吐温为"第一位真正的美国作家,我们都是继承他而来"。

在读者看来,马克·吐温的作品幽默风趣,老少皆宜,雅俗共赏,虽然情节夸张甚至荒诞离奇,但越想越有味道,让人在轻松愉快中认清社会现实。可以说,读者对于马克·吐温的喜爱是毫无保留的。

不过,并不是所有的评论家都喜欢马克·吐温。19世纪60年代,马克·吐温初登文坛的时候,仅仅被当作一个"讲笑话的能手",一个平平的"滑稽作家""幽默作家"或"小品作家",其特长是"为普通读者提供无害的消遣"。即使马克·吐温成名后,仍然有人质疑他的创造力,把他看作一个见风使舵、投合低级趣味的人。

更多的评论家对马克·吐温是肯定的,甚至有人把他比作"文学史上的林肯"。这些赞扬者与贬损者针锋相对,一百年来争论不休,以至于"马克·吐温问题"成了学术研究中的一大课题。

毫无疑问,马克·吐温是富于美国民族特色的作家。大部分学者认同V.L.派灵顿教授的意见:"他是一个真正的美国作家——在美国土生土长,用自己的思想、自己的眼睛、自己的语言进行创作。在他身上,欧洲的特征一点儿都看不见,封建文化最后一块碎片都不剩了。他是地方的、西部的,又是美国大陆的作家。"

马克·吐温的语言艺术是卓越的。他从人民群众中提炼鲜活的语言,并加以精化、提纯,形成了雅俗共赏的风格。而且,他的语言充满讽刺与幽默,亦庄亦谐,完全拆除了作家与广大读者之间的障碍,这也是他深深影响美国文学的重要原因。

欧·亨利,杰克·伦敦,德莱塞

欧·亨利(1862—1910),著名批判现实主义作家,美国现代短篇小说之父,与莫泊桑和契诃夫并称"世界三大短篇小说大师"。代表作《麦琪的礼物》《警察与赞美诗》《带家具出租的房间》《贤人的礼物》《最后一片藤叶》等。

欧·亨利的一生富于传奇性,当过药房学徒、牧牛人、会计、土地局办事员、记者、银行出纳等。丰富的底层生活经验,使他擅长描写美国社会"小人物"的生活。在他的笔下,小人物有着纯洁的心灵,心地善良,却往往命途多舛,最后总是被势利而残酷的社会无情地吞噬。在欧·亨利看来,"人生是由啜泣、抽噎和微笑组成的,而抽噎占了其中绝大部分",但即便如此,人生仍然是美好的。正是因为这样一种情怀,欧·亨利的小说在批判现实的同时,仍不忘给小人物的生活中添加几笔亮色,使他们的生活不至于暗无天日。笔法是幽默风趣的,阅读起来是令人愉快的。加之小说中所反映的美国生活包罗万象,所以被评论家誉为"美国生活的幽默百科全书"。

与欧·亨利同时代的杰克·伦敦(1876—1916),擅长刻画社会底层的民众。与欧·亨利不同的是,杰克·伦敦更多表现挣扎与反抗,赞美勇敢、坚毅等美好的人性,文风刚健、阳刚之气十足。代表作《野性的呼唤》《海狼》《白牙》《马丁·伊登》《热爱生命》等,仅从标题即可大致见其风格。他常常将笔下人物置于极端严酷、生死攸关的情境中,以便展露人性中最深刻、最真实的品格。列宁在病榻上时,曾特意请人朗读小说,其中就有杰克·伦敦的短篇小说《热爱生命》。

美国现实主义文学进入20世纪后,代表作家是德莱塞(1871—1945)。他广泛而深入地描绘了美国社会的真实图景,尤其是官僚机构和大企业的腐败。主要作品是《欲望三部曲》《美国的悲剧》和《嘉莉妹妹》,最后一部描写劳动妇女进入大城市和上层社会后被侮辱、被损害的遭遇,是德莱塞的代表作。从写法上看,多用新闻体,情节性以及形象描写方面较差,并不容易读,对于当代读者而言更是如此。

20世纪现代主义

20世纪的两次世界大战,对于全世界的影响是极其深刻的,无论是政治上、经济上,还是思想上,都是如此。20世纪美国文学的代表性流派,大多带有"战争后遗症"的特点。其典型是第一次世界大战之后的"迷惘的一代",第二次世界大战之后的"黑色幽默"。

"迷惘的一代"与海明威

第一次世界大战之后,对战争的厌恶情绪很快在文学上有所反映。不少作家亲身经历了这次战争,普遍产生了一种被欺骗、被出卖的感受。他们不再相信所谓的道德说教,对正义和胜利也报以怀疑的态度。他们失去了方向,不知何去何从,只能以玩世不恭的生活态度来表示自己的抗议。

1926年,海明威的小说《太阳照样升起》出版,开篇便是"你们都是迷惘的一代"。自此,"迷惘的一代"潮流走上美国文坛,它是整整一代美国人的思想感情的体现,其中有太多的思考和太多的痛苦。

1961年7月,在"迷惘的一代"登场35年后,海明威用猎枪结束了自己的生命,整个世界为之震惊。作为"迷惘的一代"的代表人物,海明威在某些方面是迷惘的,尤其是对于战争、政治和某些根深蒂固的思想观念;不过,即使在迷惘之中,海明威的作品仍然有所坚持,那就是生命力本身的价值。这种坚持无须外在条件,几乎是绝对的。基于这种坚持,海明威的作品突破了表层的迷茫,体现出强悍的风格。

美国总统约翰·肯尼迪在海明威去世后,致唁电说:"几乎没有哪个美国人比欧内斯特·海明威对美国人民的情感和态度产生过更大的影响。"

海明威以文学硬汉著称,无论是在美国,还是在世界其他地方,都被当作美利坚民族的精神丰碑。他在《老人与海》中有这样的话:"一个人并不是生来要被打败的。你尽可以消灭他,可就是打不败他。"小说中充溢着强烈的英雄主义和浪漫气息,塑造了一个"失败的英雄"形象。这部小说使海明威获得了1954年的诺贝尔文学奖,颁奖辞中有这样的评语:"与他的任何一位美国同行相比,海明威使我们更清楚地看到,屹立在我们面前的是一个正在寻求准确方式来表达自己的朝气蓬勃的民族……"

海明威的成功,与其说是文学上的成功,不如说是一种性格、一种生活方式的成功。海明威不是书斋里的作家,他热爱生命、乐于行动,他丰富多彩的经历颇具传奇色彩,正是这些真实的生活体验,使他的小说充满爆发力。

海明威喜欢冒险,参加过战争、打猎、捕鱼、斗牛等。第二次世界大战期间,他曾改装了一艘游艇,装上大炮,在海上寻找德国潜艇。第二次世界大战末期,他率领一支游击队参加了解放巴黎的战斗。由于他当时的身份是记者,按照国际法应该在战争中保持中立,所以战后他遭到法庭传唤,结果无罪释放。

在长期的冒险活动中,海明威的身体受到了损伤,体内的弹片更是给他带来了肉体与精神上的痛苦。再加上酗酒、焦虑和抑郁,以及身体老化等各种因素,他最终自杀了,而且采用了惨烈的方式。自杀前一天,海明威在给朋友的信中说:"人生最大的满足,不是对地位、收入、爱情、婚姻、家庭生活的满足,而是对自己的满足。"当他再也无法酣畅淋漓地感受生命时,当生活只能以打了折扣的方式呈现时,海明威断然离去。

海明威的一生,是纯粹的硬汉风格。他砍掉了生活中的无奈与枝枝蔓蔓,留下了赤诚而野性的生命本身。只有体会到这一点,才能真正理解他的简洁到不能再简洁的文风——他砍掉了芜杂的句子,只为"写出一句真实的句子"。

作为"迷惘的一代"的代表人物,海明威的"迷惘",与其说是无所适从,不如说是批判现实和肯定自己的一种方式。从这个角度上讲,海明威开创了"迷惘的一代"文学潮流,同时也超越了"迷惘的一代"。

黑色幽默

第二次世界大战,是有史以来规模最大、最残酷的战争。六百万犹太人被屠杀,原子弹在广岛爆炸,世界各国全部卷入,整个世界尸横遍野。这使美国知识分子无比震惊,他们开始怀疑人性是否还有善良的一面,人类的文明是否符合人道。在作家们眼里,这个世界突然变得陌生,看上去混乱、疯狂和恐怖,怪诞和荒谬的感觉弥漫其中,如同梦魇。

这种感觉在文学上的典型体现,就是黑色幽默小说。20世纪60年代,约瑟夫·海勒出版了《第二十二条军规》,这部小说成为黑色幽默的代表作。

海勒曾参加过第二次世界大战。《第二十二条军规》以战争为背景,通过描述一些亦真亦幻的人和事,表达了一种深入骨髓的荒谬感。根据"第二十二条军规",只有疯子才能获准免于飞行,但必须由本人提出申请,而一旦你提出申请,恰好证明你是正常人。"第二十二条军规"还规定,飞行员飞满三十二架次就能回国,但军规又说,军人必须绝对服从命令,否则就不能获准回国。因此上级可以不断地增加飞行员的飞行次数,而飞行员无法违抗,因此永远无法回国。

"第二十二条军规"是无法逾越的。它永远对,你永远错;它永远有理,你永远无理。它自相矛盾,滑稽可笑,但又强大得令人绝望。它是"有组织的混乱"和"制度化的疯狂",是捉弄人和摧残人的乖戾力量。

《第二十二条军规》中描述的画面,是荒谬和混乱的,人物和事件就像在哈哈镜中一样,极度变形,让人哭笑不得。在这部小说里,荒唐怪诞的人和事是用庄重的语调描述的,而严肃的哲理则通过戏谑的文字来表达;无奈与绝望的境遇,会通过貌似轻松幽默的口气说出来。按照海勒自己的说法:"我要先让读者开怀大笑,然后回过头去以恐惧的心理回顾他们所笑过的一切。"这种独特的"不协调",使黑色幽默小说又被称为"绞刑架下的幽默"或"大难临头时的幽默"。

《第二十二条军规》的影响如此巨大,以至于在当代美语中,"Catch-22"(即"第二十二条军规")已经成为一个独立的单词,且使用频率极高,用于形容那些不合逻辑的强硬规定,以至于给人造成无法摆脱的困境,表示左右为难的困境,等等。

在现代派文学中,黑色幽默小说是颇具美国特色的。即使在大难临头、无奈与绝望之中,仍然保持着幽默感。幽默是一种阳刚的力量。当一个人充满生机和渴望,并以理性的眼光看待世界时,就会产生幽默。美国文学中时常出现的幽默感,在一定角度上反映了美国民族的特色。

美国文学:美国梦的文学体现

17世纪,英国殖民者登上美洲大陆的时候,整个"新大陆"几乎都是"无主土地",沃野千里、无边无际、任人开垦。在当时的欧洲,穷人如果想拥有自己的土地,需要几代人的奋斗;而在这里,土地几乎可以随意被开垦和占有,一两年时间就能成为庄园主人。无限的土地,带来了无限的机会,在旧世界不可想象的事情,在这里可以立即梦想成真。事实上,唾手可得的财富并不局限于土地,还有成群结队的野牛、野马、金矿、银矿,后来还发现了石油。

机会接踵而至,美国成了梦想中的天堂。从破衣烂衫到腰缠万贯,也许只需要一年,甚至更短。在当时的美国,只要敢想、敢做,只要能抓住机会,梦想就会成为现实。整个美国社会都被这种强烈的进取心、乐观主义主导,这对当时正在成型的美国文化毫无疑问地产生了根本性的影响。

美国人坚信,成功的机会对所有人都是均等的。《独立宣言》规定:"人人生而平等,造物者赋予他们若干不可剥夺的权利,其中包括生命权、自由权和追求幸福的权利。"这些权利构成了"美国梦"的基本内容。

美国早期历史使"美国梦"萌芽并发展,而之后的历史和现实,进一步强化着这个梦想,使它更具深度和广度。当美国在诸多领域都取得世界霸主地位之后,"美国梦"也超越了单纯的个人主义,而带有了世界主义色彩。

严格意义上的美国文学,从1776年美国独立开始算起,至今不过二百四十一年。即使往前推到1607年第一批英国移民进驻北美,也不过四百一十年。无论从哪一个点开始,美国文学都从一开始就与"美国梦"结下了不解之缘。

文学是社会现实的产物,在历史发展中孕育形成。美国的历史,是"美国梦"不断实现、不断更新、不断深化的历史,美国文学浸润在"美国梦"的精神营养之中,并对其进行着梳理和纯化,二者相得益彰。在美国文学作品中,不同阶层、不同族裔和不同时期的"美国梦",其表现形式是不同的。大致说来,最初表现为新大陆的开拓者形象,之后表现为摆脱英国束缚、融入纯正美国文化的"新人"形象,其中夹杂着失败者形象。值得思考的是,即使是"美国梦"中的失败者,他的故事也丰富了"美国梦"的内涵。事实上,在大多数情况下,"美国梦"在文学中并不体现为具体的故事,而是体现为浸润其中的一种气氛,一种精神特质。

美国文学的特质,是自由开放、生机勃勃、充满阳刚之气。即使反映社会黑暗或个人荒诞境遇的作品,其底色仍然是对于生命的热爱和对自由的向往。在大部分作品中,我们都可以感受到这种底色,它若隐若现,张力十足,充满力量。如果我们从这个角度去阅读美国文学作品,应该可以得到更多的教益。

红　字

纳撒尼尔·霍桑(1804—1864),美国小说家,19世纪美国影响最大的浪漫主义小说家和心理小说家。代表作有《红字》《带有七个尖角楼的房子》。

《红字》创作于1851年,以17世纪殖民地时代的美洲为题材,不仅是美国浪漫主义小说的代表作,还被称作美国心理分析小说的开创篇。小说中,主人公海丝特成为道德的化身,不但感化了表里不一的牧师丁梅斯戴尔,还感化着整个充满罪恶的社会。她的丈夫齐林沃斯,以复仇为生活目的,在小说中几乎是一个影子式的人物。

一个夏日早晨,新英格兰地区波士顿监狱前的草地上,挤满了一大群当地居民。他们的眼睛都紧紧盯着监狱的大门,他们的神情冷峻、漠然,好像在等着什么庄严的仪式。

从几个主妇的议论中,我们得知这群人在等一个人,一个有罪的女人。

监狱的门终于打开了,先出来的是身挎腰刀、手持警棍的狱吏,接着出现了一位年轻女子,她怀里抱着一个婴孩,大概三个月大。尤其引人注意的是,在她的胸前,佩戴着一条印有A字的鲜艳红布。这个年轻女子长相漂亮、身段完美、气质优雅,然而她正是那个被人群议论、因犯通奸罪被判刑、永远要佩戴代表耻辱红字的罪人——海斯特。

在狱吏的带领下，海斯特来到广场西头的绞刑台旁，而绞刑台在波士顿最早的教堂的屋檐下。海斯特明白自己将要扮演什么角色，便主动站到高处，让自己暴露在人群面前。上至总督、法官、将军、牧师，下到老人、孩子都来当观众，只有她是"舞台"上的焦点。

底下的人们阴沉、肃静，无动于衷。现场一派肃穆。

在人群中，海斯特注意到了一个穿衣奇怪，相貌奇特的男人，他矮小苍老，左肩比右肩高出一些，正在用阴晦的眼神注视着她。她认出他来了，他正是自己失散两年之久的丈夫齐林沃斯——那个才智超众、学识渊博的医生。

海斯特在想齐林沃斯为何到了这里时，身后某人的喊叫打断了她的思路。接着，波士顿总督贝林翰的一句话将众人的目光移向另外一位年轻牧师丁梅斯戴尔："善良的丁梅斯戴尔牧师，你对这个女人的灵魂负有重大责任，因而你应该努力说服她，让她悔悟。去吧，让你的努力有个结果。"

丁梅斯戴尔是一位年轻牧师，且是一个毕业于牛津大学的高材生，从小便立志献身宗教，而且已经赢得了很高的名声。但此时的他却是一副忧心忡忡、惊慌失措的样子，好比一个人找不到自我，迷失在人生道路上。

年长牧师威尔逊和总督先后向公众引见他，要他开口说话，说服海斯特。他不得不开口了。

"海斯特，请你说出那个与你一同犯下罪孽的罪人吧，那样你才可以平静自己的灵魂，让你的救赎更有意义。不要心怀慈悲和怜悯，说出来吧，哪怕那个人高高在上，他也要与你站在一起，共同忍受耻辱。那样，总比你一辈子遮掩好得多。"牧师以悦耳、深沉的声音说出这段话，如同在做宣讲一样。

海斯特只是摇了摇头。

无论丁梅斯戴尔怎么说，说什么，海斯特只有一句话回应："我到死都不会说的。"

丁梅斯戴尔的说服显然没有成功,或许正如海斯特说的那样:那个红字已经深深烙在了她的身上,谁也取不掉。

受尽了屈辱,海斯特被带回监狱,她方才面对公众的那份镇定、忍耐消失了,转而兴奋起来。为了防止一些不好的事情发生,狱吏请来一位医生。

医生刚进入牢房,海斯特便安静下来。这个医生不是别人,正是她的丈夫齐林沃斯。医生先给海斯特和孩子配了药并让她们娘俩喝下,随后开始同海斯特对话。

"海斯特,你已经走上了绞刑台,掉进罪孽的深渊,至于为何会这样,我不会去问你的,也是不值得我去问的。我万万没想到,当我终于告别那阴森茂密的森林,踏上这块基督教徒居住的殖民地时,双眼首先看到的竟然是自己的妻子像一尊不知羞耻的雕像一般站在众人面前。而且,她的胸前还佩戴着一个大大的红字。"

海斯特再次受到了侮辱,她冷冷地回了一句:"我已经对你付出了一切,但我并没有感觉到爱情。"

"我承认是我糊涂。但现在,你应该告诉我,那个令你我受辱的男人是谁,他在哪里?"

"我到死都不会说的。"还是那句话,同她在公众面前对丁梅斯戴尔的回答一样。

"尽管你不愿意说出他的名字,但他依旧逃不出我的手掌心。这个世界上没有什么东西是能隐瞒得住的。如果他甘心躲在表面的名誉而背后受折磨,那就让他活着吧。

"还有,不要泄露我们的夫妻关系,我不能遭受一个不忠实女人的丈夫所要蒙受的耻辱,否则,我会让你的那个男人名誉扫地。对了,毁掉的不仅仅是他的名誉、地位,还会有他的灵魂和生命。你知道的,这些统统都掌握在我的手掌心。"齐林沃斯的眼里燃烧着复仇的怒火。

海斯特答应了,并且发了誓。

拘留期终于到了，海斯特走出了监狱的大门。与以往不同的是，这次没有狱吏押送，外边也没有聚集众人。她知道，她要开始自己的生活了，而且必须凭借自己双手的劳动来维持自己和孩子的日常生活。

对于眼下的生活，她有自己的打算。在何处定居的问题上，海斯特给人一个令人费解的答案。她没有离开波士顿这座城市，而是在城市的郊外离群索居，最终住在了偏远的一座废弃茅屋里。在靠什么生活的问题上，海斯特自有自己的方法。她拥有一门女人独有的做针线活的好手艺，仅凭此，她和她的孩子便不愁吃喝。到后来，她的手工品成了当地时尚的物件，总督的领子上，军人的绶带上，牧师的领带上，婴儿的帽子上都可以看到她那独特而漂亮的针线活儿。

尽管生活简朴，海斯特却从不苛求孩子，她尽量让孩子的生活好一点儿，吃得好一点儿，穿得好一点儿。尤其在穿戴上，孩子的衣物都是她别出心裁的独创，不仅得体，还让孩子的可爱和灵气最大限度地显现出来。

对了，应该在这里说一下她的孩子玻尔，小玻尔生下来就有一种优雅，长得美丽脱俗，且有倔强的性格和充沛的精力。但这样一个孩子，在清教徒的社会里，如同海斯特胸前的红字一样，每当暴露在世人面前，便是罪孽的标徽，耻辱的象征。

让海斯特担心的是，小玻尔渐渐注意到海斯特身上那特别的东西，即她胸口上的那个闪耀着的红字。还未能说话时，小玻尔便用小手去触摸那红字；稍稍长大后，小玻尔采了一大把野花后，竟以那个红字为靶子，不停地用野花瞄准靶子打。

言归正传，值得一说的是，除了在孩子身上的小笔花销外，海斯特把赚到的钱财全部用来救济那些比自己还要苦的人。

虽然人们依旧以异样的眼光看着她和她胸前那块红字，但她那种怀着忏悔生活的态度，使人们渐渐接纳了她。

与此同时，年轻牧师丁梅斯戴尔的状况却不怎么好。自从海斯特受审以来,他的身体一日不如一日,常常夜不能寐。声音虽依旧丰满、动听,却透出一种颓势;每逢略微的惊吓或者突发事件,他便赶紧用手捂住胸口,苍白的脸上随之一片潮红,转而更加苍白。

丁梅斯戴尔身体的这些变化,全被齐林沃斯看在眼里,也因而得以使他以医生的身份接近丁梅斯戴尔。不要忘了,齐林沃斯是来复仇的,他之所以要在这个清教徒小镇上住下来,是为了折磨和报复那个使他受耻辱的男人。

有一天,海斯特、丁梅斯戴尔、齐林沃斯三人碰面了。那是在总督贝林翰的府上,海斯特带着小玻尔,手拿一双刺绣好的手套(总督贝林翰让海斯特帮忙给做的),出现在那里。当时,年长牧师威尔逊、年轻牧师丁梅斯戴尔,还有医生齐林沃斯都在府上做客。

总督贝林翰首先看到了小玻尔,小玻尔穿着一件经过海斯特精心设计的大红天鹅绒外套,远看像一团燃烧着的小火焰,但若在清教徒眼里,会被看作是赋予了生命的大红字。

总督贝林翰很惊讶:"大家看这个小可人是谁?这样的女孩子我还只是在宫廷里见过。"

老牧师威尔逊附和道:"真是个小精灵。你叫什么名字,小可人?"

"我是玻尔。"玻尔说。

听到这个,老牧师知道这个小女孩是海斯特的,便告知总督贝林翰。

随后,他们见到了海斯特,总督立刻换了一副严肃认真的样子。

"海斯特,你是个罪人,为了孩子的幸福,还是让她离开你吧。这样,她才能成长为一个清教徒。"

"不用,正因为我是个罪人,我才会把这个红字教育我的,告知我的孩子。"海斯特平静地说。

总督当然不肯罢休,便让牧师威尔逊考察小玻尔的基督教素质。无论牧师怎么问,玻尔都装作不知道,直到最后说出一句:"我是母亲从监狱门口的野玫瑰丛里摘来的。"

听到这个回答,总督贝林翰惊讶万分,接着露出一副气势汹汹、不可侵犯的样子。

海斯特感觉有点儿不对劲,便一把拉过玻尔,并大声喊叫着:"玻尔是上帝的孩子,她是上帝赐予我的幸福,也是上帝给予我的惩罚。无论如何,我都不会让你们把她抢走。"说这话,她突然把目光投向年轻牧师丁梅斯戴尔:"牧师,请你帮我说两句话。"

丁梅斯戴尔立马紧张起来,不由自主地用手捂住胸口,而且那又大又黑的两眼充满了忧伤和痛苦。接着,他说了一席公道话,如在信徒面前做讲演一样。有两句话表达了他个人的意见:

"既然上帝赐给海斯特这个孩子,上帝也就给了她教育孩子的权利。

"如果海斯特能够把孩子带上天堂的话,孩子也会把她带到天堂的。因为这是上帝神圣的旨意。"

站在旁边的总督贝林翰、牧师威尔逊,都觉得丁梅斯戴尔说得很有道理,便放玻尔和她的母亲海斯特离开了总督府。

以上的这些,统统被饱经世故、善读人心的齐林沃斯看在眼里。当他初次踏入这片清教徒的土地时,便选择了年轻而受人崇拜的牧师丁梅斯戴尔作为自己的牧师。然而,他究竟是什么身份,人们并不知道,但随后还是成为丁梅斯戴尔的顾问医生。对他来说,牧师的病并不是他真正感兴趣的地方,他真正关注的是牧师的人格和内心。

他们渐渐形影不离,一同外出散步,并深入的交谈。齐林沃斯一方面仔细观察牧师如何在惯有的思维支配下进行日常生活,一方面深入牧师内心,看他在自己的道德境界下有何深藏的秘密。齐林沃斯认为,人肉体上疾病的根源往往在人的思想当中,所以他要用一把无形的手术刀,解剖病人,先打开他的心胸,再逐一察看他的内脏,直到找到问题根源所在。

他们两个的关系越来越密切,没过多长时间,便同住一所房子。上至抽象的宗教和哲学,下至公共生活和各自性格,他们已经无所不谈。

时间如流水而过。在对方毫无防备的情况下,齐林沃斯一步步地逼近了丁梅斯戴尔的内心,直抵他的灵魂深处。

不得不提的是,在齐林沃斯一心忙着自己的事业时,他的面貌发生了巨大的变化。他初来乍到时,一副学者像,脾气平静、面相平和,眉宇间显露超人智慧;而如今,那份平和已经被某种急躁覆盖,老态显露。可见,他的内心同样忍受着一种屈辱。

这些日子,齐林沃斯一直试图从牧师丁梅斯戴尔口中套出他隐藏内心的秘密,却遭到牧师拒绝:"我不会告诉你的。"直到一天中午,丁梅斯戴尔沉睡之后,齐林沃斯摸进他的房间,轻轻地拉开他胸前那块衣服,看到了他一直深藏的秘密——在他的胸口,有一个大大的、鲜红的字母 A。

齐林沃斯欣喜若狂,他的眼睛和表情都不足以承载那种狂喜,他不得不借助整个扭曲的身体、夸张放纵的动作来表达:双臂伸向屋顶,两脚同时使劲跺地面。

自那以后,一切都发生了实质性的改变。

齐林沃斯表面上同之前一样和丁梅斯戴尔在一起,掩饰自己的身份,扮演医生的角色,扮演知心朋友的角色,实际上,他内心的复仇之火已经开始燃烧,他精心制作的复仇计划已经开始实施,他利用丁梅斯戴尔过于敏感、富于想象的特点,抓住他负罪的心理,折磨他的心灵和病弱的身躯。

丁梅斯戴尔表面上也同之前一样和齐林沃斯交往,散步,谈心,实际上,他的内心世界正在逐步被齐林沃斯控制和引导。他向齐林沃斯这个内心燃烧着复仇火焰、没有怜悯和慈悲之心的人,毫无保留地吐露自己的恐惧、悔意、负罪感,以及向那些世界隐瞒的内疚。虽然他有种不祥的预感,感觉有邪恶东西在靠近自己,却没有怀疑齐林沃斯。

正当这个年轻牧师饱受精神和肉体上的双重摧残、被人玩弄于股掌之间时,他在牧师这个圣职上却成就颇丰,深受公众的尊重。然而越是这样,他的负罪感越是深重,他甚至想走上讲台,告知公众自己的真实面目:"我就是你们要找的那个罪人。"

这一切折磨得丁梅斯戴尔不堪重负。五月一个漆黑的午夜,他像梦游一样走上了绞刑台,在无意识的情况下发出一声凄厉的尖叫。他以为整个镇上的人都会应声而来,实际上并没有,人们依旧做着各自的事情,像什么都没发生过一样。

年轻牧师陷入了无法自拔的恐惧当中,直到小玻尔的嬉笑声传来,他才被拉回现实。原来,海斯特和小玻尔刚从街上守灵回来,路过这里。

"海斯特,带着玻尔上来吧。你们娘俩以前已经在这台上站过了,但我没有上去。再站一次吧,这次我们三个人一起站吧!"丁梅斯戴尔说。

此刻海斯特眼中的年轻牧师,体力消耗殆尽,精神处于崩溃边缘。那种内心深处的负罪感驱使海斯特带着玻尔走了上去,和牧师站到一起。三个人同站在绞刑台上,小玻尔站在中间,海斯特和牧师一人拉着玻尔一只手。同时,海斯特胸前戴着红字,牧师捂着胸前那个红字,小玻尔连接着两人。就在那一瞬间,牧师感觉像有一股有别于自己生命的新生命的潮流涌进自己的心房,继而流向周身的血管,重新唤醒了那趋于麻木的身躯。此刻,朦胧的夜空有一颗流星划过,牧师抬眼望去,分明看到天空有个巨大的红色字母 A。

这些都被同一个人看到了,那人就是齐林沃斯。

"尊敬的丁梅斯戴尔牧师,请跟着我回家吧。"齐林沃斯说。

"你怎么找到我的?"牧师问。

"本来,我并不知道你在这里。当我赶夜路回家时看到天空一道很奇特的光,接着便看到你。跟我回去吧,以后不要读那么多书,否则梦游会拖垮你的身体的。"齐林沃斯说。

牧师突然感到一股寒气袭来,他一下子清醒了,如从长梦中醒来一样,但在那个场景,他不得不听凭医生把自己带走。

春去秋来,转眼间,自海斯特公开受审到现在,已经过去七年了。海斯特的生活和七年前相比,大有改善。

七年来,她的逆来顺受、她的与世无争、她的谦卑低调、她的慈悲善良、她的乐于助人、她的扶弱济贫已经使她得到大家的认可,受到大家的尊重。她胸前那个大而鲜艳的红字也不再被看作是罪孽的标记,而是能力和善行的象征。

海斯特清楚地记得与丁梅斯戴尔偶遇的那个午夜,她没想到他会是那么痛苦,甚至处在崩溃的边缘,更可怕的是,他竟然不知道有一个致命的敌人正以知心朋友和医生的身份紧跟其后。想到这里,海斯特在她的丈夫和丁梅斯戴尔之间做了选择,她要帮助这两个男人中的弱者。

不久后的一天下午,海斯特在半岛上一个人烟稀少的地方遇到了齐林沃斯。与七年前相比,她的丈夫发生了巨大的变化,身体老态毕露,平和安详、泰然自若的风度荡然无存,取而代之的是一种急躁、猥琐、阴险的神态。或许他也感觉到了自己的变化,因而对此遮遮掩掩,生怕别人多疑而看了出来。不可否认的是,他的双眼依旧闪现着灵光,仿佛内心在燃烧着什么。当这一切同时呈现在海斯特眼前时,她不禁震惊了。七年来,他全心投入,去折磨一个负罪的灵魂,并以此为乐,而且确实达到了目的,但他自己也付出了这般惨重的代价。

"海斯特,我脸上有什么吗,为什么看得这般认真?"齐林沃斯问道。

"你脸上确实有东西,我真想为你哭泣,但是我的泪水已经流干了。今天我来这里,想要和你饶恕一个人。"海斯特说。

"好吧,我知道你要说什么。那就请你把事实告诉我吧,不必再隐藏下去了。"齐林沃斯说。

"自你我第一次见面到现在,七年里,我之所以一直向别人隐瞒着你我的关系,是因为你掌握着他的性命和名誉。但后来我发现,自己已经害了他。你和他同吃同住,折磨他的灵魂,而他却不知道你的真面目。"海斯特说。

"当时我只要动动手指头,就可以把他从高处捅下来。但我并没有那么做,七年来,我只是尽了一个医生和朋友的职责,让他继续活在世间。我本以为他可以把他胸前的红字掩盖好,正常地生活,谁知他竟是那么脆弱,不堪重负。"齐林沃斯说。

"你已经把他折磨够了,求你放过他吧。"海斯特说。

"不能放过他,他罪有应得。如今,他还要罪加一等,因为他也毁了我求知的一生。"齐林沃斯说。牧师所受的痛苦和他复仇的快乐明显已经冲昏了他的头脑。

"既然如此,我不会再替你保守秘密了,不管结果怎样,我都要告诉他你的真面目。"海斯特说。

"随你怎么做吧。"说完话,齐林沃斯便离开了,畸形的身躯渐渐消失在丛林当中。

海斯特下定决心要把事实真相告诉丁梅斯戴尔后,便一直寻找机会和他碰面。终于,一天下午,他们在一片昏暗的森林深处相遇了。

他们如情人久别重逢,一见面便关切地问询彼此生活得如何。不用多说,他们两个受着同样的煎熬和痛苦,尤其是丁梅斯戴尔,别人对他的崇拜和尊敬反而使他更加痛苦。正如他所说:"公众对我的崇拜,对我来说,比屈辱和嘲笑更可怕。当我站在讲台上,面对那么多求知若渴的人们时,我如圣人一样布道宣讲,但我的另一面,我内心的黑暗,我是多么的表里不一,他们却一点儿也不知道。"

海斯特试图安慰他,让他内心重回平静。"你已经赎罪了。在你不断的悔悟当中,在你长久的受折磨的过程中,罪孽已经离你而去。"

"海斯特,不用安慰我。虽然我受到了应有的惩罚,但我并没有因此而彻悟。你已经在公众面前展示了你的红字,而我却一直掩饰着我的红字。若真能有个人,朋友也好,敌人也罢,能够聆听我的罪恶,我就算是被拯救了。"丁梅斯戴尔的这段话,正好让海斯特抓住了向他告知真相的时机。

她犹豫再三,还是说了出来。"其实,正有个敌人潜伏在你身边,而且和你同吃同住。"

丁梅斯戴尔吃了一惊,牢牢地捂住胸口,生怕它跳了出来。"什么?有个敌人和我同吃同住?"

此时,海斯特意识到这一切都是她一手造成的,自己本想隐瞒事实真相,以维护丁梅斯戴尔牧师的名誉和地位,甚至保护他的性命。然而,事实上,与此相比,牺牲掉牧师的名声,或者让牧师死去,对牧师来说会更好。

"请宽恕我吧。我对你隐瞒了一个天大的秘密:你身边的那个医生,那个齐林沃斯,正是我的丈夫,也是你的敌人。"这句话,对丁梅斯戴尔而言,简直是晴天霹雳。他的脸色阴暗下来,继而倒在地上。

海斯特以为自己犯了天大的错,再三请求丁梅斯戴尔的饶恕。

丁梅斯戴尔渐渐恢复了神志,饶恕了海斯特,并重新和她坐到一起。

但是,紧接着,丁梅斯戴尔心里充满了疑问:齐林沃斯为何不阻止海斯特说出事实真相,他是否会摊牌,把一切都说出去,还有他是否还隐藏着更深的阴谋。这些都还没有答案,只有等着接下来的事实来回答。

海斯特继续安慰丁梅斯戴尔,并劝他离开这个折磨人的地方,放弃自己的名声和地位,到一个陌生的地方开始新的生活。"选择一条新的道路吧,放下心理负担,放弃一切,美好明天正向你招手!"多么鼓舞人心的话语!

丁梅斯戴尔并不是一个糊涂人,海斯特重新唤醒了他的理智,让他在痛苦中看到了希望。摆在他面前的,只有两条路:要么公开自己的罪孽,然后和海斯特离开这个是非之地,过一种新的、属于自己的生活;要么继续伪装自己,昧着自己的良心,在公众面前做神圣的宣讲,当然,也要忍受暗处敌人的折磨,最终死在这里。

丁梅斯戴尔选择了前一条路,并因此而欢喜兴奋,一改往日苦闷愁容。毕竟,那是一条希望之路。

同时,海斯特把她胸前那片绣有红字的布条取了下来,用力扔了出去。与此同时,她也把自己长久以来的精神重负抛了出去,只剩下一个轻松自由的自我。

然而,当小玻尔见到海斯特时,竟然不敢与之相认了。问题出在了海斯特身上,她的变化让小玻尔不习惯。为了玻尔,她不得不再把红字捡回,重新挂到胸前。

这次重要的会面就这样结束了。巧合的是,刚好有一艘从西班牙开来的船停泊在波士顿的港湾,且将于三天之后开往英国。这就为他们的逃离计划提供了交通工具,从而使其可行。另外,两天后,丁梅斯戴尔要在政府换届选举大会上出面宣讲,他正好可以利用那个机会同公众告别。现在看来,计划如此完美。

接下来的三天,他们生活在对新生活的憧憬当中,并由此得到生活的动力。丁梅斯戴尔这边,当他从那次重要的会面回来后,整个人发生了巨大的变化。他的精神处于持续的兴奋当中,他的体力也前所未有的充足;他的思想和情感也发生了一百八十度的转变,甚至在言语中亵渎圣灵。

新英格兰的节日如期到来,海斯特一大早便带着小玻尔来到热闹的广场。这一刻,她的脸上模糊地显现着一种从未有过的神态,那是一种莫名的不安和欣喜。她在心里默念着:

"人们啊,再看这红字一眼吧,再看这红字的主人一眼吧。过了今天,你们就再也看不到了。过了今天,我就会从这里消失,那个曾在我胸口燃烧七年的红字也会被那深不见底的大海吞噬。"

这时,那位秘密给海斯特留有三个铺位的西班牙船长恰好转悠至此。"海斯特夫人,你好。给你说个事,有个外科医生要与我们同行。这样的话,你就不用担心途中晕船或患上坏血病。"

"有个外科医生要与我们同行?"海斯特很惊讶。

"是的,而且他也住在这里,叫齐林沃斯。他说他跟与你同行的那位男士很熟,你应该知道的。"

"不错,我知道,他们两个是朋友关系。"海斯特说着话,看到了站在广场另一端角落的齐林沃斯,不禁打了一个寒战。

海斯特一下子慌了,面对这样一个事实,她不知该怎么做。就在此时,浩荡的游行队伍已经在军乐的伴奏下前往大会堂,队伍的最前头是仪仗队,其后是高官贵族,紧接着便是受人尊敬的年轻牧师丁梅斯戴尔;当人们都聚集到大会堂时,牧师丁梅斯戴尔将做政府换届选举演讲。

丁梅斯戴尔又成为了公众注目的焦点,他挺胸抬头,迈着矫健的步伐走上了讲台,用那丰满、铿锵的声音进行布道。当演讲结束时,大会堂内一片安静。片刻过后,人们方从陶醉中醒过来,开始纷纷议论牧师。接着,议论声由广场传到街头巷尾,那种对这位年轻牧师的赞叹和崇拜也扩展到了整个波士顿。丁梅斯戴尔的演讲获得了前所未有的成功。他的人生也登上了辉煌的顶峰。

但随着演讲的结束,丁梅斯戴尔像被抽了筋一样衰弱、无力,在前往镇政府议事厅的路上摇摇晃晃,险些瘫倒在地。他周围的人,包括年长牧师威尔逊、总督贝林翰,都在为他担忧,时刻准备上前扶他一把。走到绞刑台附近时,他停了下来,把双手伸向绞刑台。

"海斯特,带着小玻尔过来吧,"他吃力地喊道,他内心强烈的负罪感终于战胜了出逃的意志。"扶着我,咱们三个一起上绞刑台。"

人们无法向自己解释眼前的一幕,一个个呆在那里,静静等着事情继续发展下去。齐林沃斯却从人群中挤了出来,设法想阻止丁梅斯戴尔的行为。"别这样,丁梅斯戴尔。这样会毁了你的名誉。"

"我想你来晚了一步。"牧师回答道。

"除非你真的上绞刑台,否则你休想逃脱我的手掌心。在这个世界上,没有绝对隐蔽的地方。"齐林沃斯说。

"这一切都是上帝的旨意,还是由上帝来宣判吧。"牧师说。老奸巨猾、精打细算的齐林沃斯束手无策了。

在海斯特的搀扶下,丁梅斯戴尔走上了高高的绞刑台。接着,他向众人道出了隐藏心底七年的秘密。

"七年后,我终于站到了我应该站的位置。我身旁的这位女士,戴着红字忍辱负重了七年,你们却不知在她的背后,还有一个罪孽深重的人,而且他的胸前也有一个红字。这个红字上帝知道,你们却不知道。他生活在你们生活当中,一直小心翼翼隐藏着它,直到今天,在他人生的最后时刻,他才站了出来。"说到这里,丁梅斯戴尔一把撕下胸前的牧师服,把那个红色烙印赤裸裸地暴露出来。随后他便瘫倒下去,幸好被海斯特扶起。

"永别了,海斯特。我们亵渎了法律,便应受到应有的惩罚。上帝是仁慈的,感谢他派遣可怕的齐林沃斯来折磨我,让我在公众面前这样死去。我已经赎罪了,赞美上帝吧。"

说完这句话,年轻的丁梅斯戴尔便去世了。

那一刻,齐林沃斯也跪倒在地,脸色木然,自言自语。"你竟然逃出了我的手掌心。"

丁梅斯戴尔的辞世,让齐林沃斯达到了复仇的目的,但他也因此失去了精神依托,失去了继续生活下去的动力。没有了精力,没有了体力,他像一个空壳生活在世人的眼界以外。不到一年,他也死去了。

出人意料的是,齐林沃斯临死前,留给玻尔一大笔遗产,其中一部分在英国,一部分在这里。不久之后,海斯特便带着玻尔消失了。而红字的故事传了开来,家喻户晓。

十多年后,在大洋彼岸的英国,玻尔嫁给了贵族,过上了幸福美满的生活。海斯特却又回到了波士顿,回到了那座小茅屋,胸前依旧戴着红字。在这里,她才可以实实在在地生活,因为这里有过她的罪孽,有过她的痛苦,有过她的悔悟。

几十年后,在一座已经下陷的老坟墓旁,一座新坟落成。一座是丁梅斯戴尔,一座是海斯特,他们两个用着一块墓碑,上面刻着:

"黑色的土地,鲜红的 A 字。"

失窃的信

埃德加·爱伦·坡(1809—1849),19世纪美国小说家、诗人、文学评论家,代表作有小说集《黑猫》、诗集《乌鸦》。

《失窃的信》是作者的侦探小说名篇之一,情节围绕一封被偷的信展开。宫廷的一位妇人的私信被人当面盗走,巴黎市警察局局长奉命私下寻找信的下落,最终在杜宾的帮助下找到了那封信。

19世纪的一个秋天,一个有风的晚上,天刚黑,在巴黎市郊圣日耳曼区多瑙河街三十三号四楼的一间小书房里,我和我的朋友西·奥古斯特·杜宾坐在一起。屋里黑乎乎的,我抽着海泡石烟斗,静静地思考着。大约有一个多小时,我们两个只这样的沉默着,一句话也不说。如果有人在这时候进书房,他看到的只会是两个人悄无声息地坐在那里,周围被缭绕烟雾笼罩。巧合的是,当我正在仔细想着我们俩傍晚聊的那些事情时,我指的是两个案子:莫格街凶杀案和玛丽·罗热被害案,突然有个人破门而入,他是我的一位老朋友,巴黎市警察局局长葛先生。

我们上一次见面已经是几年前的事情了,我知道这个人有些低俗,但整体上还算不错。这次我们见到他,还算热情。本来我们两个没点灯,看到他来了,杜宾便起身去点。这时,葛先生说他这次来是

· 精读名著·

为了找杜宾商量些公务上的棘手的事。杜宾听到这个，又坐了回去，屋里还是黑的。

"既然是商量一些难缠的事情，我看还是黑着灯吧，有利于我们分析思考。"杜宾在椅子上，说道。

"这种说法还真是少见，真是奇怪。"警察局局长葛先生说。对他来说，只要是他自己弄不明白的事情，都叫作"奇怪"，而他正是生活在这样不断出现的"奇怪的事情"当中。

"正是这样。"杜宾说着话，给这个不速之客递上一只烟斗，又给他挪了一把舒适的椅子。

"又遇到什么麻烦事了？我可不想听到又出了什么凶杀案。"我问道。

"这次不是，不是凶杀案。相比而言，这件事情没那么麻烦，光是我们局里就能解决的了。但是，我知道杜宾他喜欢了解这种奇怪事情的始末。"葛先生说。

"又容易解决又奇怪？"杜宾问道，他觉得这件事情有点儿意思。

"对，是这样的。不过，并不全是。实话跟你说，我们都被这件事弄得团团转，尽管它看起来那么容易解决，可是我们就是结不了案。"葛先生说。

"或许这个案子破不了的原因，恰好是因为它过于简单。"杜宾说。

警察局局长听了杜宾的话大笑起来，说道："说了等于没说！"

"或许这个案子的答案太容易让人发现了。"杜宾说。

"哦，上帝，有人听过这样的话吗？"葛先生有些惊讶。

"太容易让人发现了。"杜宾重复道。

"哈哈哈……哈哈哈………"警察局局长听到杜宾的话，开怀大笑起来。"杜宾，你真是的，我迟早有一天会笑死在你这样的话上。"

"你来这到底要说什么？"我插了一句话。

"我马上就跟你们说，我会简单地告诉你们事情经过。"警察局局长一边说着，一边慢慢地吐出一口烟，随后坐在椅子上。"但是，我有个条件,希望你们能保密,不要向别人透露这件事,否则我的职位就保不住了。"

"继续说。"我说。

"或者别说。"杜宾说。

"我,我说。这个秘密事件是我从高层那里听到的,说是宫廷里有份绝密文件被偷了。至于是谁偷的,这个已经知道,有人亲眼看见那个人偷走的。而且,我们还知道那份文件还在那个人手上。"

"你们怎么知道的?"杜宾问。

"只要看看文件的保密级别就知道了。如果这份文件被转移给了别人,一定会出现什么严重的后果,但是现在这种后果没有出现。或者这样说,那个偷文件的人本来就打算利用这份文件,如今他得逞了。"警察局局长说。

"说明白点儿。"我说。

"行,那我就说了。如果这份文件落到某人手里,那么他一定会得到一定的权力,而这种权力才是这份文件带来的最大收益。"警察局局长说。

"我还是有些不明白。"杜宾说。

"还不明白?那我这样说吧。试想一下,假如这份文件落到第三人手里,我先不说这个人是谁,那么有一位声名赫赫的贵族的声誉就会受到影响。那个手握文件的人正是以这种方式来控制那个声名赫赫而又危在旦夕的贵族。"局长说。

"但是要这么控制的话,还要看看那个失主是不是知道那个偷文件的人偷了他的文件。"我插了一句话。

"那个偷文件的人就是部长德先生,那个家伙肆意妄为,没有他不敢做的。他偷文件的方法很冒险又很谨慎。说实话,那份文件是一封信,是一位贵族的妇人独守宫廷的时候收到的。当时她正在看信,突然那位贵族闯进来,她怕那个人看到信件,慌乱中,她试图把信塞进抽屉里,却怎么也塞不进,最后干脆把信件放到桌上。而这个时候,部长德先生恰好进来了。他一进来就看到了桌上的那封信,而且还通过信封上的笔迹认出了写信人。看到那位妇人神态慌张,他知道其中一定有蹊跷。德先生和往常一样办公务,从身上拿出一封和桌子上那封差不多的信,打开装作看信的样子,看完后把信紧挨着那封信放到桌上。随后,德先生和贵族商量了一些公务。他走的时候,带走了那封写给妇人的信,而把自己的信落在那里。那个妇人眼看着他拿走的,但是贵族正站在身边,她怎么敢当场要回那封信呢?"局长说道。

"你刚才不是问偷文件的人凭什么控制丢文件的人吗?他这么说,你应该知道答案了吧。实际上,那个偷文件的人知道丢文件的人发现了自己。"杜宾转过身对我说。

"是这样的。这几个月来,他凭借这份特殊的权力搞一些政治活动,大家都很怕。丢失信件的妇人越来越觉得,应该把信件拿回来,而且还要私下里去拿。她实在是没有办法,后来便找到我,想让我办这件事。"警察局局长说。

"我觉得,这件差事让你这样能干的侦探来做真是太合适不过了,除了你,再没有人能接这活。"杜宾说。

"多谢夸奖!但是话说回来,说不定事情还真是这样的。"警察局局长说。

"听你这么说,那封信现在还在那位部长德先生手上。正因为他手上扣着那封信,并且没有公布,他才拥有那种权力。信件一旦公布了,那种权力就不存在了。"我说。

"正是这样。这就是我处理这件事情的根据。我要做的第一件事是彻查部长德先生的府衙,但必须秘密进行,不能让他觉察到。这我就难办了。如果我有把柄落到他手里,他势必会知道我们的计划,那样我们就完了。"局长说道。

"但是,这种秘密调查可是你们巴黎警察的老本行,你们做过不少次了。"我说。

"说得有道理,所以我才有信心的。我抓住了这个部长的一个生活习惯,他每天夜里都不在家。他家里仆人也没几个,仆人休息的房间跟主子的房间离得不近,还有,那些仆人是那不勒斯人,酒量有限。我最不缺钥匙了,巴黎所有房间的钥匙,我都有,这你们是知道的。过去的三个月里,我一有空,就跑到部长府衙,把它翻个底儿朝天。这种事情可是跟我的名誉挂钩的,当然,说实在的,这种工作的薪金很不少呢。只要那个盗贼不发现我,我会搜查到底的。现在,房间里能藏信件的地方我都搜过了。"局长说。

"既然这封信件有可能在他手中,实际上真的在他手中,他不会不把信件藏在自己房间而放到其他地方吧?"我问道。

"那倒不至于。根据当前宫廷里的形势来看,大家已经知道德先生的那些诡计了。那么,这封信很快就会被转交出去的,与把信件藏在手里相比,这一点同样关系重大。"杜宾说。

"你是说这封信要转交出去吗?"我问道。

"或者说这封信要被销毁。"杜宾说。

"是这样的。这封信肯定被他藏在自己房间,而不是带在身上。"我说。

"我也这么想。他曾经在路上两次遭抢劫,而且应该是拦路贼干的,他被彻底地搜了身,这是我亲眼看到的。"局长说。

"你不用在这种小事上浪费时间。在我看来,德先生才没那么傻呢,他才不会把信藏在身上等着让人抢呢。"杜宾说。

"他没有那么傻,但是他是个作诗的,在我眼里,作诗的和傻瓜没什么大的区别。"局长说。

"有道理。"杜宾大口抽了一口烟,接着说:"虽然我也写过打油诗。"

"你把你的搜查过程具体说一下吧。"我说。

"我们搜查时,很慢很仔细,搜遍了每个角落。这种事,我再熟悉不过了。那里的每间房子我都搜了,而且平均每间房子要花上我七个晚上的时间。我先搜的是房间里的家具设施,打开了每个抽屉。你们应该知道,我们警察是受过专业训练的,没有我们找不到的抽屉。搜的时候,如果你落了一个隐蔽的抽屉,你准是一个傻子。这很明显的。那些衣柜的长宽高,我们都要精心计算好,即使差一毫米我们都会发现。衣柜搜完后,我们搜桌椅。我们用细长的针扎进椅垫,还用刀子拆开桌面。"局长说。

"有必要拆开桌面吗?"我问。

"有些人,喜欢把桌面,或者是将类似家具的板面拆下来,然后挖空桌腿,把重要东西藏进去,最后再盖上桌面。床头的柱子和床腿有时候也可以这么用。"局长说。

"里面是空心,难道从外边听不出来吗?"我问。

"如果你放好东西后,往里填满棉花并且压实了,从外边是听不出来的。何况,我们不敢弄出声响来引人注意。"局长说。

"就照你说的,东西可能藏到家具里,但你们总不能拆开所有的家具吧。举个例子,那封信可以被卷成一小卷,大小形状都跟一根大号毛衣针一样,这样的话,完全可以把他插进椅子槽中。你们有没有拆开每一把椅子呢?"

"那倒没有。我们的方法比你说的高明多了,我们用精密的放大镜,仔细检查了府衙里每一把椅子的横档,还有所有家具的缝隙处。如果哪里新近被人动过的话,我们一眼就能看出来。举个例子,那些钻子钻木头时留下的小木屑,用放大镜看起来就像苹果那么大。家具的黏合处、连接部位,哪怕是有一点儿裂纹,我们都能看出来。"局长说。

"这样说来,你们也检查过镜子、镜面以及底座,还有那些床板、铺盖、窗帘以及地毯了吧。"我说。

"那是肯定的。在搜完家具后,我们就开始对房间进行搜查。我们把墙壁的面上分成很多小格,依次编上号码,以保证不会落下任何地方。然后,我们还是用放大镜对每一个小格进行了细查。后来,我们把挨着那房间的隔壁也这样查过了。"警察局局长说。

"隔壁房间!"我惊讶地说。"这样说,你们还真花了不少时间呢。"

"恩,不过这笔薪金也是相当可观的。"警察局局长说。

"房屋周边的地面,你们也查过了吗?"我问。

"这个没花我们多少时间。地面上铺的全是砖块,砖块的缝隙间长着苔藓,没有动过的痕迹。"局长说。

"德先生的那些文件,还有他的那些藏书,你也一定查过了吧。"我说。

"那是肯定的。大小文件袋都查看了。至于那些书,有些警察只拿起来书抖两下,我们不一样,我们把每一本书的每一页都翻过了。另外,我们用精密的尺子测量了每一本书书面的厚度,还用放大镜检查过。如果那本书近来被打开过,我们一定能看出来。那几本新装扎的书,也都被我们用针扎过。"局长说。

"那地板呢,你们查过吗?"我问。

"那肯定要查的。我们把地毯挪开,再用放大镜照照地板。"

"墙上的壁纸呢?"我问。

"也查过了。"

"地下室呢?"我问。

"也查了。"

"这样的话,你一定是找错地方了,"我说。"那封信根本就没在房间里。"

"怕是被你说对了,"局长说道,并转向杜宾。"喂,杜宾,你给我指一条路吧。"

"你还是重新搜一遍房间吧。"杜宾说。

"我觉得没这个必要了,我敢用我的性命保证,那封信根本没有在府衙。"警察局局长说。

"这样的话,我也不知道该怎么做了。你应该知道这封信的具体情况吧。"杜宾说。

"那是!"说着话,警察局局长从上衣口袋掏出一本笔记本,向我和杜宾详细地描述起那封信的具体形状。说完以后,他就有些失望地走了。打我认识他到现在,从没见过他像现在这样失落。

大概一个月后,警察局局长又来拜访我们了,他看到我们两个还是那么待着。他接过烟斗,坐到椅子上,聊了些家里事。后来,我开口了:

"葛先生,现在那封信的案子进展怎么样?依我看,你一定是甘心败给那位部长了吧。"

"别提这个,我回去以后,听从杜宾的建议,把房子重新搜查了一遍,结果跟我预料的一样,还是没有找到。"

"你好像说过有多少薪金吧。"杜宾说。

"恩,付给我的钱相当多,不过我不想说出具体数目。但是,我敢这样说,如果有人能找回那封信的话,哪怕我倒贴,我也会给他五万法郎。实话说,现在的情况很是严峻,这笔薪金也跟着翻了倍。但是,即使它翻个三倍,我也没办法,我只能做到这儿了。"

"原来如此,"杜宾边抽烟,边说,"依我看,葛先生,你并没有尽全力。我觉得你还可以做点事情呢。"

"嗯?怎么做?"

"这种事情,我觉得吧,你不妨请教一下另外一个人。不知道你记不记得阿伯尼蒂的故事。"

"没有,什么他娘的阿伯尼蒂。"

"由你去说他娘的阿伯尼蒂吧。但是,以前,有个守财奴,家里很有钱,但他竟然想出一个计谋,让阿伯尼蒂医生给他看病后,不用付钱。想到这个计谋后,他和这个医生坐到一起聊天时,他故意把自己的病症说成是他人的,然后让医生开药。

"守财奴说:'医生,有一个人得了这样一种病……依你看,他应该吃些什么药?'

"阿伯尼蒂医生答道:'这个,最好是请教一下别人。'"杜宾说道。

"是啊,我已经在向人请教了,而且我还甘愿自己出钱,谁要是能帮了我,我真会付给他五万法郎的。"局长有些激动地说。

"要是这样的话,"说着话,杜宾从抽屉里拿出一本支票,说:"请你按照你刚刚说过的数目,给我开一张支票。只要你签了字,我就给你那封信。"

杜宾的这句话吓了我一大跳。那个警察局局长,看样子也是吃惊不小。他说不出话来了,他只是呆在那儿,张着嘴,瞪着眼,看着杜宾。好长时间后,他才回过神来,拿起一支笔,犹豫了半天,还是在五万法郎的支票上签下了自己的名字,然后,撕了下来,递给杜宾。杜宾从头到尾看了一下支票,便装进皮包里。随后,他打开办公桌,拿出一封信,递到警察局局长手上。他兴奋地拿住信,用发抖的手打开信件,快速浏览了一下信的内容,连声招呼也不打,就急匆匆地跑了出去。从他听到杜宾给他要支票到离开,他一个字也没有说。

他刚离开,杜宾便向我解释起了事情的缘由。

"巴黎市警察局的办案技巧果然不一般,他们执着、聪明,还有专业。所以,当葛先生讲他们彻查部长房间的事情时,我感觉到他们确实尽力而为了。"杜宾说。

"尽力而为了?"我问。

"确实。在警察当中,他们采取的侦查方式是数一数二的,而且做得详细细致。如果这封信真的藏在他们的眼皮底下,他们一定会找到的。"杜宾说。

听了这句话,我哈哈大笑起来,不过,杜宾看起来却是一副严肃认真的样子。

"他们的侦查方式很好,在侦查过程中做得也可以。然而,他们的失败不在方式本身,而在于这种方式对这个人,对这种情况,是没有用的。警察局局长的这套看起来无懈可击的方式,实际上是一种墨守成规。对于这件事情而言,他要么做过了,要么做得不到位,以至于错上加错。就连小学生,大多数的推理能力都要比他强些。我就知道一个小孩,八岁左右就在'单双数'猜测游戏中每猜必中,让人心服口服。这个游戏很简单,拿弹子就能玩。是这样的,一个人手里攥上几颗弹子,然后问另外一个人手里弹子的数目是单还是双。如果那个人猜对了,他就从对方手里赢得一颗弹子;如果猜得不对,他就要给对方一颗。我提到的这个小孩,他竟然把整个学校的弹子都赢了回来。他有自己的方法,那就是看对方是否聪明。这个推测一下就行。举个例子,他和一个大傻帽玩,对方问他是单数还是双数,他说是单数,结果输了。但是,第二回合,他告诉自己:这个大傻帽第一次攥的是双数,就凭那机灵程度,至多敢在第二回合攥个单数,所以,我这一次猜单数。结果,他还真猜对了。如果他和一个机灵鬼玩儿,他就这么想:'我第一次猜的是单,那家伙看我猜错了,一定想变化个数,但是,他肯定又会想,这种变数太容易被人看出来了,于是最后,那家伙会依旧攥个双数。所以,这一回合我猜双数。'结果他又赢了。在他的同学看来,这是一种侥幸,实际上是这样吗?"杜宾说。

"只不过是那个孩子想的跟对手想的一样罢了。"我说。

"对,后来我问那个小孩:'你是怎么做到跟对方的想法一致的。'他跟我说:'遇到那种情况,比如说我想看看对方到底有多机灵,有多笨拙,我就会使自己尽可能地在脸上表现出和他一样的表情。这个时候,脸上是什么样的表情,我就会在心里产生相对应的想法,就好像我是要去刻意表现那种表情一样。'这个八岁左右的孩子所说的正是这一切看起来难懂的学问的根本所在。拉罗什富科,拉·布吕耶,马基雅维利,以及康帕内拉的学问都是从这里面得来的。"

"按照你的意思,那推测人要想自己的想法和对方一样,必须先准确读懂对手的想法。"我说。

"推测的时候,靠的就是这种方法,"杜宾说,"警察局长他们之所以最终失败,关键就在于他们的想法没有和对方的完全一致,就在于他们推测错了对方的想法,或者是根本没有去推测。他们只是从自己出发去想人家会怎么做,自己会把东西藏到哪儿,他们就以为对方会把东西也藏到哪儿。这种做法并不是错误的,一般人都这么想的。但问题关键在于,他们碰到的是一个老滑头。不管是碰到比他们狡猾的人,还是没有他们狡猾的人,他们始终是那一套侦查方式,因而始终处于劣势。举个例子,就拿德先生这个案子来说吧,他们从没有改变过侦查方式,只知道钻、扎、测量、拿放大镜看、划分小格等。局长办了这么多年的案子,对这一贯的手法从没怀疑过。在他看来,人只要是藏信,就会把他藏到一个狭小、隐蔽的小洞里或者旮旯里。这样藏信的方式,只是一般情况,头脑一般的人才用的。如果这封被偷的信恰巧也是这种藏信方式的话,那么警察局局长一定会把它找出来。但是,局长头脑有些不清醒,只是因为这位部长被人称为诗人,他就把部长当作大傻帽。他觉得,大傻冒都是诗人,因而得出推理,诗人都是大傻帽。而这种本末倒置恰恰是他没有成功的原因。"杜宾说。

"但是,这位部长真是诗人吗?我听说,部长他们兄弟两个都是才高八斗。他倒是写过一篇关于微积分的论文。所以说,他并不是诗人,而是数学家。"我说道。

"你说的有些出入。我和他还是比较熟的。他既是诗人,又是数学家。这样的人肯定善于推理。但是,如果他只是数学家的话,恐怕就不怎么会推理了,他一定会被警察局局长抓个正着。"杜宾说。

"你竟然会这么想,太让我意外了,这个看法是有悖于常理的。很久以前,数学上的推理就被公认为是最完善的推理了。你不会觉得千年流传下来的常理有问题吧。"我说。

"一般说来,大众的看法是最荒谬的,因为这种看法只是考虑到大多数人。你说的没错,数学家在传播那种荒诞理论的过程中功不可没。虽然它在今天依旧被人看作是真理,但它实质上还是荒诞理论。举个例子,数学家们闲着没事干,很微妙地把代数叫作'解析'。这种提法最初是在法国产生的。但是,分析一下,如果名字能够特指什么,单词能够特指什么的话,'解析'这个词的意思中本身就包含着'代数',这个包含跟拉丁文'ambitus'中包含'雄心','religio'中包含'宗教','homines honesti'中包含'正派人'是一类的。"

"我看出来了,你这是在跟巴黎的那些数学家辩论呢,"我说,"你继续说吧。"

"这种推理方法,我不赞同,我对它的意义有些怀疑。它只是一种抽象逻辑思维上的方法,并不能用在其他的具体事情上。对于那些由数学理论上推理出的结论,我持否定态度。数学只是一门理论上和数字上的学科,拿那些推论来验证理论上和数字上的问题才有逻辑性。世人犯的最严重的错误就是,把数学理论上的真理当成抽象意义上的或者生活中的真理。这可以算是天大的错误,然而令人吃惊的是,人们竟然没有公然反对它的,而是维护它。举个例子,比数适用于理论和数字,但并不适用于心理学。心理学上,以及化学上,'部分的和等于一'这项原理都是行不通的。用来分析人的动机,也是行不通的。两种动机各有它的目的,但是这两种动机加起来,不一定能达到两个目的。这样的例子还有很多。习惯运用数学理论的数学家们,常常围绕着这些有缺陷的真理与人争论,好像意在让全世界的人都认同这些真理。在具有权威性的《神话论》中,作者布莱恩特指出了类似的错误根源:'我们常常在口头上宣称异教徒的神话是不可信的,但到实际情况中,我们又常常把那些神话当成是客观事实,而且还用它们来推理。'但是不同的是,数学家们本身就是异教徒,他们传播了'异教徒的神话',而且用它们来推理。依我看,这并不是因为他们的记忆力有问题,而是因为他们的智商有问题。用一句话说,在我碰到的这些数学家里,我只相信与平方根相关的理论;在我碰到的这些数学家里,没有一个不是私下里把'$x^2 + px$ 等于 q'当作真理的。你可以做一个实验,你找一位数学家,告诉他并不是所有时候 $x^2 + px$ 等于 q 的,看他是什么反应。我劝你还是说完就跑,免得被人打死。"

杜宾说完最后那两句话时,我忍不住大笑起来,他却并没有停下,继续说:"我的意思是,要是这个部长只是数学家的话,我就得不到这张警察局长开的支票了。但是他不光是数学家,还是诗人。针对这一点,我找到了对付他的办法。通过我对他的了解,他不仅仅是个宫廷要员,还是个有野心的政治家,以他这样的人,不可能不知道警察的常规办案手段,也不会想不到自己会被拦路打劫。就他夜晚不在家这件事,警察局长以为这是天赐良机,我却觉得这是部长故意设的局,他想让那些警察在彻查后相信信不在房里,警察局长正好上当了。还有,依我看,我刚才说过的那一大堆想法,不光那个局长想过,那位部长也应该想过。我觉得,他不会笨到把信藏到房间里那些狭小、隐蔽的旮旯,而且表面上让警察局长觉得一切正常。总而言之,他之所以选择简单的办法,要么是经过深思熟虑,要么是被逼无奈。对了,你应该记得警察局长第一次来拜访时,我是怎么跟他说的吗?我说:这个案子之所以难缠棘手,或许只是因为它的答案太浅显了,当时他一听这话就大笑起来了。"

"对头。当时他大笑的样子,我还清清楚楚地记得,"我说,"我还担心他会笑得闪了腰呢。"

"非物质世界与物质世界之间,存在许多相似处。从这一点来说,"杜宾说,"修辞学方面的概念有一定的可信度,那些明喻或者暗喻,既是一种修辞方法,又是文章的论据。举个例子,惯性定律既可用在物理学上,也可用在形而上的哲学上。在物理学上,相比较而言,推动一个质量大的物体要比推动质量小的物体费力,但是物体在运动中的冲量跟推力是成正比的。同样在形而上的哲学里,高人一等的聪慧的人做起事来虽然比次一级别的人更有力量、更有耐力、更有影响力,但是在最初的阶段,他们往往犹豫不决,步履蹒跚。以上这两点真是太有道理了。另外,问你一个问题,你知不知道哪家商铺的广告牌最吸引人?"

"这个我还真不知道。"我说。

"我知道一种在地图上找地名的游戏。甲说出一个地名,可以是镇的名字、河的名字、州的名字或者国家名,让乙在色彩复杂、地名众多的地图上找出来。初玩的人一般都会让对方找一些字儿比较小的地名,而有经验的人会让对方找那些字儿大而长的地名。对于广告牌这也同样适用,那些字儿特别大的牌子,往往容易被人忽略。这种视觉上的遗漏和精神上的失察说明同样的道理,越是明显,越是突出,越是浅显,越容易被人们忽略。不过,我觉得那个警察局长并不知道这个道理,或者他根本不想知道。他根本不可能想到,为了掩人耳目,这位部长会把信放到十分显眼的地方。

"我考虑过德先生这种深思熟虑、胆大心细的谋略;考虑过他要是想用这封信,就会让它时刻不离身;考虑过尽管警察局长的失败恰恰证明信不在他的常规搜查范围内。考虑到这些后,我越来越肯定,为了藏好这封信,这位部长在深思熟虑后,会选择不去藏信。

"这种想法一旦确定下来,我就戴着一副黑眼镜,在一天早上,拜访了部长府衙。德先生正好在家,他打着哈欠,一副困乏、无精打采的样子。如果我不是看到他那副样子,我还以为他是精力最旺盛的人呢。

"为了迎合一下他,我装作一副可怜样,说自己视力差,不得不戴上眼镜。我一边和他聊天,一边通过黑眼镜观察他的房间。我最先注意到了他座位旁的一张写字台,上边除了两件乐器和几本书外,还零散地扔着几封不同样式的信和一些文件。但是我仔细瞅了很长时间,却没有发现我要找的东西。接着,我环视了一下四周,目光最终落在一个挂着根脏兮兮的蓝带子的很一般的卡片夹上,它挂在壁炉架下,上面放着几张名片和一封信。那封信表面脏兮兮的,布满褶皱,中间还被撕开了一少半,看起来像是想撕又没撕的一封破信。信的上端有一个醒目的黑色印记'德',信的内容像是女士特有的笔迹,新的署名为'德部长收'。这封信像是这位部长随意一放放到那儿的。

"发现这封信时,我就告诉自己我要找的东西找到了。不过,他的外表并不像警察局长描述的那样。他说的那封信是写给宫廷一位贵族夫人的,上面印着又小又红的家族公章'史',字迹豪放粗犷;但是这封信却是写给部长先生的,上面印着又大又黑的'德'字,字迹纤细柔弱。这两封信只在大小上一样。不过,问题关键不在这里,真正让我注意的是这封信上的肮脏和破烂与这位部长整洁、条理的生活作风截然不同。每一个到访的客人,都可以看到这封放在醒目位置的破烂书信,这样反而会让这位部长放下心来。这些都和我之前的推断暗暗吻合。

"为了拖延时间,我故意向部长抛出一个热门话题。我有足够把握,他对这个话题有极大的兴趣。这时,我却把满门心思放在这封信上。我眼睛盯着信,心里仔细想着信的外表为什么成为了这个样子,它为什么被放在卡片夹上。终于,我发现了最关键的一点,这一点足以打消我心头所有的疑虑。这封信的折角处磨损特别严重。一张平整的纸,只有先折叠一次压平,再打开,沿着第一次的折痕再折叠后,才会出现这种程度的磨损。而这封信的信封正是这样被当作手套一样,里外翻了一次,然后再在上面写上新的署名地址,盖上新的印章。"一切都明白了。随后,我同部长道了别,故意把一个烟壶落在桌上,起身离开了。

"第二天早上,我以拿烟壶为由再次拜访部长,我们接着聊起昨天的话题。正当我们聊得正欢时,突然,房间窗户外传来一声爆炸声,听起来像是手枪的声音,接着是一阵惊慌的尖叫声。德先生迅速跑到窗前,看下面的情况。我就利用这个空当,走到名片夹前,用一封我伪造的信和那封信掉了包。那封假信看起来和这封信一模一样,它是我在我公寓里费了一番工夫伪造的,那个德先生的印章还是我用面包做的呢。

"外边的混乱原来是一个精神不太正常的人引起的,他拿着毛瑟枪冲到女人和孩子堆中乱来。不过,他的枪里并没有实弹。人们看他精神有些问题,就没有追究他的责任。德先生看着那个人离开才向我走来。这时候,信已经装到我的上衣口袋里了,我站起身来走到他身边,同他道了别。那个精神有问题的人引起的那场混乱正是我安排的。"

"但是你为什么拿走信后还要放上一封伪造的信呢？还有,如果你第一回去的时候,就光明正大地把信拿走,岂不是更好吗？"我问道。

"德先生是一个做事果断又有胆识的人,"杜宾说。"我可不敢保证他身边没有埋伏着肯为他卖命的仆人。如果我按你说的做了,我就只有死路一条,善良的巴黎人民就再也见不到我了。但是,除此之外,我那么做,还有一个原因。我的政治倾向你是知道的,在这件事上,我扮演了那位贵族妇人的追随者。那位妇人已经被这位部长控制了整整十八个月了,现在,部长还以为信在自己手上,和以前一样拿信去要挟那位妇人,实际上他已经被那位妇人控制了。这样下去的话,他迟早要毁掉自己的政治生涯。有句话说,堕落容易,但是对于不断追求上进的人来说,正如卡塔拉尼谈唱歌时说的一样,上台容易下台不易。就眼前来看,我不会去同情这个下台的人,因为他本来就是一个残暴凶恶而又没有人性的人。不过,我真想知道,他被那位妇人狠批一顿后,回到家拆开看了我写给他的那封信,那时他的心里会是怎么想的呢。"

"什么？你还在那封信上写了东西吗？"

"恩,要是留给他一张白纸,我就太过意不去了,那会侮辱他的人格。我以前在维也纳的时候,德先生让我受了不少罪,那时候,我心平气和地告诉他,我会记住的。我想他一定想弄明白是谁让他上的当,我要是不留给他一些提示,就太遗憾了。我知道他认得我的笔迹,所以就写给他几句话:这样狠毒的计谋,如果阿特柔斯受惩罚,提艾斯特斯也应该受惩罚。这句话是我从克雷比荣写的《阿特柔斯》上抄下的。"

芦 笛 集

沃尔特·惠特曼(1810—1892),19世纪美国著名诗人,被称为现代诗歌之父,独创自由体诗,代表作是诗集《草叶集》。《草叶集》是一部浪漫主义诗集,得名于诗集中的一句诗:哪里有土,哪里有水,哪里就会长着草。

《芦笛集》选自《草叶集》,是写友谊和民主精神的美丽诗篇,主要有《无论我的手被谁握着》《我在春天里歌唱》《写给一个陌生人》《我的一个梦》《青年与老年,白天与黑夜》。

无论我的手被谁握着

无论我的手被谁握着,
如果没有那种感觉,所有一切都会毫无意义,
在你企图深入了解我的时候,我就已经警告过你,
我不是你的意中人,而且与之相差很远。

谁将是我的追求者?
谁将主动站出来,作为我爱慕的对象?

这种方式会受人猜疑,结果也还未知,或许有害于你,

那你得放弃所有一切,我期待着成为你的灵魂,成为你独一无二的准则,

你将受到的考验或许会漫长而又痛苦,

你已有的人生信仰和所有符合你生活的一切,都得放弃,

因而,请在你受到更深的痛苦之前,移开搭在我肩上的手,选择离开,

请你放下我,然后选择你自己的道路。

要不然你偷偷摸摸地到林子里找找看,

或者你到那露天的石岩后面,

(那是因为我不会待在封闭的小屋,也不会到人堆里露面,

若在图书馆,我会沉默不言,呆头呆脑,看不出是生是死,)

倒是可能与你相遇在山上,你要注视着周围几公里以内,看有没有人向你走来,

或者与你一同航行海上,或者在海滩上,或者在远离人烟的小岛,

这些地方,请将你的双唇放我的嘴边,我准许,

与伙伴之间,或者与新郎之间的热吻,

因为我既是新郎,又是伙伴。

要不然把我藏进你的衣服,如果你愿意,

把我放到可以听到你心跳的地方,或者放到你的臀部,

请带着我,行走于海上,行走于陆地;

因为只有这样的接触,我才满意,我才欣喜,

而且只有这样的接触,我才能安然入睡,与你形影不离。

可是若你精读这些诗篇,你将会身处险境,

因为你永远不会理解,我的这些诗篇和我,

它们自始至终都会让你捉摸不透,我也让你捉摸不透。

即使你自以为自己已经准确地理解了我,快看!

当你看的时候,我已经逃离了你。

因为我并不是为了写书而写下这些诗篇,
你也不会读过它,就能理解它,
那些仰慕我、称赞我的人也不能理解我的全部,
那些成为我爱慕对象的(最多也就几个人)也不能够,
我的诗篇也不是百分百的有益,它们也可能产生罪恶,而且会有很多,
那是因为若没有我的指点,你猜成千上万次也猜不到答案;
所以,请你放下我,然后选择你自己的道路。

我在春天里歌唱

我在春天里歌唱,为这些为恋人而采集的人,
(因为除我之外,谁还能理解恋人们的忧伤和喜悦呢?
除我之外,谁还为伙伴们写诗呢?)
我一边采集,一边穿过世界这个花园,但我很快进了大门,
一会儿沿着池边,一会儿踩到水面,我却并不怕湿,
一会儿又到用横木搭起的栅栏旁边,那里有一堆从田野里捡来的有些年代的石头,
(石头缝里长着野花、藤蔓和杂草,就从这里,我走了过去,)
我并不知道自己要去哪里,只是向着森林的更深处,向着夏天漫步,
我独自一个人,闻着大地的气息,在寂静中不时地停下,
我独自思考着,然而不久之后,一群人向我聚过来,
有些人行走在我身边,有些人行走在我身后,还有些人抱着我的胳膊和脖子,

他们,这些在世或者去世的亲爱的朋友的灵魂,蜂拥而至,我也是其中一个,

我和他们一起漫步,采集,分发,歌唱,

我打算着要采些什么,当作礼物,赠送给我身边的人,无论他是谁,

这里,正好有一朵紫丁香花和一枝松针,

这里,正好有我从口袋里翻出的,在佛罗里达的一棵橡树上采的苔藓,

这里,还有几棵石竹,几片月桂树叶和一丛藿香,

这里,还有我刚刚在水边时,从水里采来的东西,

(就在这里,我看到了那个深爱着我的人,她回来了,而且再也不会与我分离,

而这里的这块芦根,从今以后,将是伙伴关系的象征,

它在青年人中间彼此相赠着,没有人把它退回。)

这里,还有枫树枝,胡桃和野生橙子,

这里,还有黑醋栗的枝干,梅花和醇香的雪松,

所有的这些都被我用灵魂的云雾笼罩着,

我一边漫步,一边或指着它们,或触摸它们,或把它们扔得凌乱一片,

我向每个人指出他应该要的东西,然后让他们每个人都拿去一些,

我却留着那件我从水里采来的东西,

我只会把它分给那些像我一样懂得爱情的人。

写给一个陌生人

陌生的路人!你一定不知道我多么期待看到你,

你一定是那个我在等待的他,或者是那个我在等待的她,(我好像在做梦一样,)

我们一定在某个地方幸福地生活过,

那些流畅的,充满深情的,纯洁的,成熟的一切,都在我们擦肩而过的瞬间回想起来;

你,那个小男孩,或小女孩,和我一起长大,

我们同吃同住,你的肉体不只属于你,我的肉体也不只属于我,

当我们交错而过的那一刻,你的眼睛,你的脸庞,你的肌肤都给予我快乐,我的胡须,胸膛,双手,同时给你快乐,

我不会上前和你交谈,但是将在一人独坐时,或者是在梦醒时,想起你,

我将等待,我相信你我有一天会再次相遇,

我确定自己不会错过你。

·精读名著·

汤姆叔叔的小屋

斯托夫人(1811—1896),19世纪美国杰出的废奴主义作家,代表作品为《汤姆叔叔的小屋》。

《汤姆叔叔的小屋》发表于1852年,是一部反映美国奴隶制度的黑暗和罪恶的现实主义小说。它是19世纪最畅销的小说,仅次于《圣经》,被公认为美国19世纪50年代兴起废奴主义的一大原因。小说主要讲述了黑奴汤姆被几经转卖的过程,并向大家描述了几种不同类型的奴隶主。

在故事开头,先向大家介绍一位仁慈的人,肯塔基州某农场主希尔比先生。之所以说他仁慈,是因为在19世纪中期奴隶制盛行的美国,他不像其他地区的农场主那样惨无人道地压迫奴隶,而是给其适当合理的劳动,让其生活得相对宽裕一点儿。

然而,仁慈也是有条件的,法律是冷酷无情的。

如今,希尔比先生陷入了困境,若还不了欠债,他将失去整个农场。于是,他不得不暗地里和当地精明狡诈的奴隶贩子黑里取得联系,谈起买卖奴隶的交易。

"依我看,这事儿就这么办吧。我把汤姆给你,我欠你的债一笔勾销。"希尔比说。

"希尔比先生,不行的,这笔交易太苛刻了。除非你在汤姆之外,再加一个小孩儿。"奴隶贩子说道。

"不可能,除了汤姆,我谁都不卖。实话跟你说,若不是逼不得已,我才不会卖掉汤姆呢,汤姆是一个老练、实在、能干、虔诚,而且又善于管理农场的人。"希尔比说。

正当他们谈话之时,一个五岁左右的小男孩走了进去。

"过来,哈里,向这位先生展现一下你的歌舞才艺。"希尔比喊道。小哈里很听话,立马用童真的声音唱起一首属于奴隶阶层的歌曲,同时自己给自己拍手伴奏。

奴隶贩子黑里边看边和希尔比商量着:"他真是太棒了,加上这个小孩儿,我们就达成这笔买卖。"

希尔比刚要回话,门开了。进来的是一位二十五岁上下的女子,这女子长相漂亮,身材匀称。旁人一眼就可看出她是小哈里的母亲。

"有事吗,伊莉莎?"希尔比问道。

"主人,打扰了,我来这里找哈里。"伊莉莎答道。

"哦,他在这儿,你把他领走吧。"希尔比说。

伊莉莎看到有奴隶贩子在,赶紧上前把孩子抱起,快步走出屋子。

这时,奴隶贩子黑里又发现了新的商机。他对伊莉莎啧啧称赞:"她真是好货色。我敢说,无论把她卖到哪里,你都会大赚一笔的。"

"我不能卖她的。无论你给多少钱,我的妻子埃米丽都不会同意的。"希尔比说。

"既然这样,把小哈里加上,咱们就成交。"

"我真不想卖掉他,要把一个孩子从他母亲身边带走,我做不到,太没有人性了。"希尔比有些犹豫。

为了说服希尔比,奴隶贩子黑里发表了长篇大论来阐述人性。"我知道这样做过于残忍,所以我做生意时,尽量避免这种情况发生。有些奴隶贩子毫无人性,当着母亲的面把孩子卖出去,最终鱼死网破、得不偿失。我没那么残忍,我会背着女人卖掉孩子,等事情暴露,已经不可挽回,女人只好认命。在我们这个行业,我的名声之所以比较好,正是因为我有人性。"

"你说得有道理。不过,这事我得跟埃米丽说一下,晚上给你回复吧。"希尔比结束了他们之间的谈话,送奴隶贩子离开了房间。

晚上,希尔比和奴隶贩子签完契约回到卧室后,妻子埃米丽先打听起了卖奴隶的事。原来,伊莉莎早已将奴隶贩子来访的消息告诉了埃米丽,并央求她不要卖掉小哈里。

"中午来的那个人是不是奴隶贩子?"妻子埃米丽问得很直接。

"嗯?亲爱的,为什么突然问起这个?"希尔比问道。

"是这样的,伊莉莎找过我,说你打算把小哈里卖给那个奴隶贩子。我说她想多了,老爷不会做这种事。"

"事实上,就在几个小时前,我已经把汤姆和小哈里卖掉了。我还是跟你说实话吧,这事瞒不住的。可能你还不知道,我们已经欠了一大笔债,若不尽快还上,就会被人收去所有家产。而那个奴隶贩子正好看上了汤姆和哈里,并且愿意做这笔交易。"希尔比说。

听到这些,妻子埃米丽惊讶万分。"这是诅咒,是上帝对奴隶制度的诅咒。这么多年来,作为一个基督教徒,我竭尽所能地去关心、帮助身边穷苦的奴隶,并用言行去感化他们,让他们肩负起自己的责任。我本以为这样就算是在残酷的奴隶制度下积善行德,解救了那些奴隶。事实却不是这样的,我做得远远不够。"

"亲爱的,说实话,我也不愿意这么做。但人在屋檐下,不得不低头,"希尔比说,"明天他们就要来拿人,你最好早点儿带伊莉莎出去。我也会早点儿出去的,我没有颜面再见汤姆了。"

"真是罪过,上天怎么会这样对我们,我们做错什么了吗?"埃米丽自言自语道。

出人意料的是,这段秘密对话被躲在门外壁橱里的伊莉莎一字不漏地听到了。

等老爷和太太休息后,她才悄悄地回到自己房间。想到刚才老爷所说的话,她不禁胆战心惊,她实在没想到老爷会真的把小哈里卖掉。

为了哈里,伊莉莎只有一条路可走,那就是连夜带着小哈里出逃。在走之前,她去了趟汤姆叔叔家。

汤姆叔叔的家是座小木屋,屋里住着汤姆叔叔和克罗大婶两口子,和三个年龄都不大的孩子。由于汤姆叔叔忠厚老实、为人和善,深得老爷器重,临近的仆人们,或老或小,常来小屋做礼拜。在这里,还要说一个人,希尔比家的少爷——十三岁的乔治·希尔比。他和汤姆叔叔走得近,常到木屋指导汤姆叔叔练习写字,并和仆人们一起祈祷唱诗。

那天晚上,大家聚集到小屋做礼拜,唱诗唱到很晚才散。汤姆叔叔兴致很高,大家走后,一个人又唱到半夜十二点多。他和妻子克罗刚躺倒床上,便听到外边的脚步声。

"天哪,有动静。"克罗大婶起来拉开窗帘一看,原来是伊莉莎。

"孩子,出什么事了吗?"克罗大婶打开门便问。

"叔叔、大婶,我来和你们道别。我要带着哈里走了,老爷把汤姆叔叔和小哈里卖了。"伊莉莎回答说。

"什么?怎么回事?"汤姆叔叔和克罗大婶疑惑不解。伊莉莎便把自己偷听老爷和太太谈话的事告诉了他们。两人听到这个消息,有些无法相信,过了会儿才意识到事情的严重性。

"老头子,你也得走,和伊莉莎一块儿走。我这就给你收拾东西。"克罗大婶说。

"我不会走的。"汤姆有些悲伤,但很平静。"伊莉莎该走,我不该走。老爷对我有恩,我不能出卖老爷。如果这次我跑了,老爷会倾家荡产的。"

"时间紧,我得走了。拜托你们把我出逃的事情转告我的丈夫。"伊莉莎道了别,抱着孩子匆匆消失在夜色当中。

第二天早上,伊莉莎出逃的事情在农场传开。老爷希尔比得知消息,担心着自己的名声;夫人埃米丽得知消息,赞美上帝的仁慈;而奴隶贩子黑里得知消息,气急败坏,扬言抓到母子俩,一起卖掉。

这时,伊莉莎已经背着熟睡的小哈里走过了熟悉的农场和树林,到了一条大路上。接下来,他们要跨过俄亥俄河。

农场那边,奴隶贩子黑里准备带着希尔比先生的仆人山姆和安迪，朝河边追赶伊莉莎母子。由于希尔比太太和仆人们故意拖延时间，他们午后得以才出发。

傍晚，伊莉莎到达河边将近一个小时后，追她的人也到了那里。她正站在小旅馆窗前往外张望，突然听到山姆的喊叫声。危险来了。她抱起刚刚入睡的哈里，穿过侧门，跃下台阶，跑向河边。奴隶贩子黑里听到动静，赶了过来，发现了伊莉莎。"她在那儿！抓住她！"黑里一边喊叫着山姆和安迪，一边追了过去。眼看就要被抓到时，伊莉莎跳上正在消融的冰块，一块接一块地跳了过去，最终，消失在河的对岸。

伊莉莎就这样从奴隶贩子黑里的眼皮底下跑掉了。

"为了一个小奴隶而陷入这种困境，我这是何苦呢？"黑里突然想到自己还有更重要的生意要做，便出钱让奴隶猎人洛克和他的伙计们继续追赶伊莉莎，自己连夜返回城里。

第二天早上，汤姆叔叔被带上了沉重的脚镣和手铐，塞进了马车。几天后，汤姆叔叔，连同其他几个奴隶，被带上了开往密西西比河下游的货船。

在船上，汤姆亲眼看到丧失人性的奴隶贩子卖掉刚满十个月的婴儿，亲眼看到婴儿的母亲悲愤地跳河自尽。那天夜里，汤姆正在睡觉，迷迷糊糊地感觉一个黑影从自己身边闪过，接着是"扑通"一声。他一下醒了过来，赶快在熟睡的人中寻找那个女人，找遍了船舱也没有找到。天亮后，奴隶贩子得知昨天刚被卖掉孩子的那女人跳河自杀后，一点儿也不感到意外，好像看惯了这种事情。他一边骂着那女人，一边拿出账本，在上边划了一道。这件事就这么过去了，对船上的奴隶来说，这或许能激起他们极大的同情；对奴隶贩子来说，这却只是一笔损失的钱财。

在船上，汤姆遇到一位贵人——来自新奥尔良的年轻贵族奥古斯丁·圣·克莱尔，他要带着女儿和堂姐回新奥尔良。

汤姆先注意到了圣·克莱尔的女儿，她只有五六岁的模样，蓝色大眼睛，金色长头发，体态不胖不瘦，脸庞秀美端庄，活像是仙女下凡、天使再现。她活泼好动,在船上老是跑来跑去,好像有使不完的劲儿,你休想让她停下来稳当一会儿。像她这样的孩子,谁都会注意到的,而且注意到以后,就会把她牢牢记在心上。

观察了好长时间后,汤姆才和她说上话。原来她叫伊万杰琳·圣·克莱尔,但她习惯被人叫作伊娃。

船经过一小码头时,伊娃和父亲圣·克莱尔站在船边看风景。船启动得很突然,伊娃没有站稳,落入水中。这时候,汤姆正在底层甲板上搬运东西,他一看到伊娃落水,想都没想就跳了下去。过了一会儿,汤姆抱着伊娃浮出了水面。

伊娃得救后,圣·克莱尔很感激汤姆,又听到伊娃的苦苦哀求,他决定买下汤姆。奴隶贩子黑里看出了其中的缘故,故意抬高汤姆的身价,大赚了一笔。

回到新奥尔良后,汤姆做了圣·克莱尔家的车夫。这段时间,是身为黑奴的汤姆过得相对幸福的一段时间,可惜的是,他的妻子儿女不在身边。

圣·克莱尔是一个开明而重感情的人,他主张废除奴隶制度,因而平等对待手下的仆人。他的堂姐奥菲利亚也反对奴隶制度,但她并不看好那些黑奴。两人便在黑奴问题上发生了争执。

那天,奥菲利亚实在忍受不了那些干活散漫的黑奴们,便去找圣·克莱尔商量对策,以建立起新的家庭管理制度。奥菲利亚说:

"这些奴隶们真是反了,干活没有一点儿时间观念,没有一点儿条理性,而且还丢三落四,忙里偷闲。我本想好好管一下他们,谁知道没人听。"

"我说,我的好堂姐,你还是省省心吧。由着他们做吧,他们也不容易呢。"

"奥古斯丁,我有一种不祥的预感,我感觉这些仆人对我们不是百分百的忠心,他们在打自己的小算盘。你觉得呢?"堂姐奥古斯丁很严肃地问圣·克莱尔。

"太可笑了,我的好堂姐。什么忠心不忠心的,跟你说,我可从来没有指望他们对我忠实。再说,他们凭什么要忠于我们呢?"

接着,他们又谈起了奴隶制度。圣·克莱尔说:

"以前,我也想过要干一番大事业,想做一个黑奴解放者,尽自己最大的努力废除这罪恶的奴隶制度。但是,事情往往比我们想象的要复杂得多,我最终还是向现实屈服,没有去做一位社会改革家和废奴主义者。

在废除奴隶制的问题上,我和好多人一样,认为对黑奴们进行普及教育是首要的。只要我们能够教育好一代黑奴们,他们就会自行起来为自由而抗争,到那时候,奴隶制就会消解,黑人也好,白人也好,都会成为基督教徒,都会获得幸福。"

"奥古斯丁,上帝听到这些,会很高兴的。"堂姐奥菲利亚说道。

"但是,说起来容易,做起来却很难。而且又是一个只会动动嘴皮子,而不去行动的人。"

几天后,圣·克莱尔从市场上买回来黑人小女孩托普希,并交给了堂姐奥菲利亚教育,他想看看接受正统教育的托普希长大后会成为什么样的人。

之后的日子,奥菲利亚对托普希严加管教,常常大声训斥她。托普希也不太争气,每回被训后照样整出乱子。

有一次,托普希偷偷打开了衣柜,拿出一条用来做帽子的花布条,给她的布娃娃裁剪了一身衣服。奥菲利亚得知后,气得要死,直接把托普希交给圣·克莱尔。

得知事情真相后,圣·克莱尔对奥菲利亚说:

"我的好堂姐,试想一下,对于这样一个八九岁的小黑奴,你每天守在她身边都教育不好她。那么,对于上百上千个这样的人,我们还能做些什么呢?"

听到这个,奥菲利亚想到了之前和圣·克莱尔谈论黑奴教育的话,恍然明白了。

伊娃那时也在屋里,她仔细听着这些话。

后来,她拉着托普希离开了那个屋子,他们找了个安静的地方说起话来。

"托普希,你为什么不听话,为什么不想学好呢?"伊娃问。

"伊娃小姐,不是我不想学好,而是我知道自己是个黑人,即使学好也没有用的,"托普希说,"除非有人扒了我这张黑皮。"

"你不应该这么想,托普希,无论是黑人,还是白人,都会有人爱的。"伊娃说。

"不会有人爱黑人的。"

"托普希,我就是爱你的,"伊娃有些激动地说,"因为你没有父母,没有朋友,因为你被人看不起,吃尽苦头,所以我爱你,希望你能成为一个好孩子。我知道我快要死了,我看到你这么不争气,我特别伤心。"

托普希哭了起来,她感到自己在这个世界上不再孤单。伊娃接着说:

"耶稣爱普天之下的所有人,这个你难道不知道吗?耶稣比我更爱你的。"

"伊娃小姐,我愿意去做一个好孩子。"托普希说。

汤姆的忠心、勤劳、老实、能干,获得了圣·克莱尔一家人的极大信任,和之前的那位希尔比先生一样,圣·克莱尔也逐渐将一些重要的事情交给他办。

汤姆和伊娃的关系越处越融洽,他疼伊娃甚至超过疼自己的孩子。每回从市场上回来,他总不忘给伊娃带些小礼物。作为回报,伊娃用童真而动听的声音为他朗读《圣经》。

转眼两年过去了。这个夏天,圣·克莱尔一家人搬到庞恰特雷恩湖边的别墅消夏。

一天,汤姆和伊娃坐在花园里一起唱赞美诗。当唱到《光明天使》时,伊娃突然说:

"汤姆叔叔,我要走了,我要去和光明天使见面了。"伊娃说着话,站起身来,看着被晚霞照亮的天空。

汤姆不明白伊娃为什么这么说。过了一会儿,他想起伊娃近来的身体瘦弱了许多,皮肤也渐渐没了血色,还不时地干咳,一运动就会出汗、疲劳。汤姆不敢继续往下想了。

过了几天后,伊娃病倒了。

作为母亲,玛丽从一开始就没把伊娃的病当回事。玛丽本来就是个病秧子,每天都得吃药,在她看来,这个家里,只有她自己会得病。堂姐奥菲利亚试图让玛丽重视起来伊娃的病,玛丽却说:

"伊娃好好的,怎么会有病呢。"

"最近,伊娃老是咳嗽、气短、盗汗,你做母亲的,难道没发现这些吗?"

"这都很正常。我都咳嗽了一辈子了,不是还好好的吗?"玛丽说,"这十年期间,我每夜盗汗,睡衣、床单都湿透了。伊娃不过是出一点儿虚汗。"

直到伊娃病倒,玛丽才感觉到事情的严重性。她对圣·克莱尔说:

"老天真是太不公平了,我身体不好也就罢了,还非得夺去我亲爱的伊娃的生命。"

"你怎么能这么说,玛丽。伊娃前些日子玩得太过了,体力消耗过大,这才累倒了。何况医生又没有说没有治好的可能了。"圣·克莱尔劝她。

"你不用劝我,我知道自己会成为这个世上最不幸的母亲,这些都是上天注定的,"玛丽说,"我太在乎我的伊娃了,所以最怕失去她了。"

有些类似这样的话传到了伊娃耳朵里,伊娃听到后,难过得大哭了一场,她没想到自己会让母亲这么痛苦。

伊娃终于还是死去了。

在伊娃临死的时候,所有亲人、仆人们都围在她身边。屋里很静,伊娃挺起微弱的身躯,缓慢地环视着周围的人,每个人都尽可能掩饰着悲伤。伊娃要和大家说最后一句话:

"亲爱的朋友们,在我离开你们之前,我想跟你们说句话,希望你们不要忘了这句话。在我们这个世界之外,还有一个世界,那个地方就是耶稣在的地方。我不久后就要到那儿去了,我要找光明天使去了。将来有一天,你们也会到那儿的。那个地方属于我们大家。但是进入那个世界也是有要求的,你们首先得改变现有的虚度光阴、懒散度日的生活习惯,然后成为一个基督徒。我真的希望能在那个世界再次遇到你们。"

随后,伊娃送给每个人一绺自己的头发,希望大家记住她爱大家。

这个世界上,像伊娃这样的孩子,太少了。而且,他们往往是短命的。人们只能在墓碑上看到他们的名字,而他们可爱的身影、迷人的笑容、童真动听的声音都深埋在了亲人的心田。他们好比是天国来的天使,他们要做的只是在人间停留片刻,让那些迷失自我的人重获新生。

伊娃死后,时间并没有停止,它还是悄悄地一周接着一周地过着。圣·克莱尔家的生活继续,仆人们继续忙碌,主人们继续忙碌。由伊娃去世所带来的悲伤正逐渐地被枯燥无味的生活一点点抹去。

圣·克莱尔答应了伊娃临终前的请求,正在为汤姆叔叔办理成为自由身的各种法律手续。

然而,不幸发生了。

那天晚上,汤姆坐在院里,欣赏着月光,想着家人,想到不久后回到家里时的情景,想到获得自由后的生活。突然,有人敲门。汤姆急忙打开门,只见几个人用一扇窗户抬着一个人进来了。到明处一看,那个人竟然是圣·克莱尔。紧接着,屋里响起了哭喊声和惊叫声。

原来,圣·克莱尔在咖啡馆看报时,两个喝醉酒的人打起架来,他便上去拉架。谁知,一个人手里拿着一把刀,混乱中直接刺在了圣·克莱尔的腰间。

那一刀刺在了要害,圣·克莱尔失血过多,死去了。

在仆人们心中,圣·克莱尔是一个真正仁慈善良的主人。如今,这个主人离开了,他们的生活便没有了保障。

几天后,玛丽不听堂姐奥菲利亚的劝告,违背丈夫圣·克莱尔和女儿伊娃的遗愿,卖掉了汤姆和所有的仆人。

汤姆是从仆人阿道尔夫口中得知这个消息的。阿道尔夫告诉他:玛丽太太已经和律师商量好了,过不了几天,他们就会被送到市场上拍卖。

汤姆陷入了极大的痛苦之中,他本以为自己马上要告别奴隶之身,成为一个自由人,然后和家人团聚,再挣钱把家人赎出来。然而,这一切都将成为奢想。

奥菲利亚想帮助汤姆,便给希尔比太太写信,让她寄钱过来为汤姆赎身。然而,第二天,信还没有寄出去,汤姆和另外几个仆人就被送往了黑奴市场。

拍卖会上,汤姆被卖给了红河下游的农场主西蒙·雷格里。

西蒙·雷格里给汤姆的第一印象是粗鲁、狠毒。汤姆被带上船后,雷格里发现他竟然穿着一身质地较好的外衣,笔挺的衬衣和黑亮的皮鞋。这是他看不惯的,他硬让汤姆换了一身破烂不堪的衣服,同时把汤姆换下的衣服收进了自己的包里。汤姆换衣服时比较匆忙,忘了掏出上衣里的那本赞美诗集,不巧被雷格里摸到了。雷格里恶狠狠地瞪了汤姆一眼,说:

"我可不想在我的农场里看到你们这些黑鬼祈祷,唱赞美诗,你最好尽快把它扔掉。从今往后,你要牢牢记住:你的上帝就是我,你必须服从我的安排。"

汤姆在心里说了一声"不",然后默默念起古老的经书《圣经》上的一句话:"我已经将你救赎,你不要再害怕。我已经以我之名将你呼唤,你已经属于我了。"这些声音,狠毒的西蒙·雷格里是听不到的。

经书上有句话:世界上黑暗的地方都满满居住着残暴。汤姆和其他黑奴们便被西蒙·雷格里带到了这样一个黑暗的地方。在这个地方,黑奴们起早摸黑,眼前是繁重的农活,背后是监工的皮鞭,在这两者之间,你只能选择不停地劳作。黑奴们住的地方,和牲口棚差不多,一间简陋的木屋里,除了一些散落在泥土上的干草外,什么也没有了。

另外,为了防止黑奴们逃跑,西蒙·雷格里养了三四只狼犬,那些狼犬经过了特殊训练,专门追捕黑奴。

汤姆很快熟悉了这里的生活。

一天,农场上新来了一个中年女人。干活时,汤姆离她很近,一抬头就可看见她,那个女人身材瘦弱,干着干着,身体抖了起来,像是累得不行了。汤姆故意靠近她身边,抓了几把自己摘到的棉花,悄悄地放在她的袋子里。

不巧,这事竟被监工看见了。他先狠狠踢了女人一脚,又拿起鞭子朝汤姆脸上抽了一下。不但如此,监控还把这事报告给了西蒙·雷格里。

晚上,汤姆拖着疲惫的身子回来后,被西蒙·雷格里叫住了。他冲着汤姆嚷道:

"汤姆,我一直很看好你,这些日子你表现不错,我准备明天以后让你当监工。正好这里有个偷懒的,你先用鞭子教训一下她。"

"主人,非常抱歉,我从来没有做过这种事情,希望老爷也别请我来做这种事情。说什么我也不会这么做的。"

西蒙·雷格里听到这句话,立马来了气,捡起一根鞭子就朝汤姆脸上狠狠抽去。"打你,看你还敢不敢跟我犟嘴。"

"主人,非常抱歉。我永远不会做这种事情的,除非我死了。"汤姆还是那么坚定。

西蒙·雷格里越听越生气,直接拿脚踢向汤姆。"好啊,你竟然敢这样跟我说话,你们这帮畜生有资格这样和我说话吗?你也不看看自己是多么让人恶心的黑鬼。我实话告诉你,你既然把肉体卖给了我,你的灵魂也是我的。"

汤姆已经遍体鳞伤,但他依旧挺直了腰板,说:

"你错了,主人,我的灵魂永远不会是你的,我已经把我的灵魂卖给了一个可以好好保管它的人。你永远得不到的。"

这句话彻底激怒了西蒙·雷格里,他叫上那两个监工,狠狠揍了汤姆一顿。

那天夜里,那个女人悄悄来到汤姆身边,照顾汤姆。那女人叫凯西,她对汤姆说:

"我不相信这个世上真的有上帝。即使有的话,那他一定只帮助我们的对手。"

汤姆听到这话很吃惊。凯西接着讲起了自己的故事。

原来,凯西已经在西蒙·雷格里手下待了五年,她每天忍受着精神和肉体上的屈辱。在来这里之前,她和一个叫亨利的男人在一起待了七年,他们本来生活得安稳,后来亨利因为赌钱而欠下了债,最后不得不把她和他们的两个孩子全部卖给了一个可恶、狠毒的奴隶主。之后,她不得不屈服于他,她怕他把她的两个孩子卖掉。然而,有一天,她从外边回来后,发现两个孩子都被卖了。

后来,她又被放到了黑奴市场,在那里被一个船长买走。一年后,她有了自己的第三个孩子。她害怕这个孩子也会有前两个孩子那样的下场,便用鸦片毒死了小家伙。

几天后,汤姆的伤刚刚止住了血,便被西蒙·雷格里拳打脚踢,逼着下地干活。

自从西蒙·雷格里那天听到汤姆的那句"我的灵魂永远不会是你的"后,他就一心想压垮汤姆的宗教信仰。但是,无论劳动强度多大,时间再紧,汤姆都会坚持捧起《圣经》读上一段。不但如此,汤姆还向身边的人讲解《圣经》,给予他们安慰。

凯西和另外一个女奴实在是忍受不了西蒙·雷格里的折磨,终于在一天晚上,在汤姆的帮助下成功逃了出去。逃走前,凯西曾试图说服汤姆,让他一起走,可汤姆说什么也不肯。西蒙·雷格里眼睁睁看着两个女奴在自己眼皮底下逃跑了,怒不可遏,他带着手下和那些狗追了很长时间都没追到。

失望而归的西蒙·雷格里脾气坏到了极点,他把自己的愤怒全部发泄在了汤姆身上。因为他知道,汤姆与这件事情绝对脱不了干系。

汤姆自己也明白,他这次很可能会死在西蒙·雷格里手上。在凯西和他商量逃亡计划时,他就知道会有这一天,但是他依旧帮着她们逃出去了。

汤姆被带到了西蒙·雷格里面前,然而无论西蒙·雷格里怎么打他,他都不肯说出凯西她们的逃亡计划。西蒙·雷格里的两个手下竟然被汤姆的真诚感动了,西蒙·雷格里无奈地离开后,他的两个手下便赶紧停下来,给汤姆清理伤口,并向汤姆道歉,以求得汤姆原谅。汤姆原谅了他们。那个叫山包的手下问汤姆:

"汤姆,整个夜晚我一直听你在喊耶稣,你能告诉我他是谁吗?"

"耶稣是一个永远存在的,拥有拯救世人力量的人。"

那两个手下听了这句话,全都流泪了。

"朋友,我愿意用自己所忍受的一切苦难来换取你们对耶稣的信任,"汤姆说,"主啊,祈求你赐我力量,让我拯救这两个灵魂。"

汤姆确实做到了。

两天后,希尔比家的少爷乔治·希尔比驾车匆匆赶到了西蒙·雷格里的农场。原来,希尔比太太收到奥菲利亚的来信后,非常挂念汤姆,他便让乔治·希尔比前往新奥尔良寻找汤姆,到那里以后又边打听边走,最终找到了这里。

然而,一切都晚了。乔治见到汤姆时,汤姆已经奄奄一息了。汤姆吃力地睁开眼睛,看到乔治时,脸上露出了满意的微笑。汤姆用微弱的声音说了最后一句话:

"希望你帮我传个话,你千万不能把我的情况告诉克罗。你只跟她说你看见我进了天堂。还有,告诉她一句话:'无论在哪里,上帝始终和你在一起。'"

汤姆叔叔就这么死了。

汤姆死后,在两个黑奴的帮助下,乔治把他埋在了一个长着几棵树的小沙丘上。临走前,他跪倒在汤姆的坟前,默念道:

"我乔治在此向你发誓,从此时此刻起,我会竭尽全力,废除这万恶的奴隶制度。"

瓦尔登湖

亨利·大卫·梭罗(1817—1862),19世纪美国著名作家、哲学家,代表作有散文集《瓦尔登湖》。

《瓦尔登湖》发表于1854年,是一本清新自然、积极向上的人生哲理书,是美国现代文学中的经典散文作品,主要记录了作者隐居瓦尔登湖,回归自然后,在田园生活中体会到的人生感悟。《瓦尔登湖的冬天》是其中的名篇。

瓦尔登湖的冬天

冬天的一个早上,我从静寂而漫长的黑夜中醒来后,脑子里想起了梦里的那些问题:什么东西,什么时间,什么地方,怎样,在梦中,我试图给出答案,但又不知道该如何去说。黎明时分,我看到了万物生活着的大自然,她正站在窗外看着我,她的面容清新,没有别的要求,嘴上没有挂着疑问。从睡梦中醒来第一眼看到的大自然和光辉,就是我要说的答案。地面上积着厚厚的雪,雪上点缀着小松树,我居住的这座小山丘像是在对人说着:"前进!"大自然和我们人类不一样,她从来不去问问题,她也从来不去解答问题。这一切早已经被她看明白了。"当你我露出爱慕不已的眼光时,宇宙中这些变幻无穷而又奇特的景象就已经进入了我们的灵魂。虽然夜晚的漆黑多少遮盖了大自然的鬼斧神工,但是,天色一亮,它们又会出现在我们眼前,从大地到天空,无处不在。"

黎明时,我做我该做的活儿。我首先要做的是打水,我知道经过冰天雪地的夜晚,打到水的概率很小,但我还是拿着斧头和水桶出门了。本来湖水波光粼粼,可以感触到任何微弱的动静,可以映照每一道光影,但一到冬天,整个湖面都结了一英尺①甚至一英尺半厚的冰,即使是体重最大的牲口走在上面,也不会有问题。有时候,冰层上面还会盖上一层一英尺厚的雪,你根本闹不明白这究竟是湖面还是陆地。冬天还挺长,居住在湖周围山上的旱獭,闭上眼睛一睡就是三个月。我站在盖着雪的湖面上,如同站在由群山作栅栏的牧场上。我拨开一尺厚的雪,凿开一尺厚的冰,在湖上打开了一扇天窗。我趴在窗口,一边喝着水,一边偷窥着鱼儿们的房间,里面是一片温和的光影,如同光线经过磨砂玻璃过滤后的效果。湖底的沙粒,和夏天时没什么区别,正被咖啡色的昏暗笼罩着,给人一种宁静而又清透的感觉。这种色调和那里鱼儿的安稳暗暗吻合。我把天空踩在脚下,我却又在天空的脚下。

每天一大早,当万物都被寒冷冰封时,钓鲈鱼和梭鱼的人们便准备好了鱼竿和午餐,向雪地进发了。这些人不同于那些享受城市文明的人,他们还保留着原始的野性,保留着原始的生活方式。如果没有他们这样行走于城市之外的空闲地带,每个城市都会成为单独的个体。他们在大自然中获得的生活经验的实用程度,不亚于城市人从虚假欺骗中得到的经验,比如他们现在身穿厚实柔软的大衣,吃饭时会坐到有干燥树叶的地方。他们从不去翻看书籍,他们能做到的事情,远远多于他们知道和能说出来的事情。据我所知,他们做的事情外人是不知道的。就拿这一位用鲈鱼当诱饵钓梭鱼的人来说吧,令人吃惊的,他的水桶里满是鱼,看起来就像是夏天时候的湖。我怀疑他把夏天关在了他的小屋里,或者他知道夏天的藏身之处。要不,你说说看,

---

①英尺:长度单位,1英尺合0.3048米。

在大冬天钓到这样一桶鱼,他是如何做到的呢?我告诉你吧,虽然冰封了大地,但在那些腐朽了的木头中,虫子还是有的。他生活在大自然当中,对大自然的了解程度远大于那些自然学家们,何况,他本身就是大自然的一部分,就是自然学家们研究课题的一部分。自然学家们找虫子时,往往是先用刀子刮掉木头上的苔藓,再把树皮掀起来;他却不是这样的,他直接举起斧头朝木头砍去,那些苔藓和树皮瞬间就蹦开了。获得了虫子,他就能在冬天钓鱼了。从他那里,我看到了大自然的生活,虫子被鲈鱼吃掉,鲈鱼被梭鱼吃掉,梭鱼被他吃掉,生物中的食物链就是这样一级一级形成的。

天空有雾笼罩,我沿着湖边散步,远远地看到渔夫们在用原始的方式钓鱼。他们先在距离湖边四五个鱼竿远的地方,凿上一排冰窟窿,然后在上面横放一排杨树树枝,再用绳子固定住树枝,防止它被拖下水,最后把鱼钩挂到树枝上,并盖上一片枯树叶。如果树叶动了,就说明有鱼上钩了。当你走到湖的那一面时,你就会清清楚楚地看到这些杨树枝,它们等距离的排列着。

看,瓦尔登湖里的梭鱼!有时我趴在冰上观察它们,有时我通过渔夫们凿开的冰窟窿看他们,它们实在是太美了,美得让人惊叹道:这种罕见的鱼,大街上没有,丛林里也没有。这种缺失就好比康科德的生活,阿拉伯没有。它们实在是太美了,美得超凡脱俗,人人都知道灰色鳕鱼和黑线鳕鱼的美丽,但与它们比起来,还有天壤之别。它们并没有松树一样的青绿,也没有石头一样的灰白,也没有天空一样的蔚蓝,但它们的色彩既像鲜花,又像钻石,又像珍珠,它们是整个瓦尔登湖水中生物的结晶。它们是地地道道的瓦尔登湖,把它们放到动物世界里,那更是一条条小瓦尔登。这样美得脱俗的鱼儿只有在这里才能钓到,只有在这深而又宽广的湖中——本来,这些美丽脱俗的如美玉般的金色的鱼儿,躲开了行走在瓦尔登路上的车马,自由自在地湖里游着。这种鱼,市场上是没有的,如果它出现在那里,势必会被抢购一空。在这里,渔夫很容易就把它钓了上来,它只要扭动了几下身子,就会和自己在水中的倒影告别,如同一个人大限未到,灵魂却已经升天。

据说瓦尔登湖的湖底在很早以前就消失了,我一直想一探究竟。1846年年初,趁湖面的冰还没有融化,我带上罗盘、合页,以及用来测量水深的线垂,对湖底探查了一番。许多传说里面都提到这个无底的湖,但传说毕竟是传说。令人奇怪的是,人们在去弄明白事实真相之前,就已经相信这个湖没有湖底。人们还相信,通过瓦尔登湖的湖底,可以穿越整个地球,到达另一端。有些人想弄个明白,便趴到冰上,穿过那梦幻般的湖水往湖底看,或许他们生怕得了风湿,没过多久就站起身来,向人宣布道:湖底有不少大得惊人的洞,要是有人敢到底下往里扔干草的话,不知道得扔多少,那些洞简直是地狱的入口,你要是从这里下去,一定能到地狱那个世界里。还有人为了测量一下湖水深度,用一匹五十六号的马拉来一车绳子。马停下后,他们把绳子扔进湖里,结果竟发现湖深是测不出来的。但是,朋友们,我可以肯定地说,瓦尔登湖是有湖底的,而且湖底并没有那些大洞。湖的深度是很容易测量的,一根钓鱼线就可以办到。我在钓鱼线的一端绑上一块约一磅半重的石头,然后把石头放进湖水中。这样我就能知道石头什么时候沉到湖底,如果石头到底后,我要想再提起它就很费劲。下面说一下我的测量结果,湖的最深处有一百零二英尺,如果加上之后涨起来的湖水,便有一百零七英尺。我也没想到,这么小的湖,竟然有这么深,但是无论你有多么丰富的想象力,你也减不下去一英寸。要是世上的湖泊都那么浅显,又会怎样呢?它就不会让人记在心上了吗?我很庆幸有这样一个深而又洁净的湖,它可以给我们以启示:只要人们还相信无限的存在,就会有无底的湖泊存在。

我测量出湖底深度的消息传到一个厂长耳朵里,他否定了我的结论。在他看来,和水闸的情况一样,湖底的沙粒不可能分布在这么陡峭的地方。就最深的湖而言,根据它面积的大小来看,不可能有大家认为的那么深,要是把湖水全部抽出去,湖底不可能是陡峭的峡谷。整体来说,湖一般不会呈现类似峡谷的水杯形状,因为若是这样的话,与它的面积相比,它就太深了。湖一般会呈现类似盘子的形状,等湖水被抽干后,我们看到的往往是一片平地,而不是我们想象中的沟壑。威廉·吉尔平有一段描写风景的文字不错,而且写得准确,他对着苏格兰的菲因湖湾说道:"这是一潭深六十七英寻、宽四英里的湖水,"大概长约五十英里,四面环山,他还在后面写了个人评论,"假如水流还没因洪水泛滥或者大自然的抽搐而奔涌进来,这里将是多么令人望而生畏的沟壑啊!"

"山峰拔地而起这般高,
湖底沉陷下去这般低,
宽而敞,这般好的河床——"

我们知道瓦尔登湖最多算是盘子状的,要是根据瓦尔登湖的面积与深度的比例来评价菲因湖湾的话,结论是它只有瓦尔登湖的四分之一深。这样一来,把菲因湖湾的水全部抽干后,那沟壑被夸大的程度也是可想而知了。毫无疑问,如今那些种着玉米的可爱的山谷,无不是水流退走之后显现出来的"令人望而生畏的沟壑"。但是,要想说服那些并不这样认为的当地人,你必须有地质学家的远见卓识。站到海拔较低的小山丘上,具备一定观察能力的人可以一眼看出很久以前存在的湖泊。平地不会为了遮掩自己最初的面貌而升高高度。同样的道理,修过公路的人都有一种本领,那就是通过路上的泥水坑来判断道路上的沟壑。这就说明,人的想象力,只要放开了,就可以超越大自然的最深处和最高处。因而,如果拿海洋的深度和它的面积相比,它的深度太微不足道了。

在测量了湖水的深度之后,我开始推测湖底的形状。与测量没有结冰的湖相比,这要容易而且准确得多。最后,让我惊讶的是,它的形状竟然是有规则的。湖底的最深处,有一块几英亩大小的平地,而且平整的程度不亚于那些被风吹日晒的田地。有一块地方,我随意地下了三十次线，发现最深处和最浅处相差最多不过一英尺。在湖心地带，我先测了湖心处的深度，然后向周围扩散测量，深浅的变化却只有三四英寸左右。有些人老以为湖底有深深的、可怕的沟壑，但即使真是这样，在湖水的作用下，那些沟壑早已经被填平了。湖底的形状是有规则的，它近乎完美地和周围的山脉吻合。

我在湖的不同地方测到一百个深度数据后，绘制了一张湖的平面图，比例是一英寸比十鱼杆，结果有些让我吃惊。湖中心部分正好是整个湖的最深处，我比着尺子在地图上画了一条穿过湖的最长直线，又划了一条最短的直线，两条直线的交点正好是湖的最深处。尽管湖的外形没那么规则，湖底中心那么平整，长宽的差别也是从湖边凹处算起的，我还是想说，莫非海洋的最深处和一潭湖或者一个泥水坑的形状是一样的？能不能由此而推出山和谷也是如此呢？你我都知道，一座山的最高处未必是它最狭窄的地方。

为了证实一下我关于湖的最深处的推断，我依据白湖的大致轮廓和湖岸的不规则性，绘制了一张白湖的平面图。白湖整个面积有四十一英亩，中间没有小岛，四周也没有出水口，这一点和瓦尔登湖一样。在图上，湖面最宽处紧挨着湖面最窄处，那个地方，两端湖岸上隔湖相望的湖岬挨得也很近，我最终在最窄处划了一条线，这条线和湖最长处的那条线交于一点，我就把这一点作为湖的最深处。当我到湖面上具体测量时，发现实际上的最深处距离我在地图上选定的那点相距不到一百英尺，我预测的最深处要比实际上的最深处浅一英尺，实际上的最深处是六十英尺。如果，湖中间多一个小岛，或者是湖周围多一窜泉水，事情就没这么简单了。

如果你想掌握大自然中的所有规律，你要做的首先去搞清楚一个规则，或者不断关注一种现象，然后将得到的结论运用到其他方面。现在的我们或许只掌握着很少的自然规律，我们得出的推论也常常是错误的，这是很自然的事。但是，我们并不能由此说明大自然是杂乱无章的，是没有规律的。不要忘了，我们还在学习和推理过程中，还没有掌握那些基本的原则，这才是我们出错的原因。一般而言，我们只是在身边的部分事物中发现规律，掌握规律，而对于那些除此之外的看似错误实则正确的规律，我们暂时却没有发现。我们所获得的规律都是源于我们对事物的看法，好比一个登山者，他每走一步，山在他眼中的形状就会变化一次，一座山只有一种模样，在登山者眼里却有千万种形态。即使你把它劈开，把它打通，你也不可能看到它的全部。

这就是我们所说的平均律，它适用于湖深的问题，也适用于伦理学上的问题。这条规律不仅指导着我们研究宇宙中的太阳系，还指导着我们分析他人。比如，要分析一个人的性格，我们先收集到这个人在日常生活中的行为习惯和潮流动向，然后找出他的长处和短处，分别划出一条直线，这两条直线相交的地方，就是这个人性格的最深处。这样一来，我们只要观察一下他在湖边行走的方向和他身边的环境，就能知道他有多少内涵。比如说，他身边的环境是山多，湖岸险峻，山峰直立，那么他就会是一位很有内涵的人；他身边的环境若是湖岸浅显、平坦，那么他也可能是一个肤浅的人。我们每个内陷处的进口，对应一个沙洲，对应一个特别的指向。我们有时候会躲进内陷处很长时间，甚至失去了自我，因为那里是我们的港湾。那些特别的指向并非是无所根据的，湖岬或者说之前地势上升时的痕迹，决定着它们的表现、大小和方向。暴风骤雨、潮起潮落，以及湍流，可能使沙洲升高而显露出来，湖面水位的下降也可以使它显露出来，但最初，它隐藏在湖水里，只是湖岬的指向。当沙洲显露到一定高度时，便从海洋里分出了一潭独立的湖湾。思想达到一定境界时，思想的湖泽也会变成淡水，也会形成一个淡水湖，或者死海。以此类推，你我降临到这个世界上，相当于一个沙洲从水面显露出来，可以这样说吗？当然可以了。每个人都是航海家，每个人的思想都有点儿让人捉摸不定。在思想的大海上，我们不知道该停靠到哪个港口，随着大流，要么停在了小港口，要么进入大港口，停靠在科学这种没有趣味的码头旁，卸货后再装货,根本没有人去做独立的思考。

对于瓦尔登湖来说,湖水的进出口,分别是雨水和蒸发,除此之外,我没有发现。要找湖水的进出口并不难,我只要用一只温度计和一根绳子就能完成,因为如果有水流流进或流出湖里的话,那里的温度夏天最低,冬天最高。1846年到1847时,有些人被派到这里凿冰块。有一天,当他们把凿好的冰块送到岸边时,冰块的买主却让他们扔了这些重新凿,原因是这些冰块的厚度不够。后来,凿冰的人发现湖上有块区域的冰块整体都比别的薄上两三寸,他们便以为这块区域是湖水的入口。还有个地方,他们觉得那里是湖水的出口,湖水经过那个出口,穿过一座山的底部,从山另一边的草地上流出。他们还把我叫过去,让我爬到冰上往下看。在下面十英尺左右的地方确实有一个很小的水洞,不过我觉得没必要把它添堵上,除非它以后变大。有人建议,只要往水洞里倒一些有色粉状物,在草地的出水口放一过滤器,就可以知道湖底到底有没有水洞。如果草地那边出现了有色粉状物,那就说明那个水洞确实存在。

当我探测时,十六英寸厚的冰层,对我来说,如同上下浮动的水面。我把一根标有刻度的长尺放到冰层上,把水平仪放到岸上,然后观察冰层的浮动。尽管冰层看上去和湖岸连接着,但在距离湖岸一杆远处,冰层的浮动竟然达到四分之三英寸。如此说来,湖面中心的浮动可能大得惊人。要是我们有一件更加精准的仪器,测出地球表面的浮动程度都不在话下。我打开水平仪的三脚架,让一只脚站在冰层上,另外两只脚站在湖岸,然后我站到冰层上的那一只脚旁,瞄准湖岸上的一棵树并读数,这时候,树上上下下浮动的几英尺距离便是冰层的上下浮动度。当我在湖面上凿窟窿测水深时,冰层和积雪层中间有三四英寸深的水层,冰窟窿被凿开后,那些水便沿着冰层从窟窿中流进湖里,这个过程要两天时间。当水层全部流进湖里时,冰层上面留下了一道道水流的痕迹,冰面变得粗糙,同时随着湖里升高的水面向上浮动了一段距离。简单地说,这个道理相当于在船底凿开一个窟窿,把船里的水放出去,船就会上升。当这些窟窿被新冻上的冰块填补上时,天又下了场雨,整个冰层上又结上一层冰,又变得光滑起来。这时,冰层内部出现了蜘蛛网状的空隙,看上去美丽无比,我们就叫它玫瑰花冰吧。这些网状的空隙正是四周的水流向窟窿而留下的痕迹。有时候,我站到积着一潭浅水的冰层上,可以看到两个自己的身影,一个在冰层上,一个在水面上群山和树木的倒影里,这两个身影一个摞一个。

1月份的时候,天儿依然寒冷,湖上的冰层依然很厚实很坚硬。这时候,有些聪明的农场主从镇上跑到瓦尔登湖,凿取冰块运回家里,等到夏天时冰镇饮料。正值寒冷的1月份,他就为7月的酷热和口渴想起对策,这样精明的人当然会让人关注的。不过,我对他有点儿同情。你看,他还身穿厚大衣,手戴皮手套呢。他用锯条锯开坚硬而厚实的冰,拆掉鱼儿们房间的天花板,接着用铁链像捆绑木头一样,把冰块和寒冷捆到一起,再把捆好的冰块搬到车上,趁着天气的寒冷,直接运送到地下室,然后搁置在那里,等候酷夏的到来。在我眼里,那些被运送出去的冰块,像是一块块被冻结的空气。当他们凿冰时,他们很高兴,像是在玩游戏一样乐在其中,看到我站在身边时,他们很友好地邀请我加入他们,和他们一起抡起斧子、拉起锯条破冰。

1846年到1847的那个冬天,近百个北极来宾光临了瓦尔登。那是一个早上,他们赶着几辆车来到了瓦尔登湖湖岸,车上装着雪橇、犁、播种机、割草机、铁锹、手锯、铁耙等农耕用具。他们还拿着一把两个分支的铁叉,这种东西书上是没有的,你翻遍《新英格兰农业杂志》和《农业杂志》都找不到的。他们来这里要做什么,是要点种过冬的黑麦,还是点种那些刚从冰岛引进的农作物新品种?这个我不知道。看到他们没带肥料,我推测他们不打算深耕,因为这些闲置了很长时间的土壤本来就很肥沃。实际上,他们也是这么想的。他们对我说:那个没有到场的农场主,现在的资产已经达到五十万了,但他还想让自己的钱翻倍,让每一块钱再赚回一块钱,所以就让我们在这寒冷的大冬天里,脱去瓦尔登湖仅有的外套,不,应该说是剥去瓦尔登湖的美丽的皮肤。他们很快就投入到农活中了,整地、耙地、犁地、播种,他们像在农场中一样,一步步熟练地做着。正当我对他们播种的种子有些好奇时,我身后的一帮人转身犁起了旁边一块没有开垦的土地,他们只要稍微用下力气,犁就顺利翻过土壤,直接划到沙滩上或者水里。这块土地确实疏松,这里所有的土地都是这般疏松。他们把土壤装到雪橇上,直接运走了。当时我就想,他们应该是在这块土地里寻找泥煤的。之后,他们每天都来一趟,重复着同样的工作,然后随着火车的一声鸣笛而离去。在我看来,他们就是一群北冰洋上的雪雀,来自北极,又飞回北极。瓦尔登湖这位印第安女人也会复仇,有时她用坚硬的皮肤折断犁的钢铁头部,有时她用冰块卡住深陷沟中的犁,有时她会夺去侵犯她的人的性命。有一次,一个走在人群最后的农民,一不小心滚进了通往地狱的地陷裂缝里,刚刚还满是活力的一个人一下子失去了十分之九的生命,那身体本有的体温也降到了最低。然而,幸运的是,他进了我的小木屋,接受了炉火的恩赐。

实话跟你说吧,那近百人都是爱尔兰人,他们来自剑桥,跟着那位北方的工头来这里凿冰。他们破冰的方法正是我们所熟悉的那种,这里不再多说了。他们把冰块放到雪橇上,被运往湖岸的一个中转站。在那里,他们用铁爪、传送带、滑轮把冰块一块一块,像一袋一袋面粉一样,先平台上摆放一层,然后再一块块往上摞,那种方法像是在为高楼大厦打地基一样。从他们那里得知,若是这样踏踏实实地干上一天,他们可以凿上一千吨的冰块,若把这些冰块排列起来,将有一英亩地的大小。湖面的冰层上,出现了深陷的雪橇印,出现了固定起重设备的盆状的深坑,这跟在陆地上一样,车走过的次数多了,自然就留下了车轮印。就这样,他们在湖岸的平地上搭起了一座三十五英尺高的冰塔,要摸着有六七十立方米。他们还在最外面的那一层冰中间垫上一层干草,防止风吹进去。这个时节的风虽然依旧寒冷,但万一吹进了冰塔中间,那里就会出现裂缝,最后整个冰塔也会因为这个而倒塌。刚开始时,这座冰塔看起来仿佛一座宏伟的由一块块蓝色大理石砌成的蓝色城堡,一座戴尔哈拉殿,一座彼得冬神的行宫,但后来,冰塔中间被垫上一层干枯的草垫后,再加上它外边覆盖了一层霜和小冰条,整个看起来又像是一座上了年代的、长满苔藓的废弃建筑。按照他们的估算,这些冰块会有百分之二三破在车子上,再加上其他途中的损失,最终只有百分之七十五到达终点。另外,这些运到终点的冰块中有一大部分完成不了它最初的使命。由于内部有过多的气泡,或者其他的一些因素,它们没有完好无缺地保存下来,因而也就不能拿到市场上去卖。就说这冰塔吧,1846年到1847年刚堆放起来后,一共有一万吨左右重,随后用草垫和木板包装起来。到了1847年7月时,被打开过一次,并搬走了一些,然后又被包装起来,露天放置,过了一个夏天后,那冰塔依旧站立着,又过了一个冬天,还是那样,一直到1848年的9月,那冰塔才全部融化。到最后,那些冰块化作水,又流回了瓦尔登湖。

　　瓦尔登湖上的冰和湖水一样,从近处看,是绿色的,从远处看,却是蓝色的。若把瓦尔登湖的冰,河流上的冰,以及四分之一英里外的湖上的冰全放到一起,你一眼就可以看出来那个是瓦尔登湖的冰,它的绿,它的蓝,都是那种超凡脱俗的美。有时,破冰者的雪橇路过大街时,会掉下一大块冰块,那冰块看上去像是翡翠一样,一个星期内,路人经过时都要上去观赏一番。湖面没有结冰时,我站到湖边的山上,朝那边望去,看到了一潭绿水;当湖面结冰后,我又站到那个地方,朝湖望去,看到了一片蓝色。初冬的时候,第一天那些湖边的小水潭还是绿色的水,过了一夜,再去看时,绿色的水变成了蓝色的冰。或许,湖水和冰块吸收了白天的光线和空气,才会变成蓝色的,那些最清澈的水、最晶莹剔透的冰是最深的蓝色。冰真是一个值得深思熟虑,又充满趣味的话题。那些破冰者对我说,他们五年前储存到福莱西湖冰窖中的冰块,至今完好无损。听到这个,我不禁疑问:一盆水长时间放置,会变得奇臭无比,而这些冰呢,它们放置那么长时间后,为什么依旧完好如初?有些人可能会说,这水与冰之间的区别正如感性和理性之间的区别。

在十六天里，我每天都能通过我的窗户，望到外面那近百个人，三五成群地，像农民一样，拉着牲畜，带着农具，忙个不停。这幅场景对我们来说并不陌生，它常常出现在那些历史书的扉页上。每当看到那幅场景，我就会想起那些寓言故事，关于云雀的，关于收割者的，关于播种者的，等等。如今，那些人离开已经一个多月了，我又朝窗外望去，看到那一潭碧绿的瓦尔登湖，湖面上倒映着天上的云朵和岸边的树木，湖面上空笼罩着蒸发的水雾，根本看不出湖面上曾站过人。你能看到的，或许还有孤零零的一只潜水鸟，它从空中俯冲，潜入水里，梳理羽毛，然后叫上两声，飞走；或许还有孤零零的渔夫，划着小船，湖面上也是他孤零零的倒影。无论如何，你也想象不出，一个多月前，人们站到湖面上的那幅场景。

我有种预感，不久之后，加尔各答、孟买、马德拉斯、新奥尔良，以及查尔斯顿的人们也会来到这里，从我的井中取水。黎明时分，我把自己的精力全部投入到了那本伟大的哲学书籍《对话录》中。打这一部哲学巨著问世以来都不知道过去多少年了，但与它相比，我们现在的世界和这个世界产生的文学是多么的庸俗卑微，多么的虚伪乏味。我自己认为，这部哲学巨著中的观点不仅适用于过去的那个年代，同样适用于现在，但是现在，我们的看法却远远偏出了那些观点。想到这里，我有点儿口渴，便到我的井里打水。当我走到那里时，正好碰到了婆罗门教的教徒，梵天的僧人，毗瑟奴的僧人，还有因陀罗的僧人，他们是来给他们的主子提水的，而他们的主子依旧坐在恒河中，庙宇里，或者在一个大树底下，念着他们的吠陀经。打水的时候，我们的水桶不小心碰到了一起。

瓦尔登湖里纯净的水，就这样流进了恒河的圣水当中，与圣水溶在一起。这股水流，在温暖之风的吹拂下，流经神话传说中的亚特兰蒂斯岛和海斯贝利地岛，流经日本的饭能，流经特尔纳特，流经狄达尔，一直流过波斯湾的入海口，流进大海，再在印度洋的热带气流的吹动下，流到那些亚历山大都不曾到过的港湾。

白　鲸

赫尔曼·麦尔维尔(1819—1891)，美国小说家、散文家、诗人，代表作有小说《白鲸》。

《白鲸》发表于1851年，被称为"全世界文学中最伟大的海洋传奇小说之一"。小说以作者的海上经历为事实根据，讲述了一位船长带领着水手们，同有海上恶魔之称的白鲸之间殊死搏斗的故事。

我叫以实玛利，我已经忘记自己是从什么时候开始如此的落魄和无所事事了。我还是去做水手吧，至少能够见见世面。更重要的是，免得我因为郁闷的坏心情触犯了法律和道德，或者，用一颗子弹结束了自己的生命。仅仅带了简单的行李，我便踏上了成为水手的旅程。

新倍福德是个好地方，但它不是我旅途的目的地，仅仅是前往南卡科特——那个著名的捕鲸船港湾的中转站罢了。在这里，一个阴冷而又诡异的鲸鱼客栈里，一个偶然的机会，我结识了这次冒险旅程的伴侣——杰奎格，我万万没有想到这个整日拿着鱼枪和人头斧的蛮子竟然是一个生番部落的继承人。是啊，像他这样有点儿齿不清的蛮子，又有谁会相信他是部落的准酋长呢？生活就是这样，有太多的不可思议，但是你又不能不老老实实地尊重生活的安排，我和杰奎格的相遇就是这样。但是我很庆幸，他是个真诚、善良并且勇敢的生番，我相信在今后他会一次次化解危难的。两天后，带着我那可怜的行李，带着杰奎格复杂的武器装备，我们离开了新倍福德，签字画押，登上了彼库德号。

"伙计们,你们成为彼库德号的水手了?"

正当我和杰奎格在海滨溜达的时候,一个陌生人突然喊了一嗓子。

"是的,有什么问题吗?"

"签约的时候没有提到灵魂吗?"陌生人又问了一句,"对了,没什么大不了的,你们没有灵魂。哦,相信你们还没有见到船长吧,那个老雷公,那个只剩一条腿的艾哈勃船长。"

我和杰奎格不知所云,只是呆呆地看着。

"那一条呢?"

陌生人的眼里露出诡异,"我告诉你,在大鲸鱼的肚子里。"

这个叫花子模样的陌生人,不住地对彼库德号指指点点,他似乎知道这个船长所有的秘密。

我很诧异,不由得问了一句:"请问您尊姓大名?"

"看不出来吗?"陌生人眨眨眼,"我是名老水手了,以利亚,如果你愿意的话。"

以利亚!这个人带给我们的疑问真是够多,我拉着杰奎格走了,不住地叮嘱自己不要相信他的鬼话,他在骗人!

无论如何,我和杰奎格是干上捕鲸这一行了,尽管这个世界轻视这一行,但是这一行中还是出现了大量的名人。无论是皇室贵族还是平民百姓,甚至于各行各业的人才,都能在捕鲸人中找到,这让我们极为欣慰。身处船上,那种无所事事的感觉总会让人想入非非,不过终究会面临考验,而且我们的冒险已经开始了。我想还是介绍一下我们的船员吧,大副思达波克,二副司德布,三副福兰斯科,这三个人是船上的骑士,他们的随从分别是杰奎格、盖海德和大果。这些与世隔绝的人都是天生的捕鲸胚子,他们上路了!

我们离开南塔科特好几天中,我一直没有见到过艾哈勃船长的影子,大、二、三俨然是船上的指挥官,但是从他们发出命令的专横和突如其来中看,我知道,他们也只不过是传达命令罢了。我越发地想见见那位神秘的船长了,所以每次值完班,从甲板上下来的时候,我都希望能够在船尾看见一个陌生的身影。终于,这一刻让我等到了!

一天早晨,听到值午前班的命令,我登上甲板。当我的眼光对着船尾栏杆一瞄,身上顿时一阵寒战,因为,艾哈勃船长就站在后甲板上。

他看起来就像是从火刑柱上放下来的人,火焰烧伤了他的四肢,但是没有毁掉它们,也丝毫没有影响它们的结实程度。他就像是一座高大魁伟的青铜像。从他的花白的头发里钻出来一条青白色的印痕,穿过茶色的半边脸和脖子,最后消失在了衣服中,一条大煞风景的白色假腿增加了他傲慢的凶狠神气。仅仅一会儿,在这种居高临下的视察之后,他很快退回房舱去了。我必须承认,他的整个瘆人的面孔,那种古怪的姿势给我留下了极为深刻的印象。

不过,从那之后艾哈勃船长每天都出现在大伙儿面前,不是站在钻孔里,就是坐在自制的鲸骨小凳上,或者在甲板上艰难地行走。

船员对他的恐惧是巨大的,司德布在梦中同样难以逃离阴影。

"我梦见他踢我,用那条假腿。"司德布对福兰斯科说道。

"嘿,放聪明点儿吧,他踢你是好心的,你要知道,他的假腿可不是普通的松木假腿,那是鲸鱼骨的,这可是天大的面子啊。"福兰斯科在挖苦着司德布。

正在这时,"桅顶上的人,大家都睁大了眼睛瞧! 这儿附近有鲸鱼! 万一看到一头白鲸,给我憋足了劲儿叫。"艾哈勃船长的声音传来了,伴随着这风暴一般的声音,我们一往无前地驶进了深海。

在今后的日子里,我和其他水手们轮流在桅顶瞭望,严格执行着船长的命令。因祸得福? 我想可以这么形容吧,因为在桅顶上,我见到了从未见识过的美景,仿佛置身于浩瀚的大海,我,似乎真的已经和海融为一体了。

"叫大家到甲板上来!"艾哈勃的出现大大出乎所有人的意料,

"桅顶的,下来!"

所有的人都提心吊胆了,因为船长的脸上积聚着足够多的黑云,暴风雨看来又要到了。

"要是你们发现一条鲸鱼,怎么办?"

"招呼大家逮它!"二十个人回应了艾哈勃的问话。

船长非常满意,"你们是什么劲头儿?"

"不是鲸死,就是艇亡。"

大家每吼一声,老头喜悦与欣慰的脸上就增添一分怪异和狂热。他举起了一枚一两重的西班牙大金币,"听着,谁要是能给我打到一头白脑袋、皱额头、歪下巴、尾部带着三个枪眼的鲸鱼,这枚价值十六块大洋的金币就归谁!记住是一头白鲸!"接着,他举起锤子,将金币钉进桅杆上。

"好!"水手们叫道,挥舞着雨帽,对此欢呼。

"艾哈勃船长,"塔希特戈叫道,"这头白鲸准是有些人叫它莫比·狄克的。"

"你确定吗?"老头儿挑了挑眉毛。

杰奎格和塔希特戈滔滔不绝地讲出了这莫比·狄克的传奇和特征。

"不用说了!"艾哈勃叫道,接着他停了停,"就是它,伙计们,记住,那头白鲸叫莫比·狄克,害得我只剩下了一条腿,它废了我!"他的声音呜咽,可怕而且响亮。"我要追到它,哪怕到天涯海角!哪怕到烈焰地狱!"

接着,他为自己的伙计们倒满了烈酒,"伙计们,干!"

所有人的心都在震颤,那种气势仿佛冲到了天空,震荡着日月星辰。最后,所有的人都回到房舱中去了,只剩下艾哈勃,他静静地注视着天空,若有所思……

莫比·狄克,这个名字像一团熊熊燃烧的烈火,将艾哈勃熬得心力交瘁。在船上的日日夜夜里,我越来越感觉到了船长无限的激情和无尽的渴望。他的情感冲动、脾气暴躁、行为乖张。他的全部思想和行动中念念不忘的只有这个——捕获莫比·狄克!

时间在一点一滴地过去,在一个多云闷热的下午,水手们懒洋洋地在甲板上踱来踱去,或是茫然地望着浅灰色的海面,安然、自在。我忽然听到一个声响,它吓了我一跳。

"它在喷水,快看!"塔希特戈抑扬顿挫的声音打破了沉寂。"在下风头,大约两里远,是一群!"

"快准备,看看时间啊!"艾哈勃叫道,抹香鲸的喷水跟时钟一样准,捕鲸人根据这点才把它跟别的鲸鱼分辨开。

船开始避风,缓缓起伏航行,塔希特戈报告说,鱼群沉下去了,游走了,我们坚信能够在正前方看见它们。船上的一切都准备好了,三艘小艇已经被送到了船外的海面上,就像是一艘战舰准备开始最艰苦的战斗!正在这时,一声喊叫让大家的眼光离开了鲸鱼,人人心里都是一惊,因为,五个仿佛在虚空中现身的幽灵围住了脸色阴沉的艾哈勃。他们在甲板上来来去去,解开了右舷后部的船长用艇,一个高大的黑脸汉子站在小艇的头部,他的伙伴们没有他黑,是某些马尼拉土著特有的虎黄色的皮肤,这些土著的机灵是世界闻名的。

全船的人全部莫名其妙,都愣了,艾哈勃冲着这些人的头领叫道:"都准备好了吗,费达拉?"

"好啦!"费达拉的声音中带着咝咝声。

"放艇!"

三艘小艇落到了海面,激起了一阵浪花,五个陌生人划的艇子也驶了出来,艾哈勃笔直地站在小艇上,大声指挥着思达波克、司德布和福兰斯科三人的小艇散开,好控制住大片的水面。但是所有的人都看着费达拉和他的水手,没有执行命令。

"我说你们给我散开!"艾哈勃吼着,"福兰斯科,下风头,快!往下风头划!"

"是,长官!"这位小头目愉快地叫道,他冲着水手们喊道:"伙计们,扳啊,别管那些黄脸皮家伙,他们是偷渡客,前头喷水呢,那是鲸鱼,那是鲸鱼!快扳!快扳哪!"

此时,艾哈勃的小艇已经超过了其他的小艇,给他划船的水手是多么的有力气,那些虎黄色的家伙生就了钢筋铁骨,有节奏的把艇子往前送。艾哈勃在艇子的另一头,沉稳地掌着他的舵桨。突然间,他的胳膊做出了一个特别的姿势,然后一动不动,艇子上的五条桨全部直竖了起来,整条艇子在一霎时陷入了沉寂,在海上纹丝不动。散开的三条艇子也停住了,鲸鱼沉到了海里,艾哈勃已经观察到了。

"倒竖起一条桨,我站上去。"在静止的小艇上,福兰斯科命令着自己的伙计们,他要观察鲸鱼的踪迹,在这个动荡的海面上,这条矮小坚毅的汉子展现出了无与伦比的激情和战无不胜的信念。

与此同时,二副司德布对此却毫不关心,他掏出了自己的烟斗烟丝,装了满满一袋,刚把火柴在自己的手掌上点着,就听见自己的镖枪手塔希特戈疯了一样叫了起来:"用力划,用力划呀!它们就在那儿!"

四艘小艇都向着那一块骚动的水域急速追去。鱼群所在之处快速移动,它们就像飞一样快速向前,艇子看起来难以追上。

这真是一场瞬息万变、惊心动魄的景象!海水的波涛,鱼群吹起的水雾,就像一道道水墙,浪头锋利得像一把把大刀,仿佛要将我们的四条小艇全部劈成两半儿!小艇在穿越着水墙,躲避着利刃,追逐着自己的目标。好一场精彩的战斗啊!

鲸鱼喷出的水雾不再在一起了,它们开始分道扬镳,小艇也分离了,相距得越来越远。不久我们驶进了一片雾气之中,看不见大船,看不见自己的同伴。不多会儿,我们艇子地两边传来了呐喊声,别的艇子也靠了过来。

"用力划,在大风来之前,我们能搞定一条。"当其他艇子过来的时候,思达波克小声地说道。"瞧,那是它的背峰,对准它投!快!"

杰奎格一跃而起,站在艇子里呼的一声投出了一枪,接着,艇子猛的往前一拱,艇头像是撞在了暗礁上!船帆破了!所有的水手被抛进了水之中,几乎喘不过气来。狂风、鲸鱼、鱼枪全都绞到了一起,那头鲸鱼终于逃脱了。

还好,小艇没有受到损伤,我们在艇子周围游来游去,捡回了船桨,回到了自己的座位上。我们和其他艇子完全断绝了联系,思达波克点亮了灯罩中的灯,绑在一个标杆上,点燃了希望和求助的信号灯。

到了天光破晓的时候,我们终于发现了到处游弋的大船,其实它早已对我们的存活不抱任何希望了。

一天又一天,一周又一周过去了,一帆风顺,彼库德号巡游了四个水域,就在驶过这些后来的水域的一个月色皎洁、平静的晚上,一切都是那么平静、美好。就在这样寂静的夜晚,一根银色的水柱在船的前方出现了,在月光的照耀下,宛如天上的仙景。

艾哈勃在甲板上歪斜着快步行走着,指挥彼库德号做好了追击的准备。尽管所有的人都盯着前方,但那个晚上再也没有见到那银色的水柱,尽管所有的水手发誓说他们看到了第一次喷水。几天后,同样的事情再一次发生了。彼库德号的水手们说这无法接近的喷水,无论在哪里发生,都是出自那一条鲸——莫比·狄克!

好望角,我们到了这儿,一切都变了,风暴一阵儿紧过一阵儿。在这一段昏天黑地的日子里,艾哈勃指挥着船上的所有行动,仿佛从不知道什么是休息,从来没有在吊床上睡过一觉。思达波克永远不会忘记一天晚上他到房舱看晴雨表时见到的老人的模样,艾哈勃笔直地坐在椅子上,闭着的眼睛正对着横梁上的舵位指示器。

好望角的东南,我们邂逅了信天翁号,一条出色的漂亮的大船,联欢时必不可少的,这似乎是海上的同行们相见之后的惯例。

彼库德号继续进行着它的搜索,从克洛泽群岛往东北航行,我们驶进了草原一般的浮游生物群,它们是露脊鲸的食料。继续向东北,我们奔向了爪哇岛,和风推动着船身前进,在银色的夜晚,每隔上一段时间,人们都会看见诱人的鲸鱼喷水。天气逐渐热了起来,无事可做,水手们实在难以抵挡这茫茫大海引起的睡意。

抹香鲸！一头巨大的抹香鲸的出现让所有的人立刻清醒了！

"放艇,快放艇!"艾哈勃喊道。

水手们的呼叫,显然惊动了那头鲸鱼,它朝着下风头去了,走得相当安静,以至于艾哈勃认为它没有动,所有的人都静悄悄地划着小艇快速前进。

"鱼溜啦!"有人喊起来。

过了好长时间,那鲸鱼再次浮了上来,显然意识到了有人在追赶它。小艇也改变了策略,哗哗地扳起了长桨,发起进攻。

"伙计们,赶着它,快!"司德布玩命地喊着,他需要这条鲸鱼,他要立功。但是其他的艇子丝毫没有示弱的意思,像发疯一般赶过来。

司德布抛出了曳鲸索,索子越来越快,麻绳直冒青烟,摩擦使司德布的手火辣辣的生疼,更要命的是,那两块儿垫在手里的帆布垫掉了,司德布的手仿佛攥在双刃快刀上!

"给索子泼水!"他向旁边的水手喊道。

那水手兜了一帽子海水,泼在索子上。此时,小艇像发疯一样飞一般的前进,箭一般的一路射过去。一直到后来,鲸鱼松了劲儿,再也逃不快了。

一支支可怕的鱼枪投出去了,海水变成了红色,一支支鱼枪投出去拔回来,再投出去。终于,鲸鱼不动了,死了。

司德布眼望着他造成的尸体,站着出了一会儿神。

小艇前后连成了一排,慢慢地把战利品拉回了彼库德号,艾哈勃看了看鲸鱼,静静地走了,回到了自己的房舱,甲板上的司德布成为了主宰。

"我上床之前要来一块儿鱼排! 大果,下水去,从腰部给我割一块儿上来。"司德布对吃有着极高的讲究,鲸鱼是他的最爱,他有着近乎过分的爱好。

午夜时分,司德布的鲸鱼晚餐如约而至了。

几天后,巨大的鲸鱼被砍去了脑袋,剥去了鲸脂,然后被埋葬在茫茫的大海之中。

彼库德号的这头鲸在被砍头割膘之后,脑袋被调靠在船的一侧,大约有一半露出在水面上,那情形就像在裴迪斯腰带上拴着巨人霍洛夫恩的头颅。

我们必须记住:在这段时间里,彼库德号船边一直挂着一颗抹香鲸的硕大无比的脑袋。同时我们必须继续让它在那儿再挂上一段时间,直到我们能够腾出手来处理它。希望滑车能够撑得住。长时间的航行之后,彼库德号渐渐驶进了偶尔出现大片黄色浮游生物的洋面,这个迹象说明附近会有露脊鲸。不一会儿,果然不出所料,机会出现了,两艘小艇放了下去,司德布的和福兰斯科的。他们的小艇越追越远,以至于桅顶上的人都看不到了,不一会儿消息传来,鲸鱼被投中了!又过了一会儿,两艘小艇被鲸鱼拖着向大船驶来。离大船越来越近,突然它被大漩涡卷了进去,就像是钻到船底下一样。"割断绳子,快!"大船对着小艇叫喊着。在这霎那间,小艇仿佛要对着船身撞过来。在万分危急的时刻,小艇上的水手们竭尽全力拉紧了索子,他们争取到了,曳鲸索越拉越紧,鲸鱼受到了两艘小艇的夹攻,司德布和福兰斯科你一枪我一枪开始了屠杀,彼此呼应着,原来围着抹香鲸尸体的鲨鱼们痛饮着露脊鲸流出的鲜血。

末了,鲸鱼打了个滚儿,死了。

两位能干的艇长开始了收尾的工作,他们用绳索拴住了鲸鱼的尾巴,准备把这大家伙拖过来。

"老头子要油脂干什么?"

"你不知道一条船在右舷挂一颗抹香鲸的脑袋,在左舷挂一颗露脊鲸的脑袋,它就永远不会翻船吗?"

"谁说的?为什么?"

"我也说不上来,我是听费达拉这个黄皮肤鬼子说的,看样子他精通法术。"

"去他妈的吧,鬼才相信呢,我从来不正眼看他!有机会的话,我会将他……"司德布指了指海水,"弗兰克斯,我认为费达拉是一个乔装的魔鬼,他把尾巴收起来了,该死的东西!"

"老头子干吗把他放在心上?"

"交易!老头子一心杀白鲸,魔鬼要骗老头子的银表,拿白鲸来交换。这就是交易。"

"司德布,你在吹牛啊,胡说八道吧。"

两个人手里的活不停,嘴里的话也不停,终于,鲸鱼被拖到了彼库德号的左舷,拴在了船上。船身重新回到了平衡。此时,费达拉泰然自若地瞅着露脊鲸的脑袋,望望那脑袋上的皱纹,望望自己手上的掌纹。

命中注定的日子到了,我们遇上了处女号,船长德里克·德·第尔,不来梅人。不知出于什么原因,处女号急于向我们打招呼,很快便放下了小艇,德里克来到了彼库德号上,提着油灯壶和油罐。艾哈勃对他打了个招呼,没有注意他手中的家伙。德国船长的英语很烂,磕磕巴巴的,不一会儿他转到了正题上——借油。一到晚上他不得不摸黑爬上自己的吊床,这真是很难过的事情,他用尽了从不莱梅带来的最后一滴油,需要满足后,德里克船长离开了。

彼库德号仍然在航行着,搜寻着,不知不觉中我们到达东方世界,狭长的马六甲海峡,自缅甸领土向东南方伸展,形成了整个亚洲的最南端。一连串的小岛形成了巨大的城墙,这道城墙分开了几道口子,其中最引人注目的就是巽他海峡和马六甲海峡,从西方驶往中国的船只主要取道巽他海峡和马六甲海峡进入中国海。彼库德号驶进了这一海峡,按照艾哈勃的计划,穿过海峡进入爪哇海,然后向北驶进经常有抹香鲸出没的海面,掠过菲律宾群岛沿海,最后到达日本海岸。

在这一场搜索中,艾哈勃始终不选择靠岸,不管怎么样,船员不能喝西北风啊,最起码要加水啊。真不知道我们伟大的船长是怎么想的。言归正传吧,在巽他海峡附近一带,爪哇海峡的西海岸外曾经捕获过许多抹香鲸,这四周围的大片海域通常被捕鲸人认为是一块儿福地,大队的鲸鱼在海里游弋着,穿行在这一代水域,特别要提防那些可恶的黄种人,他们的追击真是令人生厌,但是事情总是双向的,在他们的穷追不舍下,加速的捕鲸船倒是可以更容易追上大群的鲸鱼。现在,这种情况产生了。大批的鲸鱼就在我们前面,彼库德号撑起了所有的船帆紧紧追赶,镖枪手早已经跃跃欲试了。每个人都相信他们可以追过巽他海峡,最起码可以逮上好几头,说不准这鲸鱼中就有那一条——莫比·狄克!

我们划着艇子穿过水雾,只穿着衬衣衬裤,经过几个小时的冲锋,我们几乎打算放弃了,哪知这时,鱼群中一阵混乱,所有的鱼都停了下来,它们不知道怎么走了!但是它们没有分开,仍然集中在一起。各个艇子都在外围等候着,等着落单儿的鲸鱼。三分钟后,杰奎格的镖枪投了出去,中枪的鱼拖着我们的艇子一直往鱼群的核心里钻,不得不承认,危险降临了!但是杰奎格毫无畏惧,一往无前地为大家掌握着航行方向,艇子闪转腾挪,镖枪一根根投了出去,只是为了给艇子开路,最后我们从两头鲸鱼之间划过,进到了鱼群的中间,犹如随着山上激流顺势来到了山谷里一个风平浪静的湖中,我们看到同一个轴心的外围的骚乱,成群鲸鱼,每群八至十头,飞快地打转。我们必须寻找缺口,冲出重围。

透过透亮的海水,越过船舷,我们看到了之前从未见到过的奇异景象,奶孩子的鲸鱼,不久就要临产腰围巨大的鲸鱼以及一头出生一天的小鲸。它柔嫩的边鳍和发皱的外貌令我们大开眼界。杰奎格的身子也透过船舷张望着,他叫了起来:"索子!拴牢它!快看一大一小。谁来投枪?"杰奎格看到了鲸鱼太太长长的一圈圈的脐带,以及和脐带绞在一起的索子。我们被这一系列的奇异景象惊呆了。

混战又一次开始了,受了伤的鲸鱼横冲直撞起来,向小艇发起了挑战,万幸我们逃脱了,每个人都捡回了一条命,代价就是杰奎格的帽子在混战中不知什么时候丢失了。

这次惊险的捕鲸结束了,一两个星期之后,我们缓缓地驶过一片睡意蒙眬的正午海面,雾气散开了,远处停着一条船,挂着法国旗,卷起的篷帆说明有鲸鱼拴在船边。这时,彼库德号已经离这条船很近了,难闻的味道散发出来,那种味道是非正常死亡的鲸鱼发出来的,就是瘟鲸发出的恶臭味,转眼间它就被这令人恶心的味道团团包围了。司德布为了和对方甲板上的人直接对话,他让小艇绕过了船头到了右舷一侧。他捂着鼻子问道:"你们见过一头白鲸吗?"

"什么鲸?"

"白鲸,抹香鲸,叫莫比·狄克,见过吗?"

回答是否定的,司德布的小艇很快朝彼库德号划了过去,"没见过!"听见司德布的回答,艾哈勃回到自己的房舱里去了。

彼库德号依旧在航行着,猎杀着,搜寻着,水手们剖开了一头头鲸鱼,割下了鲸脂,掏出了鲸脑,在炼油间里炼出了油脂,在与商人的交易中得到了不计其数的金钱。但是这一切都不是艾哈勃所要的,他的目标只有一个,那头白鲸——莫比·狄克。

"喂,来船你们好,有没有看见白鲸?"艾哈勃看到从后面驶来的英国船,便向对方打起了招呼。他站在吊在后甲板的小艇里,露出那条假腿,对着话筒喊着。

对方的船长六十左右,结实的身板儿,黑黑的脸庞,他高高举起了抹香鲸骨制作的白色手臂。"看见了吗?"

艾哈勃感情激动了,他命令水手放下了小艇。不一会儿,两个身有残疾的船长在英国船上相会了,假腿和假臂碰在了一起,互相"握了握",这是他们独有的礼节。英国船长的胳膊同样是被白鲸夺走的,就在上个季度,在赤道上。

"讲讲你的遭遇吧。"艾哈勃说道。

"那是我平生第一次在赤道游弋,我们放下艇子去猎捕四五头鲸鱼,我的艇子射中了一头,它转来转去,忽然,从海底蹦出来一头乱跳的大鲸来,奶白色。右鳍附近戳着两三支镖枪。"

"那镖枪是我投的,就是它,它就是莫比·狄克!"艾哈勃得意忘形的喊起来。

"它开始咬曳鲸索,不知怎么着,牙给索子缠住了。我是不会放弃这么棒的大鲸鱼的,投枪,拉索,不幸就在这种情况下发生了,为了躲避它尾巴的打击,我抓住了刺进它身子里的镖枪柄,第二支枪的倒钩扣在了我的肩上,老天,它沉下去了,但是我的胳膊就这样完了。"

"那头白鲸后来怎么样了?"艾哈勃急切地问道。

"它沉下海去,有一段时间不见动静。我不知道这是头什么鲸鱼,直到后来才知道,它就是莫比·狄克!"

"你再没碰到它?"

"两次!"

"没有击中它?"

"老兄,丢了一只胳膊还不够吗?我是不想和它较劲了。"

艾哈勃的血液要沸腾了,他命令手下放下艇子,"它朝哪儿泅去的?"

"应该是东面。"

艾哈勃太急了,他的假腿狠狠的挂到小艇坐板上,受到了不小的震动,几乎使假腿崩裂。艾哈勃的性格急躁是有目共睹的,包括在制作自己的假腿的时候,我想那个制作假腿的工匠铁定受到了不小的打击。

第二天早晨,大家照例用水泵抽干船上进的水。油花漂了出来,一定是油桶出问题了。这时,彼库德号正从西南方向驶进巴士群岛。思达波克向船长报告说:"我们得用滑车把桶弄出来。"

"我们靠近日本了,倒腾什么破桶,你给我上甲板!油?随它漏去吧!"

"可是我们就损失大了,艾哈勃,现在必须听我的,虽然您是船长!"大副气得满脸通红。

"你在批评我?"艾哈勃从枪架上拿出枪,对准了自己大副。"我才是船长,只有我!给我上甲板去!"

思达波克控制住了自己的情绪,"老人家,您刚才的所作所为糟蹋了我,不过放心,我还是大副思达波克,永远都是,不必提防我。您自己要小心。"

艾哈勃也一霎时放下了枪,"你是个好人。我相信你,思达波克。"说着,艾哈勃和大副走上甲板,开始了整理油桶的工作,还好风平浪静,所有的工作都顺利完成了。

驶过了巴士群岛,伟大的南海海面出现在了我们眼前,它的美丽和安静让我们的心灵为之激动,甚至是颤抖,但是艾哈勃仿佛从来不为这些所动,在他的脑海中只有莫比·狄克一个名字。无数次他从睡梦中醒过来大声喊着:"大家往后划!白鲸喷血了!快扳啊!"每一天,他都在为捕获白鲸做着最积极的准备,在铁匠的帮助下,他修复了所有的镖枪。你能想象吗?他竟然用人血来为自己的镖枪淬火,只是为了能够一下子投死莫比·狄克,他换了新的曳鲸索,急切地检查着索子上的每一个可能出问题的环节,一切都是完好无损的,他兴奋地嚷道:"好,逮它,它跑不了了!"

彼库德号深入到了日本渔场的中心海域,它逐渐忙碌了起来,水手们有时候每天会干上甚至二十个小时,不停地划、扳、投枪、抛索,十分辛苦,但是却真的没有什么大的收获,不过这个星期却是非常顺利,没有出现大的危险,并且有了令人兴奋的相遇——单身汉号,它比彼库德号要幸运得多,总能得到自己想要的东西,他们的快活让水手们兴奋,同时带着嫉妒,简单的寒暄后,他们随风而去了,只留下了苦苦挣扎的彼库德号。

赤道线上的季节开始了,每天艾哈勃都会在甲板上望天,每个水手都在等待着船长的命令。渐渐地,艾哈勃开始焦急,焦急又变为了无奈,他抬眼望着太阳,自己嘀咕着:"告诉我白鲸在哪儿吧!"艾哈勃变得躁动不安,慌乱不堪,甚至搞错了罗盘针,搞错了航向,每个人都明白是莫比·狄克在搞鬼,它快把老头儿折腾疯了。

在这一系列的混乱之中,彼库德还是到了赤道渔场的附近水域,至少看起来像是这样,第二天,一艘名叫谐拉号的大船来到了我们面前,它毫无生气,但是带来的消息让艾哈勃兴奋了,他们看到了白鲸,虽然并没有炸掉它。但这条消息足以安慰艾哈勃了,他的巡航把白鲸赶到了大洋的栅栏里,现在只有选择合理的时间和地点和它交锋了。

彼库德号犹如箭在弦上快速地行驶着,紧接着,另一条船欢喜号出现了,它伤痕累累,疲惫不堪。他们同样带来了白鲸的消息,艾哈勃举起了自己的镖枪,"来吧,等着吧,它是我的。就快了!"那头使他失去了一条腿的可恶的白鲸,艾哈勃对它恨之入骨!

在一个再普通不过的晚上,当所有的水手都正在熟睡的时候,白鲸终于出现在了彼库德号的面前,艾哈勃忍住心里的兴奋,命令三艘小艇悄悄地跟了上去,莫比·狄克的优雅和狡猾震惊了所有的人,不一会儿它潜到了深水,不见了。

"等着它,等一个小时,它在耍花招,这个混蛋!"艾哈勃嚷着。小艇纷纷竖起了大桨。

所有的人都耐心地等待着,一分钟,两分钟……突然间,白鲸令人恐怖的白色牙齿从海底冒了出来,摆出了鲨鱼吃人的劲头,小艇颤抖了,白鲸的大嘴对准艾哈勃的小艇直接展开了进攻,大剪刀一般的上下颚猛地将小艇咬成了两半儿,激起的巨浪将小艇抛到了空中。仅仅一击!好可怕的攻击力!白鲸退走了,停留在了不远处,艾哈勃和他的伙计们被抛到了空中,重重地摔在了海面上,可恶的家伙,莫比·狄克竟然围着水手们画起了圆圈,把海水搅了个天翻地覆,艾哈勃和水手们危险了,但是外围的艇子真是无能为力。此时,大船调整了方向,水中的艾哈勃竭尽全力喊了一声:"开过来,赶走那个混蛋,快!"

在彼库德号的冲击下,白鲸退走了,艾哈勃被拖进了司德布的艇子里,他的体力已经严重透支,两眼充血,失去了知觉,他发出来莫名其妙的哀号,凄惨、悲凉。一番休整之后,他恢复了过来,发出了坚定的声音:"把我的枪递给我,跟上它!"

天亮了,又暗了,彼库德号跟踪追击了整整一天,现在已经很难再看清白鲸了。

"好吧,跟着它,所有的人都不能放松。听着,哪天我要是第一个发现白鲸死了,我会拿出十倍于它的钱给大家!"艾哈勃指了指钉在桅杆上的金币,回自己的房舱去了。

破晓时分,白鲸再次被发现了,它狡猾地喷着水,迷惑着水手们,艾哈勃的喊声再一次响起:"听着,那个混蛋在迷惑我们,不能上当,伙计们,那就是它,都给我精神点儿!"三十个水手发出了惊天的欢呼声。

随着这欢呼声白鲸把自己的身体甩到了天上,留下了漫漫的水雾。

"好吧,向着太阳做最后的跳跃吧。"艾哈勃的声音像风暴一般,"艇子准备,镖枪、索子准备!把艇子全部放下去!"

这一回,莫比·狄克首先发起了进攻,它横扫着尾巴冲到了仅存的三条艇子之间,毫不顾忌地投来了镖枪和索子,它太狡猾了,拉扯着成团的索子,把所有的镖枪和都缠到了一块儿,艾哈勃用刀子割开了艇子内的索子头,大把的镖枪卷进了海里,此时,白鲸的尾巴再次展开了进攻,司德布和弗兰克斯的艇子在这一重击下被卷进了漩涡,消失在了海里。呼救声,吼叫声乱成了一团,艾哈勃仅存的艇子成为了救生艇,他把半截的索子投进了海里,营救着自己的伙计们,白鲸再次愤怒了,它像箭一般冲到天上,冲撞着艾哈勃的艇子。

大船再一次成为了救世主,又一次赶过来救援,像上次一样,救起了水手,打捞起了一切能打捞的东西,当艾哈勃被救到船上时,他已经站不起来了,他的假腿断了,筋疲力尽。

"它上哪儿去了?我的索子呢?"艾哈勃还在问着。

"白鲸游向了下风头,索子全完了。"水手回答道。

"我们还有镖枪,追着它。伙计们,鼓起勇气来,它浮上来两次了,明天还会浮上来,让我们笑出声来,哪怕过后再大哭一场,这才是真正的挑战!"

又是一天的战斗过去了,暮色降临,他们还看得见鲸鱼在下风头,当晚,彼库德号上的铁锤和磨刀石响了一夜。

第三天的早晨天朗气清,可是还不见鲸鱼的身影,一直到了正午时分,所有的人都显得慌乱了,又一个小时过去了,所有人屏住了呼吸,紧张得喘不过气来。三声尖叫同时响了起来,出现了,莫比·狄克,我们要第三次交手了。

"思达波克,谢谢你对我的照顾,谢谢你无数次对我的劝告,但是不行,我还是要下去,我去了。放艇!"艾哈勃的语气坚定,他是一条真正的拥有铮铮铁骨的汉子。

思达波克紧紧地握了一下船长的手,他们的目光相会,思达波克的眼泪留下来了。

"鲨鱼,有鲨鱼,回来吧船长。"水手苦苦地喊着,哀求着。

小艇已经开了出来,木桨被无数的鲨鱼撕咬着,艇子还没有走过多远,桅顶上的信号就到了,艾哈勃知道这表明鲸鱼已经沉下去了,但是他仍然一往无前地向前行驶着,听着海浪击打着艇子。

突然间,艇子周围冒出来了大大圆圈,巨大的"隆隆"声过后,一个庞大的白色身躯跳了出来,"向前划。"艾哈勃冲着桨手们喊道,莫比·狄克由于昨天的镖枪的腐蚀,它疼得有点儿发疯,野性大发。它的尾巴在艇子中间搅了一通,只有艾哈勃的艇子完好无损。在这一搅之后,白鲸开始离去,以最快的速度。

"你们都回去吧,我来收拾它。"艾哈勃对着其他受损的艇子喊道。接着,那条孤零零的艇子扯起了风帆,开始了独自的战斗,飞快的向下风头驶去。

白鲸慢了,可能是受了伤,可能是三天的追击令它体力不支。小艇再一次接近了它,伴着小艇时鲨鱼们并没有放弃撕咬。桨板变得越来越薄,可是艾哈勃不管这些,划呀,这是他最多的命令。

短兵相接的战斗再一次打响了,曳鲸索抛了出去,莫比·狄克扭动着它的身子,拍打着小艇,艾哈勃大声叫舵手把曳鲸索再多转上几圈,死死卡住,所有的力量都吃到了索子的身上,就在这一刻,索子断了。

"扑上去,快!"

白鲸听到了小艇的声音,便将身子转了过来,以它的白额相迎,它看到了巨大的彼库德号,它扑向了它宿命的苦主。

"鲸!船!"所有的水手都震惊了。

"救救我的船!"艾哈勃疯了一般喊叫着。可是因为白鲸的冲撞,他的艇子要沉了,霎时间灌满了水。

这会儿,几乎所有的水手在船头都呆若木鸡,手里茫然的拿着武器,像着了魔一样死盯着那鲸。他的撞击让大船进了水,大家听见海水从缺口处涌了进来。转眼间,大船成为了枢车。那鲸鱼静静地钻到了船底下,静静地躺在那儿。

"好吧好吧,我把最后一口气给你,你是只能被毁灭,不能被征服的,我把最后一口气给你,我一直在追击你,其实是和你绑到一起了,难以解开,你这该死的,好吧好吧,我放弃了,给你我的长矛!"

镖枪投了出去,鲸鱼飞似的向前逃去,曳鲸索拉到了尽头,艾哈勃解开了曳鲸索,谁料最后的一圈套住了他的脖子,他被甩了出去。一霎时间,大船,艾哈勃,白鲸都不见了。有一会儿,小艇上的水手犹如在梦中一般,一动不动,彼库德号的桅杆慢慢地沉了下去,形成的漩涡卷进了每一片大船上的碎片,一丝不剩。这就是宿命吧,没有谁能够战胜谁,但是都赢得了最大的尊重,赢得了最高的荣誉。大海滚滚向前,依然和五千年前一样,像一块巨大的裹尸布,看不到边际,找不到边缘。

一切都结束了,一切战斗都结束了。

小 妇 人

路易莎·梅·奥尔科特(1832—1888),美国女作家,代表作《小妇人》。

《小妇人》发表于1868年,是美国文学的经典著作,也是路易莎·梅·奥尔科特最成功与最著名的作品,主要讲述美国南北战争时期一个家庭的生活与四位女儿的爱情故事。

圣诞节前夕,女孩儿们围在一起抱怨着妈妈提出的"圣诞节不互送礼物"的提议。她们是马奇家的四姐妹,大女儿叫梅格,今年十六岁,温柔美丽;二女儿乔,十五岁,拥有一头浓密的长发,以及如男孩子般大大咧咧的性格;三女儿贝丝十三岁,文静腼腆,弹得一手好钢琴;最小的女儿叫艾美,很有绘画的天赋,喜欢装出一副小大人的模样。她们的爸爸在华盛顿参军不能回家,陪在她们身边的只有妈妈和管家汉娜。

乔想买书,贝丝想要新乐谱,艾美则坚持要一盒漂亮的画笔。她们认为花掉自己一年中辛苦攒下的钱并不过分。然而,当她们想到了快要回家的妈妈时,就迫不及待地想要把自己的钱花在给母亲买礼物上了。女孩子们的家境不大富裕,虽然时有抱怨,但她们也一致认为相亲相爱的姐妹们与她们亲爱的爸爸妈妈就是自己最宝贵的财富。

正当她们快乐地排演着圣诞夜的话剧时,妈妈回来了,同时带给她们一个好消息,爸爸来信了。爸爸在信中说,他的小女儿们会成为让他骄傲的"小妇人",这话给了女孩儿们莫大的鼓励。

圣诞节早上,每个女孩儿都收到了一本《天路历程》,而封面的颜色各不相同。她们也将要送给母亲的礼物藏好。艾美为此还起了个大早,把原来准备送的廉价小瓶香水,换成了精致的一大瓶,以纠正自己当初有些自私的念头。母亲回来后,尽管她们早已饥肠辘辘,但还是听母亲的吩咐,把早饭让了出来,分给穷人当作圣诞礼物。当天晚上,她们演出了自己精心排练的剧目,大获成功。然后她们收获了一份惊喜。邻居劳伦斯老先生听说了她们早上的善举,感到很欣慰,也送给她们冰激凌、蛋糕、糖果以及美丽的鲜花作为礼物。大家都感到渡过了一个快乐的圣诞节。

元旦前夕,梅格和乔收到了加德纳太太的请柬,邀请她们去参加舞会。梅格兴高采烈地忙着梳妆打扮,沉浸在一片喜悦之中。乔则有些心不在焉,没有在意裙子上烧破的痕迹,也一点儿不为自己的脏手套焦虑。在一片忙乱中,梅格额前的发梢被乔烫焦了。另外,她和乔还不得不每人一只干净手套,一只脏手套,但天生丽质的她们还是显得楚楚动人。

舞会上,乔怕梅格的责备不敢加入男孩子的聊天行列,又要掩饰自己裙子上的焦痕不能跳舞,不得已躲进了有帷帐的隔间。未料,有人已先她一步躲在了那里,而那个人正是邻居劳伦斯家的男孩儿。

两个人随便聊了起来,刚开始还有些拘谨,慢慢就因熟识而放松了。男孩儿名叫劳瑞,与乔的年龄相仿,之前住在国外。两个人聊得很开心,又打算跳一曲波尔卡。劳瑞要乔一起,乔很不好意思地坦白了裙子的真相。劳瑞没有笑她,而是将她带到了没人的长廊,这样两个人就可以自由地跳舞了。

正当他们玩得开心时,梅格找到了乔,她的脚扭伤了。乔安慰着她,准备给她端杯咖啡,没料到却打翻弄脏了裙裾,还毁了梅格的干净手套。她们的种种狼狈的样子都被劳瑞看到了,他热心地提供了各种照顾,不仅让她们重新开心起来,而且还用马车送她们回家。到家的两个姐姐给好奇的妹妹们讲了舞会的经过,都觉得自己生活得很开心。

然而,生活并非只有舞会和玩乐,节日一过,马奇家的女孩子们就要开始辛勤的工作和学习了。梅格在金斯家做幼儿家教,乔服侍父亲的姑妈马奇婆婆,贝丝料理家务,艾美则要去上学。她们有时会羡慕有钱人家的孩子,不用劳动,可以尽情享受生活,但每日做针线的时候,她们彼此分享一天中有趣的事情,也十分开心。妈妈讲故事教育她们要懂得珍惜自己已有的财富,学会对生活感恩。

她们牢牢地记住妈妈的教导。

马奇一家住的是一套红砖的老房子,夏日在鲜花与女孩子们笑脸的装点下倒也温馨,不过冬天就显得简陋了。她们的邻居劳伦斯家则是一栋漂亮的大宅子,只有老先生和他的孙子居住,豪华却透着冷清。

上次舞会见过面后,乔就打定主意要去结识劳伦斯家的男孩儿。那个男孩子总是自己一个人,孤单且有些忧郁。乔借扫雪的机会靠近男孩儿家的宅子,扔了个雪球到他窗前吸引他的注意力。男孩儿看到乔很高兴,但他感冒了不能出门,便邀乔来家里看他。

乔给劳瑞带来了梅格做得漂亮果冻,还有贝丝很会哄人的小猫,并随手将劳瑞的屋子收拾一新。劳瑞敬佩地看着她,虽然不好意思,但还是坦率地承认自己早就想结识她们一家了,他喜欢看女孩子们欢乐的样子和她们温柔的母亲。乔很同情他的孤单,像对待亲兄弟一样跟他分享自己的种种趣事。两个人聊得很开心,之后劳瑞还带乔参观了他家的书房,这让乔羡慕不已。

正当乔对书房中劳伦斯老先生的画像进行评价的时候,那些话正好被老先生听到了。老先生尽管有些古板,但其实很和善,他很喜欢乔的直率与精灵古怪,更何况在乔的陪伴下,自己的孙子似乎有精神,且快乐多了。

喝过茶,劳瑞又带乔去参观仙境般的暖房,剪了好多漂亮的花朵,扎成一大束递给她:"我很喜欢你母亲送的良药,将这束花作为谢礼。"

回家后乔开心地跟家人分享了她一天的经历和劳瑞的故事,并告诉梅格他把果冻说成"良药"。

"乔你太笨啦,他说的是你。"

乔诧异地睁大了眼睛。

"他在称赞你啊,你真是太懵懂了。"梅格装作世故地打趣道。

"我才不听你的呢,劳瑞很有趣,我很喜欢他,他没有妈妈,我们更要对他好些。妈妈,可以让他来看我们吗?"

"我们当然欢迎他啦。但是梅格,你要记住,作为女孩子不要急着让自己长大变成女人啊。"马奇太太说。

自此之后,劳伦斯家和马奇一家建立了真挚的友谊,孩子们在一起玩得很开心。贝丝很喜欢劳伦斯家的大钢琴,却因为羞怯不敢去,初次见面时劳伦斯先生的样子吓到她了。

老先生想要弥补过失,就跟马奇太太旁敲侧击道:"钢琴放久了没人弹会坏的,如果你哪位千金愿意时不时地来弹弹就好了,客厅是经常没人的,她随时都可以去。当然,如果不愿意也不勉强啊。"

贝丝羞怯地拉住他的手,感激地小声说:"先生,她们很愿意,如果您确定没人会受到打扰的话。"

老人温和地看着她:"宅子都是空着的,你想弹多久都可以,我的小音乐家。"

第二天,当一老一小的劳伦斯先生都出门后,贝丝就悄悄地溜进了客厅弹了一整天琴,开心得不得了,之后她便经常沉浸在自己的钢琴世界中。劳伦斯先生经常会偷听她的琴声,劳瑞也守着门阻止仆人打扰。几星期后,贝丝决定给老人缝一双拖鞋表示感谢,在鞋面上绣上了雅致的三色堇。她将鞋偷偷地摆在了老人的写字台上。

令贝丝没有想到的是,劳伦斯先生非常喜欢她的礼物,以极绅士的方式写了一封感谢信给她,并送给她他去世了的孙女儿从前的小钢琴。贝丝的眼睛和那个女孩儿很像。贝丝感激得不知如何是好,这个极胆小羞怯的女孩儿竟然鼓足勇气走到老人面前,搂住他的脖子吻了他一下。

老人受到了极大的震动,感觉他的小孙女儿仿佛回来了,这一老一小都感觉到了深深的爱。

并不是所有的女孩儿都觉得事情称心如意的,比如艾美就需要借钱买腌渍柠檬果还朋友的债。柠檬果在女孩子中间极为流行,老师戴维斯先生警告过大家,但还是阻止不了它的流行。

艾美得意地将柠檬果带到了学校,不幸却被忌妒她出色的女孩儿告发了。

戴维斯先生严厉地怒喝道:"马奇小姐,把你的柠檬果都拿过来,一个一个扔到窗外去。"

艾美只得照办,捧着柠檬果的手因为羞恼而颤抖。而除此之外,戴维斯先生还在她手上打了几记手板,让她在讲台上当众罚站。

骄傲的小姑娘简直被这种屈辱打垮了,伤心欲绝地回到了家中,所有人都很生气。母亲决定让艾美暂时休学,先和贝丝一起在家中学习,既是对戴维斯先生体罚的抗议,也为了让她摆脱身边女孩子的行为对她产生的负面的影响。

同时母亲也指出了艾美自负的毛病,女孩子要优秀,但是也要保持谦虚,这才展示人真正的魅力。

一个周六的下午,劳瑞邀梅格和乔一起看戏,艾美想跟他们一起,乔却不喜欢带着一个小跟班。艾美像被宠坏了的孩子那般哭闹了起来,两个姐姐却没顾上理她就匆匆出门了。

"乔·马奇你会后悔的!"艾美恨恨地嚷道。

童话剧很精彩,再加上回家后看到艾美安安静静在看书,乔在开心中就没把艾美的赌咒太当一回事儿。直到第二天,她发现自己写的书的手稿不见了,那是她花了七年的时间辛辛苦苦创作的故事。

"艾美,你是不是拿了我的书?"乔很快醒悟了过来,怒气冲冲地质问道。

"我把它烧了,你再也见不到它啦!"艾美理直气壮地反驳道,"我说过你会后悔的……"

乔开始不敢相信,紧接着就是怒不可遏,她一边用力摇晃着艾美一边诅咒着,在盛怒中还甩了艾美一记耳光。

"我永远不会原谅你!"乔吼道,然后就冷下脸色,谁也不理。

因为没有留草稿,这部手稿可以说是乔七年心血的唯一留存。家中的温馨感一下子消失了,连母亲也没办法缓和气氛。艾美也意识到了自己给乔造成了无法挽回的损失,十分难过。

第二天,乔去找劳瑞滑冰散心,艾美听从梅格的建议,追了出去,向乔道歉。

劳瑞穿冰鞋检查着河面,告诉乔要靠岸边滑,河中心不安全。来晚的艾美没有听到这句叮嘱,乔明知道这点,却被愤怒冲昏了头脑,依旧装作没看见自己的小妹妹。然而,她回头的一霎那,正好看到冰面裂开,艾美掉进冰窟里。

乔吓呆了,好在劳瑞足够镇静,两个人手忙脚乱地赶快将艾美从水中拽出来,用外衣裹好,飞快地往家赶。幸好艾美被救得及时,没有受伤。当乔注视着妹妹昏昏睡去的脸庞时,忍不住哭了起来。她向母亲忏悔着自己的过错,如果不是她故意不理睬艾美,就不会发生这样的悲剧。如果艾美真的出了意外,她真不知如何才好。她真心想改正自己暴躁的坏脾气。

马奇太太安慰着乔,给她讲自己年轻的时候脾气也不好,所以过去的四十年中一直在努力,努力克制自己的坏脾气,防止它伤人又伤己。而这些,都是在她的外祖母以及她的父亲的帮助下,在祈祷中完成的。懂得不被愤怒控制理智,遮挡住爱与光明,才能避免造成更致命的灾难。

这时艾美醒了,什么也没说,只是向乔甜甜一笑。两个女孩儿隔着毯子紧紧拥抱亲吻,她们都懂得了什么是宽恕。

梅格应邀去莫法特家做客,来到交际场她才意识到,母亲和妹妹们为她精心准备的服饰竟这般寒酸。劳瑞送来的漂亮玫瑰振奋了梅格的精神,而令她意想不到的是也带来了闲言碎语,说马奇太太早就计划着把女儿嫁入劳伦斯家。这些贬低她们与劳瑞友情的话让梅格感到委屈,也加深了她作为穷人家女孩儿的自卑难过。

晚上舞会前,莫法特家的女孩儿把梅格像玩具娃娃一样打扮起来。梅格开始感到不快,但漂亮的服饰到底是极大地满足了她的虚荣心,她渐渐喜欢起这种打扮来。然而,令她尴尬的是,她在舞会上见到了劳瑞,本期待他能称赞自己漂亮,却听到劳瑞说不喜欢自己这般矫揉造作的样子。

梅格也意识到了自己其实很傻,已经成了别人取乐的"玩偶"。她开始厌倦舞会上的一切,想自暴自弃地彻底放肆一回。她就像其他蠢女孩儿一样喝酒撒疯跳舞傻笑,劳瑞想要劝她,她却故意躲开,请求劳瑞千万别把这些说出去,她回家自己会向母亲"忏悔"。

回到家中的梅格兑现了她的诺言,她向母亲和乔讲述了一切经过,她坦言自己其实喜欢被人夸奖爱慕,并为自己的虚荣羞愧。她也向母亲提到了心中的疑问,问母亲是不是在她们嫁人方面有什么计划。

马奇太太说她的计划就是希望她的女儿们拥有美满的爱情与婚姻,过上快乐幸福的生活,却并不一定要嫁到有钱人家里。真正的好女孩儿不会受限于贫寒的家境,而她的女儿们永远是她与她们父亲的骄傲。

马奇家的四个女孩子总是有很多快乐的事情做,比如她们成立了一个"匹克威克协会",将自己命名为《匹克威克外传》中的四个人物,每周发行一期名为"匹克威克通信"的会刊,刊登她们自己写的文章。

这天,乔扮演的斯诺德格拉斯先生提议吸纳一名新会员——劳瑞,经过一番争论,会员们通过了提议。与此同时,乔开心地打开了一旁的壁橱,原来她早已经让劳瑞藏在里面。劳瑞为协会提供了一个信箱,方便大家进行各种各样东西的投递。从此,这个信箱成为大家沟通的重要途径。

从六月一日开始,女孩子们迎来了三个月的假期。她们打算着自己喜欢的事情。母亲建议她们来一个小实验,只做自己喜欢的事儿而不工作,一个星期后看感受如何。

第一天,女孩子们可以说过得相当愉快,只是有些小麻烦。慢慢地,她们发现时间过于漫长,而且她们无事可做,原来很喜欢做的事情都渐渐变得不那么让人喜欢,情绪也渐渐烦躁起来,乔还跟劳瑞吵了一架。

女孩儿们好不容易熬到了周五晚上,以为终于熬出头了,却没想到母亲为她们安排了一种印象深刻的实验收束方式。到了周六早晨,母亲和女管家也各自为自己放了假,让女孩儿们自己对付过一天。

早饭的任务由梅格承担,成果相当不尽人意;乔自告奋勇揽下了午餐的工作,并准备借此机会邀请劳瑞以表道歉。然而,一切都陷入了混乱之中。

贝丝的金丝雀皮普因为她的疏忽而饿死了,梅格发酵的面团因为放置过久变酸了,乔买了劣质的莴苣和草莓,又被面粉煤灰弄成了灰头土脸的幽灵。而如果这些足以做成一顿丰盛午宴的话,结果还不至于太糟。但事实上,不仅莴苣煮得一部分烂一部分硬,面包烤焦了,乔还把盐当作糖放在了奶油拌草莓上。劳瑞假装吃得津津有味,乔终于忍不住哈哈大笑起来,眼泪都流了出来。经历了滑稽的午餐后,大家伤感地举行了皮普的葬礼。随后,她们要做的,是收拾屋里的一片狼藉。

女孩子们都由衷地感到,"再也没有更可怕的一天了"。当母亲问她们是否还要继续实验时,每个人都直摇头。

女孩儿们都明白了一个道理。只有努力工作，才能享受闲暇的美好；珍惜时间，劳逸结合才是有意义且快乐的人生。她们愿意努力学习一些她们不擅长的家务，承担起她们对家庭的责任。

正逢几个英国朋友来探望他，劳瑞便邀请马奇家的四个女孩子和他们一起出游。乔顶着劳瑞送的古怪的大檐帽，大家的笑声赶走了彼此之间的陌生。他们先是划船，随后到了绿草如茵的岸边。他们先分为两组玩起了板球。玩的过程中，乔与英国人弗雷德起了冲突，因为弗雷德玩球耍诈还言语讥讽。乔花了好大力气才压下了自己的怒火。在丰盛愉快的野餐之后，他们玩了"连故事"的游戏，每个人编故事的一段，在关键处停下，让下一个人续接。随后他们又玩"真心话"的游戏，被提问者要如实回答问题。

劳瑞是首先被问到的，他老实地答道，他认为在场的人中最漂亮的是梅格，但他最喜欢的毫无疑问是乔。乔说自己最大的毛病是脾气急躁，弗雷德也不好意思地承认了自己方才玩板球的时候确实有点儿耍诈，他和乔这时才达成了和解。

较年长的三个人，英国人凯蒂小姐、梅格和布鲁克先生在一起聊天，艾美与小女孩儿格蕾丝聊起了乔的"树枝马"，贝丝则热心地照顾有残疾的弗兰克。在这次聚会中虽然总有些因为英美背景不同所造成的小矛盾，但马奇家的女孩儿们的真诚可爱为她们赢得了尊重。所有的人都度过了开心的一天。

劳瑞意外地撞见了四姐妹的秘密，她们一直在玩"天路历程"的游戏，戴上破旧的帽子，拄着拐杖爬上山坡，眺望远方，同时做各自手中的活计。梅格缝制衣服，乔一边编织一边读书，贝丝拾松果，艾美画画。这是她们的朝圣之旅，希望通过这样一步一步实现她们美好的梦想。

劳瑞加入了她们，也一起讨论起自己设想的生活来。他希望成为一名音乐家,可以随心所欲地过自己喜欢的生活。梅格希望有一栋漂亮的房子,她作为女主人过无忧无虑的生活。乔希望有很多骏马与书籍,成为出名的作家。艾美则希望成为画画最棒的艺术大师。只有贝丝没有那么大的野心,她就想与爸爸妈妈一起过平静安宁的生活。

劳瑞此时充满着年轻人的不安分,恨不得立即乘船远游。梅格像大姐姐一般教育他要听爷爷的话。虽然劳瑞不大喜欢听,但当他看到爷爷的时候,确实认识到,自己是老人唯一的亲人,理应听话地陪在他身边。

之后不久,乔的一次秘密出行又被劳瑞撞到了,他提议以秘密交换秘密,要乔告诉自己她来城里做什么。原来,乔将自己的两篇短篇小说交给了报社的编辑,劳瑞听到这个消息,将帽子高高地抛起为她庆贺。

但是,接下来劳瑞告诉乔的秘密却让乔不但不高兴,还一下子变了脸色。梅格前一阵子丢失的那只手套竟然一直装在布鲁克先生的口袋里。劳瑞认为这很浪漫,乔却很生气有人想把梅格拐走。

"等到有人拐你的时候,你就不生气啦。"劳瑞安慰道。

乔怒冲冲地回道:"看谁敢?"

劳瑞被逗乐了:"我也想看啊。"紧接着他提议乔跟他赛跑,成功地缓解了乔的情绪。

随后的日子里,乔一直举止怪异,要么在门铃刚响的时候就冲到门前,要么对布鲁克先生怒目而视,要么就忧郁地盯着梅格,突然间闹腾她一番,其间还不停地跟劳瑞互相交换眼色。第二个周六,梅格看到乔居然跳窗出去,又被劳瑞追着满院子跑,夹杂着笑声、低语声与翻动报纸簌簌的响声。

剩下的三姐妹面面相觑,一边感慨乔太没有女孩子的样子了,一边心中打满问号。乔进屋后,解开了她们心中的疑惑。

她装模作样地给大家读报纸上的一个故事,又听大家讨论这个故事。直到贝丝问作者的时候,她才忍不住激动地扔掉报纸说作者就是自己。

姐妹们欢呼着上前拥抱着她,大家都由衷地为乔感到骄傲。虽然她现在作为新人还没有稿费,但这是她迈向自己梦想的成功的第一步。

十一月的一天下午,马奇家接到了一封可怕的电报,她们在华盛顿的父亲病重了。马奇太太强作镇静,立刻交待各种事宜,准备马上到丈夫身边照料。劳伦斯先生善意地提供了所有病人的必需品,又委托布鲁克先生与马奇太太一同上路照顾。大家很快把要办的事情办完,却不见乔的踪影,当她回来后,递给了母亲二十五美元。

乔的神情很复杂,这引起了大家的担心,怕她做了傻事。

"这是我挣来的钱,我只不过卖了些自己的东西。"乔摘掉帽子,她浓密美丽的长发不见了。

大家都惊呼了起来,乔装出满不在乎的样子,反而安慰贝丝道:"别哭了,我的头发很快就长出来啦。我就是想为爸爸做点儿事儿。"

母亲说"谢谢,亲爱的",就再也说不出话来了。

等到她们各自上床休息,很久之后,梅格听到乔的那边传来了低低的抽泣声。

"我的头发……"乔用枕头捂着脸,忍不住呜呜地哭着。

梅格心里一片酸涩,只能用亲吻与抚摸安慰她。

"我不是难过,只是想悼念一下它……再选一次的话我还会这么做的……"

第二天清晨天灰蒙蒙的,小姐妹们送母亲上路。她们强忍着悲伤,坚强安静地同母亲亲吻告别。可等母亲走后,她们却都忍不住失声痛哭起来。等哭够了,她们还会继续坚强地生活。

布鲁克先生每天都会发一封简报告诉她们马奇先生的病况。得知父亲的病有了好转迹象后,女孩子们稍微宽了心,她们也争先恐后地在给父亲的信中写满洋溢个人风格的字句。当她们焦虑的情绪渐渐有所缓和,行动上就不知不觉懒散了下来,只有贝丝坚持着履行她各种琐碎的义务。

母亲离家十天左右的时候,贝丝提醒姐姐们去看望穷人赫梅尔一家,但梅格和乔都不愿意去。尽管自己的头昏沉沉的,贝丝还是坚持去探望了那一家可怜的孩子们。而等乔再见到贝丝的时候,她正拿着药瓶轻轻抽泣。赫尔梅太太的婴儿得了猩红热,死在了她的怀里,而她也表现出了被传染的迹象。

乔心中充满了悔恨,坚决要留下来照顾贝丝。艾美则因为没得过猩红热,必须去马奇婆婆家去避一避。艾美怎么也不愿意,直到劳瑞答应每天去找她玩儿才同意。

贝丝病得很重,梅格和乔想让妈妈回来,可华盛顿又传来了父亲病出现反复的坏消息。汉娜不让她们把家中的事儿告诉马奇太太,整个家笼罩在一片愁云惨雾之中。大夫建议让马奇太太回来,汉娜却仍在犹豫。乔沉浸在可能失去贝丝的恐惧中,把头埋在手绢中哭个不停。劳瑞也一样难过,只能握着她的手,轻轻抚摸着她的头,片刻后说道:"你等着,我很快让你振作起来。"

劳瑞飞快地端了一杯葡萄酒回来,让乔喝下,并告诉她一个秘密。原来他昨天晚上已经背着汉娜给马奇太太发了电报,布鲁克先生说她会马上回家。

乔脸色煞白地听他说完,忽然一下子跳起来,扑过去激动地抱住了劳瑞的脖子,嘴里嚷着"哦,劳瑞!哦,妈妈",开心得不知如何是好。劳瑞像触电似的吃了一惊,随即轻轻吻了她。乔一下子清醒了过来,推开劳瑞:"不,不要这样,我太激动了,不是故意的。"

"没关系。"劳瑞笑道,"我和爷爷商量过了,认为你妈妈应该知道贝丝的情况,她乘今天晚上的车,凌晨两点就到了,我去接她。"

"劳瑞,真不知道该怎么感谢你才好!"

"再抱我一下吧。"劳瑞打趣道,他已经很久没有这种轻松心境了。

虽然贝丝依然昏迷不醒,但妈妈要回来了的消息还是像清风一般,多少驱散些屋中的阴霾。乔和梅格守在贝丝身边,相信上帝和妈妈会让她们渡过难关。医生说贝丝的病情已经到了一个关键的坎儿上,就看她能不能坚持过来。两个大女儿心情沉重地望着妹妹的脸,很多次她们都濒临绝望,以为贝丝再也不会醒过来了。

在两个大女儿为贝丝心焦的时候,艾美的日子也并不好过。虽然马奇婆婆很喜欢她,但老太太的古板和诸多规矩还是快把她逼疯了,连家里的鹦鹉也欺负她。艾美心情糟透了,幸好管家埃丝特安慰了她,告诉她老太太的好多宝贝都在遗嘱中留给了她们姐妹。艾美受到了启发,也郑重其事地要给自己立一份遗嘱,分配自己零零碎碎的小玩意儿,还请来劳瑞做见证人。

劳瑞在她这份"文件"上签名,忍不住滴下了眼泪,他告诉艾美,贝丝的病恶化了,她要把钢琴留给梅格,小猫留给艾美,把可怜的布娃娃托给乔照管。贝丝很难过自己没什么东西留给大家,只有几缕头发和对爷爷的爱。

艾美也难过起来,在遗嘱上添了一条把自己的头发分给大家,此时在她心中,绿松石戒指再也不能和她善良的小姐姐相提并论了。

她们的祈祷或许真的有了效果,贝丝的病情终于迎来了转机,她脸上的潮红与吓人的青灰色渐渐消退,很快就能康复了。

因此,第二天清晨对女孩儿们而言简直喜事连连,不仅贝丝身体开始恢复,妈妈也回来啦。

马奇太太一回来就守在贝丝身旁,紧紧地握着她可怜的孩子瘦弱的小手。艾美给母亲看了她的小礼拜堂和马奇婆婆送她的戒指,她说这个戒指提醒她不要自私,贝丝就是因为从来不自私才赢得了大家的喜爱。

等到大家都睡了,乔忍不住和妈妈谈起了梅格的事儿,布鲁克先生喜欢上了梅格,她十分生气她的姐姐就要被人抢走了,她还想让梅格嫁给劳瑞呢。

马奇太太告诉乔一切顺其自然,不要为这种事情伤害了大家的友谊。她希望梅格过普通人安稳幸福的生活,不一定要大富大贵,同时她根据自己的判断,梅格现在还没有爱上布鲁克先生,但她很快就会了。

乔严守着有关布鲁克先生和梅格的秘密,劳瑞觉得自己受到了轻慢,就悄悄地策划了一出恶作剧。

一天,梅格从邮箱拿到一张封口的便条,忽然惊恐地大哭起来,把马奇太太和乔都吓坏了。原来,梅格之前通过劳瑞收到了布鲁克先生的一封信,信中对她表达了爱意,并期望得到回应。梅格没敢告诉别人,只是私下回信道,自己还小,只能和他先做朋友,同时不希望隐瞒父母。可她刚刚收到的那张便签上,布鲁克先生回道,他没有写过任何情书,应该是乔做了恶作剧。

乔分析出布鲁克先生根本没写过任何信,两封都是劳瑞搞的鬼,气冲冲地去把劳瑞找来。马奇太太严肃地批评了他的行为,劳瑞也真心悔过,请求梅格原谅,并保证布鲁克先生对这两封信确实一无所知,他也会保守秘密,不将这件事告诉任何人。

可是当劳瑞回到家中,爷爷问他为什么被马奇太太叫去,他因为要保守秘密不能回答,就招来了爷爷有些粗暴的教训。他一气之下和爷爷大吵了一架,把自己锁在了屋里。乔去看他时,他正赌气准备离家出走,还撺掇乔和他一起。乔决定说服劳伦斯先生和劳瑞和解,事实上她也做到了。劳伦斯先生真的很爱他的孙子,只是有些过于古板和严厉,他了解了劳瑞是因为做出了承诺才隐瞒,便以绅士的道歉方式给劳瑞写了一封信取得相互谅解。

大家本以为这件事儿的风波就此过去了,但劳瑞的恶作剧却在梅格心中种下了梦幻的种子。经过这一闹,乔悲哀地发现姐姐对布鲁克先生的感情越来越明朗化了。

很快又是圣诞节了,今年的圣诞节似乎分外美好,先是爸爸写信说很快就能回家与她们团聚,随后就真的在布鲁克先生的搀扶下回到了家中。家里瞬间呈现了一片因激动造成的混乱,乔晕倒了,布鲁克先生激动地吻了梅格,艾美抱着父亲的腿哇哇大哭,贝丝一头扎进了爸爸怀里,汉娜也举着火鸡就哭了起来。

此后的时光非常幸福,马奇先生慈爱地看着自己的女儿们,夸赞这四个小朝圣者在这一年的"天路历程"中都走得非常勇敢坚强,她们都获得了成长,真正成为了让他骄傲的小妇人。

不过马奇先生显然也发现了梅格的变化,年长的几个人之间的气氛都因为这个秘密而变得有些微妙。乔不满地嘲笑着姐姐一副陷入恋爱中的傻模样,梅格嘴硬着反驳说她会理智地拒绝。可当布鲁克先生来取落下的伞的时候,她预备好的镇静就烟消云散了。

布鲁克先生温柔而深情地向梅格表达爱慕之情,梅格有些羞怯又有些欣喜,正不知如何是好,两人在一起的一幕就正好被来看望侄儿的马奇婆婆撞见了。

马奇婆婆很生气,她嫌布鲁克先生太穷,说布鲁克先生是因为知道梅格有富亲戚才接近她的,宣称如果梅格嫁给布鲁克先生就一分钱也拿不到。梅格听了很生气,被激起了反抗的情绪,激烈地为布鲁克先生辩护起来。她本来还没有决定,却在老太太厉声的质问中坚定了自己的心意。

等到乔再见到他们的时候,布鲁克先生已经神采飞扬地向乔请求祝贺了。除了乔开始仍感到不适应的别扭外,所有人都因为这是一件喜事而开心。乔觉得自己失去了最亲密的朋友而失落,劳瑞安慰她说他会永远陪在她身边的。乔终于也开心了起来,因为眼前是那样一幅一家人其乐融融的场景,她怎么能令大家扫兴呢?

有什么能比全家人开心地依偎在一起更幸福呢?

汤姆·索亚历险记

马克·吐温(1835—1910),美国19世纪著名作家,善写幽默讽刺小说。

《汤姆·索亚历险记》的主人公是汤姆·索亚。小说写的是他自由、刺激的探险历程。

一个夏天早晨,在密西西比河畔的一个小镇上,一户普通的人家里,一位妇人在扯着嗓门喊叫一个叫汤姆的孩子。然而几声过后,无人应答。

正当妇人纳闷这孩子究竟去了哪里时,身后传来了动静。她转身顺势一抓,恰好抓到了那个小男孩。

"还想跑?实话说,你在屋里干吗?"老妇人问道。

"没干吗。"

"还想狡辩,你看看你那张嘴巴,怎么会粘着果酱呢?"老妇人说道,"又偷吃果酱。我跟你说过多少遍了,你就是不听。把鞭子拿过来。"

"等等,姨妈,你看你身后!"

汤姆的姨妈波莉刚转过身一探究竟,汤姆便从她身旁溜了过去。转眼间,他已经翻过围墙,没了踪影。

波莉姨妈先是一愣,后又轻轻一笑。对于这个已故姐姐的孩子,她总认为自己没有尽到责任,她不知道该如何去管教。她信奉书上的道理:棍棒之下出孝子。但每次教训汤姆后,心里总有些过意不去;可当汤姆逃脱惩罚时,她又觉得对不住自己的良心。对于眼前这件事,她找到了折衷之策:明天,也就是星期六,惩罚汤姆干活儿。

汤姆这天没有去上学,而是去游泳了。晚饭时,波莉姨妈以学校炎热为切入点,让汤姆自己承认逃学游泳的事情。正当问话以没有证据证明汤姆游泳而结束时,弟弟希德出卖了汤姆:本来汤姆的衬衫领子是用白线缝的,现在却变成了黑线。

吃过晚饭,汤姆又溜了出去。在街上,他碰到一个陌生孩子,硬是让人家和他打了一架,最后又逼着人家喊求饶。当他兴高采烈地爬窗户进到屋里时,被波莉姨妈逮了个正着。汤姆罪加一等,波莉姨妈发誓第二天要惩罚他。

星期六一大早,汤姆顾不上欣赏夏天的美景,便提着石灰,拿着刷子,来到围墙外。眼前,要刷白的墙壁是那么长一溜儿,汤姆越看越愁,不知该如何下手。这时,仆人杰姆刚好提着空水桶路过,汤姆灵机一动,想出一个好主意:让杰姆刷墙,自己去打水,这样可以趁机玩上一个小时。

汤姆知道杰姆喜欢看他受伤的脚趾头,喜欢听他讲的冒险故事,便抓住这一点,和杰姆达成了交易。

一个小时后,汤姆又不情愿地去刷了围墙。谁知身边又出现了个帮他干活的人——罗丘斯。针对罗丘斯的喜好,汤姆又生一计:自己假装刷得很有趣,以此诱惑罗丘斯来体验刷墙。罗丘斯果真上当了,不但心甘情愿地帮汤姆干完了活儿,还把苹果给了汤姆吃。经过这些事,小汤姆发现了人生的大道理:越是难以得到的东西,人们越是渴望得到。

汤姆信心满满地找波莉姨妈汇报去了。"姨妈,我干完活儿了,"汤姆说道,"我可以出去玩了吧?"

"又撒谎,汤姆。"波莉姨妈显然不信。但当她亲自走到围墙外时,被眼前的一切吓了一跳,整个围墙全被刷上石灰了。

汤姆受了表扬,得了奖赏——一个大苹果,蹦蹦跳跳地玩去了。

他路过大法官撒切尔的房子时,见到了一位可爱的小姑娘。汤姆对她一见倾心,偷偷地看着她,直到自己被发现。汤姆有些难为情,便扭头假装在看别的东西。当他再次回过头时,小姑娘已进了屋子,不过,篱笆墙外,多了一朵紫罗兰花。汤姆兴奋无比,以为自己的爱得到了回应。

星期六就这样在兴奋和胡思乱想中过去了,星期日紧接着到来。

这天早上,在表妹的督促下,汤姆穿戴干净整齐。随后,汤姆、希德、玛丽三人一起前往教堂。

一路上,汤姆用自己的零碎东西,从同学那里换到了九张黄票、九张红票,还有十张蓝票。而这些票是学生背诵多少赞美诗的凭据,当某人票据积累足够多时,主日学校的校长会奖励他一本《圣经》。这次,主日学校请来了汤姆心仪姑娘的父亲——大法官撒切尔,由他为好学生颁发奖品《圣经》。

汤姆抓住了这个机会。当校长宣布进入评奖环节时,汤姆拿着那些票走上讲台,并当众要求用它们来换一本《圣经》。

以调皮捣蛋闻名的汤姆竟然要求得到《圣经》,这是谁也没有想到的。

汤姆得到了他想要的,并且和大人物撒切尔法官坐到了一起,得到了他的夸奖。然而,当汤姆被一位坐在旁边的太太问起耶稣最早的两个门徒是谁时。他竟说是大卫和格里亚。

后边的场景可想而知,不多介绍了,我们还是来认识一下另外一个叫哈克贝利·费恩的孩子吧。

哈克贝利·费恩是镇上受人排斥的孩子,他的父亲是镇上出了名的酒鬼。由于他不务正业,偷东摸西,目无法纪,人们都不喜欢他。但汤姆这群孩子却羡慕他,总想体验他那不同寻常的生活:穿着衣衫褴褛,不用上学,自由自在,想干吗就干吗。

周一这天,汤姆在上学的路上恰好撞上了哈克贝利。

两个孩子像熟人一样打过招呼后,汤姆发现哈克贝利抓着一只死猫,便问:"哈克贝利,你要那只死猫干吗?"
　　"治疗瘊子。"哈克贝利说。
　　这句话使两个人有了交流的话题,他们先讨论了如何用烂树桩里的臭水治瘊子,又谈到了如何用豆荚去瘊子,最后话题还是说到了那只死猫身上。
　　"哈克贝利,我倒想听听你是怎么用死猫治瘊子的。"汤姆说。
　　"是这样的。大概在半夜的时候,你带上这只死猫,走到墓地,找一个刚刚埋了坏人的坟头。你先找个地方藏起来,等待魔鬼的出现。你可能不会看到他们,而只是听到一些风声,那就是他们在说话,他们在商量如何把那个坏人抓走。当他们要离开时,你就把死猫往他们身后一扔,同时念叨着:'尸体带着魔鬼走,魔鬼带着死猫走,死猫带着瘊子走。'这样一来,不管你是什么瘊子,统统都会去掉。"
　　"你这样做过吗,哈克贝利?"汤姆好奇地问。
　　"还没有,不过我打算今天晚上就到墓地试试。"
　　"我也想去。"汤姆说。
　　"你行吗?胆小鬼!"
　　"当然行了。晚上你来叫我,到我窗外学一声猫叫,我就下去。"汤姆说。
　　"没问题。"
　　说完话,汤姆高兴地上学去了。
　　和往常一样,汤姆又迟到了,并告诉老师:"我迟到的原因是半路和哈克贝利聊天。"老师一时来了气,用教鞭打了汤姆几鞭子,然后让他和最后一排的女孩坐到一起。
　　汤姆因祸得福,坐在他旁边的女孩正是他的意中人,那个扔给他紫罗兰花的小姑娘——贝基·撒切尔。两人很快就熟了,汤姆在手头的小黑板上写上了"我爱你"三个字,让贝基看,不想却被老师发现。老师揪起他的耳朵,又把他放回了他原来的座位,挨着他的亲密好友乔·哈柏。尽管这样,汤姆还是学不下去。

终于,中午放学了。所有人都回家后,汤姆和贝基却又转悠回教室。在这里,他们第一次正式约会了。汤姆再次向贝基表达了爱慕之情,贝基也说出了自己的心声:汤姆,我这辈子,除了你,谁都不爱;除了你,谁都不嫁。当得知汤姆在此前曾喜欢过另一个女孩时,贝基背过身哭了起来。汤姆怎么解释也没用,而且送给贝基的礼物也被她打落在地。

汤姆有些生气了,他一个人翻过山,跳过河,跑到了一片丛林当中。在那里,他想着以后的生活:如果我就此消失,离开这里,走到一个无人知晓的地方,结果会怎样?我可以做一名士兵,身披战甲,威风凛凛地回到这里。我也可以投奔印第安人,在群山和荒原上追逐野兽,和敌人交锋,将来我还会成为部落的酋长。那时,我再回到这里,人们肯定惊恐不已,羡慕不已。这些都不好,我还是当海盗吧。我会驾驶一艘"风暴之神"的黑色大船,驰骋四海。那时,我再回到这里,人们一个个对我崇拜至极。对,就这样,这就是我想要的生活。

这时,汤姆的好友乔·哈柏也出现在这里。两人便各自扮演一个英雄角色,"厮杀"起来。

一下午就这样过去了。

晚上十一点钟时,弟弟希德已经入睡。汤姆也有些困了,便迷糊了一会儿。在似醒非醒中,窗外传来一声猫叫,汤姆悄悄而又迅速地穿好衣服,从窗户爬了出去。

两人带着一只死猫,摸黑来到野外的墓地。他们找到那座新坟后,便藏在离坟不远的三棵大树后方,等待魔鬼的出现。

好长时间过后,一盏灯笼和三个人影闯入了他们的视野。起初,汤姆和哈克贝利以为那三个人影正是他们要等的三个魔鬼。可等那三个人影靠近后,他们却发现:一个是老莫夫·波特,一个是恶贯满盈的印第安人乔,还有一个是医生鲁宾逊。

他们来这里做什么?汤姆心里疑问着。

那三个人走到了那座新坟前,也就是在大榆树前几英尺的地方。"朋友们,开始干吧。"医生鲁宾逊一句话说罢,莫夫·波特和印第安人乔便动手挖起坟头。紧接着,便是铁锹和土石的摩擦声。

原来,他们是来偷尸体的。

当尸体被挖出来时,他们之间却起了内讧。

"医生,再加五块钱,否则,这尸体就撂这儿了。"莫夫·波特说。

"你说这话,是什么意思?咱们说好先付钱的,我已经给过了。"医生鲁宾逊答道。

"是的,你是先付钱了。不过,我这里还有一笔账要和你算,"印第安人乔也开口了,"五年前的一天,我上你们家讨饭吃,你竟瞧不起我,将我赶走。不但如此,你老爹还把我关起来,以为我是流浪汉。这事我能忘得了吗?"说完话,他又拿拳头在医生鲁宾逊面前晃了几下。

愤怒之下,医生一拳将印第安人乔打倒在地。

莫夫·波特看到自己同伴被打,冲上去就和医生厮打起来。印第安人乔从地上跳起来,拿起莫夫·波特的刀子,绕着两人转圈,寻找刺杀医生的机会。医生身强体壮,一把摆脱了莫夫·波特的纠缠,顺手拎起一块灵牌,将莫夫·波特砸倒在地。就在这时,印第安人乔趁医生不备,飞上前去,直接将刀插在医生心脏部位。医生晃了几下,倒在地上。

印第安人乔将医生身上的贵重东西洗劫一空,随后把带血的刀塞进晕倒在地的莫夫·波特手里。

几分钟后,莫夫·波特醒了过来。看到手上带血的刀,又看到倒在血泊中的医生鲁宾逊,他一下慌了。

"我杀人了?"莫夫·波特问乔。

"你真够厉害的。不过,你为什么要杀他呢?"印第安人乔答道。

"不,不是我杀的,到底是怎么回事,乔?"

印第安人乔便将刚才的一切重复了一遍,不过故事的主角是莫夫·波特。他说,莫夫·波特借着酒劲,拿刀子捅死了医生。

这一切都被汤姆和哈克贝利看在眼里。两个孩子从没见过这种场面,吓得面如土色。他们瞅准机会,小心翼翼地溜出墓地,接着是向镇上狂奔,路上还不时回头看有没有人跟上来。分别前,汤姆和哈克贝利为了防止印第安人乔的报复,暗地里发誓绝不将夜里的事说出去。

第二天中午,医生鲁宾逊被杀的消息传遍全镇,人们纷纷前往墓地观看作案现场。根据被害者身边那把沾满鲜血的刀,探长逮捕了莫夫·波特。

此后两个星期内,汤姆深受自己良心的谴责,感觉对不起莫夫·波特。因为这个,汤姆的睡眠出了问题,接连几天晚上,梦话不断。至于梦话的内容,希德都记在了心上,他总在第二天早饭时问起汤姆:"你昨晚又说:'求你别再折磨我了,我会把我知道的都说出来。'你知道什么事呢?"汤姆不知该如何回答,幸好有姨妈波莉或者表妹玛丽解围。

为了使自己安心,汤姆经常到监狱外看望莫夫·波特,送给他些小礼物。

由于这个案子还牵扯到印第安人乔偷尸体的案子,而乔拒不承认自己的罪行,对莫夫·波特的法庭审讯也就拖后了。

对汤姆来说,贝基·撒切尔是他最重要的人。当她消失一段时间,再次回到学校时,汤姆又和从前一样,在她面前做各种高难度的动作,以显露一下自己的能耐。谁知,贝基毫不领情,对汤姆的所作所为看都不看一眼。当汤姆靠近贝基时,贝基说了一句很伤人的话:"有些人自以为多有能耐,老在别人面前显摆自己。"

贝基的不理睬,再加上姨妈波莉不停的训斥,让汤姆觉得这个世上再没有人疼他、爱他了,在这个地方待下去也没有意义了。

他的好友乔·哈柏受了母亲一顿狠打,也想离家出走。

哈克贝利本来就无人看管,到外边闯荡正是他想要的生活。

三个孩子不谋而合。于是,他们结成"海盗帮",并各有各的代号,当他们称呼对方时,都是用代号。汤姆叫"无情复仇者",哈克贝利叫"血手",乔·哈柏叫"海上灾星"。

一天夜里,他们按照海盗的做法,偷到一只木筏,乘着木筏离开了小镇。两个小时后,他们来到了离小镇三英里远的一个小岛上,在那里开始了自由自在的生活。

第一天,他们过得很愉快,有鱼吃,有水玩,醒了就玩,累了就睡,好不自在。汤姆兴奋地说:"不用早起,不用读书,不用洗脸……总之,什么事都不用做。我就喜欢这种生活。"乔也附和一句:"对,这种生活我以前想都不敢想,现在算是过足瘾了,我决定要做一名海盗了。"

这时,镇上的人们都以为这三个孩子溺水身亡了,开着船在河上寻找他们的尸体,最终却一无所获。

这天夜里,汤姆偷偷潜回家里。家里人,还有乔·哈柏的母亲正围在一起谈论两个孩子"生前"的种种好处,姨妈波莉和乔的母亲说着说着就哭了起来。汤姆不忍心看这场景,又趁着夜色偷偷划船溜回岛上。

两天后的星期六早上,教堂里异常安静,牧师在主持着三个"死去"孩子的葬礼,人们都沉浸在悲痛之中。正当牧师抑制不住个人感情而痛哭时,教堂的侧门咯吱一声开了,三个孩子走了进来。顿时,教堂一片惊呼,接着,响起了高亢的唱诵声。

这次回来后不久,墓地谋杀案便开审了。汤姆内心又开始不安起来,他想起之前送礼物给莫夫·波特时,莫夫·波特对他和哈克贝利说的话:"谢谢你们,好孩子。你们的恩情我会永远记在心上的。我还以为,以前常替镇上的孩子们做鱼钩、修风筝,孩子们会感恩的,谁知,如今我大难临头,只有汤姆和哈克贝利还记得来看看我。这样,我也知足了。我跟你们说,以后千万别醉酒,醉酒误事啊。"

每想到这里,汤姆就有种想说出真相的冲动。

这天早上,镇里的人们不约而同地来到法庭上,他们都想看看在恶贯满盈的印第安人乔的指证下,法官会如何判罚。

陪审团、被告莫夫·波特、印第安人乔、法官依次走进法庭,审判正式开始。

公诉律师提出了公诉,接着,三个证人当庭指证莫夫·波特用他自己常用的那把刀杀死医生鲁宾逊,并且企图逃跑。令人不解的是,每到问询证人的环节,被告莫夫·波特的律师却没有问题。

公诉律师以为此案没有必要再审理下去,说道:"人证、物证俱在,指控成立,审讯到此结束。"听到这里,人们开始议论纷纷,有些人竟因可怜莫夫·波特而落泪。

这时,被告莫夫·波特的律师却突然站了起来,当众说道:"法官大人,我们之前的陈词是为了证明,我的当事人的杀人行为是在醉酒状态下进行的,但现在,我们改变了观点,我们要传上一位重要人物——汤姆·索亚!"

汤姆站到听证席上,如实地讲述起那天夜里在墓地发生的一切:"当时,我和哈克贝利正躲在大榆树背后,等待魔鬼的出现,谁知却等来了三个人,一个是老莫夫·波特,一个是印第安人乔,还有一个就是死去的医生鲁宾逊……"

法庭上只剩下汤姆的声音,人们全神贯注地听着。

当汤姆说到"印第安人乔趁着莫夫·波特晕倒在地,拿起莫夫·波特的刀,刺进医生鲁宾逊的胸膛"时,那个印第安人"嗖"地一下冲窗户跳了下去,逃掉了。

汤姆这次成为了全镇的英雄,大人宠爱,小孩儿羡慕。

但是,对汤姆来说,这些荣誉满还足不了他的欲望,这些经历还不够刺激。不久之后,汤姆便决定外出寻找宝藏。他先联系上了哈克贝利,之后,两人便开始了新的探险经历。

刚开始,他们按照听来的经验,选择了两个地点:河对岸一棵枯干的老树的底下,河对岸一座闹鬼的楼房底下。

挖第一个地方时,他们费了很大的劲儿,却什么也没发现。于是,他们转战第二个地方——闹鬼的楼房。

正当汤姆和哈克贝利在楼上查看情况时,门外传来了脚步声,而且是两个人的。汤姆和哈克贝利静静地躺在地板上,通过地板上的小洞观察下面。

两个人中,有一个正是逃犯印第安人乔。

汤姆和哈克贝利屏住呼吸,生怕被印第安人乔听到呼吸声而发现他们。

印第安人乔和那个人说了几句话后,走到一处墙角,挖了起来。本来是要往那里埋钱的,令人意外的是,竟挖到了一箱子金币。商量过后,他们准备带走这些钱财。印第安人乔站起身子,刚要离开,却对那些别人丢下的挖掘工具产生了疑问:"这些东西会是谁带来的呢?它们的主人不会就在楼上吧?"

听到这话,汤姆和哈克贝利心里一惊。但是,印第安人乔已经拿着刀子,踏上了楼梯。"咯吱","咯吱",声音越来越近了。突然,"嘎"的一声,楼梯的一块木板断了,印第安人乔摔了下来。

看到外面天色已晚,两人便背起钱财离开了。

听着脚步走远了,汤姆和哈克贝利才松了一口气,站了起来。

自那以后,汤姆心里一直挂念着那笔钱财,并考虑着印第安人乔会把那大笔钱财藏到什么地方。他根据在楼房里听到的谈话内容,找到了印第安人乔在镇上的藏身之处,并和哈克贝利轮流在晚上守在那儿,等他出门后进入他的房间。然而,连续几天过后,他们都没找到合适机会。

到了周六早上,汤姆和贝基一起参加了镇上专为孩子们举办的野餐活动。

孩子们的兴致很高,午餐结束后,结队进了一个废弃山洞。山洞里支路非常多,有些地方从未有人涉足过,这正好给汤姆提供了探险的好地方。

当大家都在玩捉迷藏取乐时,汤姆已经带着贝基沿着一条崎岖的小道向山洞的深处走去。小路两旁的墙壁上写着密密麻麻的文字,他们边走边读。到一处没有字迹的墙壁时,他们用烛火燎上"汤姆和贝基"。

这时候,外边天已经黑了,进山洞游玩的孩子们,除了汤姆和贝基,都已经踏上了回家的路。

汤姆和贝基已经忘了时间,忘了回家,在他们心里,只有探险。山洞里确实有许多稀奇的东西,流淌的溪水、宽敞的密室、发光的钟乳石和石笋、成群的蝙蝠、地下的湖泊等,每一样都引起了他们长时间的关注、研究。

不知过了多久,汤姆和贝基感到了疲惫,便坐下来休息。周围死一般的静寂让他们恐慌起来。

"汤姆,咱们好长时间没有听到别人的说话声了,"贝基说,"咱们还是往回走吧,看他们找咱们。"

"我觉得也是,咱们现在就往回走吧。"汤姆说。

然而,无论怎么转悠,他们都没找到出口。但汤姆不相信自己会迷路,不断地拉着贝基寻找熟悉的标志。直到蜡烛灭了,周围一片漆黑,汤姆才停下脚步。贝基想家心切,又受尽饥饿和恐惧的折磨,扑在汤姆怀里大哭起来。

不知睡了多长时间,汤姆醒了过来,他模糊听到远处有人在喊叫。他兴奋地喊着贝基:"贝基,醒醒,有人来找咱们了。"贝基听到这个,立马打起精神。

于是,他们摸黑继续探路。刚走了二十来步,汤姆看到前方不到二十码的地方有光亮,紧接着一个人手举着蜡烛出现了。就在那人抬头的瞬间,汤姆看到了那张熟悉的脸——印第安人乔。

"啊!"汤姆吓得喊了一声。印第安人乔听到声音,转身就跑,片刻间没了踪影。

与此同时,镇上的人们已经寻找他们三天三夜了。本来热闹的小镇,这几天冷冷清清,人们纷纷去探望汤姆的姨妈波莉和贝基的母亲撒切尔太太,并为汤姆和贝基祈祷。

当汤姆和贝基被找到时,已是星期二的深夜。全镇的人聚集到了河边,迎接两个孩子的回来。波莉姨妈和撒切尔太太听到这个消息,热泪盈眶,高兴得说不出话来。等汤姆回到镇上,人们又把他当作英雄,围到他身边,听他讲这三天三夜的冒险经历。

这个时候,哈克贝利却没在人群中,而是在寡妇陶格拉斯家中养病。

原来在汤姆和贝基被困山洞的第一天夜里,哈克贝利遇上了印第安人乔。

那天夜里,哈克贝利和往常一样守候在印第安人乔的住处。半夜十二点左右,镇上的人们都休息下了,到处漆黑一片。突然,哈克贝利听到印第安人乔的房门打开,接着看到两个黑影走了出来,一个人的胳膊下鼓鼓的,像是夹着东西。

一定是那金币箱子,他们想把它转移到别的地方,哈克贝利想。我得跟着他们,而且天这么黑,他们不会发现我的。

那两个黑影穿过整个镇子,向山上寡妇陶格拉斯家的方向走去。快接近房子时,他们停了下来。只听一个人——像是印第安人乔——说:"这个点还没熄灯,应该是有别人在。"

"确实,既然有别人在,咱们还是打道回府吧。"另一个人答道。

"等等,这事不能就这样算了。在我离开这个镇子之前,我一定要报了这个仇。你不知道她的老公生前对我多么残忍,他把我送进监狱不说,还叫人当着全镇的人用马鞭抽我。他虽然命贱早死了,但他妻子却还活着。"印第安人乔说。

听到这里,哈克贝利方才明白他们并不是为了转移钱,而是要谋杀寡妇陶格拉斯。

接着,另一个人好言相劝印第安人乔,说这样做不好,但最终还是没有说服他。他们要等着屋里灯灭了再动手。

哈克贝利意识到事情的严重性,小心翼翼地后撤。然后,转身往回跑。他下了山,将印第安人乔将加害寡妇陶格拉斯的事情告诉了那威尔士先生。

得知消息,那威尔士先生立马招呼上两个儿子,带着手枪,跟着哈克贝利,跑上山去。快接近印第安人乔时,他们朝着有黑影的地方胡乱放了几枪。印第安人乔和那个人果然藏在那里,但并没有被打中。看到情况不妙,那两个人回开了两枪便逃之夭夭了。

第二天,那威尔士先生的英雄事迹在镇上传开了,他得意地给到访的人讲述前一天夜里的事。尽管哈克贝利以害怕遭印第安人乔报复为由,一再请求他不要将自己拉扯到那件事情当中,那威尔士还是不经意地将哈克贝利的英勇事迹说了出去。寡妇陶格拉斯得知此事后,将哈克贝利收为义子。

此后,哈克贝利因过度疲劳而病倒了,直到汤姆回到镇上两个星期后,他才恢复。

汤姆和贝基被救出后,为了防止类似事情再次发生,撒切尔大法官找了些人,封死了那个山洞。

汤姆得知这个消息已经是两个星期后。

那天,他去看望哈克时刚好路过贝基家,大法官撒切尔正好和几个朋友在家闲聊。大法官撒切尔对汤姆说,以后再也不会有人困在那个山洞了。汤姆有些纳闷,便问原因。大法官撒切尔便说了封死洞口的事情。汤姆一下子呆在那里说不出话来。过了一会儿,他慢慢吞吞地吐出几个字:"印第安人乔还在山洞里!"

法官撒切尔立马组织镇上的人前往山洞。洞门打开的那一瞬间,印第安人乔的尸体一下子暴露在光线和人们的视野里。洞门底部被挖出了一道很深的沟,沟的边沿躺着把断成两截的刀。尸体旁边有几只蝙蝠爪子,还有一摊积水。

此时汤姆的心情非常复杂。看到恶贯满盈的印第安人乔终于死去,他感到内心深处的那份恐惧和不安消失了,取而代之的是一种解脱和安全;看到一个受尽饥饿和黑暗折磨而死去的人躺在自己面前,他又生出了几分同情和怜悯。

几天后,汤姆和哈克又到了一起,两人又商量起了寻找宝藏的事情。

"哈克贝利,那些钱在那个山洞里。"汤姆说。

"你开玩笑的吧,汤姆?"哈克贝利有点儿不相信。

"真的,不骗你。我在洞里遇到过印第安人乔。"汤姆说。

"那好,我跟你一起去。"洛克说。

当天中午,两人准备好了用作标记的绳子、吃的食物,以及装钱的袋子,划船向山洞出发了。

汤姆带着哈克贝利从山洞旁边的一个小洞钻了进去,顺利摸到了之前他撞见印第安人乔的地方。继续走了几步,发现一块大石头,石头底下零星地散着些鸡骨头和吃剩的腌肉皮屑。两人都觉得这个地方最有可能藏东西,便拿出短刀,挖了起来。

原来石头底下还有一个秘密通道,通道口只挡着一块木板。汤姆掀开木板,钻了进去,哈克贝利紧跟其后。

果不出所料,装宝藏的箱子就放在密道尽头。

傍晚的时候,汤姆和哈克贝利满载而归。

那笔钱一共是一万两千多块,汤姆和哈克贝利一人一半。

人们得知两个孩子寻到宝藏的事情后,这个普通小镇又热闹了。起初,大家只是口头上谈论这件不同寻常事,对汤姆和哈克贝利表示称赞和羡慕。到后来,镇上所有有枯干老树的地方和"闹鬼"的房屋,都被人翻了个底儿朝天。

如今的汤姆得到了姨妈波莉的疼爱,得到了贝基父亲撒切尔大法官的青睐,生活如鱼得水。

如今的哈克贝利既有了钱,又有了人关心照顾,而且不再被大家瞧不起。但是他并不快乐,他是野惯了的孩子。

三个星期后,哈克贝利实在无法忍受受人管制的生活,悄悄跑出家去。镇上的人们像以前他们失踪时一样,全体出动去找。汤姆知道这事后,在一废弃的屠宰场找到了他。

"哈克贝利,回家去。"汤姆说。

"不,汤姆,我过不惯那种生活。我知道她对我好,体贴周到,但是我受不了那些礼节和约束。"哈克贝利有些苦恼。

"哈克贝利,谁都会这样的。但是,你可以去试着习惯它。"汤姆说。

"我试过很多次了,还是不行。早知道这样,我还不如不拿那些钱,只拿那把枪,然后住那个山洞,真真正正地做一个海盗呢。"哈克贝利说。

一听到海盗,汤姆计上心来,他知道该如何说服哈克贝利了。

"哈克贝利,有了钱我们照样会做海盗。"汤姆说。

"这话当真?"哈克贝利问道。

"当然。但是,如果你再像以前那样不注重个人形象的话,你就别想进我们的海盗帮。"汤姆说。

哈克贝利想了片刻,说道:

"汤姆,如果我现在回去,回到寡妇身边,你会同意我入帮吗?"

"当然同意。那样的话,我们今晚就召集海盗们举行哈克贝利入帮仪式,"汤姆说,"到时候还要发誓:'我们要永远团结在一块儿,誓死不透露帮内秘密。如果有人伤害帮内兄弟,杀无赦。'"

"太好了,汤姆。"哈克贝利说。

两人说完话,便携手向镇上走去。

·精读名著·

哈克贝利·费恩历险记

马克·吐温简介见《汤姆·索亚历险记》。

《哈克贝利·费恩历险记》的主人公是《汤姆·索亚历险记》中给大家介绍的哈克贝利·费恩。哈克为了追求自由生活,逃离家乡。在途中,遇到逃亡的黑奴杰姆。之后,两人一起逃往密西西比河下游,经历了种种险境。

我就是《汤姆·索亚历险记》里面的那个哈克贝利·费恩。汤姆和我找到了强盗藏在那个山洞里的钱,这一下,我们就发了。我们俩,一人得了六千块钱——全是金灿灿的。有钱以后,我的日子并不好过。陶格拉斯寡妇把我认作她的儿子。我实在受不了她枯燥无味的生活,我就溜之大吉啦。我重新穿上了原来的破衣烂衫,重新钻进了那只原本装糖的大木桶里,好不自由,好不逍遥自在。可是汤姆想方设法找到了我,说他要发起组织一个强盗帮,要是我能回到寡妇家,过得体体面面,就可以加入他们一伙,于是我就回去了。

寡妇对着我大哭了一场,把作叫做一只迷途的羔羊,还叫我许多别的名称,不过,她绝对没有什么恶意。她又让我穿上了新衣裳,我实在一点儿办法也没有,只是直冒汗,憋得难受。啊,这么一来,那老的一套就又重新开始啦。寡妇打铃开饭,你就得准时到。到了饭桌子跟前,你可不能马上吃,你得等着。等寡妇低下头来,朝饭菜叽哩咕噜挑剔几句,尽管这些饭菜没什么好挑剔的。

不久前,陶格拉斯寡妇家来了一位客人,她是陶格拉斯的妹妹华珍小姐。华珍小姐来了以后,每天都逼着我读书写字。我是一个自由的人,不可能习惯这种无聊的生活。我一直在期待着转机的出现。

一天晚上,我的烟瘾又犯了,我躲着陶格拉斯寡妇,偷偷在屋里抽着烟斗。教堂里的钟声响过十二下以后,镇上死一般地寂静。突然,不远处传来一声低低的猫叫。我知道那是汤姆来了,我也轻轻地回了一声。然后,我把蜡烛吹灭,从窗户爬了出去。

我和汤姆会合后,避开还没休息的黑奴杰姆,摸黑抄小路向房屋对面的山顶进发。到山顶后我们的队伍又多了几个人,汤姆让每个人发誓对这次行踪保密后,点上蜡烛,带着大家摸进了树丛后的洞穴里。

到一处宽敞的地方时,我们停了下来。汤姆发话了。

"今天,我们将在这里成立一个海盗帮,帮名叫做汤姆·索亚帮,"汤姆说道,很有帮主的气势。"有意加入帮会的人,都要在这张纸上用血写下自己的名字,还要宣誓帮规。"

大家先念了一遍帮规:每个加入帮会的人必须以帮会利益为重,团结一致、忠于本帮、严守本帮的秘密,否则帮会将杀其全家;伤害本帮帮内任何一人的敌人,也就是整个帮会的敌人。

大家对帮规没有异议后,一个个用针刺破手指,用血在纸上写下了自己的名字。

宣誓入帮后,汤姆·索亚主持了第一次帮内会议,大家针对帮会的具体规定发表了各自的意见,并选举了汤姆做帮会老大,乔·哈柏做帮会副帮主。

一直到天快亮的时候,我们才散了。

第二天,华珍小姐发现我昨天新换的衣服沾满了泥土,很是生气,狠狠地教训了一下我。陶格拉斯寡妇却什么也没说,只是她脸上露出一副伤心的样子。我突然觉得自己确实有些过分了,便告诫自己要安稳些日子。

一个月后,我们的海盗帮解散了。我们在这一个月期间,什么东西也没有抢,什么人也没有杀。我们只是在扮演着海盗的角色,把身边一些简单东西想象成我们要抢的贵重东西,然后聚集到一起,清点我们的战利品。最后,我明白了这一切不过是汤姆骗人的鬼话。

我渐渐地习惯了学校的生活,习惯了被寡妇和华珍小姐管教的生活。

大约过了三四个月,有一天,我从早晨便有一种不祥的预感。当我吃完早饭,冒着雪走到院子里时,发现雪地上有一串熟悉的脚印,尤其是那左脚脚印,很明显地有一个十字的痕迹。这个十字太特殊了,只有我老爹的鞋底上有。

我知道我父亲回来找我了,他一定是知道我发了一笔大财,所以冲我要钱来了。

想到这里,我一路小跑来到撒切尔法官家里,把那大笔钱连带着利息全部送给了撒切尔法官。

当我上完学,回到家里时,我的老爹固然在我的房间里等候。他还是那副邋遢样子,一头蓬乱的头发,一身又破又脏的衣服,一双露出脚趾的靴子。他见了我的第一句话就扫我的兴。

"干干净净、整整齐齐的新衣服,不错啊。你越来越有出息了,是吧?"

"也可以说有,也可以说没有。"我说。

"少贫嘴,自从我离开这里,你是越来越厉害了。先是发了一笔横财,又有了干娘,这会儿又上起了学,开始读书写字了。你以为你现在混得比你老爹有出息了,是吧?我这次回来就是想让你别再做梦了。我跟你说,从今天起,你不准再去学校,如果你不听,被我发现了,我会打断你的狗腿。"

"可是,寡妇让我上学。"我说。

"别给我提她,你是我的孩子,不需要她来多管闲事,"他说,"我问你,你的那些钱呢?赶快给老爹拿出来,我还急着用呢。"

"我哪里有什么钱?"我说。

"少给我装蒜,我知道那些钱存在撒切尔法官那里,我明天就去要。"

第二天,他果真去了撒切尔法官家,借着酒劲向法官要钱,结果肯定是失败。于是,他又到大街上发酒疯,扰乱镇上人们的生活。人们无奈,只得把他送进了牢房。

几天后,他被放了出来。法院的法官可怜他孤苦无依,便收留他,想让他改过自新。谁知,那天夜里他酒瘾就发作了。喝醉回来的路上,又不小心摔断了胳膊。

他回来以后,三番五次在我去学校的路上拦我,想让我放弃上学。但我偏不听话,和他对着干。以前,我还真是不喜欢去学校,现在我却每天都去,没有逃过一天课。

直到春天的一天,我在半路上被老爹抓住了。他带着我,划船来到游距离镇子三英里远的一处丛林,把我关进了一座小木屋里。

陶格拉斯寡妇发现我没有回家,就派人四处寻找。确实有人找到了这里,但我老爹说什么也不放我,还拿着枪赶走了来人。

我渐渐习惯了这里的生活。每天除了抽烟、钓鱼,就是睡觉,不用受陶格拉斯寡妇的管教,不用受华珍小姐的挑剔,也不用读书写字、做作业。说实话,我在这里的生活还是很惬意的。

唯一让我受不了的,是老爹喝完酒后对我发酒疯,我身上到处都留有被他打过的痕迹。有时候,他会把我一个人锁在屋子里,他则出去快活。我实在受不了这种无聊的日子,开始盘算如何逃出去。

一天早上,老爹打开了门锁,让我出去看看鱼钩上有没有鱼。我到河边时,恰巧有一只小船从上游漂来。我一个猛子扎下水,朝小船游去。意外的是,小船里没有人。我心里想,这真是天上掉馅饼了。

当我划船上岸时,老爹还在屋里睡着。我突然打起了一个主意:藏起小船,等着以后逃跑用。于是,我找了一处相对隐蔽的地方,藏起了小船。

下午三点的时候,老爹划船去了镇上。而且,根据他的习惯,我可以肯定,他那天晚上不会回来。这就为我出逃提供了机会。

我估摸着他走远了,从自己锯开的窟窿里钻出来,开始了逃亡行动。

首先,我把木屋里所有能拿的东西全部拿到小船里,以备以后生活用。接着,我用斧子劈开木屋的门,把野猪血洒到地板上,又拖起装满石块的袋子,走到河边,把袋子扔进河里。之后,我又从自己头上薅了几根头发,粘在了抹满血的斧头上。最后一步,我从木屋开始撒起玉米面,一路撒到一百码开外的湖边,这是我故意留下的痕迹。我就这么精心地设计着自己的被害现场。要是汤姆在,他一定还能帮我想到更好的办法。

做完这些,天已经黑了。我吃了些东西,抽了一袋烟,想好了下一步要去的地方,便坐上小船,出发了。

天还没亮,我就到了杰克逊岛。由于太困,钻进林子,躺下就睡了。

太阳升得老高时,我才睁开眼,但是我不想起来,觉得躺着很舒服。我刚想再睡一觉,河上游突然传来一声炮响。我竖起耳朵,仔细听着,接着又是一声炮响。我从树林的缝隙中远远望去,看到了一条载满人的轮船正在向下游开来。我突然明白过来,他们是想把我的尸体炸出水面。

他们沿着河不停地放炮,找到天黑也没有找到我的尸体。第二天,他们却没有再来找。

三天后的夜晚,我听到岛上有人说话,便沿着岛划船,想弄清楚那到底是什么人。当我什么也没发现,扫兴地回去后,却看到了火光。我悄悄靠近,竟然看到了华珍小姐的黑奴杰姆。

两人见面后,都吃了一惊。

"杰姆,你怎么会在这里?"我问道。

"你先发誓你不会告发我,我才告诉你。"杰姆说。

"好吧,我发誓我决不告发你。你说吧,杰姆。"

"是这样的。我的主人华珍小姐平时对我很不好,还时不时地说要把我卖掉。昨天夜里,我路过主人门前,听到她们在商量着把我卖到奥尔良去。想到近来家里来过一个奴隶贩子,我感觉到问题的严重性。我悄悄离开溜出院子,接着爬下了山。到河边,我找到一只木筏,顺着河流就漂到了这里。"杰姆说。

我很同情杰姆,便让他留下来,两人一起躲在这个岛上。

我们在巡视整个杰克逊岛时,在岛中间的小山上发现一个山洞。那里是一个非常好的藏身之地,我们便住了进去。接下来,我们白天外出游玩,同时探查周围的环境,晚上则回到洞里休息。

一天早上,我起来后突然感觉生活无聊至极,就一个人划上小船到对岸伊利诺州去。最终,我来到了一个镇子的尽头,那里有一个破烂的窝棚。

我正在犹豫时,被窝棚的主人——一个四十岁上下的妇人请了进去。她问我名字时,我胡乱说了一个。随后她讲起了自己生活的不易,讲着讲着,话题转移到了我被杀的事儿,这才是我来这里的目的,我假装好奇地问:

"杀哈克贝利·费恩的凶手找到了没有?"

"嗯,知道是谁干的了,不过还没有抓到,"那个妇人说。"刚开始,大家都以为是哈克贝利的老爹干的,就在前天,大家又觉得那个逃跑了的黑奴杰姆的嫌疑更大,因为他是在哈克贝利被杀的那一天晚上逃走的。现在,已经有人悬赏三百块钱缉拿那个黑奴了。"

我听到了我想要打听的事儿,恨不得马上离开。但是那个妇人很热情,又聊起了她家里的日子有多么难过。当那个妇人主动停下来让我离开时,我一溜烟地跑了出去。

我跳上小船,快速滑回去。

到了岛上,我急急忙忙跑进山洞,叫醒正在熟睡的杰姆,告诉了他我刚才打听到的事情,杰姆听了感觉很害怕。我们好歹收拾了一下洞里的东西,离开山洞,上了小船。这时候,周围一片漆黑,伸手不见五指,但我们不敢点蜡烛,甚至不敢停留一会儿,摸着黑一直向下游划去。

五天后的一个深夜,天下起了暴雨。我和杰姆躲在船篷里,任由小船漂泊。在闪电那一瞬间,我看到一艘轮船停留在河边靠近岩石的地方,仔细一看,原来轮船撞在了岩石上。

我悄悄地摸上那艘轮船,透过甲板上的缝隙我看到里面有三个人,一个手脚被捆着,躺在地板上,旁边站着两个人,一人提着灯,一人拿着枪。那两个站着的人在商量着如何处置被他们捆起来的人,争论过后,他们没有开枪。一个叫帕卡德的人决定:"我们把他撂在这儿,先去看看周围的船舱里还有没有值钱的东西,然后回到我们的船上。这艘破船过不了多久就会被河水冲走的,那时他会被淹死,这样也省得我们动手。"

说完话,那两个人向旁边的船舱转去,我趁机溜下了轮船。

我回到杰姆身边时,我们的小船刚被河水冲到下游去了。我突然想到了一个主意,我们可以找到那两个强盗的船,然后乘船顺流而下。这样一来,不但自己可以得到一笔钱财,还可以惩罚一下那两个强盗。杰姆同意了我的计划。

我们很快就找到了强盗的船。我用刀子把绳子割断,船便开始向下游漂去,速度极快。过了不久,我们在下游发现了我们的小船。于是,我们回到了小船上。

接下来,我们打算到伊利诺州的最南端,然后卖掉小船,乘坐轮船前往俄亥俄河上游的黑奴解放区。

几天后的夜里,就在我们马上到俄亥俄河的时候,意外发生了。

我们正在前行时,前面不远处来了一艘轮船。为了防止小船被撞上,我们点着了灯。可当它靠近时,我们才发现它是条大号的轮船,速度开得飞快,这时我们想躲也躲不及了。听到有人朝我们喊了一声,轮船便直接压了过来。我和杰姆一看不对劲,分别从小船两端跳进了水里。

我游了几分钟后,很幸运地抓到一块船板。我开始寻找杰姆,然而喊破了嗓子,却没人答应。我被河流一直带到了一个渡口,从那里我爬上了岸。

走到一处木屋前,我被几条狗挡住了道。屋里人听到狗叫,便问外边什么人。我说自己刚才掉进了水里,顺着河水漂到这里的。那人听我只是一个孩子,就打开了门。

这里是富人葛伦上校的家,家里有两个高大结实的儿子鲍伯和汤姆,两个漂亮高挑的女儿夏洛特和莎菲,还有几个仆人。葛伦上校收留了我,他的孩子们对我也很友善。

从他们的谈话中,我得知在这个地方还住着另一个富人谢伯逊。谢伯逊家族和葛伦上校的家族之间有很深的仇怨,两个家族的人一见面便有枪战发生。

一天午后,我闲着无事,便到森林里溜达。当我走到一处空地时,发现我的老朋友杰姆正躺在那里睡大觉。

我喊了他一声,他一睁眼看到了我,激动得快要落泪了。接着,他讲起了那天晚上的事情,讲他如何从水里逃生,如何在岸上找到破烂的小船。

第二天,我被卷进了两个家族的枪击事件中。我早上醒来发现房间里一个人也没有,问过黑奴后才知道,人都去追莎菲了。莎菲在夜里和谢伯逊家的儿子哈乃私奔了。我跑步跟上了他们,得知莎菲和哈乃已经成功逃走后,我打心底里高兴。这时,我们身后的林子里突然打过来几枪,两个年轻人受了伤。接着,两方开始对战。我吓得躲到树上一动不动,直到天黑我才慢慢下来。我真后悔自己在这个地方上了岸,遇上了这样危险的事情。

我想穿过树林,不想再回到那所木屋,恰巧在路上遇到杰姆。杰姆先喊我的,我当时吓了一跳,仔细一看是杰姆,才放下心来。杰姆紧紧地把我抱在怀里,对我说:

"愿上帝保佑你,孩子。我们赶快离开这个鬼地方吧。"

"杰姆,我们可以走了,他们会以为我已经在枪战中死了。快上我们的小船,向下游冲去!"我答道。

随后,我们跳上被杰姆修好的小船,向下游划去。

几天内,我们白天找一处隐蔽的地方藏起来休息,晚上趁着夜色行进。

这天天快亮的时候,我们刚要靠岸时,突然从岸边林子里跑出来两个人,直奔我们的小船过来,跑到船边时,哀求我们救救他们,让他们上船,说后边有人在追杀他们。我和杰姆看他们可怜,便让他们上了船。

他们两个一个七十岁左右,一个三十岁左右。在谈话中,七十岁那位声称自己是被放逐的法国国王,三十岁那位声称自己是勃列其瓦特公爵。他们让我们称呼他们老国王和公爵。从他们的言谈举止,我早就看出来他们两个是骗子,但我没有明说,我想看看他们要做什么。

他们得知我们只可以在夜间赶路时,提出要帮我们。年轻公爵到一个镇上印刷了几张缉拿逃跑黑奴的告示,说如果我们白天行船时,有人发现杰姆,就拿出这张告示说我们逮住了杰姆。我和杰姆当时觉得这个办法不错,便同意了。

我们终于可以在白天行船了。我们还在船上排演话剧,等到上岸时演出赚钱。

两天后,我们到了阿肯色州的一个小镇。那天镇上正好有马戏团在演出,街上人山人海。我们抓住这个机会,到处张贴演出海报。那天晚上,来看演出的人只有十来个,看了我们很烂的悲剧演出后,一个个愤愤不平。这时,一个人到台上,对大家说:

"各位父老乡亲,请听我说。我们肯定是被骗了。但是,我们不能这么愤愤不平的出去,宣扬我们上当受骗了,那样别人会笑话我们的。我们还不如这样,出去以后大肆夸奖这些演员,说他们演得多么好,把更多的人拉到这里,让更多的人受骗。到时候,谁也就不笑话谁了。"

就以这种方式,接下来的三天里,我们一共赚了四百六十五块钱。

我们见好就收,当天晚上就撤离了小镇。

第二天天快黑时,我们到了一个村庄。在岸边,我们遇到一位年轻牧师,老国王从他嘴里得知村里刚死了一个富人,那个富人有一位远在英国的上了岁数的弟弟哈凡和一位又聋又哑的三十岁左右的弟弟威廉,他和哈凡只在小时候见过面,他和威廉却从没有见过面。另外,那个富人还留给哈凡一封信,上面写着家里钱的埋藏地方。

这为老国王和年轻公爵提供了可乘之机,老国王正好可以扮演上了岁数的哈凡,公爵正好可以扮演又聋又哑的威廉。

他们竟然得逞了,得到了一大笔钱。

之后,我们沿着河流向下游一连漂了好几天,路过村庄、小镇都不敢停留,怕被人家识破。一直到进入南方,老国王和公爵才敢到岸边活动。

刚开始,他们到村里做一些劝解人们戒酒的讲演,办一些舞蹈培训班,给人算算命、看看病,但都没有成功,最后还被村民赶了出来。

后来,他们整天苦闷地躺在船上,直到那天,他们很兴奋地商量起什么,好像发现了新的财路。我仔细一听才知道,他们竟然打算实施抢劫、制造假币。我和吉姆都不愿意和这种不道德的行为挂上钩,暗地里商量着怎样逃掉。

不久后的一天,老国王一大早就出去了,到中午还不见回来,我便和公爵到村里去找他。当我们在一家酒馆找到他时,他已经喝醉了。公爵上去说了他两句,两个人便对骂起来。我抓住这个时机,趁公爵不注意,溜走了。

我一路猛跑到河边,跳上小船,冲着船篷里喊道:"杰姆,快点儿放下小船,我们可以逃走了。"

船篷里没有人应声,我向里一看,竟是空的。

我赶紧跑上岸边,四处寻找杰姆。我碰到一个小孩,向他打听起杰姆。他告诉我一个老头儿把一个黑奴卖到了下游的农场。我心里一想,坏了,老国王把杰姆卖了。

于是,我划着小船,来到下游的菲尔普斯农场。

让我意外的是,我刚走进院子,一个中年妇人便从屋里跑出来,一把抱住我,说:

“孩子,你总算来了。”

“是的,太太。”我没反应过来便答道。

接着,她哭着把我介绍给她的孩子们:

“孩子们,快过来向你们表哥汤姆打招呼。”

原来这个妇人是汤姆·索亚的婶婶塞利,他们一家人把我当成了汤姆·索亚,我也只好冒充一下汤姆,满足一下他们对汤姆的思念。

吃过饭后,他们一家人将我团团围住,向我打听波莉姨妈家的人和事,幸亏这些我都了如指掌,否则我早就露馅了。

直到有一天,我听说上游来了一艘轮船。我心里一下子紧张起来,如果汤姆·索亚就在这条船上,如果他来了后直接冲着我喊我的名字,那样岂不是坏事了。我最终决定要到半路上拦住汤姆,向他说明情况。

果然,当我坐着马车走到半路时,迎面来了一辆马车,汤姆·索亚就坐在上面。我立马喊停马车,向汤姆跑去。汤姆一见是我,吓得张嘴瞪眼,过了一会儿,咽了一口唾沫,他才说话:

“哈克贝利,我们两个可没有过节。你为什么阴魂不散,还要来找我呢?”汤姆以为我死了。

“不是那样的,汤姆,”我说,“我福大命大,怎么能轻易死了呢。不信你捏捏我。”

汤姆伸手过来一捏,我叫了一声“疼”。

这下,汤姆放心了。他兴奋得不得了,对我搂也不是,抱也不是。随后,我把这一路上的事情给汤姆讲了一遍,还告诉了他我冒充他的事。

我们商量决定,我继续冒充汤姆,先把汤姆的行李拉回去,汤姆则在我到家半个小时后再到家,而且我要装作从没见过他。

我突然想到杰姆。我说:

"这个办法不错,但是还有一件很重要的事情要办。华珍小姐的黑奴杰姆在你婶婶家的农场里,我得想办法把他救出来。"

"杰姆在这儿?"汤姆吃了一惊,转而又露出微笑。"我们一起把他救出来吧!"

我回到家半个小时后,汤姆来到了农场。

汤姆真有办法,他说自己要找阿奇老爷。菲尔普斯老爷子告诉汤姆,阿奇老爷离农场还有几英里的路程。但是,汤姆的马车已经离开了,老爷子便留汤姆吃午饭。

在同塞利姨妈谈话中,汤姆说自己是汤姆·索亚的弟弟——希德·索亚。汤姆说:

"波莉姨妈起初只打算让汤姆一个人来的,后来我求她求了半天,她才允许我跟着汤姆。我们下船后,商量好了,让汤姆先到,我随后装作走错了地方。我们只是想给你们一个惊喜。塞利姨妈,原谅我们吧。"

塞利姨妈听到这个,又惊又喜,抱起汤姆亲了又亲。

然而,几天过去了,我们依旧没有听他们谈起黑奴杰姆的事情。

直到一次吃午饭时,汤姆发现一个黑奴往院子后的小木屋里送饭,他断定杰姆就被关在那个屋子里。

第二天一大早,我们就悄悄溜到黑奴们住的地方,和那个送饭的黑奴联系上。说了几句话后,那个黑奴起身要去木屋送饭,我们便跟在他身后。到了木屋,那个黑奴让我们进去看看,我正在犹豫时,汤姆已经往里走了,我不得不跟了去。

不出汤姆所料,杰姆果真被铐在里面。我们怕那个黑奴发现杰姆认识我们,不敢多待,只相互握了握手就出来了。

目标确定以后,我们开始实施救出杰姆的计划。

我们先花了两个星期的时间,挖通了由杂货屋到杰姆所在小屋的地道。当我们出现在杰姆身边时,他激动得差点儿落泪,让我们马上带他离开。汤姆把我们的计划告诉了他,他答应配合我们。接下来我们解决了杰姆的镣铐问题。我们找来钢锯,把那条拴着杰姆镣铐的床腿锯断,把锯末咽到肚子里,又在床腿断开处涂上泥巴,不让别人发现。后来我们又给杰姆用一条床单做了一条逃跑用的绳子,这绳子其实根本用不上,但汤姆说要按照行道办事,要故意留给追踪的人一点儿线索。另外,我们还准备了用汤匙做成的笔,用砖块给杰姆磨成的印章等一些琐碎的东西,用来迷惑追踪的人。

转眼几个星期过去了,一切也准备就绪了。汤姆写了一封匿名信,趁天没亮的时候,悄悄送到后门口。信上说,当晚会有印第安人来偷杰姆,他们手段狠毒,安全起见,大家不要阻拦他们。署名是一个陌生人。

晚上,我走到大厅。让我吃惊的是,屋里坐满了人,他们都是农场上的庄稼人,每个人手里都拿着一把枪。我一下子懵了,突然感到我们做得有些过了。我当时只想赶快看到塞利姨妈,把我们的事情一五一十地说出来,免得逃跑不成,落到这些人手里。

很快,塞利姨妈进来了,她建议大家直接到杰姆的木屋守候,到那伙印第安人到来时,将他们一网打尽。我听了直哆嗦,那样我们的计划就泡汤了。塞利姨妈看我有些困了,便叫我上楼睡觉。

我从楼梯走了上去,又从避雷针滑了下去。汤姆和杰姆已经等候在木屋里,我把大厅里的情况简单跟汤姆说了一下。

这时,门外响起了脚步声,我们三个迅速钻到床底下,通过地道进了杂货屋。外边很黑,只听到脚步声越来越远。"出发!"汤姆小声发布了命令,我们陆续走出屋门。杰姆第一个出去,我在中间,汤姆在最后。我们悄悄地走过院子,靠近栅栏。杰姆和我顺利跨了过去,到汤姆时,他不小心卡在了上面。

"谁在那里?"身后有人边喊边跑了过来。

我们吓坏了,不敢出声,只顾着向河边猛跑。那些人追了上来,冲我们放起了枪。

我们知道自己跑不过他们,便躲到一处灌木丛里,等他们跑了过去,我们才穿过树林,跑到小船所在的地方。

我们终于逃脱了他们的追捕,上到船上后,我对杰姆说:

"杰姆,恭喜你成为自由身,而且我敢保证,从此以后,你再也不是奴隶了。"

"谢谢你们,你们的计划真是太完美了。"杰姆说。

正当我们兴奋时,汤姆说话了,他说他的腿上中枪了。

我朝他腿上一看,那里果真有一个枪眼,而且正在流着血。我赶紧从衣服上扯下一条布,给他包上。

靠近一个村庄时,我放下一只木筏,划到村里给汤姆请医生。医生很快请到了,但是我的木筏载不了两个人,周围又没有别的船只,我只得把木筏让给他,告诉他汤姆的具体位置,由他划去。

这时的天还没亮,我找了一处柴火垛,钻进去就睡着了。等我醒来时,太阳已经老高。当我急急忙忙赶到医生家时,他竟然还没有回来。我觉得事情有些不对劲,便掉头往回赶。

然而,在街头拐弯处,我撞上了菲尔普斯先生。他见到我后,很高兴,问我昨天夜里干什么去了,我说我们一直在找那个逃跑的黑奴。然后,我乖乖地跟着他回家了。

到家后,塞利姨妈一见到我,就搂住我哭了起来。家里里里外外都是人,他们在纷纷议论着昨天晚上的事情,说那些印第安人有多么厉害,怎样救走了黑奴,怎样躲过了追捕。

我心里一直惦记着汤姆,塞利姨妈发现希德没有回来时,我主动请求要到镇上去找。她却怕我也丢了,把我留在了家里。

第二天早上,我正想要出去时,汤姆回来了。汤姆被人用担架抬着回来的,跟在汤姆后边的,是被绑着的杰姆。

塞利姨妈看到希德受了伤,赶紧让人收拾好床铺,把希德抬进去。之后,便一直守在床边。

其他人则把杰姆押到大厅,商量如何处置他。这时,那个医生说了一句公道话:

"这个黑奴心肠还不错,你们这样对他,有点儿过分了。"接着,医生把杰姆如何帮助他取出汤姆腿上子弹的过程详细叙述了一遍,最后又加了一句:"我觉得,这个黑奴还算是个好人。"

听了医生的话,大家立马改变了对杰姆的看法。

第二天早上,我趁塞利姨妈不在,偷偷来到汤姆房间,想在他醒来后和他商量着如何为我们的失踪圆场。我等了半个小时,汤姆终于醒了,塞利姨妈也进来了。

汤姆冲着我们说:

"这是家里吗?我怎么会在这儿?小船呢?我们的小船呢?杰姆呢?"

"我们的小船就在岸边,杰姆就在外边。"我说。

"那就好,那就好。你把咱们的事情跟姨妈说了吗?"汤姆突然问道。

我刚要开口,塞利姨妈插嘴了:

"你们有什么事情瞒着我?老实交代。"

我没想到的是,汤姆竟然把我们帮助杰姆逃跑的事情全部说了。塞利姨妈听后,十分惊讶。

当汤姆知道杰姆又被抓回来时,猛地坐起来,冲我喊道:

"他们凭什么把杰姆关起来?他现在已经是自由身了,你快去把他放开,快去!"

"什么自由身?"塞利姨妈不知道汤姆在说些什么。

"是这样的,塞利姨妈。大概在两个月前,杰姆的主人华珍小姐去世了,她在遗嘱里说要放了杰姆,还他自由。"我解释道。

我刚说完话,一个人进来了,那个人竟然是波莉姨妈。当时,我真想一下子蒸发了。波莉姨妈走到窗前,对汤姆说:

"汤姆,总算找到你了。"

"你搞错了,他是希德,汤姆在这里。"塞利姨妈说着,指了指我。

"你说的是哈克贝利·费恩,汤姆就是躺在床上这个。我养他养了这么多年,不会认不得他的。"波莉姨妈说道。

塞利姨妈一下子懵了,不明白这究竟是怎么回事。

那天晚上,大家聚集到大厅布道,波莉姨妈借机把我的那些破事全都说了出来。说到那个黑奴时,波莉姨妈告诉大家,华珍小姐确实在遗嘱里宣布了杰姆的自由。

趁人不注意,我溜到汤姆房间,问他当初救走杰姆的动机是什么。汤姆说:

"当初,我是这么想的:如果能把杰姆救出去,我们就把它送到南方的黑奴解放区,宣布他自由。然后,再把他送到家,召集起周围的黑奴迎接他。到那时候,杰姆会成为英雄的,当然,我们才是真正的英雄。"

想到杰姆还被锁在木屋里,我们马上让人解开了他的镣铐。杰姆获得了自由。

· 精读名著 ·

欧·亨利短篇小说集

欧·亨利(1862—1910),原名威廉·西德尼·波特,美国著名的批判现实主义作家,世界著名的短篇小说家,被誉为"美国现代短篇小说之父",代表作有小说集《四百万》《白菜与国王》《命运之路》,代表小说有《麦琪的礼物》《爱的奉献》等。

《麦琪的礼物》主要讲小夫妻俩在平安夜互赠礼物,结果阴差阳错,两人贵重的礼物都变成了没有实用价值的东西。不过,他们却得到了比任何物质都珍贵的东西——爱情。

《爱的奉献》主要讲两个爱艺术的人结婚的生活:夫妻两个都向对方隐瞒了自己的真正工作,而编造与艺术相关的工作来欺骗对方,并用以此名义赚来的钱供对方继续追寻艺术。

麦琪的礼物

所有的钱都攒这儿了,一共是一块八毛零七分,其中六毛钱都是零零散散的硬币。这一个个硬币都是她在小卖部、菜店、肉店买东西时,红着脸和人家讨价还价积累起来的,她有时候也觉得自己过分了点儿,但她不得不这样。明天就是圣诞节了,德拉仔细把钱数了一遍又一遍,还是一块八毛零七分。

德拉实在不知道还能从什么地方找些钱,便扑到破旧的床上大哭起来。对德拉来说,生活就是由大哭、抽噎和微笑三部分组成的,而且其中抽噎所占的比例远大于其他两个。

现在,这个家庭妇女已经由大哭变为了抽噎,趁着这个机会,我们来扫视一下这个家。这间房子连带家具,租金一共是八块钱一星期。虽然算不上寒酸,但跟贫民窟那些房屋比起来,也好不到哪儿去。

屋外的门廊下挂着一个信箱,但它从来没有被打开过。门上有个按钮,但是即使神仙来了,都按不响它。按钮下方贴着一张卡片,上面写着詹姆斯·狄林汉·杨。

"狄林汉"这三个字是后来加的,那时,这个家的主人一星期就拿三十块钱的薪水。如今,薪水降到了二十块钱,这三个字也有些模糊不清了,好像它们正在想着自己是否应该继续留在那里。尽管这样,詹姆斯·狄林汉·杨每次回家进门后,都会被夫人——在开头给大家介绍的那个德拉,亲切地唤作"杰姆",然后被热烈地拥抱。

德拉擦干了泪水,又补了一下妆。她走到窗户跟前,向后院望去,那里灰蒙蒙一片,一只猫正从篱笆外往里钻。过了今晚,就是圣诞节了,她想给杰姆买一份礼物,但她手上只有一块八毛零七分钱。为了准备这份礼物,几个月来,她舍不得吃舍不得穿,能省一分就是一分,但到现在一共就攒了这么多。她不能动每个星期的二十块钱,那些钱勉强够家庭开支。一直以来,都是这样。手头上能用来给杰姆买礼物的,只有这一块八毛零七分钱。为了给她的杰姆准备一份贵重的礼物,她老早就开始筹划了。她想,一定要给杰姆买一件配得上他的东西,而且还要够精致、够稀罕、够珍贵。

屋里有一面狭小的镜子,正好位于两扇窗户之间,或许你曾经见过房租八块钱一星期的房子里的镜子。镜子里的身影是一串不连续的片段组成的,一个小巧的人,或许能够从中大概地看到自己。德拉正是这样一个小巧的人,她就能从中看到自己的容貌。

突然,她转身离开窗户,走到镜子前面。她有一双剔透明亮的眼睛,但她的脸色却瞬间没了颜色。她立马解开头发,任它披散开来。

先给大家交代一下,杰姆有一块祖传三代的金表,德拉有一头长发,这两件东西是詹姆斯·狄林汉·杨夫妇俩最贵重、最引以为豪的东西。如果看门的换成富豪所罗门王,并且他的所有钱财像一座小山一样堆在地下室里,每次出门路过时,杰姆百分之百会从上衣口袋拿出金表来,假装看看时间,让所罗门王看看什么才叫贵重,那时所罗门王一定羡慕得瞪大眼睛,直盯着金表看。如果住在德拉对面的是示巴女王,在洗完头发后,德拉百分之百会把头发从窗户悬下去晾干,那时,示巴女王一定自惭形秽。

这个时候,德拉披散开头发,头发就像一条棕色瀑布一样直流而下,一直流到小腿的部位。看起来,德拉就像是穿了件棕色的大衣。然而,我们还没有顾得上仔细欣赏这头发的美丽,她就迅速地又把头发梳了起来。她犹豫地站在那里,突然掉了几滴眼泪,眼泪顺着脸留下来,滴落在了褪色的红地毯上。

她顾不得擦拭眼泪,穿上破旧的棕色外套,戴上破旧的棕色帽子,裙子一甩,就走出了屋门,向街上跑去。

到了一块写着"莎弗朗妮夫人——提供各种头发服务"的牌子下,她停了下来。接着,她一口气跑上台阶,在店门口喘了口气才进去。莎弗朗妮夫人身材比较胖,肤色特别白皙,但是她整体上给人一种很冷的感觉,跟她名字的那四个字有些不太配。

"你这里收头发吗?我想卖我的头发。"德拉问。

"我这里收头发,"莎弗朗妮夫人夫人说,"你把帽子摘下来,我要瞧瞧你的头发怎么样。"

德拉帽子一摘,头发一散,那条棕色瀑布直泻而下。

"给你二十块钱吧。"莎弗朗妮夫人摸了摸头发的质地,说。

"马上给我钱吧。"德拉说。

德拉拿到钱后的两个小时,飞快地过去了。这两个小时内,德拉在街上的商店里找来找去,她要为杰姆找一份配得上他的礼物。

终于,德拉发现了那件东西。它看起来不是为别人制的,而是特意为杰姆精心设计的。在其他的商店,她把店里翻了个底儿朝天,却都没有发现这件东西。这件东西不是别的,就是一条设计简单而又不失其价值的白金表链。德拉一看到它就知道自己找到了要找的东西,只有它才能配得上杰姆的那块金表。而且,这条白金表链像杰姆一样,朴素而又有价值——用这句话来形容表链和杰姆的相同点实在是太合适不过了。商店老板要价二十一块钱,德拉付了钱后,身上只剩下八毛零七分钱了。她买到表链,急忙往回赶。她想,杰姆要是有了这条表链,就可以在任何地方、任何场合大大方方地拿出表来看时间了。在以前,金表上只挂着一条旧皮绳,周围有人时,杰姆只能偷偷地瞅一眼时间。

到家以后,德拉不再像刚才那样欣喜了,那被欣喜冲昏了的头脑有些清醒了。她找到烫发的铁钳,打开煤火,烫起了头发,以弥补一下自己因爱情和大方而造成的损失。朋友们,这种活儿并不是那么简单。

四十分钟还不到,德拉的头上已经全是烫好的小发卷,乍一看,像是一个从学校溜出来的小学生。她看着镜子,摸摸这边,摸摸那边,整理着头发。

她对自己说:"杰姆要是看到我这个样子,一定会杀了我的。他一定会把我当成是从康奈岛娱乐城跑出来的唱歌姑娘。除此之外,我还能做什么呢?——手上只有一块八毛零七分钱,这点儿钱能干什么呢?"

晚上七点的时候,德拉煮好了咖啡,并把平底锅放到了火炉上加热,一会儿就能炸牛排。

杰姆回家一向很准时。德拉坐到挨着门口的桌子旁边,手里紧紧握着那条白金表链。门外楼梯下传来了杰姆的脚步声,德拉的脸一下子白了许多。她常常为了生活中的小事而祈祷,这是她的习惯,现在,她祈祷道:"上帝保佑,保佑我在他眼里还是那么漂亮。"

杰姆打开门进来,又顺手把门关上。他看起来很瘦,表情很严肃。

尽管他只有二十二岁,但已经担起了家庭的重担。他的大衣已经破旧不堪了,他的手套还没有舍得买。多么苦的人啊!

杰姆愣在门后,好像闻到鹌鹑味儿的猎狗一样,一动不动地站着。他以那种让德拉读不懂的眼神直盯着德拉,德拉有些不知所措,恐慌起来。那不是愤怒的目光,不是惊讶的目光,也不是不满的目光,更不是嫌弃的目光,这些都不是,那目光的含义是她料想不到的。杰姆一句话不说,只是以那种怪异的眼神看着德拉。

德拉扭了一下身子,从座位上蹦了起来,靠到杰姆身边。

"亲爱的杰姆,我快受不了了,别那样看着我,"德拉说,"如果不送你礼物的话,圣诞节对我来说就没有意义了,所以我把头发卖了。但是头发很快就会长长的。你不会往心里去,是吧?我不得不这么做。杰姆,给我说句'圣诞快乐'吧,咱们开开心心地过圣诞。我特意给你准备了一件特别好的礼物——特别特别好的东西,你想到明天都想不到是什么。"

"你真的把头发剪了吗?"杰姆生硬地问,好像他想了半天,也没有想明白这个已经成为事实的事实。

"不光是剪了,我还把它卖了,"德拉说,"无论如何,你还会和以前一样爱我吧?虽然我剪了头发,但我还是德拉,不是吗?"

杰姆有些好奇地扫视了一下房间。

"你的意思是你的头发没了吗?"他问道,他的表情看起来像是一个傻子一样。

"你找不到的,"德拉说,"跟你说吧,我已经把它卖了——卖给别人了,没有了。亲爱的,今晚是平安夜,对我好一点儿,何况我卖掉头发也是为了你。"她说着说着温柔起来,"我的头发有多少根,或许能数得清,但我对你的爱,没有人能数得清。杰姆,我去炸牛排,可以吗?"

杰姆突然清醒过来,一把拉过了德拉,抱住她。我们暂时不要打扰他们,先用一丁点儿的时间来说一些无关紧要的话吧。房租一星期八块钱,与房租一年一百万块钱——这两者之间有什么不同的地方吗?即使是一个数学家或者一个聪明滑头的人,也给不出明确的答案。麦琪送来了贵重的礼物,但这里并没有与礼物对应的东西。这句话比较费解,下面会具体解释的。

杰姆把手伸进破旧的大衣口袋,从里面拿出一包东西,扔到了桌子上。

"千万不要误会我,德拉,"杰姆说,"不论你是剪掉头发、整过脸容,还是洗过头发,我对我妻子的爱情始终如一。不过,你要是打开桌子上的那包东西,你会立刻明白,我进门看到你后为什么会愣在那里。"

德拉用洁白的手指快速扯开包装纸,看到里边东西的一瞬间,她高兴地大喊了一声,随后,却又有些神经质地哭了起来。这时候的德拉需要杰姆想尽办法去宽慰她。

德拉之所以会有这样的反应,是因为纸包里包着的是一套用来别头发的发卡——一整套的,用在头发两侧的,用在头发后边的,都有。这套东西,德拉曾在百老汇街上的一个橱窗外看到过,而且她在那里看了老久。发卡全是玳瑁的,边沿还镶着珍珠,看起来十分漂亮——把它插在德拉早已剪掉的头发上,真是再合适不过了。德拉知道自己对这套发卡心仪已久,但她从没有想过有一天把它收入囊中。但是现在,它竟然属于她了。不过,话说回来,能够配得上这珍贵饰品的头发已经不存在了。

尽管如此,德拉还是拿起这套发卡,紧紧抱在怀里,过了一会儿,她才抬起泪蒙蒙的双眼,含着笑对杰姆说:"杰姆,我的头发很快就会长长的。"

说完话,德拉猛地跳起来,好像一只小猫,不小心挨到发烫的火炉,赶紧躲开。德拉喊道:"嗅!嗅!"

她还没有让杰姆看看自己为他准备的珍贵礼物呢。她满心欢喜地把手伸出来,然后张开手掌,那贵重的白金在灯照耀下闪闪发光,仿佛是德拉满心欢喜的心情在闪耀着。

"杰姆,喜欢吗?这可是我转遍整个街区才买到的。以后,你每天都可以把表看上上百次了。把你的表拿出来,我想看看它挂在那金表上是什么样子。"

杰姆好像没有听到德拉的话,径直坐到床上,双手交叉放到脑后,哈哈大笑起来。

"德拉,咱们先别管它什么圣诞礼物,先把他放到一边。这些东西真是太贵重了,现在我们要是用了,怪可惜的。我已经把金表卖掉了,然后用那些钱给你买了这套发梳。现在,你还是去炸牛排吧。"

我们知道,麦琪里面那三位,个个都是有智慧的人——智慧超群的人——他们给出生在马槽里的耶稣送来了礼物。正是他们,开创了圣诞节互赠礼物的风俗。既然他们都是智慧超群的,他们送来的礼物肯定是及时、有用的,而且还会包含一种交换权在里面。在这里,我用平淡无奇的笔法向大家叙述了一个再平常不过的故事:住在一起的那两个傻孩子,有些愚蠢地为了两人的爱情而放弃自己有生以来最珍贵的东西。但是,我想留给大家一句话:在给别人赠送礼物的人们当中,他们两个是最有智慧的;在接受别人送的礼物的人们当中,他们两个同样是最有智慧的。不管在什么情况下,他们两个都是最有智慧的,他们就是现实生活中的麦琪。

爱的奉献

如果你真心喜欢你的艺术的话,那么对你来说,什么奉献都是值得的。

这句话是我讲这个故事的前提,我们又将从这个故事里总结出一个结论,来证明这个前提的错误。从逻辑学的角度来看,这个事情一定是稀奇的,但要从讲故事的角度来看,却可以算作一件艺术品,而且它比中国的万里长城更古老。

乔·来拉比浑身上下都散发着艺术气息,他是从中西部栎树遍地的平原上走出来的。在六岁的时候,他就画了一幅风景画,画上画着一个步伐匆匆的在当地有名声的人,那个人的旁边还有一台水泵。后来,他给这幅画装上画框,紧挨着还剩几颗玉米粒的玉米棒,挂在了橱窗上。在他二十岁的时候,他离开家乡,来到了纽约。那时,他脖子上打着一条总是摇来摇去的领带,腰里带着一个同样摇来摇去的小包。

迪莉亚·卡拉瑟斯出生在南方的一个小村里,那里遍地都是四季常青的松树。亲戚们看她小小年纪就熟练掌握了六音阶等关于音乐的知识,便集资供她到北方求学。但是,亲戚们没有亲眼看到她学成归来——接下来就是我要讲给大家的故事了。

乔和迪莉亚第一次见面是在一个画室里。那天,画室里聚集着很多人,大都是研究美术和音乐的。他们聚到一起,聊着明暗对比、瓦格纳、音乐、伦勃朗、绘画、瓦尔特托菲尔、墙纸、肖邦,还有中国的乌龙茶。

乔和迪莉亚一见面便对彼此都有了好感,也可以说,两人一见钟情。没过多久,他们就结婚了——这是因为,在开头我们提到的,如果你真心喜欢你的艺术的话,那么对你来说,什么奉献都是值得的。

来拉比夫妻两个先租了一套公寓,接着开始过上家庭生活。房子在一个很荒凉的地段——荒凉得甚至可以用钢琴左端的那个升A调来形容。但是,他们却过得很快乐,因为这样一来,他们各自既有了自己的艺术,又有了彼此。我想对富有的年轻人说一句劝告的话:如果你想和你的艺术以及你的迪莉亚住到一套公寓里,那么趁早卖掉你所有的家产,然后把钱用来救济那些贫穷的乞丐吧。

对于住在公寓的人来说,公寓生活是他们仅有的快乐,我觉得他们一定赞同我这么说。只要夫妻俩过得幸福,房子的大与小是无所谓的——你可以把梳妆台放倒当作玩弹球游戏的弹子桌,把火炉架子改装成划船用的模具,把写字桌当作备用的床板,把脸盆架当作舒适的钢琴;如果条件允许的话,你还可以把四周的墙壁再往里拉一点儿,你和你的迪莉亚仍然可以生活在里面。但是,如果两个人在一起不幸福,再宽敞的房屋又有什么用呢——你走进纯金门后,先将帽子挂到哈特拉斯,再将披肩挂到合恩岛,然后再横穿拉布拉多走出去,到头来还是不幸福。

大家一定知道画家玛吉斯特,乔就是跟他学画画的。他要的学费很多,但是课程较少,正是因为这个,他的名声传了出去。大家也一定知道钢琴家罗森斯托克,迪莉亚就是跟他学弹琴的。他常跟钢琴琴键发脾气,这也是出了名的。

在他们的钱没有用完之前,他们夫妻俩的生活是十分幸福美满的。你我也都是这样的——还是打住吧,我不想在这里说一些愤恨社会的话。他们两个的生活目标很明确。乔马上就要出作品了,到时候,那些有钱的老人会迫不及待地来到他的画室,抢购他的新作。迪莉亚会把音乐搞熟练,然后对它不屑一顾。倘若大剧院没有坐满人或者包厢还有空位时,她将会以嗓子不舒服为理由,推掉上台表演,然后坐到正式的饭店里面吃龙虾。

在我看来,他们两个最幸福的是都待在小公寓里的生活:放学回来后的爱情絮语,清淡的早餐和丰盛的晚餐,关于理想的对话——他们两个既在乎自己的理想,也在乎对方的理想,要不是这样,也就没多大意思了,还有——我就是说了吧,睡觉前的菜叶卷肉和三明治。

但是,不久以后,他们对艺术动摇了。尽管你我,还有他们都没有去打扰它,但它自个儿却开始动摇了。有句俗话说,坐吃山空。终于,他们拿不出付给玛吉斯特和罗森斯托克两位老师的学费了。如果你真心喜欢你的艺术的话,那么对你来说,什么奉献都是值得的。于是,迪莉亚决定明天开始出去教音乐,以此来维持家庭生活。

迪莉亚在街上跑了几天,寻找学音乐的学生。有一天晚上,她高高兴兴地从外边回来了。

"亲爱的,乔,我招到一个学生了,"她兴奋地说,"学生家里人特别好,她的父亲是爱艾·比·平克尼将军。他们家就在第七十一号街,是一座特别大的房子。有时间,你得去瞧瞧人家的大门,那可以算得上是你提到过的拜占庭式的。另外,房子里面,哦,天哪,乔,我敢说我自小到大,从来没有见过装修那样豪华的房子。

"那个跟我学音乐的学生叫克莱门蒂娜,她特别招人爱,我一看到她就喜欢上她了。她才十八岁,个子不高,身体很弱,而且经常穿白色衣服。我每个星期给她上三次课,每次课给五块钱。钱可能给得不多,但是我不在乎多少的。过两天,我再招几个学生,那时候,我就能交齐学费,跟着罗森斯托克学习了。亲爱的,开心一点儿,咱们好好地吃上一顿晚餐吧。"

"迪莉亚,你倒可以,但是我呢,我该做些什么?"乔一边说着话,一边拿着斧头和菜刀用力撬罐头。"你觉得我会让你一个人跑出去赚钱,而我却留在艺术圈里继续搞创作吗?我向本凡努托·切利尼的骨骼雕塑发誓,我绝对不会那样做的。我打算着要去卖几份报纸,背鹅卵石铺路,不管多少吧,总之能挣回来一两块钱。"

迪莉亚走近乔,用双手搂住乔的脖子。

"亲爱的乔,你这样做太愚蠢了。你应该坚持完成学业。再说,我又不是完全把音乐放下,去做别的事情了。我一边教授别人音乐,一边也可以教给自己一点儿。我这辈子是不会和音乐分开的。况且我们要是每星期都能拿到十五块钱,会像百万富翁一样过得幸福。以后,你可别再提不跟玛吉斯特老师学习的事情了。"

"行。"乔一边回答道,一边伸手去拿贝壳状的蓝颜色的盘子。"但是,我不希望你出去讲课,那算不上艺术。你能做出这么大的牺牲,真是太不平凡了,太让人佩服了。"

"如果你真心喜欢你的艺术的话,那么对你来说,什么奉献都是值得的。"迪莉亚说道。

"玛吉斯特说我在公园里画的那幅素描不错,尤其是画面上的天空。汀克尔跟我说,他愿意把我的两幅画挂到他的橱窗上。要是哪天走过一个富有的蠢货,可能会买走一幅画。"

"我敢肯定一定会有人买的,"迪莉亚说,"现在,我们还是先来感谢一下平克尼将军,然后享受一下今晚这顿烤肉吧。"

接下来的一个星期,来拉比夫妻俩每天早上很早就吃了早饭。乔心情很不错,他打算到中央公园,画下几幅速写。七点的时候,迪莉亚把早餐、拥抱、夸奖和亲吻给了乔后,送他走出了家门。艺术真是一个让人迷恋的情人。乔晚上回来时,一般都是七点。

星期六,迪莉亚虽然有些疲惫,脸上却依旧挂满笑容,她自豪地从兜里掏出来三张五块钱,扔到桌子上。那张桌子只有十英寸长八英寸宽,而房间只有十英尺长八英尺宽。

"有些时候,克莱门蒂娜还真叫人头疼。我觉得可能是它基础太差,必须一步一步慢慢地教她。还有,她总是一身白,我一看就觉得单调乏味,"迪莉亚有些疲惫地说,"不过,她们家倒是有一个挺不错的人,就是那个平克尼将军。我想把他介绍给你,乔。他有时候,当我们正在练琴时,慢悠悠地走过来,站到我们旁边,不断地摸着自己的花白胡子。他常常问我:'三十二分音符和十六分音符教到哪里了?'

"乔,我真想让你去看看他们的护墙板,还有阿斯特拉罕门帘,"迪莉亚说,"克莱门蒂娜最近老咳嗽,她的身体看起来并不是很好,我不希望她有事儿。她是那么的可爱,那么的听话,我真是更喜欢她了。还有,平克尼将军有个弟弟,他当过驻玻利维亚大使。"

这时,乔学着基督山伯爵的那股神气劲儿,从包里掏出一张十块钱,一张五块钱,一张两块钱,还有一张一块钱——这些都是通过正当手段挣来的钱——稳稳当当地放到迪莉亚的十五块钱旁边。

"我有一幅画着方尖碑的水彩画,被一个来自皮奥里亚的人买走了。"乔严肃认真地说。

"少来骗我啦,怎么可能有人从那么远的皮奥里亚来到这里呢!"迪莉亚说道。

"我是说真的,他确实来自那儿。我想把他介绍给你认识,迪莉亚。他有点儿胖,脖子上围着一条羊毛围巾,嘴里叼着一根牙签。我的这幅画就挂在汀克尔的橱窗里,他路过时看到了它,刚开始他以为我画的是风车呢。他是个很大方的人,不多考虑就付钱拿走了画。不仅这样,他还向我提前定了那幅拉卡瓦纳货运车站的油画,他打算把它带回皮奥里亚。我的这些画,再加上你教授的音乐课,这样看来,咱们的艺术还是有前景的。"

"你没有放弃艺术,这真是让我太高兴了,"迪莉亚说,"亲爱的,我相信你会功成名就的。三十三块钱,这么多钱,我们手头上还从没像现在这么富有过呢。晚餐我们就吃牡蛎了。"

"还有煎牛排,还有香菌,"乔高兴地说,"刀叉放在哪里?"

接下来的那个星期六的晚上,乔先一步到家。他进屋后,将十八块钱的纸币平摊在桌子上,然后到水龙头下,洗掉手上那些类似黑色颜料的东西。

半个小时后,迪莉亚进门了。她的右手被面纱和绷带裹着,看起来很糟。

"亲爱的,出什么事了?"乔和以前一样和迪莉亚打过招呼后问。这时,迪莉亚却笑了起来,但是笑得不那么自然。

迪莉亚解释道:"克莱门蒂娜这个孩子太奇怪了,上完课后,非得吃奶油面包,那时候都已经下午五点了。当时,平克尼将军也在旁边。如果你在场的话,你就会看到平克尼将军是怎么样拿烘箱的,你会以为家里没有仆人。克莱门蒂娜身体不是太好,有时候神经衰弱,这个我心里明白。她在往面包上倒那些滚烫奶油的时候,不小心倒翻了一些,直接滴到我的手腕上。当时我疼得直叫。克莱门蒂娜有些过意不去,还有那个平克尼将军,他简直难过得要发疯了。他快步跑到楼下,叫了一个烧锅炉的——要不就是住在地下室的人,让他到药店买来纱布、棉花还有些药粉。现在,我的手好多了。"

乔拉起迪莉亚的右手,轻轻握住,发现绷带下有几根白线,便问:"这是干什么用的?"

"这些是涂了药水的软纱布,"迪莉亚说这话,发现了桌子上的钱。"乔,今天你又卖出一幅素描吗?"

"当然了,你可以去问那个来自皮奥里亚的胖子。他今天过来拿走了前些日子他预定的那幅画。另外,他说自己以后有可能再要一幅公园风景画和一幅哈得孙河风景画。迪莉亚,今天下午你烫伤手时,大概是几点?"乔说。

"在五点左右吧。熨斗,我的意思是那奶油,就在那个时候做好的,"迪莉亚装作很可怜的样子说,"当时你要是在,就会看到平克尼将军那幅搞笑的样子,他——"

"迪莉亚,你先坐下歇一会儿。"乔说着话,拉着迪莉亚走到床前,扶她坐下,自己也跟着坐下,并用一只胳膊搂住她。

"说实话吧,迪莉亚,这两个星期里,你做什么了?"乔问。

迪莉亚用满是爱慕和执着的眼神看着乔,嘴里呢呢喃喃地说着平克尼将军怎么样。但是两分钟过后,她低下头,哭了起来。她边哭边说着:

"其实我并没有招到学生,但是我不想让你放弃你的绘画学习,所以我找到一家位于第二十四号街的洗衣房,他们招工,我便给人家熨衣服。平克尼将军和克莱门蒂娜的故事是我编造的,我以为我编得没有破绽,不是吗,乔?就在今天下午,我不小心被一个姑娘的热熨斗烫伤了。我在路上想出了那个做奶油面包的故事,我以为你会信的。乔,我是不是让你生气了?但是,我要是不去打工,那个来自皮奥里亚的人或许就不会看到你的画,更不会买你的画了。"

"那个人根本不是来自皮奥里亚。"乔说。

"不管他是从哪儿来的,都一样。乔,你真厉害,亲我一口吧。你什么时候开始怀疑我并没有去给克莱门蒂娜上音乐课的?"迪莉亚问道。

"在这两个星期内,我从来没有怀疑过你。本来今天晚上我也不会怀疑的,但是今天下午,楼上有人让我帮忙给找一些纱布和药油,说是有一个姑娘被熨斗烫伤了。这两个星期里,我也一直在你说的那家洗衣房里,我做的是烧锅炉工。"乔说。

"这样说来,你一直没有——"

"那位买我画的皮奥里亚人,和你说的平克尼将军一样,都是艺术创造出来的东西——有一点要说明的是,这门艺术并不是绘画或者音乐。"

来拉比夫妻两个都笑了起来。乔接着说:

"如果你真心喜欢你的艺术的话,那么对你来说,什么奉献都是——"

迪莉亚没有让乔说下去,她用手捂住了乔的嘴巴。"不用再说了,只说一句'如果你真心喜欢的时候'就行了。"

野性的呼唤

杰克·伦敦(1876—1916),美国近现代著名的现实主义作家、小说家,代表作有《野性的呼唤》《海狼》《白牙》。

《野性的呼唤》是杰克·伦敦动物小说中最为出色的一篇,他以狗为题材,表现了人与人、狗与狗、强者与弱者之间冷酷无情和生死争斗。小说的主角巴克本是米勒法官家里一条过着舒适安逸生活的狗,后来竟被人卖到寒冷的北方,成为一条雪橇犬。他在森林中狼群的呼唤下野性复发,重回丛林,并最终当上了狼群的首领。

巴克住在圣克拉拉谷米勒法官家里,他在那里过着悠闲安逸的生活。米勒法官家的房子位于远离闹市的郊区,那里种满了绿树,景色优美。米勒法官家的人对他很好,法官的儿子出去狩猎时,会带上他;法官的女儿出去游玩或散步时,会带上他;冬天时,米勒法官让他挨着火炉,睡在自己旁边。

巴克的父亲是一条圣伯纳犬,母亲是一条苏格兰牧羊犬,他继承了父亲的抗寒天性和母亲的战斗天性,再加上他本身一百四十斤的体重和主人的尊贵,自有一副帝王气派。

从出生到现在,巴克已经在这个属于自己的地方生活了四年。

但是在1897年,狂热的克朗代克淘金风暴将人们从全国各地吸引到了寒冷的北方,同时,这也决定了那些强壮、耐寒的狗的命运,因为淘金的人们需要这样的狗给他们做伴、干活。巴克看不懂报纸,所以他不知道这些,他也不知道自己已经身处危险当中。

诺牛艾尔是米勒法官家里的一个仆人,他有赌钱的坏习惯。一般来说,他每个月的工资勉强能支付一家人的生活,如今运气不佳,欠了债。

巴克这样一条非同一般的狗,早就被他盯上了。

然而,巴克对此一无所知。

一天晚上,米勒法官外出开会去了,米勒的孩子们在屋里商量着成立运动小组的事情。诺牛艾尔抓住这个机会,避开孩子们和其他仆人,将巴克地悄悄牵了出去。巴克还以为诺牛艾尔要带自己出去遛弯儿,听话地跟了去。

到了公园,诺牛艾尔遇到了另外一个人。他们小声地说了些什么,又同时看了看巴克。接着,另外一个人给了诺牛艾尔些钱币。

"钱已经给你了,至于这条狗,你得先把他套住再给我。"另外一个人说。

"没问题,这条绳子就能制住他。"诺牛艾尔说着话,从身上解下一根结实的绳子,直接套在巴克的脖子上。

巴克从来没有见过这玩意儿,很是好奇,乖乖地接受了那根绳子。在他眼里,诺牛艾尔是值得信任的人。但当绳子勒紧后,巴克感觉到呼吸困难。他发现有些不对劲,直接扑向那个人。谁知,那人一把抓住了他的脖子,然后轻轻一推,就把他扔在了地上。同时,那根绳子又紧了一圈,巴克感觉自己要窒息了,拼命地挣脱绳套,却浑身使不上劲儿。渐渐地,巴克昏了过去。

等醒来时,巴克发现自己已经在火车上了。他一睁眼,就看到那个可恶的人,心里充满了愤怒。那人又伸过来手抓巴克的脖子,巴克这次反应很快,身体往前一倾,咬住了那只正在前伸的手。那人大叫了一声,气急败坏地狠狠勒紧绳套,但巴克死死咬着那人的手不放,直到他又晕了过去。

迷迷糊糊中,巴克被卖给了旧金山海岸的一个狗贩子。这个狗贩子在巴克失去意识时,摘掉了巴克的绳套,然后把巴克扔进一只狭小的木箱里。

几天后,巴克被带到了西雅图。那些日子里,他一直忍着饥饿和口渴,老老实实地待在一只狭小的木箱子里。

在一个院子里,一个身体很壮的人用斧子劈开了木箱。巴克几日来积攒在心中的怒火一下子燃烧起来,嗖的一下,从箱子里一跃而起,直接扑向那个打开箱子的人。眼看自己就要咬到那个人的脖子时,后背上突然遭到重重一击,巴克身体失去了平衡,摔倒在地。巴克从来没有被人用木棍打过,他不知道那根木棍会有多大的威力。他调整了一下姿势,狂叫一声,又朝那个人扑了过去。和第一次一样,巴克又被打倒在地。这使巴克更加愤怒,巴克从来没有受过这样的屈辱。巴克没有多考虑,又扑了过去。然而,就这样扑了十多次,巴克都没能咬到那个人。

最终,巴克屈服在了木棍之下。他被狠狠打了数次后,再也没有了反抗之力。这时的巴克遍体鳞伤,浑身是血,没有了往日的"帝王气派"。

那个人看到巴克被制服了,便扔下了手中沾满血的木棒,走到巴克身边,摸着巴克的脑袋。

"你的名字是巴克吧,木箱上这么写的,以后,我就叫你巴克了。"那个人说,"巴克,你以后要听话,知道自己该做什么,不该做什么。否则,我会不客气的。"

说完话,那个人拿来了水和食物。巴克饿得实在不行了,狼吞虎咽地吃了起来。

在这个人面前,在这场较量中,巴克知道自己输了,他也知道面对一个手拿木棍的人时,他的任何反抗都是徒劳的。然而,现实远比这个残酷。这次教训对巴克来说,不过是他深入了解弱肉强食的丛林法则的第一课。

随后的几天,巴克看到自己受到的教训一次次地在另外几只同伴身上重演,而且有一只不屈服的狗竟然被活活的打死了。巴克心里又默念起那条自己刚明白的定律:面对手拿木棍的人时,没必要做无谓的反抗。

在一次交易中,巴克被加拿大地方邮局的佩罗特买走了。佩罗特会相狗,凡是他看上的,绝对是百里挑一的好品种。同时被佩罗特看重的,还有一条纽芬兰犬。

巴克和纽芬兰犬被佩罗特和另外一个叫弗朗索瓦的人带到了寒冷的北方。巴克渐渐意识到:这个地方不是城市,没有文明;这里是原始丛林,只有野蛮和混乱。

巴克刚刚踏上这块土地,便目睹了纽芬兰犬是如何被其他狗活生生咬死的全过程。纽芬兰犬初来乍到,想认识一些朋友。他主动和一条很壮的狗套近乎,那条狗却一声招呼也没打地扑向纽芬兰犬,一口撕裂了纽芬兰犬的脸皮,然后迅速退后,这很明显是狼的战斗方式。紧接着,三四十条雪橇犬将纽芬兰犬紧紧围住,恶狠狠地瞪着纽芬兰犬,同时用舌头不停地舔着牙齿和嘴巴。巴克被眼前的一切吓傻了,他从来没有见过这种架势。接下来的惨象更让巴克意外,那条很壮的狗把纽芬兰犬撂倒在地,随后围在旁边的雪橇犬一哄而上。短短几分钟后,纽芬兰犬被撕成了一块块血肉,摊在雪地上。三个拿着木棍的人闻声赶来,在狗群中乱挥着木棍,将狗群打散了。

纽芬兰犬的惨死在巴克心里产生了阴影,他默默告诉自己:以后万事都得小心,千万不能落到这个下场。同时,巴克牢牢记住了那条叫斯皮斯的狗。

然而,这只是野蛮生活的开始。

不久后,巴克被弗朗索瓦套上了像马的缰绳一样的皮带和项圈。尽管巴克感觉自己受了莫大的屈辱,但他没有像以前那样反抗,而是听从主人的安排,踏踏实实地拉起了雪橇。拉雪橇也是需要技巧的,在同伴大卫和斯皮斯的帮助下,巴克很快掌握了这项技能。弗朗索瓦对巴克的表现很满意:"巴克真是一条好狗,这么快就学会了拉雪橇。"

下午时,佩罗特又带了两只狗,一条叫比利,一条叫乔。斯皮斯想教训一下他们俩,以显示自己的领袖地位。但是乔并不是好惹的,他时刻保持作战的姿势,冲着斯皮斯狂叫,最终吓跑了斯皮斯。

晚上时,又来了一条叫索莱克斯的老狗,他的左眼是瞎的,脸上满是伤疤。巴克从他左边经过时,索莱克斯猛然扑向巴克,狠狠朝他右肩咬了一口。巴克这才明白:这家伙不希望别的狗从左边接近他,他生怕别的狗会伤害他。

到了夜里,巴克还以为自己能和主人在一起睡,便大摇大摆地跑进佩罗特和弗朗索瓦的帐篷里。谁知,他们对巴克一顿猛打。巴克恍然大悟,掉头就跑。他想和同伴们一起睡,却怎么也找不到他们。当他很失望地在帐篷外溜达时,突然陷进了一个雪洞。原来,同伴们一个个都在这样的雪洞中过夜。他也迅速地挖好了自己的卧室,舒舒服服地躺倒在里面。

第二天,佩罗特又弄来三条狗。拉雪橇的队伍已经有九条狗了。

艰苦的日子由此开始了。他们在冰天雪地里,起早摸黑,日复一日地干活。

巴克和别的狗不一样,吃得多,但每条狗分的食物却是一样的,巴克只得忍饥挨饿。有一次发食物时,巴克发现一条派克犬趁佩罗特不注意偷到了一大块肉。第二次发食物时,巴克学着派克犬成功地搞到了一块肉。如果是在南方那块文明的土地上,巴克绝对不会这么做的,但是这里是北方,是野蛮统治一切的北方,巴克只要不违背木棍定律,偷点儿食物又算得了什么。何况,巴克也不想去偷盗,但是饥饿的折磨、生存的艰辛迫使他去偷盗。

残酷的现实唤醒了巴克作为狗的本性。他的嗅觉灵敏到能在睡觉时洞悉周围的环境是否有危险,他的身体强壮到对一般的伤痛没有感觉。他还学会了在口渴时破冰取水,在深夜里冲着天上的星星像狼一样的嚎叫。这些技能是巴克的祖先们遗留下来的,如今他在发掘自己这些方面的潜能。

不知不觉中,巴克已经成长为一条彪悍的野狗。狗群的领袖斯皮斯也逐步认识到了这个潜在的危险敌人。

一天晚上,巴克拖着疲惫的身子回雪洞睡觉。那个雪洞是巴克精心挑选的,在一个避风的地方。谁知,斯皮斯却睡在了里面。巴克在之前一直忍让着斯皮斯,尽量不和他起争端,但这次,巴克忍无可忍,狂叫着扑向刚刚入睡的斯皮斯。斯皮斯惊醒过来,他没想到一向软弱的巴克,竟然会对自己出手。接着,两条狗从雪洞跳了出来,在雪地上转着圈子,怒视对方。

正当巴克和斯皮斯都在寻找机会攻击对方时,一群近百条的野狗出现在了他们身边。这群野狗是冲着食物来的。佩罗特和弗朗索亚抡起木棍,朝野狗儿们打去,野狗儿们不但不怕,反而直接冲了过来,争抢着靠近面包和肉。

与此同时,巴克和斯皮斯停止了对峙,另外七条雪橇犬也从雪洞冲了出来。接着,一场雪橇犬和野狗之间的大战开始了。

厮杀中,斯皮斯竟然趁乱偷袭巴克,巴克险些落进野狗的包围。

野狗们生性凶猛,数量众多,九条雪橇犬远不是他们的对手。于是,浑身是伤的九只雪橇犬聚集到一起,跑进了丛林当中。

天亮后,雪橇犬们又被套上了雪橇,继续赶路。

他们来到佩里岛时,有一条叫达利的雪橇犬狂犬病发作,直接扑向巴克。巴克见状猛跑,绕了一圈无处可逃时,又回到弗朗索瓦身边,这时,弗朗索瓦抡起斧头,狠狠地砸向达利的脑袋。

巴克累得筋疲力尽,晃晃悠悠地站在雪橇旁边,大口地喘着气。这时,旁边的斯皮斯趁其不备,一跃而起,狠狠地咬了巴克几口。弗朗索瓦看到不对劲,立马给了斯皮斯一鞭子。

"斯皮斯这家伙真是个魔鬼,他迟早会宰了巴克的。"佩罗特说。

"不仅如此呢,巴克也不是好惹的。依我这些日子对巴克的观察,早晚有一天,巴克会把斯皮斯吃得只剩骨头。"弗朗索瓦答道。

巴克与斯皮斯之间的战斗迟早要来的。

一天早上,那条叫派克的狗迟迟没有出现在雪橇旁,斯皮斯看到主人弗朗索瓦有些生气,便主动到帐篷周围寻找派克。在一个雪洞里,斯皮斯把派克挖了出来。斯皮斯愤怒之下,直接朝派克扑了过去。就在他快咬到派克时,巴克冲了上去,把他撞倒在地。派克发现形势有了转变,公然向曾经的领袖扑去。巴克也把什么公平战斗的原则抛在脑后,向斯皮斯发起了攻击。

弗朗索瓦不能再旁观了,他挥起鞭子,向巴克抽去,直到把巴克打倒在地。之后,斯皮斯狠狠教训了反抗自己的派克。

自那以后,巴克开始往自己身边笼络同伴,充实自己的实力。

大战终于上演了。

那是一个有月亮的晚上,巴克带领着警局的几十条雪橇犬追赶一只兔子。巴克一边追着,一边在月光下像狼一样地嚎叫,那些狗紧紧跟在后面。冷静的斯皮斯绕近道跳到了兔子的前面,一口咬死了兔子。

巴克身后的狗们,看到斯皮斯的勇猛,停下来为斯皮斯狂叫欢呼。巴克却直接冲向斯皮斯,斯皮斯立马反应过来,躲过了巴克的致命一击。接着,他们滚在一起,斯皮斯抓住了机会,狠咬了巴克一口,又迅速后撤开来。

周围围满了观战的雪橇犬,他们绕着对方转起了圈子,等待有利于自己出击的机会。这个场面,对巴克来说,并不陌生,仿佛在遥远的过去,他亲身经历过这样的场景。洁白的月光、周围狼群眼中那点点绿光,对他来说太熟悉不过了。

斯皮斯是一个很强的对手,他从南方一路来到这里,在这里经过一次次的战斗,才取得自己的领袖地位。对于这样的战斗,他经过很多次了。什么时候出击,什么时候防守,他能严格把握。

巴克看准了斯皮斯的喉咙,一次次扑向那里,却次次失败。巴克有些疲惫了,他停了下来,喘着粗气。斯皮斯发现出击时机来到,一跃而起,准确地将巴克扑倒在地。这时,周围的那些雪橇犬趁势扑向巴克,巴克却瞬间跳起,站在地上。那些狗不得不退了回去,继续观战。

巴克不光有一股蛮力,还有一颗懂得思考的脑袋。巴克抖了抖身子,重新投入到战斗当中。他再次抓住了出击机会,扑向斯皮斯的喉咙。斯皮斯以为巴克还玩和以前一样的把戏,并没在意。然而,巴克改变了战术,他从半空中落下,直接冲进雪里,咬向斯皮斯的左前腿。随着"咔嚓"一声,斯皮斯的左前腿断了。接着,巴克又用这种方法咬断了斯皮斯的右前腿。斯皮斯强忍着巨大的疼痛,试图稳稳站住,然而,周围的那些雪橇犬已经在缩小圈子。

巴克站在旁边,眼睁睁地看着那些狗将斯皮斯撕碎,然后一点点吃掉。到现在,巴克的心中已经没有了仁慈和怜悯。

第二天,巴克取代了斯皮斯的位置,当上了雪橇的排头犬。巴克的领袖气质压服了其他同伴,狗队又和以前一样团结在了一起。

几天后,他们到达了目的地。佩罗特和弗朗索瓦有了新的任务,便把巴克和其他雪橇犬交给了一个苏格兰人,由他带领着回到道森那个城市。分别的时候,弗朗索瓦紧紧抱着巴克,大哭了一场。

于是,巴克和同伴们拖着一大堆邮件踏上了回去的路。

这段路程很苦,回到道森时,雪橇犬们瘦弱了不少。要想让他们恢复体力,至少得一个星期。然而,邮局的人们并不体谅这些狗,两天后就让他们拖着外送的邮件上路了。

气候比以前恶劣了不少,天一直在下雪,而一下雪,雪橇板和路面的摩擦力就会增大,雪橇犬们就会比以前更费力地拉着。

几天下来,大卫撑不住了,他常常走着走着就瘫倒在地。那个苏格兰人为了减轻他的负担,把他安排在了队伍的最后。但是大卫却不满意主人的这种安排,总找机会抢回自己原来的位置,最后,他把雪橇的皮带咬断了。而大卫也耗尽了体力,瘫在了地上。

巴克以为苏格兰人会把大卫留下,赶着剩下的雪橇犬继续前行。当他们离开一段路程时,苏格兰人却停下雪橇队,走了回去。接着,那边传来了一声枪响。巴克和同伴们都知道发生了什么。

三十天后雪橇队到达了目的地。这时的雪橇犬们,一个个虚弱至极,趴在地上再也不想起来。仔细想想,这些可怜的雪橇犬在短短四个多月的时间里,已经跑了二千五百英里。

这时,加拿大政府向邮局下达了一条命令:淘汰那些不能再拉雪橇的狗,换上新进的哈德逊湾狗。

几天后的一个早上,两个分别叫查尔斯和哈尔的美国人买了巴克和他的同伴们。他们本来住在帐篷里,好像有了什么新的打算,便拆掉帐篷。巴克和他的同伴们要做的就是拖着这些折叠好的帐篷。

查尔斯和哈尔装好雪橇后,哈尔扬起鞭子,在空中打了个响鞭。"走,伙计们!"

狗们猛地用力往前拉,但雪橇却丝毫不动。

"好啊,你们这群懒狗,看我怎么收拾你们。"说着话,哈尔扬起鞭子,准备向狗们抽去。鞭子落在身上后,狗们又用力猛拉,但雪橇还在原地。

原来,雪橇板冻在了地面上。哈尔发现后,左右摇晃了几下雪橇,然后又朝狗们抽了一鞭,雪橇开始向前滑动了。

接下来的路程对这些早已疲惫的狗们,是个不小的挑战。然而,哈尔却依旧不停地用鞭子抽他们,用木棍打他们,更糟的是,哈尔还故意克扣他们的粮食。

短短几天后,比利累倒了,哈尔拿起斧头砸死了他,然后把他尸体朝路边一仍,继续赶路。紧接着,又一条狗走了。现在,只剩下包括巴克在内的五条狗了。

到白河口的一处营地时,狗们一停下来便都瘫倒在地。就在这儿,巴克遇到了他的恩人约翰·索恩顿。

这时候已经是春天了,路上的冰雪已开始融化。索恩顿看到哈尔还在拉着雪橇赶路,便劝他停下来。哈尔却不停,抡起鞭子叫巴克和他的同伴们出发。

结果可想而知,狗们都没有站起来。哈尔急了,抡起鞭子狠狠抽打起来。其他四只狗都先后晃悠悠地站了起来,巴克却依旧一动不动,好像他并没有感觉到鞭子的抽打似的。

以前,巴克从没有这样过,哈尔气急败坏,扔了鞭子,拿起木棍狠狠打起巴克来。无论怎么打,巴克都不动弹。他受过的苦难太多了,他对苦难的体会太深了,以至于对这沉重的木棍,他没有了感觉。

眼看着巴克就要死去了,站在一旁的约翰·索恩顿不能再坐视不管了,他猛地冲上去,将哈尔扑倒在地。他俯下身子,用双手轻轻抚摸着巴克,同时嘴里喊出一句话:"你要是打死了这条狗,我就打死你。"

哈尔站起来,擦了擦嘴角的血,气呼呼地说:"这是我的狗,不是你的狗,你少狗拿耗子——多管闲事。你如果不让开,兄弟我就不客气了。"

约翰·索恩顿不怕哈尔威胁,他依旧站在巴克身前,守着巴克。哈尔急了,抽出一把猎刀,砍向索恩顿。幸好索恩顿手里有一把斧头,他用斧头另一端朝哈尔手关节上一打,猎刀就掉在了地上。然后,索恩顿捡起猎刀,割断了巴克身上的皮带。

哈尔遇到了对手,识趣地套着剩下的四条狗,离开了这里。当他们刚走出不远时,便连人带着雪橇统统掉进了冰洞里。

在约翰·索恩顿的悉心护理下,巴克的身体恢复得很快。

现在,约翰·索恩顿身边已经有三条狗了,一条是爱尔兰小猎犬,一条是大黑狗,还有就是巴克了。他们三个在一起生活得很和谐。对于刚到来的巴克,爱尔兰小猎犬和大黑狗都很友好,他们一起和巴克玩游戏。

约翰·索恩顿是巴克的救命恩人,也是巴克这一辈子中最好的主人。他与其他的养狗人不一样,他对狗有一份特殊的感情,他会把狗当作自己的孩子来照料。

巴克虽然不会说话,但也有自己特殊的方式,来表达自己对约翰·索恩顿的爱,那就是用牙在约翰·索恩顿的手上留下两排牙印。

巴克有生以来,第一次体会到了爱,人与狗之间的爱,狗与狗之间的爱。这种爱是他在米勒法官家都不曾体会过的。

但是这种爱,并没有让巴克从野蛮回到文明,那种被北方野蛮生活唤醒的野性已融进了巴克的骨子里。看到那些留在巴克脸上和身上的伤疤,我们就会想到他和其他狗战斗的场面。从圣克拉拉谷到这里,巴克在不断地学习。在棍棒之下,他学到了木棍定律:面对手拿木棍的人时,没必要做无谓的反抗;从斯皮斯身上,他学到了如何战斗,如何做领袖;从那些雪橇犬身上,他学到了如何在恶劣环境下生存。巴克如今明白了野蛮生活中的法则:野蛮生活中不存在仁慈和怜悯,要么你做主人,要么你做奴隶,要么你杀掉他们,吃掉他们,要么你被他们杀掉,被他们吃掉,从来没有除此之外的第三条路。

有时候,森林里面会传来一声嚎叫,这对巴克来说,既神秘又充满诱惑和刺激。他悄悄地离开索恩顿,钻进森林,寻找那种声音的源头。当巴克到了丛林深处时,突然听到约翰·索恩顿的呼唤,便又跑了回去。事实上,约翰·索恩顿并没有呼唤,呼唤巴克的是那份爱。

几天后,索恩顿和好友汉斯、彼得汇合。

随后的日子,巴克对索恩顿的感情与日俱增。有一次,三个人带着狗们在悬崖休息时,索恩顿突然冲着巴克喊道:跳下去,巴克。同时举起右手向悬崖下挥了一下。巴克听到命令,站起身子便要跳下去。就在那一瞬间,索恩顿也伸出了手,扯住了巴克。他不过是做一个实验,向汉斯和彼得证明一下巴克的忠诚。

年底的时候,在一个酒吧里,两个人发生了摩擦,大打出手,索恩顿看不下去,就上去调解。不想其中的一位不但不听劝,反而朝着索恩顿的脸上就是一拳,索恩顿被打倒在地。这时,卧在旁边的巴克狂叫一声,一跃而起,朝那个人的脖子咬去。虽然那人反应快,当即用手卡住了巴克张开的大嘴,但却依旧被巴克扑倒在地。巴克随后放开咬着的手,又朝他的脖子咬去,"咔"的一声,那人的喉咙便被撕破了。

还有一次,索恩顿掉进了一条河的险滩之中。巴克两次跳进水里,断了三根肋骨,最终把索恩顿从水里拖了出来。

那年冬天,他们到了道森。一天,大家聚集在诶尔多拉多大厅谈论狗。一个人说他的狗能拉动五百磅的雪橇,另一个人说他的狗可以拉动七百磅的雪橇,索恩顿也对谈话感了兴趣,说了一句震惊四座的话:巴克可以拉动载重一千磅的雪橇。

那个叫马修森的淘金人对此充满怀疑,他说:

"咱们下个赌注如何?我押一千块,赌巴克拉不动一千磅。"说着话,他拿出一袋子金沙,放在桌上。

索恩顿突然意识到自己说大话了,他根本不知道巴克能不能拉动一千磅的雪橇。他只知道巴克力气确实很大,但是一千磅可不是一个小数目。何况,如果输了,他也凑不到一千块钱。

索恩顿实在不知道该不该赌,他有些茫然地看着周围的人,希望他们之间能有个人帮他一把。最终索恩顿的目光停在一个老朋友身上,他就是拳王吉姆。

"老朋友能不能帮我出钱?"索恩顿轻声说。

"没问题。"说完话,吉姆就把一袋子钱扔在桌子上。

听到这个消息,城里的人都聚集到了街头。有两位也加进了赌局,站到了马修森一方。

巴克被套上载重二十袋面粉的雪橇后,索恩顿跪到他身边,抱住他的脑袋,悄悄对巴克说了一句:我爱你,巴克。

随后,索恩顿退后几步,冲着巴克喊道:"开始,巴克。"

巴克听到命令,狂叫了一声,猛地向前扑去,雪橇竟然动了起来。巴克重新站好,又猛地向前扑去,雪橇又动了一点儿。几次过后,雪橇被拉离了原来的位置。

"起动,巴克。"索恩顿又喊了一声。巴克用尽全力向前拉着,雪橇一点点滑动起来,最终顺利地在雪地上前进了。

巴克没有让索恩顿失望,他在几分钟内,帮索恩顿挣到一千多块钱。索恩顿也因此偿还了之前的欠债,和汉斯、彼得一同前去淘金。

然而,在淘金的过程中,索恩顿被印第安人杀死了。

那天,当巴克从野外回到营地时,发现索恩顿、汉斯和彼得全被印第安人用箭射死了。愤怒之下,巴克的野性被彻底唤起。

印第安人从没想到会遭到一条狗的报复。他们正在庆祝刚才的胜利时,巴克突然冲了进去。巴克的速度极快,在人群中穿梭着、狂咬着,而且每一口都咬在对方的喉咙上,直接将其毙命。印第安人一下子乱了阵脚,混乱之中还把自己人杀死。恐慌之下,他们逃往丛林深处。

那夜正好是个月圆之夜,月亮升起后,丛林里响起了狼群的嚎叫。这种声音对巴克来说,再熟悉不过了,他曾多次听到它的呼唤。以前,巴克放不下索恩顿,如今,索恩顿已经死了,他最好的主人死了,他最后一个主人死了,他和人类之间没有任何联系了。

狼群追赶着一群麋鹿,来到了巴克所在的山谷。巴克一动不动地蹲在一块空地上,静候着狼群的到来。狼群迅速围上了巴克,却并不敢贸然进攻。一只狼想试探一下巴克的能耐,向巴克扑了过去,却被巴克咬断了喉咙,接着又陆续有三只狼冲了上去,也都一个个被巴克咬死了。

狼群容忍不了巴克如此挑衅,全部向巴克扑了上去。巴克先原地打转,攻击各个方向来的狼,随后全身而退,找到一处狼群只可从一面进攻的角落,正面迎击狼群。这种战术很有效果,大多数狼都受了伤,向后退去。

这时来了一只身上全是伤疤的老狼,他走到巴克面前,友好地嗅了嗅巴克的鼻子。接着便蹲在地上,对着月亮长嚎一声,紧跟着,整个狼群都蹲到地上,对着月亮,迎合着老狼的嚎叫。巴克感觉到自己已经得到了狼群的认可,也蹲了下来,对着月亮长嚎一声。随后,巴克从角落走出,加入了狼群。

假如给我三天光明

海伦·凯勒(1880—1968),20世纪美国著名作家,幼年因病丧失视听能力。凭坚韧毅力考入哈佛大学拉德克里夫学院,一生致力于盲人保障工作,曾被授予"总统自由勋章",入选《时代周刊》"人类十大偶像"。马克·吐温曾说:"整个19世纪,有两个人最值得关注,一个是拿破仑,另一个是海伦·凯勒。"

《假如给我三天光明》是海伦的散文代表作,表达了海伦对光明的渴望。本书还选了海伦的一部自传作品《我的人生故事》,由海伦大学一年级的作文集合而成,再现了她前二十一年的学校生活。

假如给我三天光明

我常设想自己明天就会死去。倘若每个人都能像明天就要死去那样过好当下的每一天,就能更加敏锐地捕捉到生命存在的价值。很多人认为:活着,就是为了享乐!殊不知人终有一死,没有人能逃脱死神的魔爪。所以我们应当善良,并满怀希望地去迎接生活的挑战。

在我看来,人类天生具备了懒惰基因,他们绝少去充分利用自己的感觉器官,由此也就不难理解为什么只有聋子才意识到听觉的重要,盲人才懂得看得见的幸福。有一句俗语说得好:病重了才关心健康,失去了才懂得珍惜!

人类的品性很奇怪,他们对有目共睹的东西视而不见,却一心追求不属于自己的东西。在这光明的世界,视觉本该帮助人们发现生活的美好,却没有发挥出应有的价值。我曾设想如果自己拥有三天的光明,会如何利用明亮的双眼。毫无疑问,我一定先将目光盯在这么多年失明以来对自己生命有十分重要的意义的人或者物上面。

如果真的发生了奇迹,我获得了三天的光明,即使过后又将坠入永久的黑暗,我也会好好安排自己的时光。

第一天

第一天,我想看看那些用善良和温柔抚慰过我的心灵、激起了我生存勇气的人们。首先,我要长久地谛视安妮·萨利文·梅西夫人的脸庞,她是我的老师,从童年一路陪伴我至今。她开启了我的灵魂,让我知道自己生活的世界是如此的丰富多彩。这一天,我要叫来所有的亲人和朋友,静静端详他们的面庞,把展现他们心灵之美的外部特征牢记于心。

我要看看自己饲养的那些忠诚的小狗们,冷静、机敏的斯柯达·德基,高大健壮的戴维,还有体贴温顺的赫尔嘉。它们的善解人意、温柔体贴,曾在我孤独时提供了莫大的慰藉。这一天,我要看看房间里精致的小摆设和墙壁上的装饰画,我想知道究竟是哪些星星散散的小物件构成了一个温馨的家。我要悉心地抚摸收藏的盲文书,看看那些凸起的文字。我还要翻阅一下正常人阅读的文字,要知道,书籍一直是指引我向灵魂深处探寻的灯塔啊。下午,我要亲近大自然,欣赏妙不可言的美景。

夕阳西下的时候,我随着一盏接一盏燃起的灯火踏上归途。这一天的夜晚,我怎么能睡熟?我一定会在心里感激光明的赐予。

第二天

第二天,曙光唤醒我的双眸,我有幸看到了白昼接替黑夜的壮丽景象。这一天,我决定追随历史的足迹,看看几千年来世界历经的沧桑。于是,我决定去博物馆。

第一站,纽约自然博物馆。在这里,我观览了地球形成的过程,以及各种生命形态的进化史。接下来,大都会艺术博物馆——琳琅满目的艺术品,令我禁不住为人类几千年的灿烂文明失声赞叹。是的,我看得有些走马观花,但有什么办法呢,我拥有光明的时间是那么短暂。

我依依不舍地离开大都会艺术博物馆,太阳已经落山了。未加思索,我迈进了剧院的大门。之前我也欣赏过戏剧,不过都是朋友们用手指将剧情写在我的掌心上。有谁知道我是多么想一睹舞台上演员们的精彩表演啊?我不会对上演的剧目挑三拣四,对于我来说,只要能看一场戏剧,我就能用想象绘制盲文书上描写的数百部戏剧情节。那是多么美妙的时刻!因此,第二天的夜晚,我失眠了,彻夜回想那些曾经读过的剧本。

第三天

第三天,我仍然和黎明同时醒转。这是我拥有光明的最后一天,我来不及沮丧,匆匆走上纽约街头,用一天的时间体会普通人的生活。我所居住的房子坐落在郊区,风景如画,清净优雅,但是纽约截然相反,这里熙熙攘攘,一切生机勃勃。

我站在帝国大厦的楼顶俯瞰壮美的纽约城。我在这座陌生的城市里寻找新奇:行色匆匆的上班族,神情懊丧的失落者,时尚靓丽的家庭主妇,满面春光的成功人士。我想自己一定会成为橱窗迷,快乐地观看每一件展品。

我游遍了纽约城的各个角落,看到了欢喜,也看到了悲伤。夜晚却再次不期而遇。于是,这最后的夜晚,我禁不住诱惑,再次走进了剧院。一场动人的戏剧演出结束,已是深夜。永久的黑暗即将落幕,一丝怅惘悄悄袭来,而三天来停驻心间的醇美记忆,让我对此欣然释怀。

如果某一天,你也将遭遇失明的不幸,那么请现在就好好珍惜自己的眼睛,懂得欣赏视觉赐予的每一份绝妙体验。作为一位盲人,我可以用自己的感受忠告你:请好好珍视你明亮的双眸,仿佛明天就会失明一样。

我的人生故事

为自己写传记并非易事,当我简单地梳理人生时,总有一种莫名的恐惧。很多经历过的事情,分不清是真是假,而曾经的喜悦和悲伤,随着时间的推移已慢慢淡忘。为了尽量将所经历的事情讲得生动、真实,我努力避免长篇大论。

1880年6月27日,我出生在美国阿拉巴马州的图斯堪比亚,那里民风淳朴,风景优美。我父亲是南北战争时南方军的一位军官,名约瑟·凯勒,母亲凯特·亚当斯是他的第二任妻子。刚出生的时候,我很健康。作为家族中的第一名新生儿,亲人们为我取名可谓煞费苦心,几番讨论后,最终定名海伦·阿尔弗雷德,可当负责户籍登记的牧师问到"新生儿的名字"时,被幸福冲昏头脑的父亲支支吾吾道:"海伦·亚当斯。"于是,鬼使神差我改叫了这个名。

母亲常喋喋不休地讲我一岁零九个月前的经历,比如举手投足间就能看出我坚强、敏感的性格;比如出生六个月时我便能与人打招呼,尽管发音不清,却让人高兴。我会说的第一个单词是"水",即使不久后我视听皆受损,对于水的记忆依然清晰可辨。那时我仅一岁。一岁的时候,我还学会了走路。说来奇怪,我蹒跚学步的冲动竟是为了捕捉穿过绿藤萝映在地板上的阳光。

美好总是那么短暂,一岁零二个月时,我生病了。那是个寒冷的冬天,医生冰碴儿一样的声音穿透母亲的耳膜:"孩子患的是急性脑部和胃部充血,恐怕性命难保!"然而,奇迹不期而来:我退烧了!所有人都认为这是即将痊愈的征兆。是的,我侥幸挣脱了死神的牵绊,却永久地丧失了视听能力。

我记不得生病后最初几个月的事情了。只能依稀想起拽着母亲衣角形影相随的场景。这时,我学会了通过抚摩了解事物。这美妙的体验,后来成了我日常生活中不可或缺的一部分。

我开口无声,只能凭借简单的肢体动作表达渴望,母亲总是能够心领神会。漫长黑夜的最初,是母亲用无上的温情,慰藉着我幼小的心灵。

时光荏苒,我长到了五岁,生活中的简单事情已经能够自理。比如叠衣服,比如迎接客人。我意识到自己与常人的不同:人们用嘴巴交流,而我用手。所以当我第一次发现自己试图模仿别人张嘴表达需要而没有人理解时,大发了一通脾气。我清楚自己的做法伤了很多人的心,但似乎一切都不受自己掌控,一旦心情低落,我就会情绪暴躁。

小时候,我有两个好友,一个是玛莎·华盛顿,一个是贝尔。前者是我家黑人厨师的小女儿,后者是只老猎犬。玛莎处处对我忍让,即使我捉弄她、剪掉了她漂亮的长发。凯勒家的绿藤萝庄园是我和玛莎童年的乐园,这里的每一个角落都留下了我们快乐的身影。

往事如烟,那些懵懂无知的岁月,我挥霍了开启自己智慧的最宝贵时光,如今想想,真是令人惋惜。童年的生活就像搭积木,推倒了重新再来过,没有人指责过我的反复无常和顽劣不堪。五岁那年,我们举家北迁,告别了凯勒庄园。此时,家里有六口人,爸爸、妈妈、同父异母的两个哥哥、我和妹妹。

父亲退伍后做了报社的编辑,负责撰稿,他生性随和、善良,喜欢结交朋友,爱好打猎。每逢打猎时节,家里都会聚满客人。据说父亲枪法很准,我没有亲眼见过,不敢乱说,但是父亲种的瓜很甜,我倒是可以证明,他能种出全城最好的水果!

父亲会讲故事。当我接受教育后,他经常不厌其烦地在我的掌心描述优美的故事。1896年,父亲去世了。当时正值盛夏,我在北方度假。他离去的消息如晴天霹雳,震裂了我的心脏,想到永远地失去了慈父的扶持,泪水无声地滑落到我的脸颊上。

至于母亲,我是那样的热爱她,甚至不能像介绍父亲一样客观、公正地介绍她。

而我的妹妹,曾经被我当作过敌人。她叫米德蕾特,是美丽、善良的女孩子。当我第一次意识到自己不是母亲的全部时,嫉妒之情油然而生。在我看来,妹妹夺去了本属于我的那份母爱。那一次,我发现她在我安放布娃娃的摇篮里睡熟了,于是怒火中烧,用力掀起了摇篮。我想,当时如果不是母亲及时赶来制止,我一定会要了她的命。

年幼的我是无知的,哪里通晓与人交往的技巧。在接受一定的教育后,才知道幸福的真谛是心灵间的关爱和尊重,也终于懂得感恩与米德蕾特之间的姐妹情谊。

很快,我长大了。单纯的打手势已经不能满足我对交流的渴望。面对我频繁地发脾气,家人束手无策。六岁那年,父亲听说巴尔迪摩有位医术高明的眼科大夫,于是带着我择日启程。医生详细检查了我的病情,表示无能为力。但是他推荐了亚历山大·格雷姆·贝尔,说他能帮助我解决受教育的问题。我们再次踏上改变命运的征程。

贝尔先生请父亲给波士顿帕金森学校校长安纳诺斯先生写信求助,称他会安排一位合适的老师教育我。父亲遵照建议,及时寄了信。不久,我们收到了回信,安纳诺斯先生的回信情真意切,并转告我们已经安排好一名优秀的教师对我进行启蒙教育。1887年3月3日,安妮·萨利文夫人来到了我身边。这一天,是我生命中最重要的日子。她的出现成为我生命的转折,从此我开始接受智慧的洗礼,不再混沌。

那年,我六岁零九个月。

相见的一刻,我很紧张。萨利文夫人赠给我一个布娃娃,并拉住我的手,在掌心上写下四个字母:"D-O-L-L"。我好奇地模仿着,并不知道这就是文字。按照此方法,我接连学会了很多词语。当我学到"W-A-T-E-R(水)"这个单词的时候,困惑出现了。由于始终无法理解"水"的概念,我再次发了脾气。

萨利文夫人没有恼怒,而是带我到庄园外的温泉处,把我的手探入轻柔的泉水中。终于,多年前的记忆被挖掘出来,我顿悟到了语言的秘密。"水"唤起一位盲聋女对知识的憧憬,从此她开始亦步亦趋地向知识的高峰攀去。

掌握了文字的拼写能力后,我的下一项任务是训练阅读能力。起初,萨利文夫人教我拼写单词时,给了我一些印着凸起字母的卡片。这些卡片按照一定的规则摆放在一起,便能组成一句话。我把拼凑句子当成了一项快乐的游戏,坚持每天练习几个小时。就这样,我掌握了最基本的阅读技巧。后来,我开始在盲文书籍中寻找认识的单词,并随着词汇量的加大、理解能力的加强,渐渐具备了流利阅读的能力。

1890年3月26日,我十岁,在波士顿霍拉斯学校校长萨莉·富勒夫人的教导下,正式学习说话,方法是通过触摸富勒夫人的脸庞,感受她发音时的舌位和唇形变化,然后进行模仿。课程共进行了十一次,我具备了简单的发声技巧。后来,经过持之以恒的尝试和练习,我熟练掌握了唇读法,并能够开口说话,虽然声音并不美好,相比较而言已经是很大的进步了。

1894年夏,我受邀参加"第一届全美残障人士语言能力培养交流会",会后我进入哈莫森聋哑学校接受两学年的语言能力提高训练。两年间,我第一次学习常规课程,并短时间内掌握了德文,其间,数学课一直是我最头疼的。1896年10月,我进入剑桥女子学校求学,为考取哈佛大学拉德克里夫学院奋斗。进入哈佛读书是我童年的梦想,也是我多年来努力的目标。当然这个过程并不是那么容易实现的,听讲的内容,都需要萨利文夫人为我翻译到手上,十年后,她灵巧的双手终于显露了倦意。而每天深夜别人做梦时,我仍在奋战作业。

1897年9月29日至7月3日,我参加哈佛大学拉德克里夫学院预选考试,时间共计九个小时,科目涉及英文、德文、法文、拉丁文,以及希腊和罗马历史。我以优异成绩顺利通过考试。接下来,我需要完成剑桥女子学院二年级的课程。由于科目大部分为自然科学内容,我的学习进度明显退步。鉴于此,校长吉尔曼先生强烈要求推延我参加哈佛复试的时间,这意味着我将不能作为应届生进入大学,这是我不愿看到的事情。于是,母亲在1898年2月为我办理了退学手续,并在波士顿附近安排了住所,特聘剑桥女子学校的数学教师勒斯先生辅导我学习。1899年6月28日前,我就这么安心准备着哈佛的复试。1899年6月29日至30日,哈佛拉德克里夫学院举行复试。两天内,我参加了初、高级拉丁文、几何、代数和高级希腊文等各项考试。值得一提的是,当时哈佛专门请来帕金森学校的尤金·温迪先生为我特别制作了盲文版试卷。

功夫不负有心人,我顺利升入哈佛拉德克里夫学院。

大学生活的最初阶段,我极不适应。曾经幻想大学的课业异常轻松,谁知事实恰恰相反——时间如湍流般急匆匆溜走,老师飞快地传授知识,而我没有盲文教材,文字全部需要萨利文夫人"转述"到手上,永远也背诵不完的知识点,永远也写不完的作业……不过,后来我拥有了一台打字机,情况才稍有好转。

英文写作课上,我练笔写了很多文章,突然有一天,《淑女文丛》的主编找到我,称要刊载我的文章,并许诺稿酬可观。最初我婉言谢绝,但经受不住纠缠,便应允了。

由于对出版业行规的完全陌生,起初下笔时,我吃了不少苦头,经常被出版社催稿。这种情况一直持续到哈伯特大学的梅西教授出现才得到改观。他是位出色的文人,对我的情况也颇有了解。在他的帮助下,我逐渐能游刃有余地处理出版社的任务了。

大学时代最令我遗憾的事情是没有和教授们多交流,很多课程只是囫囵吞枣听过就过去了,还好幼年时的阅读,为此阶段人文科目的学习打下了坚实的基础。身体上的障碍使我不便融入同学们的欢乐,但没有人故意冷落我,相反处处替我着想:带着我去远足,在山间小路行走十英里,呼吸大自然的清新空气;几个人结伴骑单车出游,在秋日阳光的午后享受温暖的阳光、感受迁徙候鸟从容地飞过、抚摩坠落在地的熟透苹果……现在回忆起来,一切还是那么清晰。

四年的生活转瞬即逝,毕业典礼后,我和与哈佛有关的所有人、事依依惜别。萨利文夫人把我带到了里安杉,这里有她买下的一所房子。我开始了新的生活。

1905 年 5 月 2 日,萨利文夫人和与她相爱的梅西先生结为连理。他们都是我所爱的人,看着所爱的人相爱并结合,我感到了幸福。而且出人意料的是,为了照顾我,新婚夫妇决定仍然同我住在一起。

在里安杉,我们过着农家的生活:种谷物、养牲畜。由于尚不精于生计,我们饲养的鸡全部死掉了,种的苹果树也惨遭野鹿的侵扰,不久手头就拮据起来。生活变得艰苦,可我依旧从中感受到了快乐。

这期间,我不仅写作,而且还在为盲人保障事业奔走呼号。说到盲人保障事业,要从我在哈佛的一次经历讲起。有一次,波士顿弱势群体协会的查尔斯·坎贝尔先生来哈佛看望我,劝说我入会,为盲人慈善事业贡献一份力量。我认为这是义不容辞的任务,就欣然同意了。不久,我组织并参与了一场请愿活动——希望国会通过盲人保障权力议案。活动获得空前的反响,证明了我在工作方面的能力。此后,我便将开展盲人保障工作当成了一项使命。

大学毕业后,我有了充足的时间思考盲人保障工作的具体事宜,并通过与专业人士交流,发表了几篇有关盲人的文章。渐渐地,我开始繁忙起来,应对约稿、开会、开展演讲等事务。

提及演讲,上面讲到,十岁那年,我同富勒夫人学会了简单的发音技巧,但语言表达能力尚不过关,于是萨利文夫人请了赫莱先生(此人在训练聋人说话方面很有研究)指导我发音练习。一连学习了三年,我终于能当众讲话了。

还记得我的第一次演讲经历,糟糕至极。那是在新泽西州,我颤抖着走上讲台,忘记了全部的演讲词。这次经历并没有成为我放弃努力的借口,而是转为了一种动力。经过多年持之以恒的努力,我最终得以从容并流利地与人交流,也许声音不那么动听,但仍然值得欣慰。

转眼五年过去了,里安杉的简朴生活仍在继续,我的稿酬已经不足以贴补家用,经济上越来越拮据。1911年,在四处奔波演讲后,我身心都感到了疲惫。恰逢此时,钢铁大王卡内基先生通过朋友转告我:愿意馈赠一笔钱。经过深思熟虑,我婉言谢绝了。两年后我到纽约演讲,受卡内基夫妇邀请,到他家做客,他重新提起资助事宜,说道:"我知道你不愿向生活低头,但你为什么不站在我的角度想一想呢?如果你拥有我现在的身份,想去帮助别人却始终遭到拒绝,你心里是什么滋味?"我顿时明白了他的苦心——每个人都有自己的社会责任,我回绝了卡内基先生,等于是阻止了他主动履行社会责任的善意。

1914年4月,萨利文夫人在陪我去往缅因州演讲的路上患病,我不得已向卡内基先生寄去了求助信。回信和支票很快送到了我的手上,其中附言:帮助你我无比幸福。

经济上的困难解决了,梅西和萨利文夫人的婚姻却破裂了。对于这件事我没有权力发表意见,因为他们都是我亲爱的人。

"一战"期间,我失去了工作,存款越来越少。为了节省开支,我卖掉了里安杉的房子,到弗里斯特定居。这里的房子十分破旧,周围的风景却极美。此时陪伴我的有萨利文夫人、托曼斯小姐(萨利文夫人生病后,母亲为我请来的助手),还有一只名叫吉蒂的小狗。经历了一系列的变故,我的心胸变得越发豁达。

一天,我收到弗朗西斯·米勒先生的一封信,他表示有意将我的自传改编成电影,并请我参演。想到自己的经历可能给那些不幸的人们带来勇气,内心激动,我便应允了。但是,那段在好莱坞拍电影的时光简直不堪回首。

电影改编后取名《拯救》,由乔治·豪斯德·普勒特执导,为了使影片卖座,它的真实性遭到了惨不忍睹的篡改。有些完全不符合实际的桥段被穿插进来,比如让我装扮成圣女贞德的样子,骑着高头大马,带领群众进行反战游行。谁知剧组请来的马匹野性十足,当我骑上去的一瞬,它便高抬起双足,要不是摄影师眼疾手快,我就命丧好莱坞了。

不用想也能知道,根据我自传改编的影片大获全败。生活恢复了平静。我设想过自己会比萨利文夫人先过世,那样我就必须在有能力谋生的阶段,为她积攒下一笔钱,以备不时之需。1920年至1924年,我千方百计找到了一份杂耍团的工作。与我同台竞技的是老虎、猩猩……各种动物和杂技人员。那个时候很多人指责我为了钱财不顾名誉,也有人写信告诫我外部世界的黑暗。但是有谁能了解我真正的初衷呢?萨利文夫人也曾反对过我,待了解了我的心思后,便不再横加阻止。

对于我来说,为观众表演和进行文学创作没什么区别,我都做得开心,只是前者容易,挣的钱也多。在这里我结识了很多性格豪爽的朋友,他们真诚、勇敢,对我照顾有加。我在这里的工作很简单:先由萨利文夫人介绍是如何教育我的,接下来我进行自我介绍,最后我回答观众提出的问题。三个环节中,我最注重和观众交流的过程,因为双方对话的态度非常坦诚,无需顾虑太多。

杂耍团的生活让我历经了人生最长久的快乐,也承受了人生最痛苦的煎熬——因为母亲在这段时间去世了。

我自小对母亲的感情就比较特殊,年幼的病痛使我在心灵上加倍依赖她。父亲去世时,我才十四岁,根本无法透彻理解死亡的狰狞,但自知从此母亲成为唯一的寄托。成年后,为了生计,我四处奔波,却无时无刻不在牵挂母亲。当听到她逝世噩耗的一刹那,我呆若木鸡。那个时候,我正随杂耍团在洛杉矶演出,妹妹发来急电告知:母亲去世。

我强颜欢笑完成节目,下台后与萨利文夫人抱头痛哭。

由于种种原因,我无法及时赶回为母亲服丧。直到第二年夏天,才来到亚拉巴马州的妹妹家,慰藉母亲的亡灵。多年前,母亲曾向我谈及对死亡的态度,她希望年迈的自己能够无疾而终,不增添儿女们的负担。事实上,她达成了愿望——在睡梦中安详离去。

母亲一生牵挂我的幸福,从二十三岁经历我的生病,到晚年日日做有关我的梦,足见我这个残障女为她的一生平添了多少忧虑。她是个勤勉的女人,无论操持家务,还是提高自身修养,都为我做出了榜样。她尽心学会了用盲文写信,与我交流近期发生的琐事。虽然现在我再也收不到母亲寄来的甜蜜问候,曾经共同生活的点点滴滴却恒久地铭刻进了我心。

生活仍然要继续。在事业方面,我慢慢获得了成功。1921年,全美第一家盲人保障慈善机构成立,我受邀成为其中一员。为了有充足的资金确保机构高效运作,我重新站到了演讲台,四处号召募捐,成果显著。看到如此多的同胞开始关注并关心盲障人士,我感到了莫大的欣慰。

1926年冬,我接到了柯立芝总统的邀请函,他希望与我共商盲人保障事宜。当时我正在华盛顿开展募捐,活动进行得如火如荼,收到此信内心更是欣喜。在白宫,我受到了隆重的欢迎。谈话中,总统高度赞扬了我所做的努力,并表示将全力支持盲人保障工作。事实证明,他没有食言。在他的带领下,盲人慈善事业顺利进行了下去。在此,借本书,我要对所有参与过盲人慈善事业的善良人们表示感谢。

很多人都对我不幸的经历表示过同情,因为在他们看来,我既无法欣赏美丽的风景,也享受不到动听的乐曲。这种观点似乎很合理,其实荒谬至极。是的,我是丧失了视听的感官恩赐,但它们促使我发掘了另一条感知世界的途径——知识。通过阅读,我了解到偌大世界的千姿百态;通过阅读,我知道了日常人生的苦辣甜酸;通过阅读,我洞悉了精神维度盛开的奇异花朵;通过阅读……

我还结识了很多朋友，他们写来信件，讲述困惑，讲述欢喜，也讲述生命历程。有他们在，我从不感到寂寞。至今为止，有太多人向我提供过帮助，他们有名人，也有普通人，我简单罗列几位，表示诚挚的谢意：

弗兰克·哈伯特是我的大学同学，如果没有他的支持和帮助，我的传记就不可能完成并出版。在里安杉居住的十三年里，前后有很多名人专程探望我，既有比利时作家梅德琳特夫人，也有印度诗人泰戈尔。至于约翰娜·戈特斯基、赫菲斯等艺术家对我的眷顾，更是让我感到了荣幸。在帮助我的人中，还有一些科学家，比如发明电话的亚历山大·贝尔先生，我最初能够受到教育，很大程度上得益于他的帮助，这位伟大的发明家，曾经如慈父般的呵护我，给予我支持和鼓励。

十四岁那年，我结识了马克·吐温先生。那是在一次文艺沙龙中，当时在座的都是赫赫有名的人物，包括美国第二十八届总统伍德罗·威尔逊。马克·吐温先生十分钦佩萨利文夫人，对我也是关怀备至。我和萨利文夫人、梅西先生曾受邀在他的庄园度过了几天快乐的时光。我们一起读书、聊天、散步，听他讲故事。多年后，当我再次踏入他的庄园时，早已物是人非。我很怀念马克·吐温先生。

一次在内布达斯演讲的经历，使我结识了亨利·福特先生，他带我参观了自己的汽车工厂。后来，一场募捐仪式上，我们再次相见，福特先生资助了一笔巨额款项。

我的人生经历到此也介绍了十之八九。最后，我希望人们能够明白，失去了光明和声音并不意味与世界绝缘。请不要因为某一方面的缺陷而孤立自己，要知道在现实生活中，没有谁敢言称完美。只要勇敢地去争取自己的梦想，没有什么能够阻挡你前进的脚步。从接受智慧洗礼的那一刻起，我便开始学习担当属于自己的责任。残缺的身体使我更懂得珍惜"拥有"的幸福，让我绝不向命运妥协，勤思抗争的途径。

如今我已四十有余，回忆过往，虽未做出卓绝功绩，却始终信念坚定、持久做着有意义的事情。当我在佛莱斯特完成本书时,手指全然麻木。推窗呼吸阳光的味道,令我想起了远方的乡间小路。那里,我和朋友们遗落了太多的美好。如今,有些朋友已不在人世,对他们我表示深深地思念。

　　书籍是构成我生命最重要的一部分。它温润了我曾将枯萎的灵魂。至于我所写的书,算不得优秀,如果能对你有万分之一的价值,也不是因我的天分,也许是因我蒙上帝眷顾,经历了一些不同寻常的事。

　　我想,我是幸运的。上帝在夺走我视听功能的同时,又赐给了我萨利文夫人。当然,萨利文夫人也绝非完美无瑕,她视力不佳,与生俱来。当年,夫人不远艰辛来到亚拉巴马州的闭塞地,将自己的一生倾注在我这个既盲且聋、顽劣不堪的女孩儿身上。不知现在的我是否辜负了老师的厚望?永远感激您,我的萨利文夫人。

夜色温柔

菲茨杰拉德(1896—1940),美国作家、编剧,代表作有小说《了不起的盖茨比》和《夜色温柔》等。其作品带有半自传性质,作品中的人物大都是战后追求梦幻的青年男女。

《夜色温柔》发表于1934年,小说以欧洲大陆为背景,讲述了一个出身卑微而又才华出众的青年才俊追求梦幻理想的过程,以及理想如何破灭,如何走向颓废的故事。

小有名气的女演员罗斯·玛丽跟着她的母亲斯皮尔斯太太,到法国里维埃拉的海滩上度假。她是个将满十八岁的漂亮姑娘,脸上还带着几分天真的稚气。麦基斯科夫妇一行人认出了她,便邀她加入他们的团体。罗斯·玛丽并不是很情愿,吸引她的是海滩上另外一群美国人组成的小团体,由戴夫夫妇、诺斯夫妇和汤米·巴尔邦组成。迪克·戴夫是这个小团体的中心,他的英俊和风度翩翩很容易就让罗斯·玛丽一见钟情了。

此外,迪克的妻子尼科尔二十四岁左右,是个很美的女子,神情却在严厉中透着些温柔。阿贝·诺思和他的妻子玛丽是连接罗斯·玛丽新认识的这两个团体的纽带。他是个音乐家,看起来很忧伤。汤米·巴尔邦则是个长得像拉丁人的法国年轻人,稍微欠些教养,喜欢尼科尔,没有什么政治原则,谁付钱给他就为谁而战。

迪克邀请罗斯·玛丽加入他们一行,罗斯·玛丽感到很开心。她

·精读名著·

的母亲刚刚放手让她独自闯荡,她已表现出相当够格的胆量与见识,例如拜访导演厄尔·布雷迪。迪克在各方面都是她的理想型,他很会照顾别人,而且从言语和行动上都让人觉得亲切自然。他会注意最小的细节,例如随时调整一下遮阳伞,以保证罗斯·玛丽在不经意中不被晒伤。

罗斯·玛丽以一种少女掺杂着虚荣和幻想的方式深深迷恋着迪克,她抓住每一次两个人单独在一起的机会,反复向迪克表白,但迪克总是装作毫不在意,并巧妙地避免和谈起这个话题。尼科尔显然看出了罗斯·玛丽对她丈夫的倾慕,便在言语间刻意评论她是小孩子。

迪克兴致勃勃地要在他们的黛安娜别墅搞一个晚会,邀请海滩上所有认识的人参加。迪克举止彬彬有礼而又温文尔雅,总是能周全地照顾到每一个人,使人们感觉到自己受到了尊重。戴夫夫妇令每一名客人都感觉到,自己受到了热情招待,在罗斯·玛丽眼中,他们简直是完美的化身。

"今年夏天的这次出游已经告一段落了,我们这个小团体的人正在陆续离开。"迪克对罗斯·玛丽说,"我想让它突然收束,猝死好过慢慢衰弱,所以才办了这个晚会。阿贝·诺思要回美国了,你愿意同我和尼科尔一道去巴黎送他吗?"

"我很愿意。我很喜欢你们大家。除了我母亲外,我最喜欢你。"

麦基斯科夫人似乎在盥洗室里撞见了一个秘密,打算向大家公布,但巴尔邦却阻止她说出来。巴尔邦不断地打断她,以至于麦基斯科和他之间要展开一场决斗。罗斯·玛丽半夜睡不着,外出散步,碰到参加晚会的人告诉了她这件事儿,随后,她又从阿贝口中证实了这场决斗。罗斯·玛丽和阿贝一起去看望麦基斯科,他对即将到来的决斗充满畏惧,拼命地喝酒,然而为了面子又不得不去。好在决斗当时,麦基斯科和巴尔邦两个人同时开了枪,却都没有打中对方,这场决斗就像闹剧一样结束了。

几个小时后,罗斯·玛丽和迪克等人一起参加一场午餐聚会,迪克将他们一行人组成了一个快乐的团体,他也成为了迄今为止最理想的观众。餐会后,罗斯·玛丽不小心偷听到了戴夫夫妇在更衣室亲密幽会的消息,这让她对戴夫夫妇有了不同的认识。当她随后与尼科尔一起逛街买东西时,罗斯·玛丽认真地考量着尼科尔身上难以捉摸的迷人之处,被尼科尔那种真正花钱如流水的风采迷住,那正是她理想的生活方式。想到迪克和尼科尔的亲密幽会,罗斯·玛丽有些不高兴,但还是违心地跟尼科尔说她玩得很开心。

罗斯·玛丽随迪克一行人参观了"一战"战场,虽然严格意义上来说,迪克并没有打过仗,但他还是满是感慨和悲伤。罗斯·玛丽表现出一副感同身受的样子,无论他说什么都会敬佩仰慕地倾听。当罗斯·玛丽读着阵亡将士的纪念碑碑文的时候,她流泪了。

他们遇到了一个拿花环哭泣的姑娘。

"我找不到哥哥的坟墓了。"她哭道。

"如果我是你,就随便把花环放在一座墓碑上而不管姓名,你哥哥一定也是这样期望的。"迪克对她说。

他们一行人终于抵达了巴黎,尼科尔先去休息了,剩下罗斯·玛丽、迪克和诺思夫妇。罗斯·玛丽这才发现阿贝·诺思有些酗酒,而且不听他们的劝告。阿贝给罗斯·玛丽倒了一大杯香槟,虽然她之前从不喝酒,但她还是接受了。罗斯·玛丽想借酒精提高靠近迪克的胆量,并说是为了庆祝自己昨天的十八岁生日。

通过阿贝·诺思的话,罗斯·玛丽才知道迪克原来是一个医生。当他们两个单独在出租车中的时候,罗斯·玛丽期望迪克能吻她,但迪克仍把她当孩子。她再一次向迪克表白她已经说了很多次的爱情,并主动凑上去做无言的邀请时,他们才成功地接了吻。回到旅馆时,她又大胆又有些楚楚可怜地请迪克和自己发生关系,因为她爱他,甚至保证她会立刻离开,不再打扰他的生活。迪克没有同意。

冷静下来的罗斯·玛丽还要面对戴夫夫妇,她开始嫉妒尼科尔天生的美与智慧。可当她看到迪克的时候,立刻明白他也开始爱上她了,这让她既欣喜又自信。他们与罗斯·玛丽在耶鲁的男友科利斯·克莱一起观看了罗斯·玛丽演的电影《父亲的女儿》。另外,罗斯·玛丽还为迪克安排了一次试镜,但迪克拒绝了。

一行人分头行动后,迪克单独带罗斯·玛丽去参加一个聚会,因为他找聚会的女主人有些事情。当他们终于四目相对的时候,感情的潮水便将他们二人包围了。

"我爱你,我没办法改变。"罗斯·玛丽哭泣着。

"太不妙了,我觉得我也爱上你了。"

他们唤着彼此的名字,激烈地拥吻了起来。

然而,在到达旅馆之前,迪克却重申他必须和尼科尔在一起,这似乎比单纯活下去还重要,他不能让尼科尔痛苦。迪克没有明白地说明情况,只是隐约地传达了尼科尔的身体不太健康。在恋爱的激情中,罗斯·玛丽满口答应着迪克的请求。

当晚的聚会在罗斯·玛丽心中也极为快乐,她的迪克比任何人都要英俊有风度,他们一起跳舞、拥抱,并一起开玩笑逗趣。不过晚上当迪克和尼科尔回去的时候,她已经答应了玛丽和他们一起劝阿贝回去睡觉。后来他们坐在堆满胡萝卜的货运汽车上,直到天大亮才回去。罗斯·玛丽感慨自己拥有了一次真正的狂欢。

阿贝十一点就要动身了,他早早地来到车站等着。先来的是尼科尔,两个人的对话让彼此心情都不好,尼科尔想赶快找一个认识的人搭讪。幸好过了一阵子,罗斯·玛丽、玛丽·诺思和迪克相继加入了他们,迪克很快控制了局面。然而紧接着,他们就目睹了一次枪击事件,开枪的是尼科尔之前刚刚与之交谈过的美国女孩儿玛丽亚·沃利斯。尼科尔去联系玛丽亚的姐姐了,剩下迪克面对罗斯·玛丽,他忽然意识到自己的感情有些失控了。随后阿贝和玛丽都相继走了,罗斯·玛丽也要去赴电影厂的约。

戴夫夫妇单独在一起了,迪克注意到尼科尔的不快,这大概是和罗斯·玛丽有关,但是迪克只能装作不知。此时,科利斯·克莱来了,尼科尔起身离开,剩下科利斯和迪克聊起了罗斯·玛丽。他给迪克讲了罗斯·玛丽的一桩往事,她曾和一个叫做希利斯的男孩儿单独待在一间车厢里,把门锁上,并放下了窗帘,而且还引发了她和列车员之间的一场纠纷。

这个有关窗帘的场景搅乱了迪克的心思,无论做什么事情,罗斯·玛丽和希利斯之间的对话都在他耳边反复回荡。迪克开始变得不像他自己,他茫然地到制片厂周围乱转,发觉"偶遇"罗斯·玛丽无望后,忍不住给她打了个电话。他现在已经开始被罗斯·玛丽迷得神魂颠倒了。

而罗斯·玛丽带着少年人易变的心性,在给母亲的信中写到她又爱上了刚认识的那个导演了。尽管迪克作为她心目中完美的形象还没有改变,但这已经不能阻止她的生活向前走去。

第二天,尼科尔被敲门声惊醒了,警察来向她打听阿贝·诺思的行踪。她才知道阿贝·诺思竟然没回美国,他遭到了抢劫,一个叫弗里曼的人被误抓进了监狱。尼科尔为阿贝这种行径感到厌烦,就去逛街买东西散心,却遇到了罗斯·玛丽。尼科尔说阿贝曾是个温和的聪明人,如今却这样消沉了,但她拒绝承认此事和自己有关系。

迪克开始对尼科尔挑剔而且不耐烦起来,不过他显然不希望尼科尔知道他和罗斯·玛丽之间的事情。但是尼科尔很可能已经敏感地察觉到了,她前一天就讽刺地称罗斯·玛丽是个孩子。

三个人吃饭的时候,在他们邻桌上,阵亡将士的亲人在举行一场宴会。迪克感慨着上一辈美国人的成熟。这个时候,罗斯·玛丽和希利斯放下窗帘的场景还在困扰着他。

迪克对罗斯·玛丽的爱是无法自拔的,但是见到罗斯·玛丽时,他又想起了自己对尼科尔的责任。两个人都像演员一样,他们爱的人其实是自己想象中的幻影。一个叫做朱尔斯·彼得森的黑人找到了藏身在酒吧里的阿贝·诺思,想让他澄清并重新指认抢劫他的罪犯。这时,彼得森自己也受到出卖自己的黑人追杀,想要寻求保护。阿贝就带着他来找迪克帮忙出主意。

当罗斯·玛丽回到自己房间时,她惊恐地发现彼得森死在了她的床上,她急忙去找迪克。迪克冷静谨慎地安排了一切,将彼得森的尸体移到了走廊,想尽一切方法不使罗斯·玛丽牵连其中。罗斯·玛丽心中充满了对迪克的感激与倾慕,她刚想投进迪克怀里,迪克已经飞快地朝浴室走去了,罗斯·玛丽听到了令她有些恐怖的叫喊声。她尾随着迪克,看到了迪克拼命想阻止她看到的一幕,尼科尔正激动且疯狂地喊着一些颠三倒四的话,迪克则在尽力安抚着她。

迪克第一次到苏黎世的时候正值"一战"期间的1917年,他是个年轻有为的学者,带着对生活天真美好的幻想。他作为年轻的宝贵人才不用上战场,他要做的只是在这个中立国完成自己的学业。获得学位后他奉命参加了战争中的精神病医疗队,做一些行政工作。参军前他和多姆勒诊所的友人弗朗茨道别,无意中遇到了尼科尔。当时他并不知道尼科尔是弗朗茨的病人,两个人只是随意聊了起来。后来迪克在战场收到了尼科尔的来信,八个月中她足足给迪克写了约五十封信,开始时带有病态的特征,后来就渐渐正常。弗朗茨认为这是一种对尼科尔病情很有好处的移情现象。

尼科尔在信中说迪克很英俊,又说他像一只猫,细致地讲述自己生活中零零碎碎的事情,也会向他求助,以求得心灵上的安慰。如果迪克回信晚了,她就会像情人般在文字中抒发患得患失的情感。

等到尼科尔退役回到苏黎世的时候,弗朗茨把尼科尔的病例移交给了迪克,并给他讲述了尼科尔生病的前因后果。尼科尔的精神分裂症是对男人都产生了恐惧心理,觉得他们会袭击自己,她的病因则是因为父亲对她进行了性侵犯。

尼科尔和迪克终于见了面,尼科尔的美丽让迪克十分动心,而尼科尔显然对迪克也十分倾心。她挽住迪克的胳膊,跟他谈了好多歌曲,两个人一起听尼科尔藏起来的唱机,唱机停下的时候她就自己唱起歌来。后来尼科尔被唱机绊了一下靠在了迪克身上,有些事情就是这样,自然而然地进行着。

尼科尔很清楚自己既美丽又有钱,这种认知让她很开心。迪克也很高兴尼科尔能在他不在身边的时候,自己获得信心和快乐。但问题在于,尼科尔希望把自己所有的优势都作为资本呈献给他,希望他喜欢。她已经爱上了他。

多姆勒教授认为尼科尔的"移情"应该终止了,因为这种情形继续下去只有两种可能,要么迪克和她结婚,要么迪克离开她,那将导致她的最终崩溃。

迪克也觉得自己几乎爱上尼科尔了,打算奉献出自己既作为医生护士又作为丈夫的一生。弗朗茨和多姆勒教授都是不赞同的,这对迪克来说,将是一个极沉重的负担,迪克最理智的做法就是亲切而且又不掺杂感情地结束一切。

窗外飘着细雨,迪克想到尼科尔或许正在某处等着他。他一出门,恰遇到了尼科尔,她显然已经知道一切。她拼命地向迪克展示自己,谈起了她的姐姐,显示自己会说很多种语言,懂音乐和绘画,竭力地在言语上对迪克讨好顺从,希望以此来为自己赢得爱情。迪克只能硬起心肠装作不懂她的情感,说她会好起来,以后会和别人恋爱结婚。

尼科尔简直绝望了,她差点儿都想说自己有很多财产来增加自己的筹码吸引迪克。迪克在心中怨恨着弗朗茨将自己卷入如此可耻的事情中。

这次糟糕的谈话后尼科尔再也没有跟迪克联系,弗朗茨说她基本正常,只是精神有些恍惚。迪克才渐渐发觉这件事最糟的在于自己也已陷入了这份感情,自己都没意识到陷得有多深。

为了摆脱消极情绪迪克去爬山,而在登山缆车上却遇到了尼科尔,她已经出院了,新剪的发型和服饰使她充满了年轻的活力。尽管迪克刻意不和尼科尔和她姐姐巴比·沃伦等一行人住同一家旅馆,他却无法拒绝尼科尔提出的晚饭邀请。

巴比·沃伦显示出了对迪克的兴趣,和他讨论起了尼科尔的病,谈到沃伦家想给尼科尔买个医生。迪克感到这很讽刺。

迪克没想到,他在散步的地方又遇到了尼科尔。尼科尔仍在迪克是否喜欢自己的问题上纠缠不休,她的问题总是很胆怯又显得很卑微。

"如果我没病,你会不会……你知道我在说什么!"

迪克仍试图把话题岔开。

尼科尔忽然发火了:"废话,你别以为我什么都不懂,我清楚地知道你是我见过的最英俊的人!你一点儿机会都不给我吗?"

迪克正不知如何反应,尼科尔就凑了上来:"给我个机会吧,现在。"

尼科尔贴近了迪克,主动吻了他,迪克也终于无法再欺骗自己,回应了起来。他们连着亲吻了数次,倾盆大雨落了下来。他们浑身湿透地冲回了旅馆,激动地笑着,迪克已经决定要娶尼科尔了。

可是他却不得不对自己嘲讽,他是在沃伦家准备买一个医生的时候自己送上门的。

尼科尔很有钱,这是她姐姐反复想要强调的,而迪克并不是很富有,这是矛盾根源。沉浸在爱情中的尼科尔并不考虑这些,她开始的时候对钱的概念真的是有些懵懂,只要迪克在她身边她就满足,但是渐渐地,她就自然而然地认为应该享受舒适的生活,住更大的房间,喝上好的葡萄酒。她和迪克度过了几年无忧无虑的婚姻生活,到处旅行,有了两个孩子,儿子拉尼尔和小女儿托普西。她还想要买房子,于是他们最终住在了法国里维埃拉温暖的海滩旁,就是他们遇到罗斯·玛丽的地方。尼科尔的种种要求最终都被迪克迁就了,他们的生活不可避免地变得奢侈起来。

罗斯·玛丽告诉了母亲尼科尔的精神不太正常,决定不再和戴夫夫妇同行。

迪克意识到了自己的虚度光阴与奢华生活正在一步步使他偏离自

己的人生理想。他对这些充满担心焦虑,却不能在尼科尔面前显现出来。他现在的任务是安慰尼科尔,使她恢复正常。然而迪克脑子里却不由自主地想到罗斯·玛丽,他尽力掩饰着自己的想法。尼科尔似乎有点儿高兴,迪克又属于她了,但迪克却不安地感觉到他们在走向分手。

尼科尔赞美起罗斯·玛丽来,她认为这是迪克的心声。迪克也说着尼科尔想说的话,把罗斯·玛丽称为孩子,贬低她的才华,与此同时,罗斯·玛丽和希利斯可能的关于拉窗帘的对话却总在他脑中徘徊。迪克控制不住对罗斯·玛丽的思念,对尼科尔有了厌烦的情绪。他的冷漠情绪正在增加,怨恨尼科尔不懂得控制自己的情绪,仅仅半个月内,尼科尔就先是在麦基斯科太太面前发了一次病,紧接着又是在巴黎,在罗斯·玛丽面前。

迪克悲叹着在尼科尔面前他简直没有属于自己的空间,他的一切似乎都是属于尼科尔的。他的收入和尼科尔的收入差距太大了,他努力想要保持经济独立,最终却显得徒劳。他们最初计划的简单生活早已慢慢偏离了预想的轨道,尼科尔乐于看到迪克进一步被金钱和物质俘获。

此时,弗朗茨提议与迪克合开一家诊所,主要是希望迪克投资。虽然迪克没有钱,但是沃伦姐妹却有很多。巴比认为住在诊所附近对尼科尔有好处,就把事情定了下来。迪克整个人实际就是她们买下来的,理所当然受她们支配。迪克觉得自尊心受到了很大的伤害,但是诊所的事儿最终还是定了下来。

迪克感到精神上的孤独,尼科尔同样觉得孤独。他们精神上越离越远,但他们过去曾拥有过的美好使迪克没办法抛下尼科尔离开,尼科尔也深知并利用这一点。迪克今年已经三十八了。他每天都会巡视诊所中的病人,都是一些精神异常的人,他却从这些人身上寻找安慰。

即使这样生活也不能平静,这天午饭的时候,尼科尔就递给迪克一封他的病人写的信,信中指控迪克勾引她女儿。而事实上,是那个轻佻的女孩儿一直在勾引迪克,因为迪克对她不感兴趣才存心报复。迪克试图解释,尼科尔却显然不愿意信任自己的丈夫。她在一阵沉默过后终于爆发出疯狂的病状,拼命指责迪克勾引一个孩子。

"我说过,这是误会!"

"每当我看到你不想被看到的东西,你就说是误会!"

尼科尔发疯过后又让迪克帮助她,她知道迪克是不能看着她精神崩溃而不管的,她把这甚至当成了命令。回诊所的山路上,尼科尔又是一阵发疯,抢方向盘、尖叫、抓迪克的脸,终于造成了汽车的侧翻,如果不是抵在了树上,汽车就翻下山去了。迪克开始厌恶尼科尔了。

迪克对弗朗茨说他想要一个月的假期,去参加柏林的精神病学大会。他其实并不想参加这个他认为毫无意义的会议,他只是想逃离尼科尔。

迪克在慕尼黑巧遇了汤米·巴尔邦,汤米告诉他阿贝·诺思在一家酒店被打死了。这件事使迪克精神恍惚,他痛惜的不仅是阿贝,还有自己失去的青春活力。他爱尼科尔本性中最好的那一面,可是他早已在不知道什么时候,尼科尔给他带来的痛苦与折磨渐渐消磨掉了她的聪明才智与自信。

迪克想追逐他随便看到的一个漂亮姑娘,却又不能不反省自己的堕落,正当他感到分外孤寂的时候,他收到了父亲去世的消息。他满怀悲痛地怀念着小时候与父亲之间的事情以及父亲对他的教育,选定了去美国的轮船航班。安葬了父亲,他觉得自己可能再也不会回到故乡了,又踏上了回欧洲的轮船。他在轮船上遇到了麦基斯科夫妇,麦基斯科如今获得了成功,因为他写得浅显的东西正迎合了读者浅显的阅读需要。

迪克到了罗马,在奎里纳尔饭店的前台边忽然遇到了罗斯·玛丽。此时的迪克十分疲乏狼狈,罗斯·玛丽见到他吃了一惊。这时距离他们上一次见面已经过了四年。

等到休息好,恢复往日气色之后,迪克去找罗斯·玛丽。他们试图谈话,却总是被电话打断;很快他们热烈地亲吻起来,然而他们只做到这一步。第二天迪克跟随罗斯·玛丽去了摄影场,迪克知道男演员尼科特拉对罗斯·玛丽十分迷恋。晚上,迪克和罗斯·玛丽终于发生了关系，罗斯·玛丽海滩边的暗恋终于有了结果，她感到很高兴。

　　同在罗马的熟人除了他们之外，还有科利斯·克莱和巴比·沃伦，这两个人都是迪克要花精力应付的。迪克给巴比讲了她妹妹的近况，谈了尼科尔发病的前后情状，巴比又像她一贯的那样自作主张地建议他们放弃诊所，住到英国去。

　　"或许尼科尔嫁给别人会更幸福些。"迪克说道。

　　"这可以安排。"巴比立刻回答，都没有意识到她正在和自己的妹夫谈论这个问题，"我当然知道你在这件工作上的艰辛，我们是感激的……"

　　"我是因为爱尼科尔。"

　　"你爱尼科尔？"巴比显得有些惊慌，在她眼中，迪克不过是在履行工作职责罢了，而他也是她们花钱买来的。

　　迪克发现了他和罗斯·玛丽之间其实并没有爱情，而只有情欲，而他真的是很爱尼科尔，带着付出整个灵魂的复杂深沉。

　　尼科特拉赖在罗斯·玛丽身边不走，好容易走了却不停地打电话，甚至将电话打到了迪克的房间。迪克对罗斯·玛丽和尼科特拉的关系表示出了强烈的嫉妒，罗斯·玛丽却对此闪烁其词，迪克感受到了一种巨大的挫败感。迪克终于正视自己不再爱罗斯·玛丽事实了，即使罗斯·玛丽再传来字条他也没有理睬。

　　迪克的精神在重重打击之下终于开始呈现出垮掉的迹象，他酗酒得越来越厉害，他开始对周围所有的一切无精打采起来，混沌度日。他和乐队指挥的黑人争吵，轻易受到一个英国姑娘的勾引，在醉酒中呈现出一派堕落的样子。

　　后来和他一起跳舞的英国姑娘不知怎么突然间消失了。他想要回奎里纳尔饭店，出租车司机要一百里拉，他不肯，紧接着就和司机争执并打了起来。他们到了警察局，警长让他付给司机要的钱回饭店，他却打了警察。迪克的行为给自己招来了一通暴打，以至于不得不花两百里拉找人去给巴比送信。

·精读名著·

　　巴比迅速赶到监狱见到了迪克,对警察大发了一通脾气,紧接着情绪激动地跑去美国领事馆申诉,大使馆让她去找领事馆。领事馆没有人,她想再去监狱却因为语言不通而找不到地方。好在她想起了科利斯·克莱,找他来暂时照看迪克,接着她又重去领事馆,以强硬的态度让领事解决事情,还找了医生。巴比一直辛苦忙碌地安排了所有的事,精神上获得了很大的满足,她们终于在迪克面前赢得了道德优越感。

　　弗朗茨的太太和尼科尔很合不来,她从抨击尼科尔的种种举动到和弗朗茨争论迪克的失态,使弗朗茨开始怀疑起迪克的成熟稳重来。这为两位男士的决裂埋下伏笔。弗朗茨让迪克去洛桑看一个同性恋酗酒的病例,迪克未能解决这个病例,却在洛桑意外地了解到他的岳父沃伦先生就在这里,快要不行了。沃伦先生临终前想要见尼科尔一面,迪克认为应该先和弗朗茨商量一下,就联系到了弗朗茨太太,弗朗茨太太却很不谨慎地把这个消息透露给了尼科尔。尼科尔立即激动地赶往洛桑,可他们没料到的是,沃伦先生赶在他们发现之前竟然从病床上逃走了。

　　这件事过了一个星期,一名叫莫里斯的病人要离开迪克的诊所,原因是他的父母认为儿子来这里是要戒酒的,但作为医生的迪克却身上有酒气。事实上,迪克确实已经开始饮酒过量,尽管他不准备对外界认错,却不能自己欺骗自己。弗朗茨因为这点和迪克闹翻了,他认为迪克确实堕落了,失去了他的成熟稳重。迪克其实知道弗朗茨的指责没错,他认识到自己的职业道德正在逐渐丧失,却不愿口头上承认。他气急之下说要取出诊所中尼科尔的钱,而弗朗茨也很爽快地准备找其他资助者,诊所就这样解散了。

　　戴夫夫妇准备回到他们在法国里维埃拉的黛安娜别墅,但此时别墅正租给别人度假,于是他们便以一种极奢华的气派到处旅行,唯一能让迪克对生活有所期待的就剩下他的孩子们了。

　　这次他们要拜访玛丽·诺思,她在阿贝死后又嫁给了一个东方巨富,现在已经成为了明盖蒂伯爵夫人。玛丽一家极力模仿欧洲上流社会的种种奢侈排场,总体来说让他们觉得有趣。但唯一值得担心的是,玛丽的丈夫霍赛和前妻生的孩子中有一个得了一种罕见的亚洲地方病,他们怕自己的孩子被传染,因而提醒孩子要分外注意。第二天,拉尼尔说玛丽家的亚洲女人让他在那个病孩子洗过澡的脏水中洗澡。迪克和尼科尔听了自然很生气,训了那个亚洲女子一通。

玛丽知道了这件事之后同样很生气,迪克他们本以为训斥的亚洲女子是女仆,但没想到的是,她竟然是霍赛的姐姐。玛丽认为已经将这件事告知过戴夫夫妇,却没想到他们没认真听。霍赛为了名誉不得不离开家,迪克又在言辞上激怒了玛丽。这一切使得他们再也无法在玛丽家待下去了,曾经的友谊因此破裂。

而这之后,迪克又和法国厨娘奥古斯汀因为喝酒的问题争吵了起来,奥古斯汀凶悍地挥舞着厨刀和一把小斧子,迪克同意给她一百法郎才把她打发走。

戴夫夫妇去了尼斯,两个人讨论起这件事情。尼科尔正在一天天健康起来,而迪克却在日渐消沉,他的创造力和热情似乎都已逐渐被毁了。他讨人喜欢的性情似乎也渐渐消失了,四处得罪人。

迪克和尼科尔为了排解情绪登上了一艘游艇,在那里遇到了汤米·巴尔邦。尼科尔见到汤米十分欣喜,很快和他亲密地待在一起,他们已经五年没见了。而因为汤米的注意力完全被尼科尔吸走了,原来和汤米在一起的卡罗琳夫人受到了冷遇,便将不满发泄到迪克身上。

晚餐过后,尼科尔去寻找迪克,发现迪克在船头的角落里。

"多美的夜色。"迪克平静地说。

"我很担心你。"

"你毁了我,"迪克温柔地说道,"我们两个都被毁了。"

尼科尔将手交给迪克,这一刻她是无论如何都愿陪着迪克的,因为她也深深地感觉到了夜色的美丽。可迪克却松开了手,尼科尔的眼泪淌了下来。这时汤米加入了他们,也打断了他们。

尼科尔知道汤米对她的爱,迪克对此感到不自在,而她从两个男人为她的争风中获得一种满足感。尼科尔因想到自己对迪克之外的男人产生兴趣而惊讶,但同时她认为别的女人能有情人,当然她也可以有。尼科尔开始画汤米的头像速写,并执意将一整罐珍贵的药都给了汤米。

六月,天儿开始热起来,尼科尔收到了汤米从尼斯发来的信,迪克也收到罗斯·玛丽打来的电报。在他们的婚姻中,迪克越来越冷漠,无节制地酗酒,尼科尔则早已决定带着自己的钱远走高飞了。迪克找到了罗斯·玛丽,与她说笑着,并兴致勃勃地为她做水上游戏的表演,但已无需他人确认,他的体能比去年急剧衰退了很多,他的精神也开始毁掉了他的身体。尼科尔直截了当地对罗斯·玛丽表示了极大的不耐烦,她再也不愿意给迪克当陪衬了。

尼科尔给汤米写了封有挑逗意味的信,很快得到了回应。汤米戳穿了尼科尔高贵文雅的伪装,说她有一双"浅色的骗子的眼睛"。两个人激烈欢乐地做爱,享受彼此的放肆,完全抛开了迪克所有的教导。

迪克洞悉了尼科尔和汤米的关系。迪克医生知道自己这个病例终于了结了。在迪克和尼科尔最后吵过一架的当天晚上,他们收到了卡罗琳夫人和玛丽因为扮演水手的玩笑被捕的消息。虽然很讨厌卡罗琳夫人,迪克还是去警局半威吓半哄骗地将她们救了出来。他和玛丽的友谊得到了修复。第二天,汤米和迪克也摊了牌,迪克平静地接受了他和尼科尔两情相悦的事实,给自己保持了最后有教养的风度。他似乎觉悟似的开始挽回自己残存的尊严。

迪克终于要离开里维埃拉了,他同自己过去的一切告别,孩子们,老花匠,朋友们和妻子情人。尽管巴比还是认为她们购买迪克的精力与情感理所应当,尼科尔还是感激迪克多年来为自己做的一切的。迪克给尼科尔和巴比留了信,最后来到了他开辟出来的那片海滩,画十字祈求上帝保佑他的这块地方。

从此以后,迪克告别了浮华的交际场,隐居在美国的小镇中。

了不起的盖茨比

这是菲茨杰拉德的代表作之一,作者简介见《夜色温柔》部分。

《了不起的盖茨比》写于 1925 年,以 20 世纪 20 年代的纽约市和长岛为背景,通过卡拉维的叙述,展现当时美国社会上层白人圈子的生活现状。

父亲曾教导我,要懂得保留自己的意见,不随便批评别人。我时刻记着这句话。我叫尼克,新搬到一个叫做西卵的地方。这里距离纽约有二十英里,面前一片海湾,海湾对岸的地方叫做东卵。之所以有如此古怪的名称,是因为它们是两个鸡蛋形的半岛。然而,东卵和西卵的相似仅限于外形而已,风土人情方面则迥然相异。东卵是时髦的豪华住宅区,而我住在相对粗犷的一边。我的邻居叫盖茨比,拥有一栋漂亮的大房子,但我还没来得及与他结识。对岸住着黛西和她的丈夫汤姆,黛西是我的远房表妹,汤姆则是我纽黑文大学的校友,两人过着极其阔绰奢侈的生活。

汤姆是个健壮的男子,巨大的身躯显得有些傲慢粗野;黛西则有着美丽明媚的面庞,声音婉转抑扬如歌唱,给人深刻的印象。我去拜访他们的时候,在他们家遇到了贝克小姐,贝克小姐身材苗条挺拔,让我感到有些面熟。她说她认识我的邻居盖茨比。

"什么?盖茨比?"黛西问道,但她还没等到回答我们就开饭了。

我们四人打发着时光,谈一些没有什么意义的话题。黛西喜欢压低声音说话,让人不得不凑近倾听。她随口说着一些不相干的话,那特有的表示愉悦的表情,即使显得不太真诚,也有着动人的力量。

席间,汤姆忽然起身去接了个电话,黛西也不悦地扔掉了餐巾回了房间,贝克小姐说那个电话是汤姆的情人打来的。片刻,汤姆夫妇回到了餐桌,刚想寻回方才失掉的某种和谐时,电话又响了。我们假装忽略这第五名客人的呼叫,勉强把晚餐进行完,我与黛西就到阳台上闲聊起她的女儿来。

"我的女儿会成为一个漂亮的无知少女的,还有什么能比这样更好呢?我几乎已经看透一切了。"黛西笑着的声音充满嘲讽,环视四周露出汤姆一样傲慢的神情,"哦,我已经很沧桑了。"

她的声音似乎在有意地让我注意并相信她,我却有一种预感觉得她说得并不真心。果然,过了一会儿她的脸上就浮出了假笑。

回到屋里,想起与黛西的谈话我才忽然反应过来贝克小姐居然就是乔丹·贝克,著名的高尔夫球运动员,怪不得我一直觉得她眼熟。

回家之后,我在院中坐了一会儿,忽然发现我的邻居从屋里走了出来,仿佛也在仰望星光。我本因贝克小姐今天提到了他而想过去打个招呼,但又担心会打扰到他。他似乎在享受独处,伸出双臂拥抱着海水,并有些微微颤抖。我顺着他的目光望去,却什么都没看到,只有遥远处的一盏小绿灯。而等我再看向盖茨比时,他已经离开了。

所有认识汤姆的人都知道他有一个情妇,因为他从未掩饰过。一天我和汤姆同行去纽约时,他就非要拉着我中途下车去见他的"女朋友"。

汤姆的情妇就是威尔逊的太太茉特尔,是个丰满的女人,不美,却显得很有活力。威尔逊正可怜巴巴地想买汤姆的车,显然对自己妻子的事儿并不知情。汤姆要茉特尔和我们一起到纽约去。茉特尔欣然前往,途中她买了一只小猎狗,我要同他们分手却没有得到同意,只得去他们的套间浑浑噩噩地度过了一下午。

茉特尔请来了几个客人,越来越矫揉造作起来。她的妹妹凯瑟琳似乎相信总有一天姐姐会和汤姆结婚。她压低声音说:"黛西是汤姆的老婆,她是天主教徒,不同意离婚。"

我很惊讶,因为黛西并不信天主教。

大家吵吵嚷嚷地喝着酒,每次我想走都没有成功。茉特尔又给我唠叨她和汤姆当初相遇的场景。就这样一直折腾到快半夜,茉特尔和汤姆大声争吵起来,汤姆不让她提黛西的名字。

"我偏要叫!黛西!黛西!黛西……"

汤姆一巴掌打下去,茉特尔的鼻子破了,接着就是一片混乱的情形。

整个夏天,我的邻居家中夜夜笙歌。盖茨比举办了大型的聚会,招待数量庞大的客人。我第一次应邀到盖茨比家时,是作为少数几个接到请帖的人之一。大部分人是不请自来,对主人一无所知。人们受到主人的殷勤招待,却乐于猜测散播一切有关他的谣言。

"你们不觉得他过于殷勤了吗?"两个姑娘凑在一起。

"有传言说他杀过人。"更多的耳朵竖了起来。

我在晚会上遇到了乔丹·贝克,我俩试图一起去寻找主人,却没有成功,于是坐在一张桌子旁喝香槟,看着歌舞表演。同桌的一位跟我年纪相仿的男子与我搭起话来,巧合地是战时我们曾在一个师。聊了一会儿后,他又邀请我有空一起试试刚买的水上飞机。

我对他说:"这真是个奇特的夜晚,我收到请柬而来,却一直没见到主人盖茨比。"

他诧异地看着我,半响忽然说:"我就是盖茨比。"

我惊呼了一声,赶忙道歉,他却表示谅解地一笑。我很少遇到这样的笑容,那善意的目光让人异常安心,似乎永远不必有对自己形象的任何顾虑。我为这个微笑所动容,却感觉到,眼前这个年轻且风度翩翩的男子,实在是有些谨言慎行了。

这时盖茨比离开去接电话,我便和乔丹讨论起盖茨比的身世背景来，盖茨比出乎我意料的形象勾起了我对他的好奇。他身上的某种气质使他和眼下这种欢闹的情形呈现出截然疏离的状态。

这时，乔丹被盖茨比先生单独叫走了，我则留下来看女客们和他们的丈夫争吵扭打。乔丹回来的时候，说她得知了一个惊人的秘密，却不肯告诉我秘密是什么。

我为今天晚上的失礼再次道歉，并和盖茨比互道了晚安准备离开，出门才发现门口还有闹哄哄的场面，这好像乐曲中不甘收束的尾声。回家后，我回头望了一眼盖茨比的房子，欢歌笑语消散后，有一种莫名的空虚在悄悄弥漫。盖茨比在阳台上，向所有人挥手告别。

这次聚会只是我忙碌夏日中的一个小插曲，大部分时间我还要工作。我开始有些喜欢纽约这种忙碌放荡又夹杂着寂寞的生活氛围。我和乔丹的感情纠葛目前还很难划清，我知道她的不诚实，但也不太在意。不过，我自己自诩是为数不多的诚实人之一。

七月末的一天早晨，盖茨比第一次来我家邀请我一同进城吃午饭。我与盖茨比的交谈其实令我很失望，我很快就把他列为没有什么内涵的暴发户。这次同车之行盖茨比迫切地要给我讲他的身世，他不希望我轻信晚会上的谣言。

然而，盖茨比讲述的他的身世总有些让人难以相信，尤其是他提到"在牛津受教育"时的含糊，更让人对他生疑，但他又偏偏给我提供了证据，包括战争时的勋章和在牛津时期的照片，让我不得不相信他所说的。

这时，盖茨比提出想请我帮个忙，但会让贝克小姐转告我，这让我有些不快。吃午饭的时候，我们在餐厅遇到了汤姆，我为他们互相介绍了一下，盖茨比先是有些不自然，紧接着就悄悄离开了。

我请乔丹喝茶的时候，她给我讲了有关盖茨比，更确切地说，是有关黛西的事情。

"那是1917年，有天早上我碰到黛西与一名中尉坐在一起，两个人眼中几乎只有彼此。等黛西和我说话的时候，那名军官就专注地望着她。那是每个女孩儿都期待的目光,所以我一直都记得。那个军官叫杰伊·盖茨比,但我一直都不知道我们现在遇到的和他竟是同一个人。

"第二年,我听到有关黛西的谣言,说她要去纽约同一个军官告别,那名军官即将到海外去。可是她的家人及时地阻止了她。黛西消沉了一阵子,但是很快又活跃了起来,第二年的六月她就和汤姆结了婚。婚礼极为隆重,汤姆还送给她一条约值三十五万的珍珠项链。

可是,在婚礼前一天的宴会前,我作为伴郎去找黛西时,发现她紧紧抓着一封信醉倒在床上,简直把我吓坏了。她从废纸篓里摸出那串珍珠,说改主意了,这东西是谁的还给谁,然后就不停地哭。我们好不容易才解决了这场麻烦,她第二天就像什么都没发生一样同汤姆结了婚,又度蜜月旅行,后来还有了女儿。

虽然黛西和汤姆总是和一群年轻有钱放荡的人混在一起,但黛西的名声倒是很清白,因为她不喝酒,不过她的声音中确实好像总有些异样之处。再后来,就是那次我问你盖茨比的时候,黛西也开始问我那人的细节,并认为此盖茨比就是她认识的那个。盖茨比之所以买下那栋房子,是因为黛西就在海的对面。"

接着,乔丹提出了盖茨比对我的请求:"他希望你能请黛西喝个茶,然后顺便请他也去。不知道你会不会同意?"

如此卑微的请求让我很惊讶,但通过乔丹的解释,我也更了解了盖茨比对这种会面安排的紧张不安。同时,夜色下,我搂紧了乔丹,贴上了她的嘴唇。

我回到西卵的时候已经半夜两点了,但盖茨比仍在充满亢奋地等待着我的答复。第二天一早,我就对黛西提出了喝茶的邀请,并嘱咐她不要带上汤姆。

约定的当天早晨下起了倾盆大雨,盖茨比还是雇人穿着雨衣来给我修剪草坪,并送来无数鲜花,他本人也很快顶着黑眼圈与苍白的脸色到来,反复审视为迎接黛西所做的准备。经过焦急的等待,黛西终于翩然而至,嗓音语调一如既往地迷惑人,以至于让人忽略了她话的内容。

盖茨比刻意营造了偶遇的桥段,但他极度地紧张且不自然,事实上就连我的心也在怦怦直跳。漫长的沉默过后,黛西大声而做作地说道:"再次见面,我真高兴啊。"之后又是一阵静寂。在三个人都很傻地表示了对钟的关注后,黛西尽量用不带感情的声音说道:"好久不见了。"

"到十一月就五年整了。"盖茨比脱口而出,这让气氛愈显尴尬。

我终于设法溜了出去,留下他们两人面对这种尴尬情形。我在外面足足胡思乱想了半个小时才重新回到屋中,两人正坐在沙发的两端呈对峙状态。黛西见我进来一下子弹了起来,掩饰满脸泪痕,盖茨比虽没有特别的言语姿势,但却有一种喜悦的光芒从他身上发散出来。

接下来盖茨比带我和黛西参观他的房子,他急于给黛西展示他的每一件财物收藏,为黛西每一点儿欣赏后的反应欣喜若狂。他带我们参观他的衣橱,给黛西看他的衬衫,各种材质,各种式样,各种颜色,直到黛西用衬衫捂住脸哭了起来。

"多美的衬衫啊,我从未见过这么美的衬衫,我好伤心啊。"

参观完盖茨比公馆,我们三个人一起眺望着海面,盖茨比沉浸在回忆中似的说道:"如果没有雾,我们就能看到海对面你家的房子,那里有一盏常亮的绿灯。"

黛西则突然挽住他,提醒他现在她已经在他身边。

我在屋里随意四处看,丹·科迪的照片引起了我的注意,盖茨比说那曾是他最好的朋友。盖茨比紧接着给黛西看他收集的有关她的消息的剪报,又强迫一个叫克利普斯普林格的年轻人来为他们弹钢琴,竭力取悦黛西,但他的脸上却不由自主浮现出一种惶惑的表情。黛西远不如他幻想中的完美,思念给他的爱情注入了太多理想化的光环。但在他幻梦中所没有的,是黛西如婉转音乐般的悦耳声音,这声音让他沉醉。

他们两个眼中只剩下彼此了。

很久之后我才了解了盖茨比的全部身世。他本名叫做杰姆斯·盖兹,生于普通的农民家庭。他不安于过这种生活,总是沉浸在想象的美好世界之中,并模糊了幻想与现实的边界。他拼命干各种杂活攒够了上学的钱,却因为学校对他的歧视而没能继续念下去。他辗转到了苏必利尔湖,恰巧碰到丹·科迪先生的游艇在危险的一带搁浅。他提醒了科迪可能成对的危险,也迎来了自己命运的转折点。

科迪对盖茨比很有好感,盖茨比也日复一日地通过自己的尽职与忠诚让科迪积累了对他的信任。科迪死后留给盖茨比一大笔遗产,但盖茨比却因为不懂法律钻营的手段丧失了这笔钱。

某个周日下午我去盖茨比家,刚坐下,一个姓斯隆的男人居然带着汤姆来了,同行的还有一位太太,他们来就是为了喝两杯酒。尽管盖茨比面对汤姆会有些局促,但还是带着最大的真诚尽力招待他们。那位太太竭力邀请盖茨比也去参加她的聚会,盖茨比被说动了,他以为所有人都像他一样好客真诚。就在他去取帽子和大衣的短暂空隙中,那三个人就推说"等不及了",并很快消失了。

汤姆要和黛西一起参加盖茨比周六的晚会,也许正是因为他们的到来,晚会的气氛完全改变了,已经习惯的东西变得让人很不舒服。黛西并不喜欢西卵,她讨厌西卵突然的繁荣与粗犷的活力。除了她和盖茨比偷溜到我家的半个小时,她一点儿也不开心。

等车回去的时候黛西和着音乐唱起了歌,她的声音一如既往地充满魔力,歌曲因为她的演唱瞬间有了特别的意义。她隐约表现了对盖茨比宴会中轻松氛围的忧郁,太多的不速之客,或许就会出现一位绝代佳人取代她在盖茨比心目中的地位。

我一直待到了晚会的最后,听盖茨比抱怨黛西不能像从前那样和他充满默契,两人的距离仿佛很远。

我认为他对黛西要求过高了,四年的时光久得不能够一笔勾销,黛西也绝不可能像什么都没发生过时一样。

但盖茨比很固执:"一定可以的,只要她像过去一样。"

他拼命地向我诉说着与黛西的往事,五年前的秋夜,当他轻轻亲吻黛西的时候,女孩儿如鲜花般绽放,他的心也就从此不再自由,而被永远绑缚在了那个地方。

他话中的伤感让我话到嘴边,却怎么也说不出来。

人们对盖茨比越来越好奇,他却仿佛忽然之间销声匿迹了,不再举办宴会,仆人也换了一批。盖茨比告诉我原因,是黛西经常下午来,需要确保仆人不会讲闲话。

因为黛西不喜欢,整个公馆就像沙滩上的城堡瞬间坍毁了。

盖茨比还传达了黛西的请求,她希望我明天能去她家吃饭,盖茨比和乔丹也会去。我预感会出事,但却低估了事情的严重性。

第二天,简直酷热难当,我和盖茨比进门的时候,汤姆正在打电话,乔丹说那是"汤姆情人"的。只听到汤姆愤怒的声音:"我绝不卖车给你……我完全不欠你情……不准在午饭的时候打扰我!"

汤姆猛地撞进门来,迅速地跟我们打招呼,一边掩饰住了他对盖茨比的厌恶感。黛西让汤姆去取冷饮,然后就故意亲吻盖茨比。她想做出夸张的举动,又极做作地展示了一下她的小女儿。她一整天说话都高声又任性:"我们今天下午有什么可做的呢?明天呢,今后三十年呢?"

乔丹试图劝她却没有效果。黛西几乎快要哭了般固执地说道:"天热得什么都混乱不堪,咱们去城里吧,谁愿意去?"

然后她故意在汤姆面前不停地夸盖茨比英俊,汤姆开始感觉到不妙,只能打断她赶快表示了同意:"我们去城里,走啊!"

黛西毫无顾忌地用语言挑衅着,且自然地指使别人按自己的意思行事。

汤姆气哼哼地冲盖茨比说"女人真是不可理喻",但还是顺从黛西去拿威士忌。

盖茨比僵硬地看着我,我说黛西的声音太不庄重了,我正在犹豫着其中到底有什么东西。

"她的声音是由金钱堆砌的。"盖茨比说道。

是的,我怎么早没想到,金钱是黛西婉转悦耳声音的基点,钱币叮当的脆响是其魅力之源。她是用金子堆砌而成的女人,就像住在高大宫殿中的公主,每一句话都泛着金钱的有机光泽质感。

盖茨比提议大家都乘他的车进城,汤姆却执意与盖茨比互换车来开。黛西任性地上了盖茨比的车,我与乔丹则和汤姆在一起。汤姆愤怒地将盖茨比漂亮的黄色大轿车开得飞快,他敏锐地察觉到正在发生的事儿,同时也明白我和乔丹早就知道真相。他尽情贬低着盖茨比,我们三个都很烦躁。

盖茨比的车油不多了,我们就不得不在威尔逊的车行停下来加油,这是途中唯一的一家。

汤姆像以往一样粗声粗气地对威尔逊颐指气使,威尔逊这次却并没有买账,反而重提要买汤姆那辆旧车的事儿,他说他要和他太太一起搬到西部去。

汤姆吃了一惊:"你老婆愿意?"

"不管她愿不愿意,她现在都要去了。"威尔逊说道,"这两天我有了些蹊跷的发现,所以我们要走,所以我一定要买你的那辆车。"

我看看威尔逊,又看看汤姆。汤姆终于同意把车卖给威尔逊了。

越是头脑简单的人越容易遭遇严重的慌乱,汤姆此时正是如此。他本以为妻子和情人一直在自己稳固的掌控之中,方才一个小时中发生的事情却彻底改变了这一切。他因此急不可待地飙车去追赶黛西和盖茨比,同时也想把威尔逊远远地甩在身后。他开始对黛西可能的消失感到恐慌。

因为我们无法就究竟去哪儿达成一致,我们便采取了一个极蠢的做法,租了一间闷热的酒店套房的大客厅。黛西本来还要租五间浴室去冲凉,这还是妥协后更可行的结果。黛西命令别人再开一扇窗户,可已经没有窗户可开,她又命令汤姆去要冰来做薄荷酒。

我们讨论的话题很无聊,其间夹杂着汤姆和盖茨比暗地里的针锋相对。汤姆刚一抱怨黛西的唠叨,盖茨比就立即表示维护,而汤姆则攻击盖茨比的说话方式。黛西开始回忆起,她与汤姆的婚礼也是在六月中旬举行,当时有个昏倒的人叫毕克罗西,他谎称是我和汤姆在纽黑文的班长,大家现在才反应过来他不过只是个搭车的骗子。接着话题就转到了盖茨比受的教育问题。

"你说你是牛津校友?"汤姆问道。

"不完全是。"

"可你说你上过牛津,你上牛津的时候想必与毕克罗西上纽黑文同时吧。你究竟什么时候去的?"汤姆的声音带有侮辱意味,想引起大家对盖茨比的怀疑。

盖茨比只得解释这个意义重大的细节:"1919年停战后,他们给军官提供可以任意就读英国或法国大学的机会,我只待了五个月,因此不能完全称为牛津校友。"

盖茨比的话使我加深了对他的信任,黛西满含嘲讽地命令汤姆打开威士忌。

汤姆却不听她的,反而厉声问道:"盖茨比,你究竟想在我家干什么?"

他们终于打开天窗说亮话了,两个人之间剑拔弩张。

黛西的目光惶恐地在两人身上徘徊:"汤姆你克制一点儿!"

汤姆却已经激动得胡言乱语起来:"这年头不知从哪儿冒出来的什么东西都可以跑到别人家和别人妻子调情了,这真是我所赶不上的时髦啊,接下来黑人和白人就也可以通婚了吧……"他俨然将自己当作了世上最文明的人,"我当然不如你大办宴会那样收买人心,现在是不是想交朋友就得把家搞成猪圈呢?"

我尽管也很气愤,但眼看着好色酒鬼变成道学先生,也实在感到了说不出的滑稽。

"我也有话说……"盖茨比开口道,但黛西打断他,试图阻止他说出来,我也帮着腔,但在汤姆的激将下,他还是说了,"你的妻子从来没有爱过你,她爱的是我。"

"你疯了!"汤姆下意识道。

盖茨比也同样激动道:"她当初和你结婚不过是因为我穷,她不能继续等了,可是她只爱我一个人!尽管这五年我们一直没见面,但我们一直彼此相爱!"

"你绝对疯了!"汤姆骂道,"你他妈的胡扯,黛西和我结婚的时候爱我,她现在还爱我,而我也爱她。虽然我偶尔也干些蠢事,但我总会回头,因为我心中始终有她!"

"我真为你的话恶心。"黛西轻蔑地说,"我真奇怪你不知道自己在芝加哥胡闹的小故事。"

"黛西,说你从来没有爱过他,让他死心。"盖茨比劝道。

黛西茫然且勉强地顺从他说道,开始觉得有些后悔和无助。

汤姆则用过往中的温柔甜蜜的细节来质问她:"即使那时候你也不爱我吗?"

"够了。"黛西的声音充满冷淡,她转向盖茨比,想点支烟,手却不住地发抖。她忽然间扔掉烟和火柴爆发道,"你太过分了!我现在爱你这还不够吗?过去的事儿我怎么办,我是爱过他,但我也爱过你!"

"这是谎话,"汤姆怨毒地说道,"她连你是否活着都不知道。我和黛西之间发生的事情都是你不知道的,这是只属于我们两个人的时间和记忆。"

盖茨比被深深刺痛了:"我要和黛西单独谈谈。"

"没用的,我不能说谎,我确实爱过汤姆。"黛西伤心地说道。

"她爱我。"汤姆附和道。

"好像你在乎似的。"黛西讽刺道。

"当然在乎。今后我会对你更好的。"

盖茨比开始有些慌了:"你没有这个机会了!黛西就要和我在一起了。"

"胡扯！她怎么会为一个骗子离开我？"

"我们走吧。"黛西拉盖茨比。

汤姆却大嚷起来："我调查过你，你是个私酒贩子，你犯过赌博法，你们现在还在搞什么别的花样！"他激烈地指控起盖茨比来，而黛西显然被这些话吓呆了。

盖茨比因为黛西的表情而惊恐万分，他矢口否认那些罪名，拼命为自己辩护，但他说得越多，黛西仿佛就越疏远。他开始沉默，只有瞬间死去的梦幻还在绝望挣扎着，去碰触那些他再也接触不到的东西。

"汤姆，我受不了了！"黛西惊惶地央求道，她方才的愿望与勇气瞬间消散掉了。

"你坐盖茨比先生的车先回去吧。"汤姆看似宽容的表现下蕴藏着侮辱与轻蔑，"他已经明白自己狂妄的小图谋不轨破产了。"

汤姆回去的时候就再不着急了，一直磨蹭到很晚，开车的一路上得意扬扬。我想起今天正好是我三十岁的生日，我意识到今后的人生道路将会是充满凶险的。三十岁后将渐渐变老，朋友减少，感情也趋于平淡，幸好我身边有乔丹相伴。

我们就这样向死亡开去。

威尔逊把她的老婆锁在楼上，她在那里大吵大闹。傍晚的时候伴随着两人又一次的激烈争吵，茉特尔终于怒极向门口冲去，却瞬间被猝不及防的飞车夺去了生命。肇事的车子犹豫片刻就飞快地消失了。

我们的车开到出事地点的时候已经围了一大群人，我们挤进去看究竟发生了什么，就看到了茉特尔·威尔逊的尸体。汤姆惊呆了，他的目光发直，语气却凶狠地问警察怎么回事。有目击者说肇事车是一辆黄色的新车，从纽约开来的。我们终于离开的时候，车子里传出了汤姆低低的呜咽。我们都明白了那是谁的车。

"混蛋，他居然都没停一下车。"

汤姆将车一路开回了家，并给我叫了出租车，我觉得很不好受，想一个人静一静,就执意在门口等车。而这时,我看到了盖茨比。他一直躲在车道边的灌木丛中。

"你在路上看到什么了吗?"得到肯定答复后,他继续问道,"她死了吗?"

"我当时觉得就是撞死了,黛西受了极大的惊吓,但还算坚强。"在他的话中,黛西的反应是唯一重要的事情,"我想没有人看见我们。"

我此时对他充满了厌恶:"到底怎么出事的?"

"我想把方向盘调正的……"盖茨比忽然止住了话语,意识到说漏了嘴。

"黛西开的车?"我猜到了真相。

半响他才承认我的说法:"但我肯定会说是我开的。黛西当时想要开车镇定一下情绪,出事后她又拼命踩油门,我要她停下她却停不下来。我拉了紧急刹车,她就晕倒了,接下来换我开。我在这里看着是怕那个人找她麻烦。"

我帮盖茨比去看看那夫妇俩有没有吵闹迹象,只望到了两个人亲密而专注地在谈话,汤姆把手放在黛西手上,黛西则对汤姆的话点头表示赞同。这是两个人在一同密谋策划着什么事情的情景。

我告诉盖茨比屋内很平静,劝他回去,而他却不肯,执意要守到黛西入睡。于是,我只得留他空守着他自己定义的神圣。

我也难以安心入睡,黎明前听到盖茨比终于回来时,我觉得必须提醒他一下危险处境不可。我劝盖茨比离开避避风头,他却不能离开黛西,不愿放弃最后一丝的希望。他只愿意谈黛西。

黛西是他认识的第一个上流社会的小姐,她使他神魂颠倒,她家的房子也因她的存在而使他感到无上美丽,众多的追求者也增加了他心目中黛西的身价。他于是给黛西造成了一种幻象,他有能力与财产与她相配。他利用这点占有了黛西,却在黛西身上迷失得更多。他从黛西身上,深切地感受到财富使她青春神秘,各种服饰增添她的魅力,她的美是完全脱离了生存困扰之后的。他在情网中越陷越深。

盖茨比在战争中晋升得很顺利,停战后他却阴差阳错地没能回国。黛西的世界是充满社交的浮华与艳丽的,爵士乐演奏着歌舞升平。她需要看得见的爱情和金钱来解决她的终身大事,汤姆的出现符合了她的要求,那小小的思想斗争毕竟算不上什么问题。

盖茨比还以为黛西是被汤姆的威吓吓住,她即使短暂地爱过汤姆,这期间也应该是更爱他的,尽管他自己都不能完全相信自己的想法。直到最后,他还期待着黛西会给他打电话。

我们一直待到早上九点,误了应乘的两班车,到最后不得不离开盖茨比去上班的时候,忽然想起了一件事。我隔着草坪向他大喊道:"他们全是混蛋!他们所有人加起来也比不上你!"

我从未对他说过这样的话,这唯一的好话,我一直很高兴自己对他说了。他开始时礼貌地点点头,紧接着脸上露出了真正的微笑。我想起最初盖茨比宴会的终结,他藏着他不受侵蚀的梦想,孤独但有风度地告别。

中午时乔丹给我打了个电话,我没有心情跟她聊天,我们两个的关系就这样结束了。

前一天晚上在我们离开威尔逊车行后,威尔逊神情恍惚地留在家里,说他有办法发现那车的主人,发现了他太太的一根贵重的狗皮带时,他像一下子想起了什么。第二天一大早他就不见了,但没有像警察预想的去各家汽车行打听黄色的汽车。到了下午两点半的时候,他就知道盖茨比的名字了。

下午两点半的时候盖茨比正准备去游泳,一直没有电话打过来。盖茨比可能也已经对此不抱什么希望了。他已经明白了坚持一个梦的代价,也明白了玫瑰花的丑恶以及嫩绿草芽上阳光的残酷。

枪声响起,游泳池的水面上泛起红色的涟漪。

急忙赶到的我和其他人将盖茨比抬向屋里时,园丁在不远处的草丛中也发现了威尔逊的尸体。

凯瑟琳做证说姐姐和盖茨比间没有任何关系,姐姐和姐夫生活很美满。威尔逊枪杀盖茨比的事情就当作"过度悲伤精神失常"处理了。我这才发现,除了我以外,没有任何人关心盖茨比的死亡。芝加哥的报纸上登了盖茨比死去的消息,到头来只有他的老父亲赶到了。我不想让他感到孤单,尽全力去找每一个和他有关系的人,但没有一个人肯来,甚至仅仅出席他的葬礼。

没有从黛西那儿收到任何电报和花,什么也没有。

几个月后我遇到了汤姆,我质问他道:"你当时对威尔逊说了什么?"看到汤姆的表情,我就知道自己当初的猜测是正确的。

"尼克你疯了,那家伙迷惑了你!"他强硬地说道,"威尔逊过来要杀死我,就算我告诉他那车是盖茨比的又怎么样!我退公寓时看到那盒倒霉的狗饼干时还不是难受得大哭……"

他觉得自己所做得事是合情合理的,我无话可说。汤姆和黛西,他们不过是不小心摔碎了东西,毁了别人,然后就躲起来,让别人来收拾这个烂摊子。他俩会一直在一起的,金钱、麻木不仁等很多共同的东西让他们一直在一起。

盖茨比的房子一直空着,草长得很高,我似乎仍能听到里面传来音乐和笑声。我要彻底离开这里了,想到了盖茨比第一次认出海对面的是黛西家的绿灯时的惊喜。他想拼命抓住眼前似乎更努力些就能得到的幻梦,却不知道那个梦早已不知遗失在身后的哪处了。

我们试图逆流而上,却不断被过往的浪潮打回原点。

· 精读名著 ·

永别了,武器

欧内斯特·海明威(1899—1961),美国最杰出的作家之一、"新闻体"小说的创始人,1954年获诺贝尔文学奖。代表作有《太阳照常升起》《丧钟为谁而鸣》《老人与海》《永别了,武器》等。这些作品每一部都称得上经典,是美国文学乃至世界文学的宝贵财产。

《永别了,武器》曾多次被搬上银幕,堪称现代文学的经典名篇。小说以战争与爱情为主线展开:第一次世界大战后期,美国青年弗瑞德里克·亨利志愿参加红十字会,在意大利北部与英国籍护士凯瑟琳·巴克莱结识并相恋。在一次执行任务时,亨利被炮弹击中受伤。亨利伤愈后重返前线,在目睹了战争的种种残酷景象后,毅然选择离开部队,和凯瑟琳逃往瑞士,可是生活并没有他们想象得那么顺利。

1916年的夏末,我们还住在一个乡村。那个乡村在平原上,平原上有庄稼和果园;村旁有条河流,河水清澈见底。隔着平原和河流,可以望见不远处的高山。随着战事的进行,第二年时,我们的部队攻下了乡村北边一座很重要的高山。八月,我们便延长战线,渡过河,驻扎到哥里察。那个小镇很不错,后边是河,前边是高山。虽然正值战争,镇上照常住着居民,而且有医院和咖啡店,还有两家妓院。就是在这个小镇上,我遇到了我的恋人。

入冬后,战事告一段落,我则利用这段空闲外出休假。

当我回到前线时,已经是春天。好友雷纳蒂告诉我镇上有位美丽的英国姑娘凯瑟琳,并向我引见了她。

那天天气炎热,我和雷纳尔喝过两杯酒后,趁着太阳下山时的凉爽,前往凯瑟琳所在的医院。凯瑟琳正和一位护士在花园里说话,我们走上去后,先后行了礼。我一边和凯瑟琳寒暄,一边观察着她:她身材很好,又很年轻、漂亮,金黄色的头发,黄褐色的皮肤,灰黑色的眼睛。

她手里拿着一根类似马鞭的藤条,我有些好奇,便问:"你手里拿的是什么东西?"

"不过是一根马鞭,但它的主人已经不在了。"

"真是对不起。"

谈话中,我得知他们订婚八年,她的未婚夫在去年的索姆河战役中牺牲,她的心灵受到了极大的伤害。

"你们订婚那么长时间,为什么不结婚呢?"我问她。

"我也不知道。我感觉当时自己真傻,本来迟早是他的人,不过又想,把自己给他反而会害了他。"

接着我转移话题,夸奖起她的头发:"你的头发真漂亮。"

"好看吗?"

"当然。"

"可是在他死后,我想过一刀把它剪掉的。"

"为什么?"

"那时候,我一心想为他做点儿什么事情。我知道自己本来对什么事情都无所谓,他想要什么,我就会给什么。但在当时,当他要去为国而战时,我犯了糊涂,拒绝了他的求爱。因为我担心若把自己给了他,他会在战场上撑不下去。"

我不知该说什么,又转移了话题,谈起了她的职业和当时的战事。

那算是我们的第一次约会,但那时我并没有真的喜欢上她。

我们的关系进展很快,第二次见面便接了吻。

那个晚上,我在黑暗中抓住了她的手,接着往前靠拢身体强行去吻她，却突然感到脸上火辣辣的刺痛。原来，她狠狠地给了我一巴掌，打在我鼻子和眼睛上。我当时呆在了那里。

"抱歉，我反应过激了。"她向我道歉。

"没关系，"我说，"你打得好，打得对。"

"真是可怜的家伙。"

"谁让你如此美丽呢。"我望望她。

"少跟我说这些无聊的话，我已经跟你道过歉了，咱们俩还能继续做朋友的。"

"当然了，至少我们现在已经不再谈论战争了。"

她笑了起来。我第一次看到她笑，而且笑得那么讨人喜欢。我看着她的眼睛，同时伸出胳膊紧紧地搂住她，接着狠狠地吻她。这次，她没有拒绝。我贴着她的身子，感觉到了她的心跳，而且她的嘴唇也跟着张开了。

谁知随后，她竟扑在我的怀里大哭起来。"亲爱的，你一定要好好待我，答应我好吗？"她说，"我希望能和你一同生活。"

我抚摸着她的头发，拍拍她的肩头，表示默许。

随后几天，我借救护队往返于救护站与驻地之间的间隙，常去看望凯瑟琳。我本以为我们之间是场游戏，但当见不到她时，我会觉得寂寞空虚。我发现自己正慢慢地陷入情网。

随着战事的紧张，总攻就要开始了。听到这个消息后，我匆忙跑到医院去找凯瑟琳。她特别担心我的安全，便把一枚圣安东尼像送给了我，以保佑我平安归来。

到达前线时，进攻尚未发动，我便同几个意大利救护队的司机们暂时躲避在掩蔽壕里边抽烟边闲聊战事。天黑后，进攻开始，先是我们后边的大炮响了起来，紧接着敌军的炮弹飞了过来，在掩蔽壕外边爆炸。

谁也没有想到的是，正当我们用餐时，一发炮弹在我们身边炸响：先是一道闪光，接着是轰隆一声，跟着扑过来一股疾风。我的灵魂瞬间离开肉体,漂浮起来,随后又回到肉体。我眼睁睁看着司机帕西尼死去,他先还呻吟着,渐渐竟没了声音。我自己虽逃过一劫,腿却受了重伤,并被送往战地医院。

在战地医院疗养时,好友雷纳尔和教士相继来看望我,陪伴我打发无聊的时间和精神上的不愉快。

为使我得到更好的治疗,医生们准备将我送到后方米兰的一所新建立的美国医院。临行之前,雷纳蒂和一位少校来看我。那个少校告诉我,凯瑟琳也要上米兰去。我以为这个消息并不准确。

到达美国医院几天后,令人感到意外的是,我果真和凯瑟琳重逢了。

那天,我刚打发走理发师和门房,便听见走廊上有人走过来。我望着门,进来的正是凯瑟琳。

凯瑟琳看上去比以前更年轻,更漂亮,简直让人神魂颠倒。看到她的那一刻,我已经深深地喜欢上了她。

她坐到我身边,打算弯下身吻我,我顺势把她拉下,吻她。我们彼此都感觉到了对方的心跳。

"亲爱的,你的出现真是太意外了!"我说。

"我要想来这里,很容易的,不过要留在这里就很难了。"

"你必须留下来,凯瑟琳,我不会让你走的。"说着话,我紧紧抱住她,以确定她真的在我身边。"这真是太意外了。"

"别这样,你身体还没有康复呢。"她说。

"我可以了,亲爱的,来吧。"

这是我第一次向凯瑟琳求爱,我再三请求后,凯瑟琳终于答应了。

她走出去后,我一个人躺在床上,想了很多。本来我不打算去喜欢一个人的,但现在我感觉自己竟然爱上了凯瑟琳。我不得不感慨爱情的伟大与幸福。

我的治疗还算顺利,先后换了两位医生,最后成功地做了膝盖手术。

一天天过去,我渐渐能够走动了,先是由凯瑟琳扶着前行,随后自己可以拄着拐杖走路,再后来拐杖换做手杖。在这期间,凯瑟琳除了工作时间,无论白天还是黑夜,一直陪在我身边。公园里的马车上,意大利饭店里,黄昏里的拱廊,都留有我们俩相依相扶的身影。

与此同时,我们也聊了好多,包括我们的将来,近期遇到的人,雨水以及赛马。在婚姻问题上,我们谈了很多。虽然我们都以为,自医院重逢起,我们便已结婚。但为了凯瑟琳,我还是打算举行结婚仪式。

"凯瑟琳,我们还是举办一场正式的婚礼吧,万一有了孩子,对你我影响都不好。"我说。

"也是。不过,若真那样的话,他们会把我调走的。"

"若真把你调走,我们可以在休假期间见面。"

"休假那么短,太不方便了。况且,我一分一秒都不想离开你。还是打消结婚的念头吧,其实我们已经结婚了,不是吗?"

"是的。我这么想本是为你打算的。"我说。

"哪里还有什么你和我的,我们是一个人,我就是你,你就是我。"

"好吧。那我们可不可以私下里结婚,这样对你我都好。而且我怕你以后抛弃我。"

"怎么会呢,亲爱的。我现在对上天发誓,凯瑟琳永远不会离开你去找别的男人。"

快乐的日子总是过得很快,那个夏天就那么匆匆过去了,而我在凯瑟琳的恶心照料下,基本痊愈了。

夏天的时候,报纸上捷报连连。但秋天一到,前线传来战事失利的消息,意军迟迟攻不下圣迦伯烈山这座山峰。

九月中旬的一天,我收到几封信件。一封是公函,一封是祖父来信,还有一封雷纳蒂的来信,我先打开公函,细心阅读了一遍,得知我将有三个星期的"疗养休假",过后便要重回前线。祖父的来信主要讲了些家事和鼓励我的话,雷纳蒂的信里主要问询我近来的情况。

回到医院,我把信件的内容告诉凯瑟琳,她很高兴地询问我打算到什么地方休假。谈话中,我感觉到她哪里有些不对劲,她好像很烦躁,很紧张。

"亲爱的,我感觉你有些不对劲。你怎么了?"我问。

"没事,我很好啊。"

"别骗我了,我知道有事,一定有事,别瞒着,快告诉我吧。"

"好吧,刚进来时,我本打算告诉你的,但若说了,我怕你会不高兴。"

"这是什么话,有事咱们应该一起面对的。"

"真的要说吗?"凯瑟琳问。

"当然。"

"那好吧,我说了,你千万别发愁。我们有孩子了,而且已经三个月了。"

"这是好事,凯瑟琳。我很高兴。"

"真的高兴吗?"凯瑟琳问。

"当然。不过我有些为你担心,你可以吗?"

"当然可以了,每个女人都会怀孕生孩子的,这是很正常的事情。"

"你真行,亲爱的。"

"亲爱的,不必为我操心,你千万别为我操心,我一定把这件事情做好,不给你添麻烦。"

"怎么会呢?"

谈话中,屋里的气氛怪怪的,让人觉得很不自然。无论怎么说,在这个节骨眼上,凯瑟琳的怀孕确实让人有些措手不及。接下来,我们谈到懦夫和勇者,谈到棒球,还谈到战后的生活。渐渐地,我们又和从前一样,彼此之间的不自然感消失了。

离别的日子在不紧不慢中还是来了。

那个夜晚,天气有些寒冷,浓雾笼罩街区,且渐渐转化成雨。雨雾中的教堂、雨雾中的桥、雨雾中的街灯,都是那么模糊不清,让人感觉如在梦里。我和凯瑟琳走在这冷清、昏暗的街上,分享这属于我们两个人的夜晚。

"咱们还是找个地方去吧。"我提议。

"恩。"凯瑟琳应了一声。

在车站对面,有一家旅馆。我们要了一个房间。

"这个房间真好,我们在米兰的时候,就应该有这样一个地方的。"凯瑟琳说。

"虽然装饰奇怪,但还是个好房间。"

"你看这红色长毛绒的窗幔,还有这些镜子,真是讨人喜欢。"

凯瑟琳真是一个可爱的姑娘。

我边说这话,边喝着酒。撇开刚才的闲聊,我突然担心起了凯瑟琳。

"亲爱的,你打算到哪里生孩子呢?"

"还不知道,不过我会找个尽可能好的地方的。"

"想过具体怎么安排吗?"

"还没有。不过,不用为我发愁,我会尽最大努力的。"

尽管我十分不情愿,说再见的时候还是来了。

"时间到了,我要走了。"我说。

"我知道的,时间是由你把握的。亲爱的,千万别为我发愁。"

"嗯,你打算多长时间给我写信?"

"每天。"凯瑟琳说。

"恐怕我们真的要走了。我舍不得离开这里,凯瑟琳。"

"我也舍不得,这儿就好比是我们的家。"

"将来,我们一定会有一个更好的家的。"

在车站的拱廊下,我们彼此告别。

"再见,凯瑟琳,保护好自己和小凯瑟琳。"说着话,我便走进雨中,朝着车站的方向走去。凯瑟琳乘坐着马车,渐渐消失在了街头的夜幕当中。

我回到了前线。

乡间一片褐色,树木叶落树空,道路泥泞,又有满地落叶,许多房屋因受炮弹轰炸而断垣残壁。看到熟悉的一切,我却没有回家的感觉。

我第一个碰到的熟人是少校,或许是战事失利的缘故,他比先前苍老了些。从他那里,我得知近来战况确实糟糕,形势不容乐观。另外,我被分配到培恩西柴高原接管四部救护车。

回到房间,雷纳蒂不在。我有些累,便躺在床上,想着凯瑟琳,想着我们在一起时的美好时光。

我的思绪被雷纳蒂的到来打断了。

"噢,乖乖,我的乖乖回来了。"我刚坐起来,他便从门口跑过来拥抱我。

老友重逢,我们都很高兴,也有许多话要说。

雷纳蒂先看了我的伤疤,随后给我倒上了酒。我们喝着酒,聊着我在后方疗伤的具体情况以及我和凯瑟琳的关系进展情况。

那天晚上,饭堂里又热闹起来了。少校、雷纳蒂、教士、还有我,聚在一起。我们依旧拿教士开玩笑,若不提眼下的战事,我们和以前一样高兴、快乐。大家散了以后,我和教士单独聊了一会儿,对于战事,我们都有些忧虑和厌恶。

第二天天还未亮,我就动身前往培恩西柴高原的救护站。培恩西柴高原和我想象的不一样,高低不平,完全不像是高原。

天气有些恶劣,风雨不断。

战事也越来越紧,德军和奥军终于突破了北面的阵地,沿着山谷直攻下来。部队不得不选择了撤退,我们则受命帮着野战医院转移伤员和设备。回到哥里察时,城里已经空无一人。我们把堆积在别墅门廊上的医院设备装上了三部车子,吃了些东西,便冒雨离开了哥里察。

一路上苦不堪言,整支队伍嘈嘈杂杂,绵延数里缓慢地向前移动,不时地还有敌机袭击。庞大的队伍犹如一盘散沙,没有人可以驾驭得了,而且出现了逃兵。到了大路穿进农田的地方,车子完全困在了田地的烂泥中,我们只好丢下车子,步行前往乌迪内。

在一座铁路桥上,我不经意间看到一辆德军汽车和德军大部队正通过这条河上游的一座大桥。我心里有种不祥的预感,我们已经处在了敌人的占领区了。

为避免被德军发现,我们沿着铁路轨道小心翼翼地行走。正当我们准备爬下路堤,走一条可以绕到城南的支路时,支路那边有人朝我们开了枪,司机艾莫身子一晃,倒在地上。同行的皮安尼把他翻过身来,他正断断续续地吐着鲜血,脖颈上和右眼各有一个子弹穿透的窟窿。当我正设法堵上那两个窟窿时,艾莫已经没有了呼吸。

"他们不是德国兵,那边不可能有德国兵的。"我说。

"意大利人。"皮安尼说。是的,是意大利狙击手击毙了艾莫。当时对我们来说,意军比德军更危险。

我们真是陷入了进退两难的处境,既要躲避德军,更要防止被自己的军队击毙。

我建议道:"我们最好找个最接近乌迪内的地方躲一躲,等到天黑以后再想办法过去。"大家都表示同意。

田野的前头有一幢农舍,农舍有个牛棚,其南面可以观察院里的动静,北面通过窗户可直通田野,另外有两个窗子直通屋顶,喂牲口的斜槽也方便滑出去。我们就在这个牛棚躲了一夜。然而,在此之前,我们队列中有个人情愿当俘虏去了,他叫博内特。

那一夜很平静地过去了,第二天我们继续赶路。躲过德军,穿越公路,走过乌迪内,我们终于加入到向塔格利亚门托河方向撤退的大部队中。我没有想到,撤退的规模是这么宏大。

此时的意军已经是一群狂乱的乌合之众,没人领导,只空喊着"和平万岁""回家去"的口号,丢掉了手中的武器,零散地走在回家的路上。

黎明时分,这浩浩荡荡的队伍来到了塔利亚门托河的河岸,眼前是一座约四分之三英里长的木桥。大家默默无声地走上这座桥,都想着尽快走过去。当我们快过去时,我看到木桥那头,站有一些军官和宪兵。有个军官用手指了指队伍中的一人,那个人便被宪兵拖了出去。之后,又有一个人被拖了出去。而且那个人是中校。我有些疑惑,这些人是什么人。

"你们究竟是什么人?"他们抓我时,我大声嚷着。

"战场宪兵。"一位军官说。

我同那些被拖出去的人一样,被带到了路边临河的田野。在那里,我亲眼看到了他们是如何被审问和杀害的。

"你是哪个部分的?"审问者问。

那个人如实说了。

"为何擅自离队?"审问者问。

那个人如实说了原因。

"你擅自离队,已经触犯军规。"审问者说。

与此同时,站在一旁的另一位审问者开口了。"就是你们这种擅自离队的人,放野蛮人进来糟蹋祖国神圣国土的。"

"你们经历过撤退没有?"那个人问。

"意大利永远不会撤退。"审问者说。

"要枪毙我就来吧,不必多说。"那个人划了一个十字。

片刻过后,审问者宣读:"擅离部队,命令枪决。"

那些被拖出来的人,在战场上没有牺牲的军官,就是这么一个接一个被枪毙了。

快要轮到我了,我有些害怕,害怕也被安上那个罪名,也被那样枪毙。趁他们不注意,我跑向河边,结果在河沿上绊了一跤,直接掉在了冰冷的河水里。

我躲过了他们的枪击,幸运地抓着一根漂浮在水面的木头,在河上漂了很长时间,最终靠近了河岸,并且攀着柳枝上了岸,又在威尼斯平原爬上一列往美斯特列运送大炮的火车。

·精读名著·

躺在平板货车的车板上,我想了很多。我想到了凯瑟琳,却又不敢好好去想,怕自己想得发疯。我想到了我此前不同寻常的经历,亲历了一个国家军队的大撤退和另一国大军的进军,失掉了几部救护车和几个同伴。我想到了皮安尼以为我被枪毙了,他会将这个消息传给所有人。

现在,对我来说,我的愤怒已经被河水洗掉了,我的任何责任义务也被河水洗掉了。

再见了,武器。

火车到了米兰车站,我避开宪兵,来到我曾养伤的那所医院。不巧的是,凯瑟琳两天前刚去了斯特雷扎。在昔日好友西蒙斯的帮助下,我穿上了平民服装,顺利地来到斯特雷扎。

经过打听,在车站附近的小旅馆里,我找到了凯瑟琳和另一英国姑娘弗格逊。我一进门就看到了她们,我看到了朝思暮想的凯瑟琳,她还是那么可爱,那么漂亮。

弗格逊先看到的我,她看到我,惊讶不已:"天哪。"

凯瑟琳转过身来,也看到了我。"原来是你,真的是你吗?"她有些不敢相信。

"你到这里干什么,我可不希望见到你。瞧你给凯瑟琳找的麻烦。"弗格逊对我有很大意见,她以为我是一个骗子,和她好友凯瑟琳谈恋爱,让凯瑟琳怀了孕后,人便溜走了。

"弗格逊,别这样,没人给我找麻烦,那是我自己找的。"凯瑟琳在帮我说话。

接着,弗格逊指出一大堆我不负责任的地方,而且说着说着就哭了。凯瑟琳一边安慰她,一边冲着我笑,意在让我对此表示理解。

"你们走吧,现在就走。我太不讲理了,请多原谅。"弗格逊说完后,情绪稳定下来。

那个夜晚,对我们来说,终生难忘。

我们住的房间里铺着厚厚的地毯,我和凯瑟琳相拥躺在舒服的床上,门外是一条长长的走廊,窗外下着雨,气氛很是融洽,让人有种回家的感觉。

第二天早上我醒来时,凯瑟琳还睡着,雨早已停了,阳光从窗口直接照了进来,窗外是一片美丽的花园。看到这个场景,我的心里突然有一种不可言说的幸福感,劫后余生使我们真正懂得了爱情的份量和幸福的珍贵。

接下来的两天,我和当地的一位伯爵比赛打枪,和酒保到湖上钓鱼,过得充实愉快。然而快乐的时光总是短暂的,坏消息还是传来了。

那天夜里,大风大雨。酒保把我叫醒,告知我米兰的宪兵正在找我,而且天明就会来逮捕我。我们不得不选择逃往瑞士这条路了。在酒保的帮助下,当天夜里,我们冒着暴风雨,摸着黑,启程了。

划了一夜的船,天亮时,我们终于到达了瑞士境内。和意料中的一样,当地海关逮捕了我们,审问了我们。我们以游客的身份取得了他们的信任,顺利地来到了蒙特勒。

我们住在离蒙特勒不远的山坡上,房子是一座农舍式别墅。别墅前是一条上山的路,山上是一片森林;山下便是蒙特勒,那里有一片湖。闲着的时候,我们或上山漫步丛林中,或下山逛逛蒙特勒的大街,沿着湖边溜达。我们时常谈到小凯瑟琳,也时常商讨战争结束后做什么。

可以说,那个秋末和冬天,我们过着很惬意的生活。

冬去春来,冰雪消融,雨季将要开始,为了方便凯瑟琳生产,我们转移到洛桑的一家中型旅店。

三个星期后的一天早晨,夜里三点钟左右,我从睡梦中醒来,听到凯瑟琳在床上翻来覆去。起初我并未在意,再加上我很困,只问了问凯瑟琳疼痛是否规则,便又睡了过去。我再次醒来时,发现凯瑟琳有些不对劲。

"这次恐怕是要生了,你赶快打电话给医生。"凯瑟琳说。

听到这话,我清醒了很多,迅速打了电话,接着陪凯瑟琳下楼去。凯瑟琳显然也很兴奋。

"要生了,我真高兴。生完以后,一切都会过去的。"

"凯瑟琳,你真是一个勇敢的姑娘。"我说。

说着话,我们到了医院。

有个女人先登记下了凯瑟琳的姓名、年龄、地址、亲属等基本情况,随后带我们到了凯瑟琳的房间。

护士要给凯瑟琳做一些检查时,便支我到外边等候。我一会儿进去,一会儿出来。这时候,我能做的,只有为凯瑟琳鼓劲和祈祷。

天将亮时,凯瑟琳的产痛渐渐趋于正常和缓和,我放心地到街上吃了早点。再次回到医院时,凯瑟琳已经进了接生间,并且被注射了麻醉药。但凯瑟琳还是痛得厉害,我在身边,却帮不上什么忙。那种感觉真难受。

一直到中午,凯瑟琳一直在接生间,经过疼痛的不断折磨,她显然疲乏了许多,不过情绪还是好的。

"亲爱的,我有个最出色的医生。每当我痛得厉害时,他就会讲些奇特的故事给我听,然后我便完全失去知觉。"凯瑟琳用一种很怪的声音说。

"那是你被麻醉了,凯瑟琳。"我说。

"亲爱的,我知道。"说着话,她又痛了起来,痛得上气不接下气。我突然感觉凯瑟琳好可怜,她一个人承受着我们彼此相爱带来的痛苦。

疼痛又渐渐缓和。

"这次痛得真厉害,亲爱的。我已经闯过了生死关,我不会再死了。"凯瑟琳的声音完全变了一个人。

"恩,我知道,凯瑟琳。不过,以后可别再往那儿乱闯了。"我安慰道。

医生又要做检查了,我不得不回避。

凯瑟琳会死吗?我心里有种不祥的预感。一面想着万一她死了怎么办,一面又自我安慰着:不会的,她不会死的。我知道的,生第一胎通常是要拖很长时间的,凯瑟琳不过是难受一阵子,过了这阵子,一切都会跟从前一样。可是,万一,倘若,她死了呢?那时候怎么办?谁能告诉我?

正当我内心挣扎的时候,医生走了过来。

"医生,进展怎么样?"我迫不及待地问。

"没有进展,现在有两种方法帮助你夫人生产。一种是用产钳,一种是做剖宫手术。我想看看你选择哪一种。"医生说。

"有什么区别吗?您的建议呢?"我问。

"前者相当危险,而且会对婴儿不利。后者的危险性和普通分娩差不多。我建议做剖宫手术。"

"那就赶紧动手术吧,医生。"

"好的,我立刻去做准备。"

我回到接生间时,凯瑟琳脸色苍白,显得很疲惫。

"麻醉剂!快给我麻醉剂!"疼痛说来就来,凯瑟琳哭喊着。"不,亲爱的,这个不灵了,一点儿也不灵了。快帮我止痛。"

"凯瑟琳,坚持住,我一定让它起作用,我已经把开关开到最大。请你深呼吸。"我把雾化器上的指针转到了头,凯瑟琳渐渐晕了过去。感谢上帝,若没有麻药,人会是多么痛苦。

凯瑟琳慢慢苏醒过来,好像睡了很深的一觉,又好像是从另外一个地方回来了。

"你真好,亲爱的。"

"凯瑟琳,勇敢一点儿,坚强一点儿。我不能老这么做,否则会要了你的命。"我说。

"亲爱的,我已经不行了,我已经被彻底打垮了。刚才真是太可怕了。"

"哪有,谁都会这样的。"

"亲爱的,我会不会死去?"凯瑟琳突然问道。

"别瞎说,亲爱的。你不会有事的,我会永远陪在你身边。"

"不会的,我不会死的。"凯瑟琳在自言自语。

人生最大的痛苦,恐怕就是看着你心爱的人痛苦,而自己却丝毫分担不了。我真希望医生早点儿回来,手术赶快进行。做完手术,一切都会过去的。

手术终于就绪了,凯瑟琳被送往手术室,而我只能站在空荡荡的走廊上,耐心地等待。

不知过了多长时间,手术室的门开了,一位医生抱着一个新生儿走了出来。

"医生,怎么样?"我迎上前问。

"情况还可以。"医生说。

我没有顾及孩子,直奔手术室外的看台。凯瑟琳像个死人一样躺在那里,医生正在缝合刀口。我在心中默默祈祷:凯瑟琳没事的。

一段时间过后,凯瑟琳被护士推了出来,继而转到病房。

"亲爱的,没事了,都过去了。"凯瑟琳低声说。

"没事了,凯瑟琳,都过去了。"我附和道。

"孩子呢,孩子没事吧,男的还是女的?"

"应该是个男孩,他很好。"

护士提醒我,凯瑟琳暂时不能说过多的话。看到凯瑟琳没事,我轻松了许多,以为可以出去好好吃顿晚饭了。

谁知,刚出房间门口,一个护士告诉我:"孩子生下来就已经死了。"

怎么会这样?之前在凯瑟琳肚子里时,我还听到他在踢他母亲肚子的声响,怎么生下来就死了?多么可怜的孩子。话说回来,若是早死了也好,为何还要让凯瑟琳经受这么大的痛苦,甚至要夺走凯瑟琳的性命?

那顿晚饭吃得很无趣,孩子死了,心爱的人还在病房,我根本没有心情吃饭。我在咖啡店随便吃了点儿东西便赶回医院。

"情况怎么样,护士?"

"不容乐观,您夫人刚刚出过血。"

不幸正在一步步靠近我们。我心里万念俱灰。我试图不去多想,尽量往好处想。我虽然没有宗教信仰,但现在,我向上帝祈祷,祈祷上帝保佑我的凯瑟琳,并向上帝承诺:只要能让凯瑟琳活下来,我什么都愿意去做,我什么都愿意付出。

护士带着我进了病房,凯瑟琳见到我,微微一笑。而我再也控制不住自己的情感,趴在床边呜呜哭了起来。男儿有泪不轻弹,只因未到伤心处。

"亲爱的。"凯瑟琳很虚弱,说话的声音很微弱。

我抬起头来看着她,她的脸色苍白,白得有些恐怖。

"凯瑟琳,没事的,你会好起来的。"我安慰道。

"不用骗我的,亲爱的,我知道自己就要死了。"

我不知该如何回答,便紧紧抓住她的手。

"亲爱的,有你在我身边,我不怕死的。"

医生插了一句话:"你太虚弱,别说过多的话。还有,别犯傻,有我们在,你不会死的。"

我知道,医生会尽最大的努力来挽救凯瑟琳。但是,命运是无情的,谁也阻止不了它的脚步。凯瑟琳一次接一次地出血,终于因失血过多而死去。再见了,凯瑟琳。

凯瑟琳走了,她带着我们的爱走了。命运无情,只留下我一个人,在这凄风苦雨中,漠视这悲凉人生。

·精读名著·

老人与海

这是海明威最著名的作品之一,作者简介见《永别了,武器》部分。《老人与海》写于1951年,奠定了海明威在世界文学中的巅峰地位,主要描写一位古巴老渔夫与一条大马林鱼、一大群鲨鱼搏斗的故事。老渔夫连续八十四天没有捕到鱼,后来终于钓到一条大马林鱼,历尽艰难,杀死了大马林鱼。返回途中,老渔夫一再遭到鲨鱼的袭击,等进了港口,大马林鱼只剩下了鱼骨架。

他叫圣地亚哥,是一个老渔夫,常常一个人出海打渔。

这次,连续八十四天里,他竟然一条鱼也没有捕到。前四十天的时候,还有个叫诺曼林的男孩跟着他,但男孩父母看到孩子一无所获,便让他跟了别人的船。之后,诺曼林每天都跑到海边接老渔夫,看到老渔夫的小船里空荡荡的,他的心里很难过。老渔夫亲手教会了他打鱼,他很爱老渔夫,总想着能帮老渔夫做点儿什么。

这天,老渔夫又空着船回来了。诺曼林大老远地就跑了过去,主动帮老渔夫往棚屋里收拾钓钩、渔线、鱼叉等物件。诺曼林想安慰老渔夫:

"圣地亚哥,你记不记得,有一次,你连续八十七天没有逮到一条鱼,但是,随后连续三个星期,天天抓到大鱼。"

"当然记得了,"老渔夫说道。"瞧着海流,明天一定是个好天气。我打算明天天不亮就出海,我要到更远的地方捕鱼去了。"

"我让我跟着的船也去更远的地方。这样的话,当你捕到大鱼时,我就能帮你了。"

"你的主人不会这样做的,"老渔夫说,"我可不是一般的老人,凭我现在的力气,对付一条大鱼还是可以的,何况我还有那么多捕鱼技巧。"

说着话,他们已经进了老渔夫的棚屋。棚屋很小,里面很简陋,只有一张床、一张桌子、一把椅子和一座灶台,墙上挂着妻子的遗物——两幅画,一幅耶稣圣心图像,一幅科夫莱圣母图像。本来墙上还挂着一张妻子的照片的,但他怕自己因为想念而感到孤独,就把它摘下来了。

"晚饭吃什么?"诺曼林问。

"还有黄米饭炖鱼,你也在这儿吃吧。"老渔夫说。

"不了,父母让我回去吃,"诺曼林说,"我用一下渔网,去网一些沙丁鱼。"

实际上,诺曼林知道,老渔夫锅里并没有剩着什么黄米饭炖鱼,锅里是空空的;老渔夫的屋里也没有什么渔网,渔网早已经卖了出去。

"好的,我这里正好有份报纸,我可以看看棒球赛的新闻。"说着话,老渔夫从床铺上拿来一张报纸。"洋基队一定会赢的!"

"但是,我老怕克利夫兰印第安人队会打败洋基队。"诺曼林说。

"不用担心,孩子,相信洋基队!"

"恩,我先去弄些沙丁鱼来。"诺曼林说。

太阳落了后,诺曼林回来了,他看到老渔夫已经坐在椅子上睡着了,便从床上拿来条毛毯给他盖上。他则又离开了,到露台饭店弄吃的去了。

等诺曼林再次回来,老渔夫还在睡着。

"圣地亚哥,醒醒,"诺曼林喊着老渔夫,"你看我带来了什么?"

老渔夫缓缓睁开眼睛,脸上露出笑容。

"什么?"

"晚饭,有油炸香蕉、黑豆米饭、炖菜,还有两瓶啤酒,"诺曼林说,"你只有吃了饭才有力气打鱼,只要我还活着,就得确保你吃饭。"

"孩子,你想得真周到,"老渔夫说,"咱们开吃吧。"

吃过饭后,他们聊了一会儿棒球赛。时候不早了,诺曼林该回去了,老渔夫也该睡觉了。他要为明天养好精神,明天要去更远的地方。

老渔夫很快就睡着了,梦里,他看到了非洲,看到了海滩,海滩上有一群狮子,它们像小猫一样嬉戏着。那些风暴、女人们、大鱼、搏斗、妻子都没有出现在梦里,梦里只有这些狮子。他喜欢这些狮子,就像喜欢诺曼林一样。

老渔夫从梦里醒来,走出屋外,感受到了清晨的寒气。他先到诺曼林的住处,叫醒了他。看到诺曼林睡意未消,老渔夫说:

"打扰你了,诺曼林。"

诺曼林揉揉眼睛,提了提神,说:

"男子汉就得这么做!"

他们一起走到老人的棚屋,把打鱼用的物件拿到船上。然后,他们到岸边的一饭馆喝咖啡。

"昨晚睡得好吗,圣地亚哥?"诺曼林问。

"很好,诺曼林,我对今天出海很有信心的。"老人说。

"我也对你有信心,"诺曼林说。"你再喝杯咖啡吧,圣地亚哥,我该去拿咱们用的沙丁鱼和那些新鲜的鱼饵了。"

诺曼林说完话就出去了。

老渔夫又要了杯咖啡,慢慢地喝着。这咖啡就是他一整天的食物,他因为厌烦吃饭,出海时从不带午饭,不过,总是要带一瓶水,放到小船船头。

很快,诺曼林就带着沙丁鱼和两包鱼饵回来了。他们一起走到海边,把小船放到水里。

"圣地亚哥,祝你好运!"曼诺林说。

"也祝你好运,曼诺林!"老渔夫说着话,已经上了船,在黑暗中划动了小船。这个时候,月亮已经落了下去,周围一片模糊,老渔夫能听得到不远处的海滩上别人划动船只的声音,但却看不到人。

第八十五天,老渔夫又出发了。

下海的船只除了海港便各走各的航线,老渔夫的周围静了下来,只有自己的桨声。他知道自己今天要到很远的地方去,便快速地划着,把海岸和陆地统统抛到脑后,直接划向海洋深处,划向清晨的清新气息当中。

黑暗中,老渔夫可以感觉得到早晨就要到来。

黑暗中,老渔夫听到飞鱼们飞出水面的震颤声,和它们飞在空中时双鳍震动的嘶嘶声。飞鱼是老渔夫在海上的朋友,老渔夫特别喜欢它们。老渔夫又想到那些小飞鸟,他为小飞鸟担忧,它们一直飞在海上觅食,却从来没有得到过食物。不过,那些大型的猛禽相对来说好多了,它们从来不缺食物。

海洋,对老渔夫来说,仁慈而又美丽。在有些人眼里,海洋是男性,是他们的敌人和对手;但在老渔夫眼里,海洋是女性,即使她做了任性或者过分的事情,那也是她身不由己。月亮也把海洋当作女性来看的,老渔夫想。

老渔夫一边想着,一边让小船保持在最快速度向前行进着。天色渐亮的时候,他到的地方已经远于预期了。

这时候,老渔夫准备放出鱼饵,然后让小船随着海流行进。他一共放了四个鱼饵,第一个放到海下四十英寻处,第二个放在海下七十五英寻处,第三个放在一百英寻深处,第四个放在一百二十五英寻深处。每个鱼饵都严严实实地把鱼钩裹在里面,无论大鱼从哪个方向吞食鱼饵,都不会有所发现。每根鱼线都有一只粗铅笔那样粗,一端绑着鱼钩,一端绑着青皮鱼竿,而且余着四十英寻长的渔线。如果这还不够的话,他还可以把那根渔线再接到那根三百英寻长的渔线上。

放完鱼饵,天已经大亮,太阳渐渐地从海面上升起。他时刻注意着那几根伸出船边的鱼竿,时刻让渔线与水面垂直着。老渔夫想:一直以来，我都把鱼饵放到准确的地方，至于能不能钓到鱼，就要看我今天的运气了。但是，运气这东西，谁能说得准呢？每一天都会是新的一天，走运的话，当然好。不过，我可不敢把一切托付给运气，我还是要做到分毫不差，时刻准备着好运的到来。

两个小时过后，老渔夫看到前方有一只黑腹军舰鸟在天上盘旋着，突然向海面俯冲下去。

"那里一定有什么东西。"老渔夫自言自语道。

老渔夫慢慢地向那片海面划去，等靠近时，他看到飞鱼从水面飞出，接着看到了鲯鳅。老渔夫取下船桨，又从船舱里拿出一根系着中号鱼钩的稍微细些的渔线，挂上一条沙丁鱼，放到水里。

这时，那只军舰鸟又俯冲下来，扑向那些飞鱼，但又是一无所获。

那群飞鱼很快游走了，老渔夫想：它们竟然从我身边溜走了，它们的速度太快了，不过，我应该能跟上那条掉队的吧，说不定，我想钓的大鱼也跟它们在一块呢，那条大鱼一定在什么地方等着我呢。

老渔夫继续向前划着小船，这时候的海岸仿佛一条绿色的线绳横在他身后，海岸线的后方是一些低低的青山。眼前的海水已经变成深蓝色，蓝得有些发紫。海水里穿梭着红色的浮游生物，老渔夫心里很高兴，因为有大片浮游生物的地方就有鱼。那只军舰鸟不知飞到哪里去了，海面上空空的，只能看见一些马尾藻和那只吸在船帮上的水母。

对人来说，水母的毒素很厉害，而且发作很快，若是沾上了，人就会像被鞭子抽打一样疼痛。它们是水里最狡猾的生物，老渔夫很想看到它们被大海龟吃掉。海龟大老远的看到它们后，就闭上眼，免得碰到毒素，直接游向它们，然后把它们大口大口吃掉。老渔夫喜欢敏捷的海龟，但是却不怎么看好那些大而笨的龟。

老渔夫又看到了那只军舰鸟，它在前方的天空盘旋着。

"它一定发现鱼了。"老渔夫说。那边并没有飞鱼飞出水面，也没有小鱼儿四处乱窜，只见到一条小金枪鱼在水面露了一面又钻进水里。过了片刻，一条条金枪鱼从水面向着四面八方跳出来。

"这只鸟真是帮了我的大忙!"老渔夫说。

就在这时,船尾那根渔线往下沉去,老渔夫赶紧放下船桨,伸手攥住渔线,用力地往上拉。等鱼快要出水面时,他猛地往身后一甩渔线,那条鱼便从水面飞到船舱里。

"好一条长鳍金枪鱼,约摸有十磅重,用它来当诱饵钓大鱼倒是不错。"老渔夫自言自语道。

老渔夫也不知道自己什么时候开始这样自言自语的,以前,他一个人待着时,常常唱歌解闷。可能是从曼诺林离开他以后,他就开始这样自言自语了。

"如果有人听到我这样自言自语,一定会以为我疯了。实际上,我并没有疯,"老渔夫说,"我管他们干什么。"

老渔夫回头看了一下,海岸的那条绿色的线绳已经消失了,能看到的只有远处的白云。

老渔夫又回过头来,盯着那几根渔线。突然,有一根绿色鱼竿沉了下去。

"有了,有了。"老渔夫喊道。

说着话,他迅速收起船桨,稳稳地攥住那根渔线。他试探性地拉了一下,感觉不轻不重。他知道这是什么情况,就在水下一百英寻的地方,有一条大马林鱼正在吃着鱼饵。老渔夫把渔线从鱼竿上解下,用手控制着渔线的收放,让那条鱼不会感到拉力。

老渔夫想:这个地方离海岸那么远,时间又是这个月份,那条鱼的块头一定不小。大鱼啊,你一定要多吃点儿,这么新鲜的美味,你在六百英尺的深海里是遇不到的,放开吃吧。

"吃吧,尝尝这鱼饵,多么鲜美啊,"老渔夫说,"换个方向,再吃些吧,不要拘束,放开吃吧。"

老渔夫感到渔线被轻轻地拉了一下,接着又是一阵猛拉,老渔夫赶快往下放渔线。老渔夫高兴起来了,凭他的经验,这将是一条很大的鱼。

"它已经把鱼饵吞进嘴里,正带着渔线游着呢,"老渔夫说,"真是一条好鱼啊!"

老渔夫一边往下放着渔线,一边腾出左手,把这根渔线的备用渔线绑到另外两卷备用渔线上。

老渔夫默念着:吃吧,大鱼,让鱼钩直接扎进你的心脏,扎死你,然后你乖乖地浮出水面,让我给你一鱼叉。你吃够了吧,时间已经到了。

"上来!"老渔夫大喊一声,使出全身力气,猛拉渔线。然而,没有拉动,一寸也没有拉动,那条鱼还像之前那样游着。

"要是曼诺林在这里就好了。如今,我竟然像一根固定在床上的柱子一样,被大鱼拖着前行,"老渔夫说,"如果我把渔线绑到船帮上,它一定会把渔线给拉断的。我还得自己拉着它,该放渔线时还得放。感谢老天,它没有往海底游。"

但是,如果这家伙真的往海底游,我该怎么应对?如果这家伙死在了海底,我该怎么应对?这些问题暂时还是别想了,眼前要做的事还多着呢。

老渔夫用力拉着扎进它身体的渔线,观察着它游走的方向。老渔夫想,这样一直拉着它,它早晚会垮掉的。

然而四个小时过去了,大鱼仍然拖着小船向前游去,老渔夫依然用力攥着那根渔线。

"中午的时候,我就钓上它了,但到现在我还没有和它照过面儿呢。"老渔夫说。

他喝了口水,背靠到船头歇息。这时候,他已经看不到陆地的影子了。

太阳渐渐落了下去,天气凉快了下来,老渔夫身上的汗都干了。他观察了一下天上的星星,又看了看大鱼游行的方向,他发现大鱼还是沿着原来的路线游着。他披上一条麻袋,并小心地把麻袋塞到肩上的渔线下,这样就舒服多了。

老渔夫想:如果它老这样游下去,我对它一点儿办法也没有,它也对我没有一点儿办法。

后来,他站起来撒了泡尿,然后跟星象核对了一下方向,他是顺着海流朝东边行着。这时候,鱼放慢了速度,船也跟着放慢了速度。老渔夫又想起了曼诺林,自言自语着:"要是曼诺林在这里就好了,他可以帮我一把,我也可以让他见识一下这情况。"

半夜的时候,他迷迷糊糊地听到两条海豚在他身边嬉戏着,他可以根据喷水声分辨出哪条是雄的,哪条是雌的。

接着,他觉得这条大鱼有些可怜。老渔夫想:我这一辈子还从没有见识过这么强大的鱼,也没有见过这么特殊的鱼。它完全可以跳出水面,猛冲向我,把我打倒,但是它没有,可能是它自以为机灵,不想就这么结束这件事,也可能它经过好多次这样的情况,它知道该如何应付。看来,它不知道船上只有我一个人,还是个老人。它究竟会有多大呢?从它吞食鱼饵和拽着渔线的方式来看,它应该是一条雄鱼。

老渔夫想起上次钓上大马林鱼的事儿。那次上钩的是一条雌鱼,他和曼诺林把雌鱼钓上来后,那条雄鱼一直围着雌鱼转悠。看到这个,他们竟然有些伤心。

"要是诺曼林在身边就好了。"老渔夫说。

还是想眼前这条大鱼吧,老渔夫想。既然我把它骗上了钩,我和它就必须做出选择。它的选择是继续在海水里游着,躲开水面上的所有圈套。那么,我的选择就是跟着它到没有人去过的地方,我要奉陪到底。不过,我得记住,等天亮了,我得吃掉那条金枪鱼。

天快要亮的时候老渔夫身后的一条鱼钩钓上了什么东西,那根鱼竿啪的一下就折了。老渔夫把牵着大鱼的那条渔线挂到左肩上,身体移向那根折了的鱼竿,用刀子割断了渔线,然后又把那条备用渔线绑到牵着大鱼的备用渔线上。

天亮后,老渔夫想了一下,把另外两根渔线也给割断了,他不想有别的鱼来分散自己的注意力,他现在要一心对付这条上钩的大马林鱼。

• 精读名著 •

　　正当他用左肩承受着大鱼的拉力时,大鱼突然动了一下,直接把他摔倒在地。他脸朝下撞到了船沿上,眼睛下方给碰破了,血顺着面颊往下流。不过,伤口很快就凝固了。
　　老渔夫重新把渔线固定在肩膀上,然后把手伸进水里,测了一下船速。他不知道大鱼为什么要突然动一下。
　　"大鱼啊,我会跟你奉陪到底的。"老渔夫说。老渔夫想:我觉得,它也会跟我奉陪到底的。它能坚持多长时间,我就能坚持多长时间。
　　太阳渐渐升起来了,阳光越来越强烈,老渔夫可以感觉得到,大鱼并没有疲乏。不过,根据渔线与水面的角度来看,它正在往上游着,它也许会跳出水面。
　　"那就让它跳出来吧,我的渔线长得很呢,足够对付它的!"老渔夫说出声来。
　　如果我用点儿力往上拉它,它就会感到疼,然后它就会浮出水面,让它背部的气囊充满空气,这样,它就休想再钻到海底了,老渔夫想。不过我千万不能用力过猛,否则每拉一次,它身上的口子就会变大一次,最终鱼钩会掉下来的。
　　"大鱼啊,我非常喜欢你,我非常敬佩你,"老渔夫说,"但是,我必须杀死你。"
　　一只小鸟从北边飞了过来,落到了紧绷着的渔线上。
　　"小家伙,你几岁了,这是你第一次飞行吗?"老渔夫冲小鸟说,"这渔线很牢固的,你怎么看起来这样疲惫啊?"
　　或许是老鹰在追它们吧,老渔夫想。这话他没有说出来,即使说出来,小鸟也不会知道老鹰会有多么厉害。
　　"小家伙,如果你不嫌弃的话,就住到我家里吧。不过,对不起,现在还不能带你回去,"老渔夫说,"不管怎样,我终于有个朋友了。"
　　就在这时,渔线突然紧了一下,小鸟敏捷地飞走了。
　　原来,大鱼突然歪了一下身子,直接把老渔夫拖到船头,险些掉进海里。他发现自己的手被划破了。

"你感觉到疼痛了吧,大鱼,"老渔夫说,"实话跟你说,我也感觉到了。"

老渔夫站好身子,去找自己的朋友,那只小鸟。但是,它早已经飞走了。

老渔夫重新固定好渔线,慢慢地跪到船边,把手放到海水里浸泡了一会儿,同时测了一下船速。

"那家伙慢下来了。"老渔夫说。

他本想在盐水里多泡一会儿手的,但怕那条鱼再歪一下。他站起来,看了看伤口,虽然只是皮肉伤,但是伤的地方正是最使得上劲的地方。

"现在,我该吃东西了,"老渔夫说,"我可以把那条金枪鱼用鱼钩钩到这边,然后我慢慢享用。"

他把金枪鱼钩到身边,将鱼肉从鱼身上割下来,再把鱼肉切成鱼片,摆在船头木板上。他刚要拿起鱼片往嘴里放,左手突然抽筋了。

"你算是什么手,你就抽筋吧,最好抽成一只鸟爪,"老渔夫说,"不过,这对你什么好处也没有。"

我得赶快把这些鱼片吃掉,这样手才会有力气,老渔夫想。

他拿起一块鱼片,放进嘴里,然后慢慢嚼着。味道倒还是可以,不过要是有点儿酸橙、柠檬或者盐就更好了。

老渔夫想起了水里的那条大鱼,我也想能让它吃点儿东西,它毕竟是我的兄弟。但是,我又必须弄死它,而且要为此而保存我的体力。老渔夫将那整条鱼全部吃掉了。

"左手啊,你现在可以放开渔线了。在你恢复之前,我只能用右手对付大鱼了,"老渔夫说,"上帝帮帮忙,别再让这只手抽筋了,我不知道那条大鱼还会使出什么花样来。"

不过,它现在看起来很安静。我必须考虑周到,要是它跳出水面,我就直接干掉他;要是它一直躲在水下不露面,我也会奉陪到底。

过了一会儿,他的左手还在抽筋。

我最不喜欢抽筋了,这明摆着是要背叛你的身体,老渔夫想,抽筋,在西班牙语里就是丢脸的意思。如果曼诺林在身边,他可以给我按摩一下胳膊。

这时候,老渔夫感觉到渔线那端的拉力变小了,再看看渔线与水面的角度,也变小了。紧接着,渔线开始慢慢上升。

"它要出来了,左手,赶快给我恢复。"老渔夫说。

小船前方的海面开始涨起来了,大鱼露出水面了。那条路在阳光照耀下,亮闪闪的,头部和背部是深紫色的,身体两侧有淡紫色的条纹,它的嘴巴有棒球棒那么长,从根部到前端越来越细,好像一把剑。它在水面露了一下,又钻了下去,这时,老渔夫看到了它那镰刀一样的尾巴。

"这家伙比我的小船还要长上两英尺。"老渔夫惊叹道。

老渔夫一辈子见过很多大鱼,但是这样的,他不但没见过,就是听也没听说过。老渔夫想,这么一条大鱼,我一定要干掉它。虽然我现在是一个人,远离海岸,还有一只手抽着筋,但是,没关系的,我的手很快就会恢复的。如果它露出水面是想让我见识一下它的块头,那么我也会让它见识一下我是一个什么样的人。

到中午的时候,老渔夫的左手恢复了。

"大鱼啊,对你来说,这可是个坏消息,"老渔夫说,"虽然我不信什么教,但是如果我能够抓住这条鱼,我就念上十遍《天主经》,十遍《圣母经》,我就到科夫莱的圣母殿去朝拜。"随后,他念了几句祷文。

"不管那条鱼多么厉害,我都会把它干掉,"老渔夫说。"我跟诺曼林说过,我不是一般的老头。现在我要证明我自己。"

老渔夫已经证明过自己好多次了,眼下,不过是再证明一次。但对他来说,每一次都是新的开始。

下午,有一次,渔线又升了起来。但是,它并没有浮出水面,而是在稍微浅一些的海里继续前行。这时候,太阳在老渔夫左边,他发现大鱼转向了,向东北方向游着。

太阳将要落下,夜晚即将来临。老渔夫感到十分疲惫,为了给自己鼓劲,他努力使自己想别的事情。今天是棒球联赛的第二个比赛日,底特律老虎队正在挑战纽约洋基队,老渔夫想。虽然我不知道结果,但我感觉洋基队一定会赢。

太阳落下去后,老渔夫回想起自己年轻时获得掰手腕冠军的那些事情,他想从这里找到信心。那时候,他跟码头上一个黑人大个子比赛,那人号称是码头上力气最大的人。经过了一天一夜,他最终取得胜利。从那以后,人们都叫他冠军圣地亚哥。从掰手腕比赛中,老渔夫明白一个道理,只要一心想着要做到,你就能打败任何敌人。

夜幕刚刚降临的时候,老渔夫在一大片马尾藻的地方钓到一条鲯鳅,正好可以留作今夜和明天的食物。

老渔夫在海水里洗了洗手,同时测了一下船速,船明显慢了下来。

老渔夫背上被渔线勒得越来越痛,他感觉自己都要忍受不下去了,好像进入了一种令人不安的麻木状态。但是,我不怕,我遇到过的事情有比这还要糟糕的呢,老渔夫想。现在,我的右手只是受了皮外伤,我的左手也不再抽筋了,我的两条腿还都用得上劲,还有,我眼下的食物也很充足。

不过,这条鱼就有点儿悲惨了,它已经好长时间没有进食了。但是怜悯归怜悯,我杀死你的决心丝毫不会因为这个而减弱,老渔夫想。

如果把它杀了,有多少人能吃上它的肉呢?但是,那些人都不配吃它的肉。从它的行为举止和尊严上来说,谁也没有资格去吃它。

我该休息一会儿了,老渔夫想。暂时让那条大鱼去做它想做的事情吧,等到该我出手的时候我再出手。

月亮还没有升起来,老渔夫不知道时间过了多久。

老渔夫并没有睡着,只是稍微休息了一会儿。他现在非常清醒,想尽办法让自己睡觉,可怎么也睡不着。老渔夫对自己说,我不睡觉也可以的。

· 精读名著 ·

老渔夫仿佛处于半睡半醒的迷糊状态,他爬到船艄,剖开那条鲯鳅,吃了些鱼肉。

"鲯鳅生吃真是难吃,"老渔夫说,"以后如果没有盐和酸橙,我是不会出海的。"

这时,东边的夜空出现了大片的云,星星都被埋没了进去。老渔夫知道,三四天之内会变天,不过,眼下这两天还不要紧。

老家伙,趁现在这条鱼稳当的时候,你还是睡上一会儿吧,老渔夫想。

他右手攥住渔线,接着用整个身子压住右手,之后又用左手攥住渔线。就这样,老渔夫慢慢入睡了。

他又做了梦,梦里起初没有狮子,倒是有一大群海豚在水里嬉戏着。随后,他又看到了海滩,又看到了狮子,老渔夫很高兴,先是一只,接着是一群。

这时候,月亮已经挂到半空,老渔夫并没有醒来。

突然,猛地一下,老渔夫的右拳打向脸部,接着,渔线从他右手火辣辣地往外滑去。他一下子清醒过来,赶紧用左手去拉渔线,然后整个身体往后仰。

大鱼跳出水面了,它划破水面跳了出来,又落到水面,潜了下去。接着,它又连续跳了好几次。

我们等待的事情终于发生了,让我们一起来对付它吧,让大鱼为它做出的一切付出代价吧,老渔夫想。

要是曼诺林在这里就好了,要是曼诺林在这里就好了。

渔线还在不停地往外滑着,不过速度慢了下来,大鱼每往前游一寸,都要付出惨重的代价。

"表现得不错,你这不争气的东西,"老渔夫对他的左手说,"但是,有一段时间,你竟然没有帮我。"

老渔夫想,我自己生下来时为什么没有长两只好手呢?或许是我没有调教好这只手吧。

老渔夫突然感觉头有点儿晕,他便拿起生鱼肉放进嘴里,慢慢地嚼起来。对他来说,鱼肉是最有营养的东西,可以给他力量。

打出海以来,太阳第三次升起来了,这个时候,大鱼开始转圈了。通过渔线与水面的角度,老渔夫看出大鱼在转着很大的一个圈子。

我得用力拉紧渔线,这样它转的圈子就会越来越小,有可能一个小时后,我就能看到它,我一定要稳住,老渔夫想。

两个小时过后,老渔夫浑身被汗浸湿,骨子里都感到了疲惫。不过,根据渔线与水面的角度,可以看出圈子小了不少,而且大鱼正在往上游。

一个小时后,老渔夫开始晕眩。老渔夫自言自语道:"我一定要坚持下去,不能就这样被一条鱼整死。"说着话,他把左手伸进水里,往头上泼了些海水。

"我一定要坚持下去,必须坚持下去,它很快就要浮出水面了,"老渔夫说,"只要它再转上三圈,我就能干掉它。"

大鱼转到第三圈的时候,老渔夫果真看到了它。他先看到的是一团黑乎乎的身影,好长时间后,它才从小船底下穿过,它的长度让他难以置信。"怎么可能?怎么可能这么大!"老渔夫惊叹道。

每当大鱼转圈子转到船边时,老渔夫就用力往回拉一段渔线,他确信大鱼再转两圈后,就能找准机会用鱼叉插它。

但是,我得把它拉到很近,很近,直接拉到我眼下,老渔夫想。我得一下扎进它的心脏,万万不可扎进它的头部。

一圈过后,大鱼的背鳍已经露出水面,但是离小船有些远。又一圈过后,还是有些远。又一圈后,它靠得足够近了,他用力一拉,差点儿把他拉过来。但是,它摆了一下身子,又溜走了。

"大鱼啊,你已经死定了,难道你还想把我也连累了?"老渔夫说。

我要被你害死了,大鱼,老渔夫想。我知道你有这个权利,我这一辈子都没有遇到过你这样巨大、美丽、高尚而又富有智慧的东西。那么,你就来吧,来杀死我,死在谁手里都一样。

你现在有些糊涂了,你可不能这样想,老渔夫默念着。你头脑一定要清醒,你一定要像个男子汉,学会承受痛苦,像这条鱼一样也行。

大鱼又一次靠近了,老渔夫抓住这个机会,忍着所有痛苦,使出全身残余的力气和消失已久的高傲,用来对付大鱼的挣脱。

终于,大鱼被拉了过来,它长剑般的嘴巴几乎要触到船边。老渔夫迅速放下渔线,用脚踩住,高高地举起鱼叉,使出浑身力气,猛地插向鱼的心脏。

鱼叉扎进了大鱼的心脏,大鱼马上挣扎起来,从水中高高跃起,然后砰的一声拍到水面上,水花溅了老人一身。

老人又头晕起来,眼睛看不清东西。过了一会儿,他又恢复了视力,他看到那条大鱼躺在水面上,银白色的肚皮朝着天,海水被血染成了红色,起初是一小片,接着像云朵一样扩散开来。

"我这个老人已经疲惫不堪,但是我干掉了这条大鱼,干掉了我的兄弟。不过现在我该干活儿了。"老渔夫说。

由于船舱太小,盛不下大鱼,老渔夫便把大鱼拖到船边,用绳子穿透鱼鳃,然后把鱼头绑到船边。接着,他又用绳子分别将鱼身、鱼尾紧紧绑在船舱的木板上和船艄上。

收拾完毕,老渔夫撑起桅杆,扬起帆,向西南方驶去。

船行驶得很好,老渔夫怕自己糊涂,把手浸泡在凉海水里,努力使头脑保持清醒。

没过多长时间,有一条鲨鱼游了过来。鲨鱼是闻到血的味道来的,当暗红的血扩散到深海时,它就从海底游上来了。这是一条大灰鲸鲨,体格强大,速度迅猛。

老渔夫大老远就看到它那蓝色的背鳍了,他早准备好了鱼叉,等着它游过来。他现在脑袋还是比较清醒的,他想,我无法停止它对我的袭击,但是,我有可能干掉它的。

鲨鱼靠近了大鱼,老渔夫清清楚楚地听到了它撕咬鱼肉的声音。他抓住机会,高举鱼叉猛地朝鲨鱼头部插去。随后,鲨鱼翻了两下身子,在海面漂浮了片刻,便沉到水里了。

这家伙竟然咬了四十磅左右的鱼肉,老渔夫默念着。我的鱼叉,还有那条绳子,都被它带走了。这条大鱼又开始流血了,过不了多久,更多的鲨鱼会游来的。

果然不出所料,两个小时后,又有两条鲨鱼在靠近小船。老渔夫不禁喊了一声,像是突然被钉子打穿了双手。

老渔夫举起绑着刀子的船桨,等待着鲨鱼的靠近。第一条鲨鱼咬到大鱼时,他用船桨上的刀子朝鲨鱼脑袋刺去,然后猛地拔出来,又刺向鲨鱼的眼睛。那条鲨鱼很快就死去了。这时候,另外一条鲨鱼已经在咬大鱼,他又举起船桨,朝它头部刺去,连刺几次后,终于刺进了它的脑子。它感到了疼痛,松开咬着的大鱼,溜走了。

"它们差不多吃掉了大鱼的一小半,"老渔夫说,"鱼啊,对不起,我不应该到这么深的海里来的,这对你对我都不利。"

这大鱼能让一个人吃一冬天,老渔夫想。还是别想这个了,什么也别想了,时刻准备迎战下一条鲨鱼吧。我真希望这只是一场梦,但结果是好是坏,谁也不知道。

很快,又一条鲨鱼来了。老渔夫先让它咬上大鱼,然后举起绑着刀子的船桨,朝它头部插去。不料,那条鲨鱼猛一转身,折断了刀刃。随后,它带着刀刃沉进了水下。

太阳降落的时候,又有两条鲨鱼游过来了,老渔夫看到两篇并排的背鳍从远处划着水面过来。等它们靠近后,老渔夫举起船桨朝其中一个身上打去,但是它还是衔着大鱼不放,他举起船桨又是一打。那条鲨鱼朝他看看,撕下了一块肉,溜走了。接着,老渔夫用同样的方法赶走了另外一条鲨鱼。

它们再也没有回来。这时候,那条大鱼的半个身子都不见了。

天渐渐黑了,约莫夜里十点钟的时候,老渔夫看到了远处天空中城市灯光的灯晕。终于要到家了,他想。但是,它们很可能再来袭击这条大鱼,到时候我怎么对付它们呢?

午夜时分，果真来了一大群鲨鱼，它们朝着大鱼一拥而上。老渔夫看不清哪里是鲨鱼头，只是乱挥着船桨，拼命地朝水面打去，直到船桨被什么东西攫进水里。之后，他又扭下来舵，抡起舵，一次又一次朝水面打去。

等最后一条鲨鱼被赶走后，老渔夫已经累得直不起腰了，那条大鱼也只剩下鱼骨架了。

老渔夫知道，自己已经被打败了，而且是无法挽回的失败。他自言自语道："什么也没有剩下，都是因为我出海太深了。"

小船靠岸时，露台饭店黑乎乎的一片。这个时候，人们都上床睡觉了。

老渔夫收拾好打渔的物件，回到自己的棚屋。他喝了口水，就躺下睡觉了。

天亮后，渔夫们围着那条绑在小船边的鱼骨议论纷纷。

"它从头到尾一共是十八英尺长。"一个渔夫丈量了一下鱼骨。

下午的时候，一个游客在海滩上看到了那条鱼骨，由衷地赞叹道："我从没见过鲨鱼有这样美丽的尾巴。"

这时候，在海边的棚屋里，老渔夫醒了一次又睡着了。曼诺林守在那里，老渔夫又梦到了狮子。

洛 丽 塔

弗拉基米尔·纳博科夫(1899—1977),20世纪美国著名小说家,被誉为"当代小说之王",代表作有《洛丽塔》《普宁》《微暗的火》。

《洛丽塔》是作者流传最广的作品,却曾被列为世界十大禁书之一,后又被改编为电影。小说通过主人公亨伯特的自白来讲述一个中年男子与一个未成年少女,一位父亲与其继女之间的恋爱故事。

对我来说,洛丽塔就是生命之光,欲念之火,就是罪恶之源,灵魂所在。早上,她穿着丝袜,只有四英尺十英寸高的洛,她是穿着松垮裤子的洛拉;到学校,她是多莉;写名字时,她是多洛雷斯;在我怀抱里时,她是洛丽塔。

1901年,我出生在法国巴黎。我的父亲是具有法国和奥地利血统的混血儿,他是瑞典人。我的母亲在我三岁时遭遇雷电意外身亡,我对她没有任何印象。母亲去世后,我的父亲又娶了一位英国姑娘。

童年的时候,我的姨妈西比尔教我读书写字,我在一个快乐的环境中成长为健康而又幸福的孩子。后来,我到几英里外的一所英国学校上学,在那里我学习很好,和老师、同学的关系也不错。

在我遇到我的恋人安娜贝尔之前,我只和一个美国男孩谈论过性的话题。之后,我从学校图书馆偷来一本《人体艺术》的彩色杂志,我从那些照片中获得了某些快感。后来,我的父亲在轻松愉快的氛围中给我讲解了性的知识。

我的恋人安娜贝尔是英国和荷兰血统的混血儿,她只比我小几个月,至于她的相貌,在我遇到我的洛丽塔后,我的脑海里只有模糊的印象。

我们的相爱是很突然的,而且是那种很疯狂、不顾一切的相爱,那种感觉仿佛只有我们把彼此的灵魂和肉体全部融合在一起才能消除。但是,我们不能像贫民窟的那些小恋人那样,很容易找到亲密的机会。我们在一起的那段日子,唯一没有受人干扰的约会是在海滩那次。我们避开大人们,躺倒沙滩上,遮遮掩掩地抚摸着对方,甚至轻轻地吻一下对方的嘴唇。

后来有一次,就在安娜贝尔因患斑疹伤寒而死去的四个月前,我们两个找了个借口,离开大人们待着的饭店,跑到空当的海滩上。我们躲到一堆石头后,疯狂地亲热起来,唯一看到这个过程的是旁边的一副太阳镜。然而,正当我们要彼此占有对方时,两个人走了过来。

安娜贝尔的突然离去,对我来说,像是噩梦一样。我们的灵魂和肉体已经融在一起,她中有我,我中有她,而这些是如今这些粗俗、平庸的年轻人体会不到的。她死后好长时间,我都能感受到她的思想。

在我忘记安娜贝尔之前,我想把我们之间第一次不成功的约会写下来。那天晚上,她和家人撒了个谎,悄悄地跑到屋后的含羞草丛中,我们就在这里约会。我迫不及待地亲吻她的嘴唇和耳朵,她身体有了反应,颤抖起来。我看到她的双腿并没有合紧,便伸手摸到她的敏感部位,她的脸上露出又快乐又痛苦的表情。她主动凑过来吻我的嘴唇,以缓解心中那种热恋的苦楚。突然,附近草丛中传来声响,我们迅速分开,看到一只野猫跑了过来。这时,她母亲唤起了她的名字。

我不断地回忆那些痛苦的经历,不断地追问自己,安娜贝尔的离去是不是已经预示着我另一种生活的开始,还是说,我天生就有恋童癖,而那正是我这种癖好的最早体现。但是,不管怎么说,有一点是肯定的,我喜欢洛丽塔始于安娜贝尔。

我的青年时代,对我来说,就像是许多反复出现的、平淡的纸屑,一阵风吹来,纸屑就全部飞走了。我先在伦敦和巴黎读了大学,后来找了一些讲师工作。我偶尔也会到孤儿院和少管所,在那里,我看到那些处于发育期的女孩,想起了我的那个女孩。

我想在这里提出我个人的一个看法。有些处于九岁到十四岁之间的少女,在那些比她们岁数长两倍甚至几倍的参观者眼里,显现出了他们精灵般的诱惑。在我看来,她们可以被称作"少女精灵"。

有时候,我会疑问:那些少女精灵以后会变成什么样呢? 我偷偷占有了她,而她并不知晓。这样的话,我是否会影响她今后的成长呢? 我把她的形象强加到我的肉体享乐当中,会改变她以后的命运吗?

后来,我见识了那些少女精灵们长大后的样子。她们大多数都已经失去了那种精灵般的诱惑。有一次,我从一本黄色杂志上看到一个小广告,按照上面的地址找到爱迪特小姐。她递给我一本相册,让我从中挑选自己看上的姑娘。我对她说,我要找个女孩,她问了我出价多少后,给我介绍了一位老鸨。她把我带到她的住处,里面有一位身材走形、长相平凡的十五岁的女孩,我一看就感到厌恶。当我准备离开时,里屋出来两个男人,威胁我出钱。他们人多势众,我只好乖乖递上一张钞票。

之后不久,我开始张罗着结婚,免得自己再陷进陷阱。父亲留给我一笔财产,我自身又是那么英俊,完全可以自信满满地找一位妻子。深思熟虑之后,我找到了一位波兰医生的女儿瓦莱利亚。

在找对象之前,我曾经告诉自己,要找一个可以宽慰我的人,她可以给我提供一盆美味的蔬菜牛肉汤,可以给我提供一个活力四射的女性阴部。然而,事实上,我选择瓦莱利亚的原因,是她模仿小女孩的习惯。

我们的婚姻持续了五年,到 1939 年的夏天,我在美国的舅舅去世,将几千美元的家产遗留给我,但是要想得到那笔钱,我得成为美国公民。这时候,我的妻子瓦莱利亚告诉我她已经和另外一个男人好上了,我不能容忍这种事情,当即和她离婚了。

·精读名著·

　　后来,我得了肺炎,到葡萄牙休养了一段时间。第二年春天,我才移居美国,住到纽约。三年后,我的健康便出了问题,不得不住院疗养一段时间。

　　出院以后,经一个远亲的介绍,我住到了寡妇夏洛特·黑兹太太家中。她大概有二十五六岁,相貌平平。到她家后,她先把我领进我的房间,接着带我熟悉了一下屋里的环境。我有些不情愿地跟着黑兹太太看了浴室,看了厨房,看了餐厅。当我们走出餐厅时,我在没有任何思想准备的情况下看到了我的洛丽塔,她跪在一块阳光沐浴的草地上,半裸着身子,慢慢转过身来。我看到了和安娜贝尔一样的女孩,一样娇弱的黄色肩膀,一样光滑柔嫩的脊背,一样漂亮柔顺的栗色头发。她胸部穿着黑丝花纹的短衣,我看不到那小小的乳房,但是我依稀记得有一天我曾经亲手抚摸过那对乳房。

　　我看到她的那种激动之情,简直无法用语言来形容。当我以一个成年人的形体从她身旁走过时,她那美丽无比的姿色全部被我空虚的灵魂吸收了进去,我随后又将她与我的安娜贝尔进行比较。片刻过后,在我心里,她们两个成为了一个人,成了我的洛丽塔。

　　之后的两个星期,我密切关注着多洛雷斯,并用日记记录下了她每天做的事情,记录下了我欲求不能的愁闷。有一天晚上,我们坐在屋檐下,我给洛丽塔和黑兹太太讲我的历险故事,我一边讲着,一边在黑暗中做手势,并趁机去抚摸洛丽塔的小手、肩膀,后来直接顺着她的脖子去抚摸她的大腿。有一天晚上,我故意半开着房门,伏案写作,洛果真进来了,她站到桌前看我写的东西,我趁势搂住她,她慢慢地靠到我膝盖上,我一低头就能亲吻到她的脖子或者嘴巴,这时,我听到黑兹太太回来了。

　　那段时间,我根本无法专心做我的学术研究,洛常常在我身边晃来晃去,让我心慌意乱的。晚上,我还得服用安眠药才能入睡。

　　六月的一个星期天上午,黑兹太太外出有事,房间里只剩下我和洛。当时,我正坐在沙发上看杂志,她穿着一件连衣裙坐到我身边,手里拿着一个苹果。她把苹果扔起来,想让它再落到手里,她没想到我伸手先抓到了苹果。我把苹果递给她,她拿过去就大咬一口,而且同时抢走了我手中的杂志。她翻了一会儿,翻到一幅人体艺术画,拿给我看。我一把抓过来,她趁势扑到我身上,想要夺回杂志,我直接握住她的手腕。接着,我做了一些分散她注意力的事情,让她四肢伸展开来。我抚摸着她的双腿,让我的欲望得到满足。接着,我的意识进入一个虚幻的世界,那里只有快乐。

然而,我做的这一切,那个孩子一点儿不知道,在她眼里,我什么都没有做。我并没有伤害她,我占有的也不是她,而是我自己创造出来的另一个洛丽塔。如果把她比作电影里的一个真实的人,那我就是一个躲在暗处手淫的驼背老人。

那天中午,洛丽塔去亲戚家吃饭,到了晚上还没有回家。吃晚饭时,黑兹太太告诉我,洛丽塔下周四要去参加夏令营,一直到开学才回来。当时,我很失望,那将意味着我刚占有我的洛丽塔就要和她分离。

那个星期四,洛丽塔不情愿地被她母亲黑兹太太送到夏令营营地去了。我走进洛的房间,抚摸着洛的衣服,内心涌起一阵骚动。这时,女佣在叫我,我赶紧走了出来。

原来,女佣有封信给我。那是一封夏洛特·黑兹太太写给我的情书,她在信中说对我一见钟情,对我仰慕已久,并向我求婚。看完信后,我第一个想法是逃避,紧接着又想应该镇静下来,好好考虑一下这件事。

接下来,我要说出我的最终打算:和那个我没有正眼看过的寡妇夏洛特·黑兹结婚,但是目的却是为了和她的孩子,我的洛丽塔在一起。

很快,我们两个,一个寡妇和一个鳏夫举行了一场很简单的婚礼。就这样,我的洛丽塔成为了与我没有血缘关系的女儿。

我不得不承认,夏洛特是个很有教养的人,她对我很温柔、很体贴。但是,她对我的占有欲很强,她很想知道我过去有过哪些情人,想知道我和瓦莱利亚的婚姻,并试图让我侮辱她们,否定她们,从而全盘否定我过去的生活。

夏洛特很少提起我的洛丽塔,她甚至有些恨我的洛丽塔。她想着要生一个孩子,让她夭折的那个男孩的灵魂重新回来,我则想着,等她预产期到了,我可以单独跟我的洛丽塔待在一起,而且可以让洛丽塔吃上几片安眠药。

在我们住处几英里外的一个树林里,有一个小湖,我们夫妻俩常常到那里散步。

七月的一天晚上,我正在看书,夏洛特走进房间,走到我身边说女佣已经走了,我们该上床亲热了。昨天和前天晚上,我们都上床了,我便假装睡着了。

第二天早上,她走到我的书桌前,对我说:

"我有件事想问你,你为什么要锁起来这些东西?"

"别管他了。"我说。

"你那里有钥匙吧?"

"嗯,钥匙我放起来了。"

她用一种怀疑的眼光看了我一眼。

中午时,夏洛特的亲戚送来一封信,说洛丽塔今年错过了入学报到,只能明年一月份再入学。这对我来说,是一个好消息。现在,我已经掌握一种方法,可以让夏洛特和洛丽塔两人都进入梦乡,而且不会被任何动静惊醒。这个七月里,我已经在夏洛特身上试验出一种可以让她熟睡四个小时的安眠药。

一天,当我回到家时,一推门便看到夏洛特坐在桌子旁写信,她身子背对着我,我上前亲切地叫了声"亲爱的",她转过身来,激动地对我喊道:

"那个老黑兹不会再让你欺骗了,她什么都知道了。"

说着话,她大哭起来。

"你个大骗子,你要是敢靠近我一步,我就喊人,"夏洛特说,"请你马上离开!"

我刚想搭话,她打断了我。

"今天晚上我就离开这里,这里所有的东西都给你,不过,你以后再也别想见到那个小东西。现在,请你滚出去!"

我走了出去,回到我的卧室,看到我的书桌上的锁子已经被打开了,我的那本日记就放在夏洛特的枕头上。原来如此,我知道怎么回事了,她一定是看到了我对洛丽塔的感情自白。

我又走到客厅,冲着房间里的夏洛特说:

"你这样做,会断送你我的生活。你看到的那些东西不过是我小说里的一部分,而你们的名字只是我偶然加到里面的。冷静一下,我给你倒杯酒。"

我走到厨房,拿了瓶酒,然后又回到客厅,刚倒上一杯酒,电话响了。

"是亨伯特先生吗?您太太出车祸了,就在我这边,你赶快过来吧!"赖斯利说。

我还以为他在开玩笑,因为我太太正在客厅里呢。但是我推开房门一看,里面竟然没人。我意识到事情的严重性,跑了出去。在离我们房子不远处的陡坡路段,人行道上盖着一条毛毯,底下正是夏洛特沾满鲜血的尸体。

夏洛特的葬礼很平淡,和我们当初结婚时一样简单。我并没有马上把这个消息告诉洛丽塔,因为我有我的计划。

在各位看来,我和洛丽塔在一起的所有障碍都被清除了,我眼下的形势一片大好。然而,我并没有因此而轻松、愉快,我开始担忧自己会受到道德的谴责。就拿夏洛特的葬礼来说,我没有让洛丽塔回来送别她的母亲,人们会不会猜到什么。

我制订好了我的计划:先开车到夏令营基地,对洛丽塔说她母亲夏洛特患病要动大手术,然后我和我的洛丽塔去游玩,而夏洛特病情虽见好转,但还是死去了。但是走到路上,我又觉得有些不妥,觉得还是先打个电话看看那边情况如何。那边基地负责人说洛丽塔出去登山了,要晚上才能回来。我让那位负责人转告洛丽塔,说她母亲住院,明天下午我将去接她。

随后,我开车到市里的商业中心,花了一下午时间,给我的洛丽塔买了各种衣物。

第二天下午我接回了洛丽塔,并对她说她母亲生病住院,但并不是很严重。

晚上,我们住进了一家旅馆。到大厅里,我用充满罪恶的手在登记簿上写下:埃德加·亨·亨伯特博士和女儿。

服务生走后,洛丽塔问我:

"我们都睡在这里吗?"

"是的,不过我让他们搬来一张小床,你睡到那里就行。"

"不可以的,要是我妈妈知道了,她会掐死我,还会跟你离婚。"洛说。

"亲爱的,听我说。我是你的爸爸,我要对你的安全负责。再说,我们并不富裕,今晚就将就一下吧。不过两个人住在一起,难免会——"

"那叫乱伦。"洛丽塔说。说完话,她就走进浴室。

晚上吃饭的时候,我拿出一瓶装着紫色药丸的药瓶,看到周围进餐的人都已经离开,我打开瓶盖,倒出一颗药,然后假装吃下一颗。和我想象的一样,洛丽塔直接夺走了我的药瓶。

"浅紫色的,有点儿发蓝,"洛问道,"这是什么?"

"这是爸爸的药丸,补充维生素的,可以增强体质,你要不要来一颗?"我说。

洛丽塔点点头,从里面拿出一颗吃下了。

药丸很快就起效了,洛丽塔一边给我讲着夏令营的事情,一边不停地打着哈欠。等我们走回房间时,洛的身子已经疲软了。她躺倒床上,很快就睡着了。

我拿好钥匙,走出了房间。

我在旅店打听转悠了一会儿,随后走了出去,站到旅店门口的台阶上。突然,旁边黑暗处有个人说话了。

"那个小女孩是谁,你从哪儿搞来的?"

"她是我女儿。"我说。

"你说的是假话,她不是你女儿。"

"不好意思,你刚才说什么?"我假装没听清。

"我说,怎么不见她的母亲。"

"去世了。"我答道。

"对不起。我喝多了,你的女儿看起来很困,她需要好好休息一下。"

我走回旅馆,站到我们的三四二房间门口,把钥匙插进锁孔。

到现在,唯一让我后悔的就是,那天晚上,我没有把三四二房间的钥匙放到大厅,然后离开那个地方。

当我回到房间时,洛丽塔已经睡着了,她穿着一件睡衣,侧躺在床中间。我迅速换上睡衣,走到床边,这时候,洛丽塔醒了,回头看了一下我。

广告上说这种药丸可以让人很快入睡,即使旁边一大群人,也吵不醒吃了药的人。但是,在我这里,服过药的洛丽塔却睁着眼睛看着我。那个卖药的大夫竟然是个大骗子,我感觉到即使这药在后半夜起了作用,依旧不太可靠。

洛丽塔看到是我,又接着睡了。我躺到床边,在微弱的光线中,看着她裸露在外的大腿和肩膀上性感的肌肤。过了一会儿,我试图靠近她,但是根据她呼吸的减弱感觉到她并没有睡着,如果我挨近她,她一定会大叫起来。

过了好长时间,洛丽塔睡熟了,但是我还是不敢采取进一步行动。我决定明天到汽车里把那些曾让夏洛特完全失去知觉的药丸拿来,让洛丽塔服下。

那一夜我安安稳稳地躺在洛丽塔身边,我对自己说,现在不能露出自己的真面目,至少要等到几个月后。然而,第二天早上六点钟时,我敢确定洛丽塔已经清醒,十五分钟后,我们的关系不再是名义上的父女,而是情人。我想说的是,是洛丽塔主动的。

她醒来后,挪到我身边,我装作刚睡醒的样子。她把嘴巴贴到我耳边,对我说句悄悄话。我回答道,我并没有玩过那种游戏。

"你小时候没有做过这种游戏吗?"洛丽塔问我。

"真的没有。"我说。

"那么我来教你。"

接下来发生的事情,我不想多说。在洛丽塔眼里,那种赤裸裸的交欢只是年轻人才有的秘密,与那种成年人为了生儿育女的交配是两码事。

后来,在与洛丽塔的谈话中,我得知,自己并不是她的第一个情人。

在回家的路上,洛丽塔要求我把车停到路边的加油站。她下了车,过了好长时间才回来。她见到我的第一句话是:"给我些硬币,我要给医院打电话,号码是多少?"

我让她上了车,然后对她说:"你妈妈已经死了。"

从那以后,我们踏上了旅途,我们打算游遍整个美国。旅行期间,我们常常住在汽车旅店,那里价格便宜,环境不错,又可以给人独处私通的空间。

对我来说,在这个世界上,没有哪种幸福可以和爱抚一个少女精灵相提并论,那种幸福是无与伦比的。

旅途的最后,我们到了东部。这段漫长的旅途当中,在性欲上,我得到了极大满足,然而我的身体却有些疲惫,精神有些憔悴。相反,洛丽塔身高长了两英寸,体重增了八磅,身体处处散发着健康的气息。虽说是旅行,其实我们并没有看到什么景色,回想起来,我们不过是在这美丽、迷人、梦幻般的国土上留下了一条蜿蜒曲折的黏液痕迹。留在我们记忆里的,也不过是几张折叠地图、一本破烂的旅行指南、不时的争吵、野合,以及洛丽塔在夜晚的哭泣。

现在,我只想找个地方把洛丽塔关起来。我最终选择了比尔兹利女子学校,这所学校给学生提供午餐,还有一座大型体育馆。

当我住到比尔兹利后,一切进展顺利,不过,我渐渐发现,我自己成为了洛丽塔的奴隶。当人的活动空间缩小后,他的性欲、烦恼会增强,洛丽塔就是抓住了这一点来制服我的。但是,我并不是一台全自动的、只会吐出钱币的傻瓜机器,当我受到性欲的折磨时,就会自动吐出一毛、两毛五分,甚至一块钱的硬币,在我的性欲满足后,我可以掰开她的小手,要回那些硬币。

我担心洛丽塔和男孩子混在一起,特地为她制定了一份清单,上面写着绝对禁止事项和基本允许事项,绝对禁止的事情有单独与男生约会和集体的狂欢寻乐。

一个星期五下午,洛丽塔没有去学钢琴,而是躲在厨房里看剧本。当我问起她时,她竟然镇定地说,她知道自己是个不听话的孩子,没有抵挡得住演戏的诱惑,所以才把学钢琴的时间用在了排练话剧上。随后,我打电话和她的同学确认了此事。我走到楼下时,情绪有些激动。这个时候,洛丽塔正无精打采地坐在椅子上,我突然发现,和两年前相比,她的身体变化很大,如今她身上的那种稚气、那种清纯已经被俗气、成熟所取代。看着看着,我突然想起了好几年前的那个十五岁的妓女。

"多洛雷斯,以后再也不许这样了。否则我什么事情都能做出来。"我说。

"什么事情都能做出来吗?"洛问。

"少废话,上楼去!"我嚷道,同时把她从椅子上拽起来。随后,我们大吵起来。她说我刚搬到她家时,就想强奸她,还说,是我蓄意杀害了她母亲。听到这些,我更加急了,紧紧攥住她的双手,任她挣扎着。突然,电话响了,她趁机挣脱出去,逃了出去。

原来是被我们吵到的邻居打来的电话。当我挂掉电话时,洛丽塔已经骑着自行车消失在黑暗中。我的汽车正在维修,只好跑步去追洛丽塔,刚跑出几步时,天空下起了雨。

在半英里外的一家小卖部门口,洛丽塔正在电话亭里打电话。她看到我后,向我挥了挥手。

"我做了一个重大决定,我不想待在这个学校,我也不想再演这出戏。我们离开这里吧,"洛丽塔说,"我们再去旅行吧,但是这次你得听我的。"

我点头表示同意。这时候,雨势变大,而且成为了一场激发性欲的雨。

我们冒着雨跑回家里,洛丽塔脱掉被雨淋湿的衣服,靠近我,说:"请你抱我上楼吧,今晚将是浪漫的夜晚。"

第二天,我们向比尔兹利中学请了假,便踏上了新的旅程。这一次,我拿出地图和旅行指南,由我的洛丽塔选择旅行路线。

我们一路向西行进,但是这段路途中,有一辆阿兹特克红色敞篷车一直跟在我们后边。当我在一个小镇下车到商店买太阳镜时,透过商店的窗户,看到那辆车的车主走到洛丽塔身边,接着,两人聊了起来。他们彼此很亲切,像是老早以前就认识一样。那个男人肩宽体壮,年龄和我差不多。

我回到车上,问洛丽塔刚才那个人说了些什么,洛丽塔说那个人迷路了,向她要地图。我觉得事情有些不妙,便故意在路上绕道走了一段时间,甩掉了那辆车。

后来,我们到维斯邮局取信。我不记得我那封信是什么内容了,但是多莉的信是一张成绩单和一封特殊信封的信。我没有经过她的同意就打开了信封,然后仔细看上面的内容。

当我看完信后,发现洛丽塔早已不在身边。我向门口的清洁工打听,他说没见。我以为,这事迟早还是发生了,洛丽塔不会再回来了。

然而,她那天并没有离开我。我独自一个人穿过大街,回到车子里,然后盯着东面的公园看,没过多长时间,她竟然回来了。

洛丽塔说她碰到了一个以前的女朋友,两人一块儿吃了些东西,聊了一会儿天。

当我们到达费尔菲恩斯通时,我们住到一家海斯太太开的汽车旅馆。我打算在这里待两天,然后到加利福尼亚州,再到墨西哥,到迷人的海湾。

晚上的时候,当我有些饥渴地抚摸洛丽塔时,她却哭了起来。原来,我的洛丽塔病了,她的皮肤发烫,我用体温计量了一下,竟然高烧四十度四。我给洛丽塔脱下衣服,本想用亲吻来给她降温,但发现她浑身都在发抖。我打消了做爱的想法,用毛毯裹住她,然后抱到汽车上。海斯太太迅速地给当地的医生打了电话,并给我派了一位领路人。

洛丽塔当晚就住了院,不过医生说病情并不严重,只是流行性感冒,过不了几天,她就又会活蹦乱跳了。

几天后的一个早晨,我打电话给医院时,护士对我说,我的洛丽塔很好,而且已经在昨天下午两点钟办理了出院手续,她舅舅开着一辆黑色凯迪拉克把她接走了。听到这个消息,我的大脑一片空白。我迅速赶到医院,和医生们大吵了一架,但是洛丽塔已经走了。

但是,手枪还在我手里,我可以去追赶那个逃走的人,我可以杀掉我的那个兄弟。

我知道他不是突然出现的,而是一直跟踪了我们六个月。我查遍了我们住过的所有旅店的客户登记信息,没想到那家伙竟然每次都换名字,最终我一无所获。

接下来的三年里,我一直没有得到洛丽塔的消息,这段时间是我人生中的空白,我不想在这里多加叙述。

如果说,在我失去洛丽塔后,我不再对少女产生性欲,那么我就是个骗子,如果有人相信的话,那么他就是白痴。无论用什么来影响我对洛丽塔的爱,我的本性都不会改变。在海滩上,在操场上,我那双色迷迷的眼睛依旧在寻找着少女精灵,依旧在找洛丽塔的替身。不过,我以后再也不会打算跟一个女孩到一处远离喧嚣的地方去过幸福生活了。这一切已经告一段落。但是,两年的纵欲生活让我产生了极大的性欲,我怕自己某一天在放学后的小路上碰到诱惑时,会失去理智。我的灵魂正在被孤独吞噬,我需要别人的照顾和陪伴。

三年后的一天,我收到了洛丽塔的来信,信上说她已经结婚,并且怀上了孩子,急需一笔钱,让我给她寄一张三四百块钱的支票。

我独自一人,按照信上写的地址驱车上路了。

我时隔三年,又见到了洛丽塔。她的个子高了三英寸,耳朵已经变了样,肚子鼓鼓的,露着的小腿和手臂不再是以前那样的棕褐色,汗毛也长出来了,看上去,一副粗俗、邋遢的样子。有些人可能想我会杀了她,我不会的,我心里一直爱着她。

我以洛丽塔父亲的身份看望了他们一家,给了他们一些钱。

洛丽塔告诉我,她是被那个曾经问过她路的那个人拐走的,他叫奎尔地,是一个剧作家。她在十岁时就喜欢上了他,而且他是洛丽塔唯一真正爱过的男人。但是,奎尔地是个变态狂,骗走她后,让她拍色情片,她不肯那么做,便被赶了出来。随后,她过起了流浪生活,并且遇到了她现在的丈夫。

临走前,我对洛丽塔说:

"你肯定,将来的某一天,你不会再回到我身边吗?"

"我肯定,不会,"洛丽塔说,"再见!"

从洛丽塔家回来后,我就开始侦查奎尔地的住址。经过一番努力,我还是找到了那个男人。我先告诉了我的来历,然后开枪打死了他。

这就是我的故事,我的洛丽塔。

·美国文学·

赫 索 格

索尔·贝娄(1915—2005),美国当代著名作家、学者,曾获1976年诺贝尔文学奖。他出生于犹太移民家庭,在创作上,继承了欧洲现实主义的某些风格,在作品中常常描写异化的世界和对自我的寻找,并塑造了一系列内心矛盾的"反英雄"形象。

《赫索格》是索尔·贝娄的代表作,小说主要讲述了犹太学者赫索格在现实社会中经历的种种失败,婚姻上的失败,朋友和妻子的私通……赫索格处在崩溃的边缘上,躲到乡下隐居起来,不停地给身边的人、历史上的人写信,但是他从不把这些信寄出去。

从去年的六月末开始,摩西·赫索格不管去哪儿,都提着一只手提箱,里面装着写给各种各样人的信件。有时候,赫索格也觉得自己精神有些问题,他一天到晚地忙着给不同的人写信,而且渐渐对写信产生了极大兴趣,想停都停不下来。

这段时间,赫索格跑了很多地方,先是从纽约出发,去了玛莎葡萄庄园,没过多长时间便返回纽约;两天过后,他又乘坐航班去了芝加哥,随后又辗转到马萨诸塞州西部的乡下;到乡下以后,他整天除了写信,还是写信。写信的对象有当今有名的人,有亲朋好友,还有已故亲人,陌生人,甚至历史上的声名显赫的人。

这样的生活过了一段时间,赫索格感觉自己有些崩溃了,他不得不开始反思自己的过去。他首先分析了一下自己的性格,得出结论,自己患上了轻度的抑郁症,不过还不至于到狂郁症那种程度。接着,他分析了一下自己在学术上的表现,当初的那篇博士论文打出了自己的名声,之后的那本专著《论基督教和浪漫主义》也取得了成功,已经被列为许多学校的必读书目。但是除了这些,他再没有可以拿得出手的东西了,他的那些雄心壮志都没有付诸行动。

在婚姻问题上,自己也不是一个称职的丈夫。两次婚姻,都以失败而告终。第一次婚姻,他对他的妻子黛西冷漠无情,最终抛弃了她;第二次婚姻,他的妻子马德林竟然搞垮了自己,又甩掉了自己。

在父母子女的问题上,他对父母没有尽到做儿子的责任,对子女没有尽到做父亲的责任。另外,他不关心国家大事,没有尽到公民的责任;不关心兄弟姐妹、朋友同事;不关心名利权势。最主要的,他不敢直面自己惨淡的人生。

他想起了他的第二任妻子马德林,那个姿色出众而又聪明伶俐的女人,她本来是一个很好的妻子,只是自己无能,被她搞垮了性功能,以至于后来又被她甩掉。

认识马德林是赫索格一生中新生活的开始。好几年前,赫索格从教会里把刚刚入教的马德林拉了出来。为了马德林,他还辞掉了人人羡慕的教授工作,和她一起跑到马萨诸塞州的乡下路德村,用父亲遗留下来的两万块钱遗产买下一座又大又旧的房子。那里环境不错,又有朋友瓦伦丁·格斯贝奇做邻居,这些外部环境都适合他继续做自己的研究,写自己的专著。

赫索格以为,悠闲自在的生活由此开始了。

但是好景不长,一年还不到,马德林便对赫索格产生深深的不满。马德林想,自己年纪轻轻,要长相有长相,要能力有能力,怎么能一辈子窝在这样一个山高皇帝远的地方。于是,她向赫索格提出要到芝加哥继续完成自己的研究生课程。赫索格一向对马德林言听计从,他很快写信给芝加哥的一所大学,找到一份讲师的工作。另外,马德林还让他帮忙给邻居瓦伦丁·格斯贝奇找一份工作,他也做了,给瓦伦丁找了一份电台的工作。

就这样,他们离开了乡下,搬到芝加哥。那座用父亲遗产买的大房子,连带那些家具设施,都被贴上了封条,闲置起来。

赫索格本以为到了一个新的地方,马德林会心如所愿。实际上,并非如此。一年的时间还不到,马德林便向他提出了离婚。尽管赫索格并不愿意离婚,他还对马德林心存爱意,也不想离开心爱的小女儿琼尼,但是没办法,马德林心意已决,他只有答应的份儿,现在又不是奴隶社会,她有自己选择的权力。

这次婚姻的破裂,对赫索格来说,打击很大,他感觉自己已经到了崩溃的边缘。他不得不求助私人医生艾德威,这位芝加哥有名的精神病专家。医生建议他出去散散心,放松一下心情。

赫索格听从了医生的建议,向大学校长请了假后,拿着兄长瑞拉借给的钱,去了欧洲。到第二年三月份,他回到芝加哥,然而他的健康状况并没有好转。马德林怕赫索格去找她,特意让格斯贝奇捎话过来,如果他迈进她房子一步,她就会立刻报警。

赫索格不知道这段时间马德林发生了什么变化,会对自己如此无情。直到一天,他拜访了他的老朋友,动物学家阿佛斯特。

"有件事不得不告诉你,你遇到麻烦了。"阿佛斯特说。

"什么?"赫索格并不知道阿佛斯特为何这么说。

"那个格斯贝奇,经常出现在马德林的住处。"阿佛斯特说。

"这个我知道啊!格斯贝奇跟我关系不错,他常常帮助我们。"赫索格说。

"你真这么想吗?我还以为以你的聪明的头脑和敏锐的观察力,能发现些什么呢?"

"你说的是马德林吧?这个我早就想清楚了,她毕竟还年轻,迟早有一天会找别人的。"赫索格说。

"我不是那个意思,我是说这一天早就来到了。"

"难道是格斯贝奇?"赫索格突然想到了什么,感觉到血一下涌上头部。

"对,就是他。"

"不可能,不可能的。"赫索格情绪立马失去了控制,大声喊了起来。喊着话,他感到一阵晕眩,整个身体便蔫了下去。他怎么也想不到,自己曾经的邻居,自己值得信赖的好朋友格斯贝奇会背叛自己,和自己的妻子私通。他还帮格斯贝奇在芝加哥找到了一份电台的工作,现在混得相当可以。

赫索格也不明白马德林为什么会喜欢上这样一个一条腿残废的人。

赫索格觉得自己真失败,人到中年,结过两次婚,有两个妻子,有两个孩子,如今竟然成为一个孤独无依的单身汉。

然而,赫索格并不是没有别的女人了。在他经受了这么多磨难之后,他遇到了蕾梦娜·唐赛尔。蕾梦娜也是一个不错的女人,虽然有些地方不尽如人意。蕾梦娜在列克星敦街有一家鲜花店,岁数有三十上下,成熟,有女人魅力、有品位、有情调,另外还取得了哥伦比亚大学艺术硕士学位。蕾梦娜每天都来听赫索格的夜校课,赫索格的假正经给她留下了深刻印象。一天晚上下课后,他们两个一起坐出租车到蕾梦娜的公寓,半路上,蕾梦娜说:

"我心跳很快,你用手摸摸看"。

赫索格便拉过她的手给她把脉,这时,蕾梦娜却说:

"我们都不是三岁小孩了,老师。"说着话,她一把抓起赫索格的手放到自己胸前。

赫索格去看了医生,并做了个全身体检,结果还算不错,但医生建议他休息一段时间,调节一下心情。

几天后,蕾梦娜得知这个事情,主动邀请赫索格前往蒙托克,她在那里有一座房子。赫索格考虑再三,觉得暂时还是别接受蕾梦娜这番好意。蕾梦娜的岁数怕是已经有三十七八了,到这个年龄,她不会再像以前那样,到处风流,她该找一个永久的归宿了。她之所以对赫索格好,是因为她觉得赫索格整体上还是一个好男人,值得她托付终身。这些流露在蕾梦娜眼神里的东西,赫索格都读懂了。

说实话,蕾梦娜确实是一个不错的女人。她虽然个子不高,但身材不错,丰乳肥臀,而且对人体贴,做事谨慎。还有很重要的一点,她算得上是一位性生活专家,精通性事,是个有经验的老手。

赫索格也想过去蒙托克之后的生活,那里有白色的海滩、灿烂的阳光、雪白的浪花等,一切都是那么的美好。但是,如果真的接受了蕾梦娜的这些恩惠,他就会失去自己的自由,并且有可能重新陷入到另一个生活圈套当中。

夜校的课程就要结束的时候,赫索格决定暂时离开蕾梦娜,到葡萄庄园找一位叫莉比的老相好那里借宿几天。他和莉比认识好长时间了,本来他们要同居的,但后来发生了点儿变故,他们最终成为知心好友。最近,莉比经过两次失败婚姻后,嫁给了化工学家西斯勒。

赫索格发过去电报不久,莉比就回了电话。他本打算让莉比给自己在海边租一套房子,免得打扰了人家度蜜月,莉比却说:

"我们的房子很大,一共六间房间,不差你一个人的。尽快过来,否则我会生气的。"

赫索格最终答应了莉比。

买了几件像样的衣服后,赫索格便出发了。

在火车上,赫索格突然想起给姨妈泽尔达写信,告知姨妈自己的近况。写着写着,他回想起了去年去看望姨妈和姨夫的事,以及他们之间关于马德林的对话。

"你有点儿大男子主义,对别人要求过于严格,什么事情都是你说了算。我听马德林说,你常常让她干这干那,她累得都不行了。"姨妈泽尔达说。

"这个我承认。不但如此,我还是急性子,暴脾气。她还说什么了?"我说。

"她还说,你经常到外边风流快活。"

·精读名著·

听到这个,赫索格感到胸口闷疼,额头冒汗。他顿了一下说:
"实话跟你说,在性事上,我已经被马德林搞垮了。"

那封信写完后,赫索格又开始给芝加哥的老朋友阿佛斯特写信。赫索格针对最近在报纸上读到的"人兽新闻"向这位动物学家说说自己的看法。写信的时候,赫索格的脑海里不时地浮现他们那次的对话,就从那次对话中,他得知了马德林的近况,并得知了格斯贝奇究竟是一个什么样的人。

接着,他又分别给旧情人旺达、几位教授、《纽约时报》的编辑、精神病专家爱德威、史蒂文森州长、旧情人金卡、约他写书评的夏皮罗等人写信。每写一封信,赫索格都回想起他与那个人在一起的难忘的事情。

这一路火车坐下了,赫索格写了十几封信,都放在了他的手提箱里。

下了火车,换乘轮渡,又叫了辆车,赫索格总算来到了莉比的住处。房子坐落在海边,他一下汽车,就看到阳台上有一个人向他打招呼,不错,那正是莉比。

这个地方空气清新、景色优美,而且,莉比又是那么楚楚动人。但是,他突然觉得自己不该来到这里。莉比刚刚结婚,他不应该来这里打扰他们夫妻俩的生活,不应该来破坏他们的感情。他觉得自己出来的目的已经达到了,那就是坐坐火车过过瘾。

莉比和丈夫西斯勒见到赫索格都很高兴,很热情。喝过两杯酒后,西斯勒把赫索格带到房间,让旅途劳顿的他先休息片刻。那张床干净舒适,他躺上去后,整个身体伸展开来。就这样躺了一刻钟,他就爬起来了。

这时候,莉比和丈夫正在厨房准备丰盛的晚餐,顾不上来看赫索格。赫索格趁着他们不注意,往桌上留了张纸条,便匆匆离开了。

几个小时之后,赫索格已经回到纽约第十七街的公寓,躺在床上,喝着牛奶,吃着面包。

第二天一大早,赫索格坐到写字台前,开始给人写信,他写的第一封信是给主教希尔顿的,他想告诉主教,被他乱搞过的马德林如今成了什么样的人。写了几段关于马德林的,赫索格突然想起了自己的第一任妻子黛西。

　　黛西不同于马德林,她和以前的那种犹太女子一样,中规中矩、沉着冷静。她有绿色的大眼睛,泛黄的头发,洁白的皮肤,表面上看起来有些羞涩,内心却是特别固执。他们结婚后,黛西把家里里外外打理得很有条理。赫索格一心扑在思想史的研究上,除了写东西,别的什么活儿也不做。不但如此,赫索格还时常莫名其妙地对黛西发脾气。尽管这样,黛西没有怨言,依旧尽着妻子的责任,为丈夫做好后方保障,为丈夫提供强有力的精神支持。他们在一起的大多数时间,都是安安静静的,谁也不说话。就是在这种安静的氛围当中,赫索格完成了《论基督教和浪漫主义》这本书。

　　接着,赫索格又想到了自己的家族史。赫索格的父亲一辈子都没有顺当过,无论是从埃及走私洋葱,到加拿大种地,开面包店,还是做批发零售生意,做废品回收,做婚姻中介,他都是以失败而告终。后来,他做起了贩卖酒的生意,勉强供着一家人的开支,赫索格的母亲也不得不到贫民窟里为人做饭、洗衣服、做衣服。母亲对赫索格还是宠爱有加的,有一次,傍晚回家的路上,母亲把他放到雪橇上,一路拖了回去。路上碰到一位老大妈,她对着赫索格母亲说:"在孩子身上还是少费些力气吧。"赫索格装作不明白这句话的意思,依旧稳稳坐在雪橇上,心里还想,他做到了世上最难办的事情,那就是对一件很明了的事情装作不明白。赫索格的舅舅米哈尔因为患上斑疹伤寒而死在莫斯科,这让赫索格母亲大哭了一场。

　　那个时候,赫索格的大哥瑞拉一直在努力着成为一个百万富翁;二哥威力患了哮喘,他要做的就是同哮喘做斗争;姐姐海伦在音乐学院学习,她在家里经常弹钢琴。母亲希望这三个孩子将来有出息,能成为律师、国会议员或者音乐家,到时候可以使赫索格家族复兴。但是齐波拉姑妈对母亲的这种奢望有些不满,她觉得这对儿女们是一种纵容。

齐波拉姑妈就是这样,她人很小气,爱管闲事,喜欢挑剔别人。姑父耶夫就不一样,他是个沉着稳重,而又不失幽默风趣的人。在战争期间,他和他的儿子们,靠回收五金废品赚了大钱。尽管这样,齐波拉姑妈还是不肯借钱给赫索格父亲,她觉得他贩卖酒不是正当生意,她也不明白他为什么要供孩子们上贵族学校。

赫索格正在回想家族的那些故事时,电话铃响了。他本想任那电话响着,不去接它,但转念一想,万一是两个孩子的事情,还是接了吧。他一拿起话筒,电话那边便传来了蕾梦娜欢快的声音。

"今天晚上有时间吗?家里就我一个人,我想邀请你来我家吃晚饭。"蕾梦娜说。

"什么?你姑妈没有在家吗?"赫索格问。蕾梦娜和她的姑妈住在一起。

"不在,姑妈上亲戚家了。"

犹豫再三,赫索格还是答应去了。"行,我马上过去。"

挂了电话,赫索格看了一下表,已经六点多了。他发现自己竟然写了一整天的信,他对自己的行为有些不理解,不知道为什么要给那些人写信,而且那些信的内容是无比荒诞、充满愤怒的。然而,在去往蕾梦娜家的路上,他还是不停地写信,先是写给几位有名的文化学者,接着写给将军艾森豪威尔,写给大学导师普佛,随后写给已经远渡日本的旧情人圆子。他想起了自己当初和黛西闹离婚的那段日子,那时候,正是圆子为他分忧解难。

蕾梦娜很擅长招待男友,在这方面,她已经很有经验了。赫索格进门后,晚餐已经准备好。客厅里放着穆罕默德和他的乐队演奏的音乐,充满着肉欲。餐桌的一边点着蜡烛,蜡烛旁边放着一盆红色剑兰,还有一瓶刚打开的香槟酒,另一边放着几盘精致的小碟,盛着五香火腿、炸虾、波斯香瓜,还有水果沙拉。对于一整天没有进餐的赫索格来说,这无疑是一顿丰盛的晚餐。吃过饭后,蕾梦娜又端来甜点和水果。

晚饭后,他们两人坐到客厅,听着音乐,喝着美酒,聊起了马德林和格斯贝奇。

"实话说,本来我只想做一个平凡的人,在工作中尽职尽责,并希望通过自己的付出得到回报。但是,事实上,我得到的,是别人对我的欺骗和不忠。"赫索格说。

"谁让你遇到了马德林这样的女人,谁让你交上了格斯贝奇这样的朋友呢?"蕾梦娜说。

一听到马德林和格斯贝奇这两个名字,赫索格就愤怒起来,但是他并不能把怒火发在蕾梦娜身上,他来这里不是为了发火的。何况蕾梦娜这样说是在为他考虑,想让他把心中的苦恼都说出来。

"依我看,他们两个还挺般配的。"蕾梦娜说。

"有时候,我觉得我,马德林,还有格斯贝奇三个人是在演一出喜剧。格斯贝奇是个小丑,而我是小丑戏耍的对象。现在外边的人都说格斯贝奇在步我后尘,无论是走路姿势,还是神态表情,都很像我。他们还给格斯贝奇起了个外号,叫做赫索格二号。"赫索格说。

"不管怎么说,在马德林眼里,格斯贝奇比你更有魅力。"蕾梦娜说。

"他不过是一个残废的电台播音员,他的妻子菲比就是看上他这一点,她觉得格斯贝奇只属于她一个人。"赫索格说。

"那你知道马德林为什么要选择这个跛子吗?"蕾梦娜问。

"是的。马德林先说我没有权利知道问题的答案。后来她在说了一大堆格斯贝奇的坏话后,竟然说她只把格斯贝奇当作哥哥,他们之间的关系并不是我想象的那样。对,她说了这么一句话:'我怎么会把自己的身体给了一个大便奇臭无比的人呢?'"赫索格说。

"马德林是这样说的吗? 真是一个可怕的女人。"蕾梦娜说。

接着,他们又谈起了赫索格将来生活的打算。赫索格想找一份稳定的工作,然后好好照顾自己的一儿一女。当提到女儿琼尼时,赫索格说：

"一个在马德林家做兼职保姆的研究生给我写过信,她说马德林和格斯贝奇两个人竟然为了他们的方便,把琼尼锁到屋外的车里。如果让我把自己的孩子交给这样两个人抚养,我放不下心。"

"但是,马德林毕竟是她的母亲,她对孩子有抚养权,你抢不过来的。"

赫索格又愤怒起来。蕾梦娜知道自己说的话又一次激怒了赫索格,而这正是她的目的,她想让赫索格借此机会发泄一下心中的苦闷。

蕾梦娜站起身来,走向卧室,赫索格随后跟了进去。蕾梦娜说："对于你们男人,我还是比较了解的。当我看到你时,就有一种感觉,在性生活方面,你还有一大部分潜能有待挖掘。"

说着话,两人已经脱光了身子,彼此拥抱在一起。蕾梦娜在这方面是个高手,她的那些经验并不是从什么《性爱手册》上学到的,而是从实战当中积累的,亲身体会的。她有意引导着赫索格,充分发掘了他在性爱方面的潜能。

蕾梦娜真是一位好姑娘,她是那么的善解人意。她知道赫索格生活一直不顺,尤其是妻子和朋友背叛以后,他内心的愤怒已经到了顶峰。在蕾梦娜看来,要想帮助赫索格恢复身体,必须先让他把内心的苦闷发泄出来,让他有个良好的精神状态,而无论是什么原因导致的苦闷都可以在性欲上得到发泄。蕾梦娜做到了,她把赫索格精神上的苦闷转化成了性欲的冲动。

事后,赫索格有些不安。他知道蕾梦娜出发点是好的,但他担心蕾梦娜会提出结婚的要求。蕾梦娜喜欢他的博学多才,喜欢他的文章著作,喜欢他的教授职业,当然她最喜欢的,还是做赫索格的妻子。这样,她无论走到哪里,都可以自信地向旁人介绍:"这位是我的爱人,赫索格教授。"旁人看到魅力无限的赫索格,由衷地赞叹他们是天生的一对。

想着想着,赫索格便睡着了。

第二天早上醒来后,赫索格感觉自己像是换了一个人似的,心情很好。他们在去蕾梦娜花店的路上,坐在车里亲热,等下了车,走到人行道上,他们又抱在了一起,当着路人的面接起吻来。赫索格感觉自己已经没有必要去管别人怎么看了,他经历的苦难已经足够多了,他付出的代价已经够惨重的了。生活,或许就是这样的,经历了足够多的事情,就会看淡一切。

然而,当赫索格一个人的时候,他感觉自己又回到了昨天之前的自己。他想明白了这件事,他本来就是一个流血受伤的人,后来和一个女人睡了一觉,但之后,他依旧是流血受伤的人。

回到住处,他先给第一任妻子黛西写了封信,告诉黛西,他想去看看儿子马克。接着,他又给律师辛晋打了个电话,商量女儿琼尼的抚养权问题。

辛晋是一个老谋深算、富有心计的老光棍,曾有一段时间,他经常和赫索格一同去吃饭。对于他的生活方式,赫索格了如指掌。

电话一通,辛晋先向赫索格发了一通牢骚,接着问询赫索格的近况。当赫索格很认真地向他谈起女儿琼尼抚养权的问题时,他东拉西扯说了一大堆,最终给出建议,要么让赫索格雇一个私人侦探,要么让赫索格给他女儿琼尼买一份人身保险。

赫索格觉得这些建议简直是荒唐透了,他觉得这件事情还是要当面和那家伙谈。于是,他们约了一会儿在市中心碰面。

到达市中心,赫索格觉得时间尚早,就走进位于市中心的法院。透过一个窗口,他看到法庭里正在审理案件,法庭后方还空着几个座位。赫索格悄悄走了进去,坐下来,旁听案件的审理。法庭审理的先是两件抢劫案,随后是一件凶杀案,一位母亲亲手摔死了自己的孩子。那位母亲叫喊着,怀里的孩子叫喊着,突然,她就把孩子用力朝墙上摔去,孩子顿时就没了声响,而这时,那位母亲的情人正躺在旁边的床上悠闲地抽着烟。赫索格听着听着,便恶心起来,他没想到那些犯罪的人,竟然没有一点儿人性。赫索格实在是待不下去了,他必须离开这个地方了。

他实在想不明白,在今天,在这样一个信奉基督教的国度,还有什么值得人们去祈祷,正义吗?仁慈吗?难道人们祈祷这些,世上就没有罪恶,人们就没有噩梦了吗?

赫索格不能继续留在纽约了,他突然想起来,自己该去看望一下自己的女儿了。以前,他一直回避马德林和格斯贝奇,现在他有了直接面对他们的勇气。

到芝加哥后,赫索格先到了他父亲当年住的老房子,看望了守在那里的陶蓓姨妈——赫索格的后母。陶蓓姨妈是个不错的后母,对赫索格很好,一见面就问这问那的。赫索格不是来叙旧的,他是来拿那支父亲当年用过的左轮手枪的。

陶蓓姨妈了解赫索格的父亲,他是一个急躁、容易冲动的人。在赫索格身上,她也看到了这一点。

"孩子,你是不是遇到麻烦了?"她从赫索格的眼神里发现了什么。"不过,千万不要冲动,那样事情会变得更糟糕的。"

"姨妈,我没有遇到麻烦,"赫索格恐怕陶蓓姨妈发现自己怀里的枪,便匆匆告辞。"我得出去一下,这边还有些事情要处理。保重,姨妈!"

赫索格出门后,开上父亲的老车,加大油门,驶向马德林的住处。一路上,赫索格心里默念着,希望琼尼不会被人伤害。他决定要杀掉马德林和格斯贝奇,他们两个应该被杀,就连他们自己也知道他们该杀。在一个人的生命当中,没有比仇恨更有力量的东西了。对赫索格来说,马德林已经将他杀害了一次,如今,他也可以天经地义地杀她一次;格斯贝奇也应该为自己犯下的罪恶心甘情愿地去死。

赫索格把车子停到远处,然后悄悄地摸到马德林的住处。他踮着脚尖,偷偷走到浴池窗外。他屏住呼吸向里看去,他的女儿琼尼正在浴盆里洗澡,她抬起头来,像是在跟谁说话,因为水声比较大,他没有听清楚说话的内容。她的脸,她的眼睛,她的嘴巴都像赫索格,她的鼻子长得像老赫索格,像齐波拉姑妈,还像威力。赫索格看到自己的女儿,心里一下子温暖了许多。

不一会儿,琼尼旁边出现一只男人的大手,那只手关掉了水龙头,接着出现了那个人的身体,胸部,头部,那个人是格斯贝奇。赫索格有些惊讶,正在给自己女儿洗澡的,竟然是格斯贝奇!他先给琼尼洗了耳朵、脸、嘴巴、鼻子,又给女儿搓背,还让琼尼撅起小屁股,然后给琼尼搓洗。赫索格没有想到,一个无情无义背叛朋友的人,竟然会这般温柔、细心地给自己的女儿洗澡。当琼尼跑出浴室,只剩下格斯贝奇一个人时,赫索格完全可以向他开枪,干掉他。但他没有,他不过是想吓唬吓唬他们而已。

赫索格又悄无声息地离开了。

但是,赫索格觉得这件事情还没完,他得找格斯贝奇的妻子菲比谈谈。

"你为什么不和格斯贝奇离婚呢?他已经把你抛弃了。"赫索格说。

"我们之间过得好好的,干吗要离婚?"菲比说。

"实话跟你说吧,菲比,格斯贝奇早就和马德林混在一起了。如果你提出离婚的话,我可以帮你出诉讼费。"赫索格说。

"这事跟我没关系,只要他每天按时回家,只要我的孩子有父亲,我就心满意足了。别的事情我不管。"菲比说。

听到这话,赫索格有些激动地说:

"菲比,你怎么能这样软弱呢?你明知道你丈夫在外面偷情,你还当作什么事情都没发生。"

"如果我闹起来,对你,对我又有什么好处呢?"菲比说。

"当然有了……"赫索格本想说下去的,但转念一想,对于这样一个软弱的人,还是少费口舌。何况,菲比有她最能说服人的理由,她根本不需要性生活。

赫索格实在是没有办法了,便打电话向老朋友阿佛斯特求助,让他给马德林打个电话求个情,好让赫索格能够见见女儿琼尼。

第二天中午,赫索格终于见到了自己渴望已久的女儿。但是,阿佛斯特说他们只有三个半小时的时间,到下午四点,他就得把琼尼送回马德林住处。

赫索格先带着女儿,到科学博物馆看了人工孵小鸭。后来,他们一块到水族馆看乌龟。和女儿在一起时,赫索格感受到了女儿琼尼对自己的信任,也感受到了自己作为一个父亲的责任。

赫索格看到女儿有些累了,便准备开车带女儿去吃点东西。当车驶出停车场,要进主路时,前方的一辆车突然停了下来,赫索格赶快刹车,由于速度过快,车突然停下来,而后面那辆车却没反应过来,直接顶了上来,把赫索格的车挤了出去,撞到电线杆上。

琼尼并没受到伤,她只是被吓得尖叫起来。赫索格却眼前一黑,昏了过去。当他醒来时,警察已经在翻他的包了,糟糕的是,那包里放着他那支左轮手枪。

得知消息后,马德林很快赶了过来,接走了琼尼。看到警察局桌子上放着的手枪和两颗子弹时,马德林并没有当着警察的面说过多的话。当警察问她时,她只说:"我们已经离婚了,至于他现在的事情,我一无所知。"虽然口头上这么说,但她心里还是明白的,那两颗子弹中,一颗是赫索格给自己的,一颗是赫索格给格斯贝奇的。

赫索格的罪名没有成立,他只需交上保释金便可出去。这时候,他只能求助于哥哥威力了。

赫索格从警局出来后,谢绝了哥哥威力要他上家去的邀请和住院休养的建议,一个人回到马萨诸塞州的乡下路德村。那座房子由于长时间没有住人,几乎成了各种小动物和鸟类的乐园。但是,赫索格没有打扫,他在厨房找了一张相对干净的桌子,坐到前面就开始写信,写给蕾梦娜、儿子马克、老朋友阿佛斯特、教授墨梅斯坦、尼采先生,还有马德林和格斯贝奇。

赫索格打算就这样一个人生活着,在大自然中,在不断的写信中,寻找内心那份失去的平静。

然而几天后,蕾梦娜得到赫索格回到乡村的消息,打来电话说自己已经在路德村的邻村巴林顿,并且邀请赫索格去参加朋友聚会。赫索格没有心情去参加聚会,但却发出邀请,让蕾梦娜到他这里来吃晚饭。蕾梦娜很爽快地答应了。

看到屋里屋外又脏又乱,赫索格赶紧请了一位用人,帮忙打扫屋子。他则到村里的小卖部置办晚餐需要的东西。回来的路上,赫索格还不忘采摘一些野花,作为餐桌上的装饰品。

一切都准备妥当了,就等着蕾梦娜的到来了。这时候的赫索格不再像以前那样,坐到桌子前,给不同的人写信了。他不用再写了,一个字都不用。

·精读名著·

麦田里的守望者

塞林格(1919—2010),美国当代文学作家,因《麦田里的守望者》而一举成名,被世人誉为传奇"遁世"作家。

《麦田里的守望者》是20世纪美国文学的经典作品之一,是塞林格唯一一部长篇小说,被公认为美国文学的经典作品。小说以第一人称的手法讲述了"我"被学校开除后的三天生活,从中表现出"我"的反叛形象以及孤寂、彷徨的内心世界。

先跟你说,如果你想听我讲,就别问我老家是哪儿的,我有个多么倒霉的童年,以及我出生前父母做什么工作,类似这样的问题你最好都别问,即使你问,我也不会说的。跟你说明了吧,我想给你讲的不是他妈的我的自传,而只是去年那个圣诞节之前我的一段极其荒唐的生活,从那以后,我的身体就不行了,只得来这个地方疗养些日子。

那段生活自我被范西中学开除那天开始。我没记错的话,那天恰恰是周六,我们学校要在那天和萨克逊·霍尔中学进行一场重要的橄榄球比赛。好多人都去看了,我却没有,但我可以通过球场那边传来的喊叫声,推测场上的战况。

这个时候,我在去往历史老师斯宾森家的路上。斯宾森老师说过,要我在圣诞节回家之前上他家一趟。况且,他老人家还不知道我又被学校开除了。

冒着严寒,穿过第二零四街,我来到了斯宾森老师家。斯宾森老师患了流感,他的房间里充满药味。就在这样的环境里,斯宾森老师给我讲起了"人生就好比一场球赛"的话题。他说：

"人生就好比一场球赛,在这场球赛中,大家都必须按照球赛的规则行事。"

"嗯,老师,我也这么认为。"我口头上这么说,心里却想着:球赛,什么狗屁球赛。只能说,人生对于那些占据雄厚实力一方的人,是场球赛。相反,如果你加入了弱的一方,就只有被虐的份儿。

接着,斯宾森老师拿出我那份没及格的历史试卷,告诉我为什么没有及格。这时,我有点儿不耐烦了,想立马离开这个狗屁房间。他却以为我很爱听,说完试卷,又关心起我的前途。

"孩子,对于自己的前途,你认真考虑过吗？"

"是的,我考虑过,"我停顿了一下,"不过,我只是稍微考虑过,没有非常认真地想过。"

"你迟早会好好考虑的,孩子,"斯宾森老师说,"到了一定时候,你是不得不好好考虑的。"

这些话,真让人腻歪。听起来,像是我马上要死了。

"在你需要的时候,我会尽力帮你的,孩子。"他接着说。

我心里明白,斯宾森老师一直想在某些事情上帮我一把,却总没有机会。但我却认为,不是没有机会,而是我们两个之间的距离太大,好比南极和北极的距离。

"我明白的,老师。谢谢您,老师,"我说,"不过,现在时候不早了,我还得回去收拾些东西。"说着话,我站了起来。

斯宾森老师似乎还不想结束这段对话,但我的一只脚已经迈出门外。

我回到宿舍时,看球赛的人都还没有回来,屋里暖气很热,那种感觉真舒服。我脱了外套,戴上新买的鸭舌帽,又一把抓住鸭舌,转到脑后——我故意这么戴的,我觉得这样很酷。然后,我拿起一本《走进非洲》,歪坐在椅子上,看了起来。

刚看了几页,该死的罗伯特·阿来特来了。我感觉到有个家伙从浴室走出,不用看,我都知道那是隔壁的阿来特。那家伙肯定是先从浴室往屋里偷窥一下,看我的舍友斯科拉德来塔是否在屋,发现他不在后,便光明正大地走了过来。

阿来特先问了一堆很无聊的问题:击剑比赛结果怎么样,我在看什么书,还有我的鸭舌帽是在哪里买的,多少钱。我一一回答了这些问题。

他终于还是问起了自己感兴趣的话题:

"怎么不见斯科拉德来塔,他他妈的干什么去了?"

"和女朋友看球去了。"我实在是困了,打了个哈欠。

"和女朋友?谁啊?"这家伙经常打听斯科拉德来塔女朋友的事。

"我怎么知道,有事吗?"

"没事。"

正当我被阿来特问得很烦时,斯科拉德来塔匆匆忙忙地推门而入,直接冲着我过来:

"我问你,今天晚上你有安排吗?"

"还不知道呢?你有好主意吗?"我回答。

"我的意思是,如果你不出去,把你的外套借我穿穿。"我还以为要有什么重大事情发生呢。

阿来特和斯科拉德来塔打招呼,他却只哼了一下。阿来特扫兴地走了出去。

过了一会儿,斯科拉德来塔一边刮着胡子,一边向我喊着:

"嗨,你能不能忙我一个大忙?"

"你先说吧,我得看是什么事。"这家伙自以为自己很了不起,即使经常让别人帮他大忙,此人也会觉得别人理所应当的。

"是这样的,我现在事情比较多,历史书要看,英语作文也要写。尤其是那作文,如果我不能按时完成那东西的话,我就会承受很大的惩罚。"斯科拉德来塔装出一副着急的样子。"你看你能帮我随便写上一篇吗?"

"我都因为挂科被他妈的学校开除了,你倒好,还想让我给你写一篇狗屁文章。"我说。

稍微考虑了一会儿,我问他:"题目是什么?"

"什么都行,你自己看着办,只要是描写类的就可以。比如一个屋子,一栋楼,或者你曾经去过的地方。"他满不在乎地回答道。他的这种态度真让我生气,求别人办事,他却好像置身事外一样。

过了一会儿,斯科拉德来塔和阿来特一样,夸起我的鸭舌帽。

我想起阿来特问的那个关于斯科拉德来塔女朋友的问题,我也不知道她是谁,也正想知道。我问:

"今天和你一块看球赛的女生是谁?是那个吉拉德吗?"

"滚蛋,怎么可能是那头母猪呢?我早跟她扯清了。"

"真的假的?如果真是这样,我倒想搞她,她是我喜欢的类型。"我说。

"那我拱手让给你,不过,在她面前,你还太嫩了点儿。"

我突然心里很生气,上去就把斯科拉德来塔按倒,又用胳膊锁住他的脖子。他大喊了一声,闹不明白怎么回事,放下刮胡刀,两臂朝后猛地用力,挣脱了出去。他的块头真大,力气也真大,我完全不是他的对手。

"那个女生是不是史密斯?"我又开始问他女朋友的事情。

"我倒想和她一块儿去看球赛,谁知中间出了点儿差错,最终和我去的是她的舍友琼·加拉格,而且那个女生还认识你。"他终于说了实话。

一听到这个名字,我几乎要当场晕倒了。"琼·加拉格,我何止认识呢?前年,她就住在我家附近,她家里还有一只凶巴巴的大狗。

"对了,还得求你一件事,你千万别把我被学校开除的事情告诉她。答应我。"

"行。"他说完话,穿上我那件外套,出去了。

斯科拉德来塔出去后,我一个人坐在椅子上,想了老长时间琼·

加拉格,我们之间的事情也是很复杂。不过,一想到琼·加拉格要跟斯科拉德来塔约会,我就有些担心,斯科拉德来塔可不是什么好鸟儿,他是个采花大盗。

晚饭,我和我的几个朋友出去吃了些东西。

回来后,我写了那篇狗屁作文。

斯科拉德来塔回来的时候已经是晚上十点半。我等了半天,他都没提他和琼·加拉格约会的事情。最后,还是我开口了:

"你他妈的回来这么晚,琼·加拉格回去了吗?"

"回去了。"

"你们去什么地方了?约会怎么样?"我对这个很好奇。

"我们没去什么地方,我们这一晚上,只是坐在他妈的汽车里了。"说着这话时,斯科拉德来塔还不停地在我的肩上练习打拳。

"你把话说清楚,你是说你在汽车里和琼·加拉格搞那事儿了?"

"什么意思,是不是想让我用香皂给你洗洗嘴巴?"

"你们究竟干没干那事儿?"我有些急了。

"这是个只有我们知道的秘密,不外漏。"

斯科拉德来塔这句话一下把我惹火了,我只记得,当时,我从床上跳起来,冲上去就狠狠地给了他一拳。我本以为,这一拳会打在那牙刷上,牙刷会穿透他的喉咙,谁知打偏了。后来,我们好像扭打在一起。最后,我以为我晕了过去,实际上没有,但我的鼻子周围全是鲜血。

深夜的时候,我突然感觉在这儿再也待不下去,决定立马离开这个混账地方。本来,我打算下周三才走的,我不想过早地回家,去听父母的训导,但这种生活实在是太无聊太郁闷了。与其这样,还不如离开,到市里找个宾馆住上几天。

主意一定,趁着斯科拉德来塔和宿舍其他人睡在梦中,我拖着行李离开了。走到楼梯口时,我回头看了最后一眼这个熟悉的地方,差点儿哭了出来。我又朝后地戴上我的鸭舌帽,然后,冲着楼道大喊:

"窝囊废们,尽情地睡吧!"

走出学校时已经半夜,路上连辆出租车也没有,我只能步行到火车站。

在火车上,我遇到一位太太。当她得知我跟她那个宝贝儿子是同班同学时,便不停地打听他在学校的情况。后来,她还问了我我最怕被别人问的问题:

"不是说你们星期三才放假吗?为什么这么早回去?不会是家里人病了吧?"看上去,她很为我担心。

"啊,那个,不是家里人病了,是我自己,"我说,"我的脑袋里长了个疙瘩,要去做个小手术。"

"天哪,不严重吧?"她很惊讶,不由自主地用手捂住嘴巴。

"没事儿,疙瘩很小,几分钟就能搞定。"

之后,我们便各忙各的,不再说话。

下了火车,我打了辆出租车到埃德蒙宾馆。

进了房间,我把行李箱往一边一扔,就站到窗户跟前,看窗外的夜景。宾馆另一边的楼房挡住了我的视线,我只得看那栋楼房。让我意外的是,住在那边的人竟然不拉窗帘。

我看到的第一个人是一个长着花白头发的人,他浑身上下只穿着一件内裤。后来发生的事很让我惊讶,我相信你也会惊讶的。他从自己的行李箱中拿出一大堆女人的衣服,什么丝袜、文胸、吊带裙、高跟鞋等,好多件,然后,他把这些统统穿在自己身上,又往镜子前走了几步。

我实在看不下去,便朝上面那房间看去。那个房间里有一对男女,他们在做着最他妈的无聊的事情。男的先喝一口水,然后吐女的一脸,接着,女的喝一口水,又吐男的一脸。这对他们来说,好像是一件很有趣的事情。

这些人真他妈的变态。或许,住在这儿的,除了我是一个正常人以外,他们都他妈的是变态狂。更他妈的可怕的是,他们竟然以这种变态下流的事情为乐。

我实在无法忍受这些事情,离开窗前,坐到椅子上,点了一根烟。突然,我的性欲就来了。我打电话给一个住在纽约的妓女,她的联系方式是我朋友给的。我做了自我介绍后,发出邀请:

"有没有时间喝杯酒?"

"你知道现在几点了吗?我不喜欢在深夜和别人约会,"她说,"我明天有时间,咱们明天一起去吧。"

"明天不行,我只有今晚有时间。"说出这话,我发现自己太直白了。

"那就改天,晚安。"

"晚安。"通话就这么结束了。

时间还早,对我来说,因为我还不困,我最不喜欢在不困的时候睡觉。于是,我乘电梯到底层紫丁香夜总会寻找乐子。里面人不是很多,但很热闹,布迪辛格乐队在那儿演奏低俗的管乐。

或许是因为没给小费的缘故,我被服务生安排在最靠后的位置。更可气的是,当我点了威士忌加苏打水时,服务生却要看我的身份证或者驾驶证,他想知道我多大了。最终我只要了杯可口可乐。

坐在我临近桌上的,是三个三十岁左右的女人,她们一个个长得真不敢让人恭维,而且都还戴着一种难看得要命的帽子。如果要我非在这三个人中选一个聊天的话,我只能选中间那个金发女郎。她们发现我在瞅着她们时,莫名其妙地、疯子一样地呵呵笑起来。她们一定是觉得我太小,还不到对女人抛媚眼的岁数。这可把我逼急了,我稳步走了上去,半躬身子,邀请她们跳舞。金发女郎站了起来,我们两人进了舞池。随后,我又和另外两个女的跳了舞。

我觉得这地方不是我该待的地方。想在这种地方待下去,要么你可以开怀畅饮,寻得一醉,要么你有一个让你神魂颠倒的姑娘作陪,除此之外,我劝你还是早点儿离开。

当我走出紫丁香夜总会时,突然想起了琼·加拉格。我们俩的关系很亲密,但不是那种纯粹的肉体关系。有件事,我一直记在心上。那是一个星期六的下午,还下着倾盆大雨。琼·加拉格爸爸是个酒鬼,那天又喝多了,冲着她要香烟,她没有搭理他。当他回屋后,琼·加拉格却突然大哭起来。我本想坐在她身边安慰一下她,谁知,我竟然坐在了她大腿上,她哭得更厉害了,我不知该怎么做,只是狂亲她的脸庞。这可是我们之间唯一的一次比较亲密的接触。后来,我们一起去了电影院。在电影院里,琼·加拉格竟然主动将她的手搭在我肩上,当时我心里真是乐坏了。

然而,我不光想到这些,还想到琼·加拉格和斯科拉德来塔在汽车里乱搞的那事。一想到这个,我就难过得要命。

回到屋里,我还是一点儿不困,便穿上风衣下了楼。随后,打了辆出租到格林威治村的夜总会。出租车司机叫霍维兹,他先跟我搭话的。我们聊中央公园的浅水湖,聊了一路。

我进的是那家欧尼夜总会。虽然已经很晚,这家夜总会里还是挤满了人,看起来,大多数都是大学生。夜总会的老板叫欧尼,他是个黑人,喜欢弹钢琴,而且弹得还凑合。不过,他是个势利眼,见了上层人物时点头哈腰往里请,见了我这样的,理都不理。

在这里有一点好处就是,不管你几岁,你都可以要到酒喝。坐在我身边的,都是些粗鲁庸俗的学生,实在是让人没兴趣。后来,我哥哥D.B.的前女友过来和我打了声招呼,聊了几句。除了抽烟喝酒,我无事可做,实在没意思,还是回宾馆吧。

我步行回去的。天下着雪,街上一个鬼影都没有。回到宾馆,一楼大厅也一个人都没有。

我刚进电梯,那个看电梯的人便问我:

"哥们,想不想乐呵乐呵?"

"什么意思?"

"想不想找个女的玩玩儿,很便宜,一次五块钱,通宵十五块钱。"

"行。"我没想到自己会答应,这不是我的作风。但是,那时候,我郁闷得很,考虑都没有考虑就答应了。人在郁闷的时候,最容易犯糊涂。

我选了五块一次的,又把房间号告诉了他。之后,我就回房间等了。

实话跟你说,我还是个处男呢。但并不是我没有机会做那事儿,而是每当我要和女的发生关系时,她们总求我别那样。而且,我每次都很听话,没有继续往下进展。我现在还闹不明白,她们是不是真的让你别那样。我发现,很大一部分女的都是傻瓜。一个男的只要甜言蜜语哄哄她,然后亲亲她,她就会失去理智。

等了一段时间,对我来说是很漫长的一段时间,那个妓女来了。她进屋后简单问了一下我的姓名和年龄,就开始脱衣服了。看着她只穿一条粉色吊带裙在我面前,我却一点儿感觉也没有,我想要的只是和她说会儿话,消解一下我的郁闷心情。当她主动躺倒我怀里,要求干那事时,我拒绝了:

"真是不好意思,我今天精神有点儿差,我不想干那事。但是,你的钱我会照样付给你,你能陪我聊会儿天吗?"

她好像从来没有遇到这种情况,对我说的话有些怀疑。

我们就那样聊了一段时间。她走时,我给了她五块钱。

这事情还没完。那个妓女走后,我刚上床躺下,就有人敲门了。进来的是那个看电梯的人,还有那个妓女。他们非得让我再补上五块钱,硬说当初说好的价格是十块一次。我说什么也不给,谁知被那个看电梯的打了一顿,那个妓女自己从我钱包里拿出五块来。我真他妈的倒霉,而且这倒霉事还是我自找的。

第二天是星期天,我醒来的时候已经十点左右了。起床后,我跟女朋友萨瑞通了电话,约她下午两点见面,一起去看戏。

离两点还有一段时间,我想找个地方吃个早饭,然后再去逛逛。我打了辆出租车,想了想,又无处可去。最后,还是来到了约会地点附近的中央车站。

在中央车站一个小饭店吃早餐时,遇到了两个修女。她们人手提着一只行李箱,一进来就挨着我坐下。随后,我们就聊起天来。当得知她们要坐火车出去募款时,我自告奋勇地说我要捐十块钱。我真的捐了十块钱,她们也很感激我。可是,捐完我就有点儿后悔了。我担心剩下的钱不够买两张戏票。

我吃完早餐,买好戏票时,刚十二点多一点儿。如果现在去等萨瑞,怕是有点儿早。我闲着无事,在附近的公园溜达了一会儿。

两点钟时,我们准时碰面了。我一看到她,就喜欢上她了,甚至想和她结婚。我们一阵寒暄后,上了去往戏院的出租车。就在车里,我们亲热了一会儿。亲热过后,我向她说出了真心话:我爱你。她也挺配合,回了一句:我也爱你。

那场戏倒还可以,但看完戏后,我们并不尽兴。于是,又去溜冰。溜冰之后,又去酒吧。在那里我们聊起了学校。

萨瑞说她也厌烦学校,但她不恨学校。我却不一样,我跟她说了我自己的观点:我恨学校,学校里的那些人全是一些虚伪至极的人。学校给你的任务就是学习,发奋图强,功成名就。他们一天到晚,不务正业,就知道谈女人、喝酒和干那事儿。还有,他们私底下拉帮结派。

我还跟萨瑞说:

"萨瑞,我想好了。我可以借辆车,咱们坐车到马萨诸塞州和佛蒙特州兜风去。然后,咱们找一片树林,建一座小木屋,定居那里,过着男耕女织的生活。你愿意陪我吗?"

"我可不想那么做,你不是做梦吧。"萨瑞给我泼了一盆冷水。

我实在忍受不了她的虚情假意,便和她吵了一架,分了手。

萨瑞走后,我又一个人待着了。我最讨厌一个人待着,想找个人陪。我先打电话给琼·加拉格,想约她出来跳舞,谁知总没人接电话。然后又给我当初在埃尔克顿念书时的辅导员路斯打电话,他倒是有空,我们约好在维格酒吧见面。

先介绍一下路斯。他是一个很厉害的人,当初做我们辅导员时,他只有一件事可做:当别人都入睡后,他拉一帮人到他房间聊天,聊天的主题是性。在"性"这个问题上,他无所不知、无所不晓。什么同性恋、性变态,他都能给你举出例子,并做具体分析。

本以为能和路斯多聊几句,谁知,他一进来就说自己三分钟后要和女朋友约会。这三分钟内,我们一直谈论性的话题。我告诉了他我自己的问题:和不喜欢的女的在一起时,我一点儿性欲也没有。他建议我去找心理咨询师。

几分钟后,路斯走了,只剩下我一个人。我又郁闷起来,幸好有酒,酒可以消愁。等到一点钟,酒吧里的人都走光了,我才晃晃悠悠地出来。我不记得那次喝了多少酒,我连眼前的东西都看不清了,但我没有失去理智,没有发酒疯。

我扶着墙找到厕所,把头伸到水龙头底下,用凉水冲了一会儿。

外边真他妈的冷,刚一出门,我的头发就结了冰,我也一下子清醒了许多。我刚准备打车,突然想到自己没剩多少钱了。坐公交去?我实在是不想去坐那玩意儿。

我漫无目的地溜达到了中央公园,随便找了一把长椅坐了下来。但是这个地方一点儿也不暖和,我还是被冻得直打哆嗦。我突然担心自己是不是患了肺炎,自己会不会因为肺炎而死去。我想着如果自己真的死了,亲人们会有多么难过。到那时,小妹斐比一定特别难过。不行,我不能就这样死了,在死之前,我得回家见一下小妹斐比。

我打定了回家见斐比的主意,立马起身往回走。

我的运气特别好,看楼梯的是一个不认识我的新人,而且那家伙智商还有点问题,我很容易就骗过了他。我偷偷摸摸来到了小妹斐比的房间,除了那个看电梯的家伙,没有任何人知道。

斐比的房间黑着灯,她睡得很熟,我打开灯后,她都没有任何反应。我看清了那张可爱而熟悉的脸,心里突然觉得很舒服、温暖。我悄悄地在房间转了几圈,看看这儿看看那儿。随后,我坐在斐比的书桌前,随意翻起她的学习书籍,看着看着,我心里就乐了起来。

我生怕这时候老爹老娘会破门而入,便叫醒了小妹。

"霍尔顿,是你吗?"斐比一看是我,又惊又喜。"你什么时候回来的?我好想你。"

"嘘——你过得怎么样,小妹?"

我们聊了起来。斐比突然问道:

"你不是星期三才放假吗,怎么现在就回来了?"

"是这样的,小妹,学校放假比以前早了。"

"你骗人,你被学校开除了,你一定是又被学校开除了。"说着话,小妹斐比朝我腿上打了一拳。她只要情绪一激动,就会打人。

"哪儿有?谁说的,谁敢骗我小妹斐比?我找他去。"

"你别再骗我了,霍尔顿。"说着话,斐比又给了我一拳。"爸爸知道会杀了你的。"说完话,斐比又躺倒在床上,把头埋在枕头底下。

"斐比,没人要哥哥的命的。你快把枕头拿开,别憋着了。"我一边说着,一边去拿斐比头上的枕头,可她抓得牢牢地。

我听不清她在说些什么。

我实在是没办法,便拿了一包烟到客厅抽了起来。

等我抽完烟回到房间时,斐比已经露出脑袋躺在那儿。我想和她来个对视,她的眼光却老躲着我。过了一会儿,她说话了:

"爸爸肯定会杀了你的。"

"你想多了,小妹。爸爸怎么忍心杀掉我呢,他至多打我一顿,骂我一顿,再把我送到另外一所学校。不过,当他想这么做的时候,哥哥我已经远走高飞了。说不定,哥哥会找一个农场,过上滋润的小日子。"

"他们为什么要开除你?"斐比问道。

"我的老天,斐比,你怎么跟别人一样,问这个极其烦人的问题,"我说,"不是他们开除了哥哥,而是哥哥开除了他们。那个破学校,没有任何让人留恋的地方。学校里的人都是虚伪至极的人。他们还拉帮结派,一致对外。有好多这样的事情,哥哥都不想再去说它。"

"你讨厌周围的一切。"斐比说。

我厌烦了这个话题,破口大骂起该死的一切。

"别再骂了。咱们不谈这个了。咱们谈谈将来吧。哥哥你是想当科学家还是律师呢,或者别的什么?"

"哥哥对科学一点儿兴趣没有,成不了科学家。律师还可以,但是不适合我。那些律师也可能是些虚伪至极的人。"

这些话,我不知道斐比会不会明白。不过,她以后肯定会明白的。

我没有听到斐比说了些什么,接着说自己的话:

"你想知道哥哥喜欢过什么样的生活吗?你听过一首歌吗?里面有一句唱道:'如果你在麦田里抓住了我。'"

"那是一首诗,罗伯特·彭斯写的。原话是:'如果你在麦田里遇见了我'。"斐比说。

"对,那是罗伯特·彭斯的诗,哥哥知道。我记错了,把'遇见'记成'抓住'了,"我说,"先别管是什么吧,我一直在想那是一种怎样的生活。一大块麦田上,一大群小孩子,围在一起做着游戏。周围,除了我以外,没有一个大人。麦田的一端是悬崖,我就站在那悬崖边上,看护着那些孩子。如果有孩子跑了过来,而且他忘记了这边有悬崖,我会抓住他,把他放回安全的地方。一天天,一年年,我一直做着这件事。简而言之,我只是想做一个麦田里的守望者。"

小妹斐比一声不吭地静静听着,过了好一会儿,才说出一句话:

"爸爸肯定会杀了你的。"

"哥哥不怕,如果爸爸真想杀我,那就让他来杀好了。"

说完话,我到客厅给我最好的老师安多里尼打了个电话,告诉他我要去拜访他。

我又回到房间,和斐比跳了几曲舞。后来,我父母从外边回来了,我吓得躲到壁橱里。等父母回他们的房间后,我急忙溜出了家门。

我不得不到安多里尼老师家借宿。安多里尼夫妇见到我后很热情,寒暄过后,安多里尼老师和我谈起了我被学校开除的事。我实在是懒得回答那些问题,幸好安多里尼太太端来了吃的,安多里尼老师才占住了嘴巴,不再多问。

吃完饭后,安多里尼老师和我先说了我给我爸爸写的那封信,随后向我讲了一大堆关于人生的大道理。这些我都懒得提了。

但有一件事,在我心里产生了极大的阴影。

我睡着睡着,自己突然醒了。黑暗中,我觉得有一只手在我头上摸索着。我仔细一看是安多里尼老师,一下子从床上跳了起来。

直到我跑出他家,到了楼下,我心里才放松下来。我实在没想到,安多里尼老师,我以为这辈子最好的老师,竟是那样一个人。一想到这儿,我不禁哆嗦个一下。

我实在是无处可走了,我真他妈的不知道还能去哪里了。我最终来到了中央车站的候车室,在那里将就睡了一夜。

这天是星期一,还有两天就是圣诞节了,第五大道两旁的商铺都装饰上了圣诞元素。但我不会在这里过这个圣诞节了,我想好了,我要离家出走,到大西部去。但在此之前,我要跟小妹斐比道别。

我先跑到斐比学校,让她老师转交给她一张纸条,纸条上写着我们最后会面的时间地点:十二点一刻,博物馆门前,最后会面。

十二点三十五时,小妹斐比拖着一只大行李箱,从第五大道横穿过来。我还以为那个老师没有给传到纸条,斐比不会来了呢。

"小妹,你提那么大的行李箱干什么?你不用给我带东西,哥哥不会带的。"

"不是给你的,这里面是我的衣服和生活用品,"斐比说,"哥哥,我决定了,要跟你一起走。你答应我,好吗?"

"跟我一起走?你不是开玩笑吧?"听到斐比的话,我差点晕倒在地。

"我偷偷溜出来的,没人知道,哥哥。再说,我的箱子一点儿也不沉,你可以掂量掂量。"

然而,无论我怎么劝说,斐比还是坚持要跟我一起离家出走。最烦人的是,她还哭个不停。我实在是无奈了,只得答应她不再出走,并陪她一起逛动物园。

一路上,斐比没和我说一句话。我们来到了旋转木马前面,她却先开口了:

"冬天旋转木马还开放啊?"

"可能是圣诞节到了,你想不想上去骑骑?"我记得她特别小的时候,我和 D.B.,还有死去的弟弟艾米经常带她来坐这个,她喜欢得不得了,每次都舍不得离开。

斐比犹豫了一下,还是去了。等她骑上去的时候,下起了瓢泼大雨。那些在动物园游玩的人们都找到了地方避雨,但我没有。我还坐在那条长椅上,反戴着鸭舌帽,静静地看着小妹斐比在木马上一圈圈转着。那种感觉真微妙,实话说,我从来没有像这样快乐过。我也做出了自己最终的选择:留下来,留在斐比身边。

好了,我想跟你说的,都已经说了。本来我打算让你知道我回到家里后的一些事情,但是我没有那闲情。

后来,很多人问我再回到学校后是不是会正儿八经地学习了。我觉得,这问题真他妈的幼稚。谁不想好好学习呢?但关键是,有许多事情你无法预知。

在 路 上

杰克·凯鲁亚克(1922—1969),美国小说家,美国"垮掉一代"的重要代表人物,以惊世骇俗、离经叛道的文学主张和生活方式,震撼了美国20世纪50年代主流文化的价值观与社会观。

《在路上》发表于1957年,被公认为美国60年代垮掉一代的经典之作,主要讲述了一群垮掉一代的年轻人荒诞不经的生活方式,他们离开精神的土壤,走出灵魂的故乡,开始浪迹天涯、四海为家的生活,在摇摆舞的节奏,爵士乐的狂热,以及酗酒吸毒、偷窃纵欲的生活中,寻求自我,重新定位自我。

我和我的妻子分手之后,才遇到迪安。因离婚心情低落而大病了一场,这时刚刚恢复。与迪安·莫里亚蒂认识后,我在路上的生活便开始了。迪安是1926年出生的,他出生那会刚巧是在父母开车从盐湖城到洛杉矶的路上。而且,他的确是个非常好的旅伴。通过查德·金,我知道了他早年的一些经历。迪安在新墨西哥州少年犯管教所的时候曾给查德写信,请求查德教给他关于尼采的知识。我和卡洛一直都想见见这位神秘的年轻囚犯。随后,我听说迪安从少年犯管教所出来后结了婚,妻子的名字叫玛丽露。

迪安带着他迷人的小妞玛丽露,第一次来到了纽约。迪安长得很像西部的蓄着络腮胡子的年轻英雄,身材修长,蓝色的眼睛,一口地道的俄克拉荷马州口音。这是迪安给我的第一印象。他喜欢谈性爱,并且认为性是生活中最重要的事情。他的妻子玛丽露是个金发碧眼的美丽姑娘,表面看起来很文静,实际上也能干出惊天动地的事情来。在接下来的一个星期里迪安在停车场找到了一份工作。一天,迪安与他的妻子在公寓里大吵一架,玛丽露为迪安编造了一个罪名并且把警察叫了来,迪安没有办法只好逃走。那晚,他来到我和我姨妈的住处,笑着对我说:"嗨,还记得我吗?你可以教我写作吗?"我知道他不是来跟我学习写作的。在酒吧里,他没完没了地说了很多令他自己都摸不着头脑的叔本华的二分论。我没有听懂。其实迪安一直想成为一名真正的知识分子,尽管他经常把一些词句混淆。1947年冬天,我同意迪安暂时住在我家,我们约定以后一起去西部。

  一天晚上,迪安和我去纽约找姑娘。就在这天晚上,迪安和卡洛·马克斯见面了,他们一见如故,畅谈起来,而我却插不进话了。像他们这样疯疯癫癫的、对生活充满无限的热爱与渴望的人,才是我心中真正的人。

  春天是旅行的最佳季节。我准备进行我人生的第一次西部旅行。迪安提前出发了。迪安第一次来纽约尝试的只是在停车场从事一份异常辛苦的工作,他用行动证明了他是最好的停车场员工。离开之前他给自己买了新衣服,还打算到丹佛之后开始写作,于是他买了一台打字机。开往芝加哥的公共汽车载着迪安轰隆隆地消失在漆黑的夜晚。我决定来年春天去找他。我已经厌倦了现在的生活和朋友圈。我的心时刻都在感受着新的阳光般的召唤,那是充满西部风情的熠熠生辉的迪安的召唤,就像一首狂野而新奇的颂歌。迪安在社会上竭尽全力工作的目的是面包和性爱,尽管我知道我和他的性格有很多不同之处,而且,与他交往会给我带来一点儿麻烦,我仍然决定在这条路上走下去,路途中也许会有女人和其他的一切。

  1947年7月我从军队退伍之后,准备拿着五十多块钱的福利金去美国的西部。我研究了好几个月的美国地图,开始上路后,走了很久却发现我一直在向北走。可恶,我要到芝加哥去。终于我看到了一辆汽车停下来,车上的人想看美国地图,我顺势打了个手势示意想搭他们的顺风车。跟着他们的车到了纽堡,司机对我说在纽约乘地铁穿过荷兰隧道直接到达匹兹堡,这是去芝加哥的最好路线。于是我又搭了一辆公共汽车返回了纽约,我为自己浪费了这么多时间和金钱而懊恼,我决定花钱买公共汽车票,明天一定要赶到芝加哥。

　　第二天早上我如愿到达了芝加哥,来自密执安湖的风和煦温暖。漫步在南霍尔斯塔德和北克拉克的街道上,耳边不时会传来博普爵士音乐的声音,我不禁想起了我的朋友们。下午,我搭免费车开始了真正意义上的西部旅行,这是我人生的第一次。途经伊利诺伊州的乔里艾特,搭一个中年妇女的车到了衣阿华的达文波特。在这里,散发着美洲原始气息的密西西比河第一次出现在我的视线中。我一边吃苹果馅饼和冰激凌,一边决定下一个冒险。搭上一辆卡车继续上路,这位长得五大三粗,大嗓门的司机不停地同我说话,大家一起在卡车的轰响中大声嚷嚷着。我迫不及待地想去丹佛与卡洛、迪安、查德等一大帮人会合,不得不与梅因的漂亮姑娘们擦肩而过了。一路上不停地搭车,下车,再换搭车,经过了斯图尔特、康瑟尔布拉夫斯。其间我同另一个搭免费车的纽约人交上了朋友,他叫艾迪。我还生平第一次见到了头戴高顶宽边毡帽,脚蹬长靴的牛仔。随后,我和艾迪一起搭车到了谢尔顿,在这里我们耽误了好长时间,艾迪搭上了另一辆车在我眼前消失了,而我也搭上了一辆开往丹佛的成色相当新的汽车。

　　之前的搭车旅行还不是最精彩的。接下来,我遇到了一个特别热情的司机,任何人都可以搭他的车,于是我同六七个小伙子一起趴在他的卡车的后平板上启程了。这几个小伙子各有特点,我们不断闲扯着。一个来自蒙大拿的瘦高个儿睡醒之后走过来对我说,去丹佛之前可不可以一起去夏延逛逛。已经醉醺醺的我欣然答应了。

　　下了卡车,我和瘦高个儿开始逛酒吧。我看上了一位墨西哥的女侍者,可惜她不愿甩掉她的男朋友。瘦高个儿喝多了,两眼直勾勾的,他请求我帮他把写给他父亲的明信片寄出去。我为他对父亲的温情改变了对他的看法。我们在酒吧里找了两个姑娘。我很懊悔,因为与一个板着脸的姑娘瞎混而浪费了这么多时间,而且把身上的钱都花光了。第二天醒来,瘦高个儿已经离开了,我急于想见到丹佛的朋友,便搭上了一个小伙子的破车到了美丽的科罗拉多。我想象着丹佛的模样,又搭上了一个丹佛商人的新汽车。金黄色的麦田、雪白的山峰都已远去,我终于到了丹佛。我走在满是衣衫褴褛的流浪汉和牛仔的拉里默大街上,情不自禁地笑了。

到丹佛之后我先找到了查德·金。而查德已经不再与迪安和卡洛来往了。我才知道我的这帮朋友已经分派了,查德、蒂姆·格雷、罗兰·梅杰和罗林斯兄弟结成一派一起排斥迪安和卡洛。

我夹在这场带有社会色彩的战争中间。迪安的父亲是个酒鬼,一度是拉里默大街上最穷困潦倒的流浪汉。迪安的母亲在他很小的时候就去世了,小时候他常常沿街乞讨,凑钱送给他蹲监狱的爸爸买酒喝。长大之后的迪安创造了丹佛偷汽车次数最多的记录,而他进少年犯管教所的频率也是最高的。他擅长偷汽车,还经常诱奸放学回家的女中学生。迪安和卡洛是丹佛当时的隐秘在地下的怪胎,他们代表了美国新圣徒的巨大能量。那天我睡在查德家里,心里想着迪安在哪里。

我在属于蒂姆·格雷那帮人的公寓里度过了危险而疯狂的十天。我一直想知道迪安在哪里,可是没有人告诉我。最后,卡洛终于打电话来了。卡洛在一家百货公司上夜班,我去找他。我问他有关迪安的情况,卡洛告诉我说,迪安现在穿行在两个女人之间,他的前妻玛丽露和新欢卡米尔。他还告诉了我迪安的日程安排:

"我凌晨半小时前下班,这时迪安在玛丽露的床上。一点钟的时候,迪安从玛丽露的床上赶到了卡米尔的床上。一点半的时候,我会去敲卡米尔的门,然后迪安就会和我一起来到我这里,我们一起畅谈到六点钟。然后,他再回到玛丽露的房间,谈离婚的事情。"

晚上,我和卡洛散步来到迪安和卡米尔的宿舍门口,他们正卿卿我我着迪安光着身子开门。"啊哈,萨尔!"他大声嚷着,"嘿,你他妈的终于走上这条路了!哦,嗯,对了,我必须给你找个好姑娘,让你愉快地度过在丹佛的第一个夜晚。"从卡米尔那里出来,我们三个走在丹佛墨西哥城区最曲折古怪的街道上,迪安大嚷着给我找到了一个好妞儿,他也要去找这个妞儿的妹妹玛丽。我们一直谈论着接下来该怎么在丹佛生活,直到深夜。罗兰·梅杰不允许我带迪安和卡洛进入蒂姆·格雷的公寓,最后我们在科尔法克斯公寓里沉沉地睡着了。丹佛的夜晚是出奇的冷。

一大早我们就开始讨论徒步去山区旅行的计划,艾迪打电话来说想和我们一起去,这使得事情变得有点儿复杂了。梅杰对迪安还是很恭敬的,他常对迪安说:"听说你可以同时和三个女人睡觉?"迪安却不把梅杰放在眼里。艾迪来了,我和艾迪在卡马戈市场找了一份工作。一天晚上,我们相约到卡洛的公寓。卡洛会把迪安每天所做的事情和所说的话统统记在一本巨大的日记簿里。迪安在他的日记本里被塑造成将烦恼藏在极端痛苦的阴茎里的"彩虹之子"。迪安来了,他宣布与玛丽露离婚之后,就与卡米尔结婚。他想让卡洛和他一起先去得克萨斯找从未谋面的老布尔·李。之后他预备和卡米尔一起去旧金山生活。后来,他和卡洛坐在床上开始了漫长的讨论。在我看来,他们谈的都是些鸡毛蒜皮的小事情,我嘲笑他俩再讨论下去都会变成疯子。他们都笑了。

我和蒂姆·格雷、雷·罗林斯一帮人一起参加了去山区的徒步旅行。我第一次来到落基山脚下,这里每年都会有很多明星来这里演出。几天前,我还像个流浪汉一样蹒跚在丹佛的街头,而现在我被贝比挽着,一起去听歌剧了。这里的夜晚也美妙极了,喝得醉醺醺之后,灵魂便开始了燃烧,丰富的牛肉和豆子,还有特大杯的啤酒,场面越来越热烈,大家一起跳舞,狂喝啤酒,我多么希望迪安和卡洛也能来这里,他们是美国新的卑微的、自甘堕落的垮掉的一代。我急切地希望回到旧金山去。

·精读名著·

　　回到丹佛后,我听卡洛说他和迪安去过中部城市,这使我感到很惊奇。我对他说我要到旧金山去。卡洛又告诉我说,迪安为我约了丽塔。丽塔是个清纯真诚的姑娘,我试图打消她对性的恐惧,那晚我们聊了很久。每当与姑娘们在一起我总会问她们:"你希望过什么样的生活?"我即将离开丹佛,渴望上路去流浪。我花掉了姨妈给我寄来的一半的钱买了一张去旧金山的车票,最后一分钟里,迪安打电话来说让我在西海岸等着他和卡洛。

　　到了旧金山我就去找住在米尔市山谷的雷米了。根据他三周前贴在门上的便条,我从窗户爬进了他家里。他和他的女朋友李·安正在床上睡觉。雷米受他隔壁邻居的影响,总大笑特会,他的工作不那么顺利,老婆对他也是极尽不满和尖刻。雷米一直很努力地去做每一件事,他有一颗黄金般美好的心。他是工房区的警察,并且帮我也谋得了一个和他一样的职位。我常常拿着手电在工房区巡查,遇到了一些棘手的麻烦事。我总是心肠太软,对那些喝醉酒的家伙太宽容了。我不是当警察的料。在旧金山待了十个礼拜了,我每周挣五十五块钱,从中扣除四十块给姨妈汇去。除了在旧金山玩过的那一个晚上,其余的时间都是在棚屋里,伴随着雷米和李·安的争吵和在午夜的巡查中度过的。

　　我收拾好行李,从窗口爬出棚屋的时候,雷米和李·安还在睡梦中。我背着我的帆布袋离开了米尔市。我走到了奥克兰,在那搭了两次车到了贝克斯菲尔德。天很冷,又下起了雨,我想搭顺风车,可是没有哪一辆车愿意停下来。我只好买了去洛杉矶的车票。等车的时候,我邂逅了一个美丽可爱的墨西哥姑娘。我的心被刺痛了,每当遇到我钟爱的女孩子的时候,就会有这种感觉。她的名字叫特雷。她结过婚,并且生了一个男孩儿。她的娘家人住在葡萄园的棚屋里,靠摘葡萄维持生计。特雷的丈夫会揍她,于是她就想离开她的丈夫去纽约。我说我也许会陪她一起去纽约。我们聊天很默契,我浑身的每个细胞都在渴望着得到她。那晚我们一起住进了洛杉矶的旅馆。

· 292 ·

我和特雷在一起生活了十五天。我们决定一起去纽约。洛杉矶是一座凄凉的、毫无理性可言的城市，比起纽约来，洛杉矶更像是野蛮荒凉的丛林。尽管纽约的冬天冷得彻骨，但总能找到带有某种奇怪而温馨的情谊的地方。我和特雷开始忙着挣钱，为去纽约做准备。我们去好莱坞找工作，那里全都是希望寻找各种机会而成名的漂亮的男人和女人，我们一无所获，最后只剩下十块钱。我跟着特雷去了有色人种聚居的中央大道。这里的人们都很贫困。在这里搭不到去纽约的免费车，于是我们决定去贝克斯菲尔德找摘葡萄的活儿。我们的灵魂相互交融，爱使我和特雷紧密地结合在一起。在萨比纳尔，我们看到了特雷的哥哥利基、特雷的儿子约翰尼。我和特雷还有小约翰尼住在一家汽车旅馆里。在这段时间里，我和特雷最常说的一个词是"明天"，这是个能给人带来希望的词儿。为了不挨饿，我到田间打听到了一份摘棉花的活儿，摘一百磅棉花能挣三块钱。由于没有摘棉花的经验，我的速度甚至不及特雷和小约翰尼，我的手指也流血了。我有点儿瞧不起我自己。特雷总是能给我希望，让我打起精神来，我们过了一段平凡而幸福的生活。十月的夜晚已经很冷了，我们一无所有，不得不离开棉田。结束了摘棉花的工作，我决定回归到以前的生活了。

　　特雷终于可以回家了。特雷不想让我走，她说她可以挣钱养活我们。即将离开的时候，特雷给我送来了早饭，我对她说我要走了。我们最后一次凝望着彼此，我深深地感觉到爱情就像一场生死决斗。尽管我们都明白她去不了纽约的，我们还是相约在纽约见。这个秋天我向着纽约再一次上路了。搭车到了好莱坞，我的钱只够买去匹兹堡的车票。

　　我要回家。走出匹兹堡之后，我搭了两次车，到了哈里斯堡。经历了萨斯奎汉纳的幽灵之夜，我发现美国的荒野不仅仅在西部，东部也有。我感觉我快要饿死了。我搭上了一个认为保持饥饿状态有助于健康的变态的车，终于回到了纽约的家。十月份我又见到了我的姨妈，同时我开始想念迪安。他已经去了旧金山，和卡米尔一起生活。

我和迪安一年多没有见面,这一年里我一直待在家里写书并且准备继续求学。1948年的圣诞节迪安给我写信说,他又要来东部了。一天,迪安以最快的速度在新年之前来到弗吉尼亚的特斯塔门特找到了我。他的那辆哈得孙牌汽车上还有玛丽露和艾德·登克尔。我的亲戚们对这些莫名其妙而来的人都感到很惊讶。后来我知道迪安和卡米尔在旧金山生了一个可爱的女儿——艾米·莫里亚蒂,一天迪安突然去银行取出全部存款买了一辆哈得孙牌汽车,并对卡米尔说他要去纽约接萨尔回来。艾德·登克尔是和迪安一起被解雇的铁路工人,他和一个叫贾拉迪的姑娘结了婚。艾德和迪安一起上路,他们在到达弗吉尼亚前就花光了贾拉迪的钱,并且毫无愧疚之感地甩掉了贾拉迪。迪安开车到达新墨西哥州的拉斯克鲁塞斯时,突然很想去看看他的第一任妻子玛丽露。他开车去丹佛找到了玛丽露。迪安真正爱过的女人只有玛丽露,他跪下来求她和他重新在一起。于是,迪安、玛丽露、艾德一起上路了。

迪安疯疯癫癫的样子像是一朵绽放的怪异的花,而且是我那些南方亲戚所无法理解和接受的。迪安变得成熟了,当他愤怒的时候,眼睛里就会显出愤恨,而高兴的时候,脸上会出现欣喜的笑容。他想要告诉我很多事情,但是第一件事是去找卡洛。我的心又被迪安的疯狂煽动起来了,又要上路了。

我不知道迪安来找我的原因,以及我跟他一起上路的意义。我一直在寻找那个我想与她共度余生的女人。我跟迪安和玛丽露说,我在大学的时候爱上过一个叫露西尔的姑娘,曾经真心地想娶她为妻。我说最终我会结束在路上的旅行,找个可以寄放灵魂的女人,过上宁静的生活。那是一个悲哀而又欢乐的夜晚。我们在餐馆里洗盘子交换一个汉堡包。从旧金山到丹佛四千英里的路程,迪安只用了四天。我们的冒险才刚刚开始。

贾拉迪一直追寻着艾德,她真心地爱着艾德。她到了老布尔·李家,要他给我们打电话。接着,迪安也接到了一个电话,是可爱的卡米尔打来的。卡洛在两个小时后来和我们见面了。在回弗吉尼亚的路上，我和迪安第一次单独在一起彻夜聊天。迪安在描述他所看到的一切和所经历的一切的时候总是特别兴奋。他认定上帝是存在的，他说：

"一切都是顺其自然的，我们了解自己的国家，我可以随时去美国的任何一个地方，去寻找我们想要的东西。"迪安的思想在向着神秘主义发展，这是我没有想到的。

在回纽约的路上，迪安超速驾驶被警察开了罚单，我姨妈不得不替迪安付罚款，还编了一个谎。我的姨妈是个正派妇女。当我们谈到女人的时候，迪安说他渴望一种甜蜜而纯净的爱情，却得不到他爱的女人的理解。而我说不要责怪女人，因为我们根本不了解我们的女人。

1948年的新年夜里外面下了一场大雪。我、迪安还有艾德开始在曼哈顿市区寻找落脚地了。我的一个可怕的梦把我引向了对死亡的思考："死亡一定会在我们到达天堂之前追上我们的"。迪安说："这只不过是对死亡的单纯的向往罢了，人生只有一次。"

奇异的"疯狂之花"在我的那帮纽约朋友那里同样开放着，我的纽约朋友都对迪安欣赏有加。在一个盛大的舞会上，迪安和玛丽露跳了一支真爱之舞。露西尔看到我和迪安以及玛丽露在一起的时候非常不高兴，她觉得我会被他俩的疯狂传染。玛丽露对我说她要和我在一起，但我不想掺和进去，因为迪安爱玛丽露。而我也不会和露西尔有最好的结局，即使她能和她的丈夫离婚。我没有供她离婚的钱，而且露西尔根本就不了解我和我的混乱的思想。

这个新年聚会的每一个角落都充斥着人们的尖叫声和震耳欲聋的音乐。这里什么事情都会发生。我们发现了正扭动着身体、兴奋得说不出话来的罗洛·格雷布，迪安说他是最了不起的人，因为他永不止步，不达目的永不罢休。还没说完，迪安就拉着我匆匆去了鸟林酒吧，看望迪安眼里最伟大的爵士钢琴手乔治·西林。他是个与众不同的双目失明的英国人。随着西林弹奏出的像大海一样汹涌的音符,迪安敬畏地睁大眼睛,如痴如狂地叫嚷着,咒骂着。而我在一种缥缈中突然意识到这是我们抽大麻所导致的疯狂。

尽管我同意姨妈说的,我和迪安那帮人混在一起只是浪费时间。但是,我还是决定再同他们一起畅游西海岸。迪安要回旧金山找等待着他的妻子卡米尔。离开之前的日子我们是在卡洛的公寓里度过的。卡洛在一个写字楼里工作。他喜欢发表带有讽刺意味的演说:

"我想了解你们是些什么样的人。迪安,你为什么抛下卡米尔去招惹玛丽露?玛丽露,你作为女人,为什么这样到处乱跑?艾德·登克尔,你为什么把你的新婚妻子抛弃?萨尔,你把露西尔怎么了?"

卡洛经过了神圣的忧郁之后就形成了一种试图震慑人心的"石头之声"。

迪安突然红着脸要求我做一件对他非常重要的事:他让我和玛丽露上床。他想知道玛丽露同别的男人睡觉是什么样子。我感到很难为情。迪安出去后,我完成了迪安的请求。在这宁静的暗夜里,我不知道会发生什么。我出来,迪安回到玛丽露身边,肆意的发泄着自己的身体,达到一种不可救药的疯狂的状态。只有那些在监狱的铁窗后面,看了多年的色情图片,以及杂志上的美女的大腿和乳房的人,才会如此发狂地想要彻底找到生命的幸福之源。又到了该离开的时候了,向姨妈告别后,我们向着加利福尼亚出发了。

在旅行的途中,迪安如鱼得水般地掌控着汽车方向盘,汽车风驰电掣般地前行。迪安要求玛丽露到了旧金山后继续与他同居,尽管玛丽露想跟我在一起,但我知道他俩是不会分手的。接下来,由于艾德在驾驶汽车时超速,我们不得不缴纳了二十五块钱的罚款。迪安气得都想把那警察杀了,他极度憎恨那些随心所欲、人面兽心的警察。除了自我安慰,我们都无可奈何。我们不得不在路途中载一些徒步旅行的人或者流浪汉,收取一些小费。我们昼夜不停地驾驶着汽车,终于甩掉了冬天,到达了南方。墨西哥湾蔚蓝的海水突然地出现在我们眼前。第二天早上我们到了新奥尔良。汽车继续颠簸前行,密西西比河像一条巨蟒绕过阿尔及尔呼啸而下。到了老布尔·李的住处,贾拉迪终于见到了折磨她的人艾德。在这里,我们了解了老布尔·李的生平。我和迪安对新奥尔良欢乐的夜晚充满期待,而布尔却说新奥尔良是一个令人郁闷的城市。在酒吧的问题上,我们和老布尔的意见并不一致。老布尔答应带我们去新奥尔良酒吧观光。我们喝遍了所有沉闷的酒吧,午夜回家。玛丽露吸食了多种毒品,终于安静下来,迪安在卷大麻烟。多么可悲的美国之夜啊。

第二天一大早,迪安就在后院帮老布尔干活。天气很好,天空中飘着大片大片的白云,一阵阵微风从堤岸那边吹来,这一趟真是不虚此行啊。老布尔喜欢给我们讲故事。当他感到疲倦的时候,会静静地走到卧室里注射一剂毒品。他说这是给自己的生命注入活力。我们和登克尔夫妇在新奥尔良市区畅快淋漓地逛了一天,迪安那天喝醉了。我姨妈把我退伍军人的津贴寄到我手上的时候,我们又要准备出发了。

当汽车飞速地行驶,平原上的一切成为渐渐远去的小黑点的时候,围绕着我们的是什么呢?别离。但我们必须前行,迎接下一次的冒险。到了杜维威尔附近,我们突然发现了沼泽地。汽车在长着藤蔓的高出沼泽地的土路上飞快地行驶。在一个十字路口,因为堵车我们不得不停下来。这片繁茂阴冷的大森林里,传来了成千上万条毒蛇嘶嘶的叫声。玛丽露害怕极了,我和迪安狂笑着以驱走内心的恐惧,飞快地离开了那个恐怖的地方。我们永远无法读懂夜晚。

没过多久我们就到了德克萨斯州。途经博蒙特,直奔休斯顿,迪安开始讲他1947年在休斯顿的经历。在他精力快耗尽的时候,我开始驾驶汽车。这时下起了瓢泼大雨,车子陷在淤泥里。我们下车又抬又推,玛丽露踩油门,折腾了半个小时,我们浑身都溅满了泥水,湿透了。那年德克萨斯经历了有史以来最为恶劣的气候。我们实在没办法的时候,也从不在食物上多浪费一分钱,在一个食品杂货店我们自己动手填饱了肚子。之后,我们三个一丝不挂地坐在疾驶的汽车上。夜幕降临时,我们到了埃尔帕索。眼看着就要到达旧金山和西海岸了,我们因为身无分文而无法前行了。迪安下车去弄钱的时候,玛丽露抱着我,说迪安早晚都会甩了她,她想和我在一起。迪安笑着回来,跳进汽车,继续上路了。

我们的汽车接收了两个请求搭车的旅行者,迪安开车,熟练地展示着每一个技术动作,穿越了美得令人惊叹的圣华金山谷,到达了加利福尼亚。当汽车飞快地驶过萨比纳尔郊外时,我看到了我曾在里面生活过、工作过、恋爱过的帐篷。汽车到达旧金山时,迪安把我和玛丽露丢下,自己驾车去找卡米尔了。我们没有钱,不知道该去哪里找个落脚地。

我在旧金山度过了我生平中最窝囊的一个星期。迪安在哪里?那年我对他失望极了。而我又发现玛丽露对我并没有兴趣,我只不过是她同迪安加强联系的纽带而已。一天晚上,她跟着一个夜总会的老板跑了,剩我一个人徘徊在陌生的街头。我的精神有点恍惚。我终于明白只有坚定的心灵才能使那生与死的涟漪如铜镜一样平静。极度的饥饿让我产生了对食物的幻觉,这些幻觉成为了我对旧金山的幻想。

最终迪安还是回来救了我,他把我带到了卡米尔的公寓。与玛丽露相比,卡米尔是个有教养的好女人。迪安找到一份推销压力锅的工作,没有持续多久,他就开始联系下一份工作了。我不知道自己来旧金山是为了什么。卡米尔赶我走,迪安却没说什么,而他再一次找到了玛丽露。这是个悲伤的时刻,我买了回纽约的汽车票,我们相信我们以后再也不会见面了。

1949年春天,我成了孤孤单单一个人。我的身边没有一个朋友。我打算去丹佛安顿下来。回想1947年,我在拉里默街附近的水果批发市场干了一份我有生以来最辛苦的工作。步行在丹佛黑人区的街道上,我多么希望自己是个黑人或者是个墨西哥人,而不要再是现在这个理想破灭了的可怜的"白人"。这混乱不堪的街道以及街头上的流浪汉和漂亮姑娘,都让我想起迪安和玛丽露。那是个令人伤心欲绝的夜晚。后来,一个和我相好的有钱的姑娘资助我一百块钱,让我去旧金山。于是,我又乘车去了旧金山,敲开了迪安的家门。

迪安光着身子给我开门,见到我他很惊讶。我的到来使得卡米尔非常伤心,她知道迪安又会开始新的疯狂。迪安告诉我他这几个月的情况,我离开旧金山后不久,他就再一次迷恋上了玛丽露。他爱玛丽露,当他看到每晚她的床上躺着不同的男人的时候,简直要发疯了。他抽了过量的大麻,僵硬地躺在床上,脑袋里产生了神奇的幻象。当他看到玛丽露跟他一样出现幻象的时候,他知道他太爱她了,以至于他想开枪打死玛丽露,或者打死自己。后来,玛丽露嫁给了一个商人。最后一次见面那天,他打了她的头部,她没有受伤,而迪安的大拇指骨折了,还切除了一段指尖,情况越来越糟糕。他和卡米尔在一起度过了几个月的安稳日子,他在家看孩子,卡米尔出去工作。拇指的受伤是迪安思想发展的最后阶段,他不再像以前一样对任何事情都不关心,他关心世界上的一切,却对这个世界无能为力。

次日早晨,我和迪安被卡米尔赶出了门,卡米尔骂迪安是骗子。我把我身上的钱掏出来给迪安看,提议我们一起去纽约,然后再去意大利。当迪安领悟到我为他所做的一切的那一刻,我们的友谊生根了。

我和迪安决定永远做好朋友,不离不弃。去丹佛之前我们在旧金山快活了两天。我们去找贾拉迪·登克尔解决住宿问题的时候,知道了艾德又离开了她。那天贾拉迪当着大家的面狠狠地数落了迪安一番:

"你这个十足的混蛋,为什么要抛弃卡米尔?这么多年来你干了多少坏事,你是个毫无责任感的坏蛋;你从来都不关心别人,你从来都没有想过生活是严肃的,你只考虑你裤裆里的玩意,整天干些愚蠢至极的事情。"贾拉迪代表整个房间的人诅咒迪安:死得越早越好。

迪安一句话都没有说,只是呵呵傻笑着。我突然感觉到眼前这个干了那么多坏事的男人即将成为神圣的傻瓜,人群中的圣徒。只有我了解真实的迪安,我走到迪安身旁对大家说:

"这个人也有烦恼,但他从不抱怨。"

在那个狼狈的夜晚,迪安一言不发,他被彻底打垮了。他静默地注视着门口外的街道,脑海中再也没有痛苦、悲哀、自责,只剩单纯的生命狂欢。我们在旧金山度过了一个疯狂的夜晚,又到了离开的时刻。

我们搭上了一个同性恋者开的汽车,奔向萨克拉门托。我和迪安坐在后座上尽情地聊天,我们灵魂深处的狂热和兴奋全部释放出来,汽车也随着我们的摇摆而有节奏的晃动着。我们聊小时候的故事,谈论时间的意义。到了萨克拉门托,同性恋者同意迪安驾驶他的汽车,于是我们开始了真正意义的旅行。

迪安握着方向盘,车子风驰电掣般地穿越了内华达沙漠,后座的两个旅行者吓得魂飞魄散。穿过了伯绍德隘口,汽车顺着山势滑行,我们终于到达了迪安的家乡——丹佛平原。我们下了车,望着堆放在人行道上的破旧的行李箱,我们知道我们还有很长的路要走,也许道路就是生活。

在丹佛,我和迪安常常因为一些小事争吵,我灵魂中的恶开始出来作怪。那次迪安说他哭了,而我却认定他死都不会哭。我们去我两周前在丹佛的邻居——流动工人家投宿。这家的女主人被叫做弗兰吉,有三个女儿。她对迪安有好感,因为迪安疯疯癫癫的样子很像她离家出走的丈夫。这次来丹佛迪安找到了他的表哥山姆·布雷迪,迪安因自己找到了家人而喜出望外。迪安告诉我,小时候他最崇拜的英雄就是山姆表哥,家里只有表哥最关心他。而三十五岁的山姆早已不是从前那个镇上最出名的威士忌酒鬼了,他加入了教会,他不想再与家族有任何关系,包括迪安。

我们在弗兰吉家里喝酒，迪安看上了玉米地那头住着的一个姑娘，不断地出去朝小姑娘的窗口扔石子、吹口哨。结果姑娘的母亲气冲冲地拿着一杆猎枪追出来，我过去说了些好话，保证迪安不会再去打扰他们。局面才平静下来。迪安又开始玩偷汽车的游戏了，偷了一辆车冲出去玩几个小时，回来又换了一辆新的。迪安又恢复了往日的疯狂。警察开始追查偷车贼，我们不得不立刻离开这里了。

我们叫了一辆出租车，告别了弗兰吉一家。在旅行社里，我们找到了一个可以开凯迪拉克去芝加哥的机会。车主人太累了，开到这里后，和家人一起换乘了火车。迪安异常地兴奋。迪安迫不及待地驾驶着这辆高级轿车以每小时超出一百一十迈的速度出发了。后座上坐着两个耶稣会学校的学生，我们以最快的速度离开了丹佛，我为此感到高兴。迪安与一个叫贝弗利的女孩相约在纽约见面，他打算同卡米尔离婚后同这个姑娘结婚。迪安开得太快了，终于出了问题，我们的车子陷进了沟里。迪安下车去找附近的农民帮忙的时候，我们见到了一个我们见过的最漂亮的姑娘。之后我们驶入了艾德·沃尔牧场，在这我们吃了美味的冰激凌和一些奶油食物，艾德·沃尔像山姆一样不信任迪安。迪安急于在明晚之前到达芝加哥，于是我们又上路了。

一路飞驰，迪安想使劲挤时间争取能在芝加哥逗留一个晚上。迪安告诉我他年轻的时候曾为了看一场传统赛车而蹲监狱的事情，还有他为了看一场棒球赛而大费周章，沿街乞讨的经历。1944年他在洛杉矶被囚在一间最恶劣的监狱里。最后他越狱了，爬过了山林，趟过了沼泽地，到了洛杉矶，改名换姓，实现了生命中最艰苦的逃亡。

一觉醒来，我们已经到了衣阿华州。迪安开得飞快，简直不要命了。迪安决心天黑之前赶到芝加哥。路上有两个流浪汉搭乘我们的车，迪安驾驶着凯迪拉克在公路上挤挤插插、左弯右拐，一直保持着一百一十迈的速度。从丹佛到芝加哥，一千一百八十英里路，迪安一个人驾驶只花了十七个小时，迪安创造了一个新的疯狂记录。

我们在芝加哥度过了一个非常精彩的夜晚。走在灯红酒绿的北克拉克街上，一切都那么怪诞而又活力四射。我们开着破如烂泥靴的凯迪拉克，到大街上找女人。在一家酒吧里，我们又欣赏到了狂野的波普爵士乐，但是听过了乔治·西林的演奏，别的就不值得再去听了。最后我们把面目全非的凯迪拉克还给他的主人，就慌忙搭乘一辆公共汽车逃到了市中心。

我们搭车到了底特律。天太冷，我们只好在贫民区的通宵电影院里待了一夜。看了两部片子，人生何尝不是一场电影？我们在老俄亥俄继续向前走，第二天清晨，我们到达了纽约时代广场。旅行结束了，我们回到我姨妈的住所，姨妈只允许迪安在这里待几天。一天晚上我在纽约参加聚会的时候认识了一个叫依内兹的姑娘，我把她介绍给了迪安。几个月后依内兹生了一个孩子。卡米尔也生下了迪安的两个孩子，加上西部的一个私生子，迪安成了四个孩子的父亲，可他除了无穷尽的烦恼、狂热、永不止步的旅行外，一无所有。

新泽西的春天在召唤着我，我同迪安告别，离开了纽约。迪安在一个停车场找了一份工作，他和依内兹住在一个条件不错的公寓里，依内兹很爱迪安，不限制他做任何事情。有一晚，迪安和我聊天，他不希望我离开纽约，纽约只是一个暂时的旅行地，他的家乡在旧金山。他问我的道路在哪里，"那条在任何地方给任何人走的任何道路到底在什么地方，怎么走？"他的谈话竟趋向了道家学说。

迪安第一次收到了关在西雅图监狱里的父亲的信，迪安第一次跟我说他还有一个妹妹。他希望把他的父亲和妹妹接到纽约来。和迪安的最后一次见面是在我姨妈家，我告诫他不能再在全国各地到处生孩子了，他们都是没有依靠的小可怜儿。我还告诉他我最大的愿望是能和我们的家人一起住在同一条街道上直到终老。迪安问我知不知道玛丽露已经怀了那个旧金山商人的孩子。我们的子女将来会如何想象我们现在这种混乱的生活？一切都是没有结束，也没有开始的虚空。告别了迪安，我还有很长的路要自己走。

我乘上了去华盛顿的公共汽车,一路向西。途中尽情享受那如诗一样的美景。走到印第安纳州的时候,一个叫亨利·格拉斯的小伙子也上了车,他刚从监狱里出来,要去科罗拉多投奔他的哥嫂。到了丹佛,我陪他一起去处理了监狱里的衣服,换上了新衣。我打电话找到了在丹佛的朋友蒂姆·格雷,还认识了一个新朋友斯坦·谢泼德。我们三个一起在酒吧消磨了很多美好的时光。我和斯坦准备说服蒂姆和我们一起去墨西哥,这时,迪安正开着新买的汽车朝着我所在的方向疾驰。

罗伊·约翰逊带着他的妻子多萝西,艾德和贾拉迪都回到了丹佛。在一个阳光灿烂的下午,我和迪安又见面了。迪安听说我要去墨西哥之后就以去墨西哥办离婚手续便宜为由离开了依内兹。我们在丹佛玩了几天,处理好了其他事情,就与蒂姆说再见了,黄昏时候,我们的车子开始向着科罗拉多州驶去。

科罗拉多州的甲虫非常猖狂,在那个凄凉的夜晚,我们决定每个人各讲一段自己的经历。再一次经过得克萨斯州的时候,我和迪安都回忆起了往事。我们在圣安东尼奥待了两个小时,继续朝墨西哥行进着。在一个漆黑的夜里,当我们闻到了一股浓浓的玉米饼的糊焦味的时候,我们意识到我们到了墨西哥。

入境时,同墨西哥警察一番周折之后,我们的汽车终于驶进了墨西哥。我和迪安都认为这是一个了不起的地方。我在墨西哥城与那要命的气候战斗着,我们看到墨西哥城的印第安人,了解了一些墨西哥人的生活风俗。后来我得了痢疾,病倒了。这时,卡米尔同意和迪安离婚了,迪安决定回纽约找依内兹。他抛弃了正在发高烧的我,一个人驾车消失在黑夜里。

迪安回到纽约同依内兹结婚后,再一次穿越美国大陆,到旧金山和卡米尔以及两个小女儿生活在一起。我从墨西哥挣扎着回到了纽约。我与一个清纯可爱的姑娘相爱了,我们打算去旧金山定居。我把这个想法告诉了迪安。迪安突然赶来,准备开车载我们回去。我问起卡米尔和依内兹的情况,迪安打算把依内兹接到旧金山,让她住在另一个镇上。依内兹当然没有同意。卡米尔是最忠诚、最了解迪安的,她愿意等他。

迪安准备去宾夕法尼亚火车站,开始下一次横跨美国大陆的旅行。他想搭我们的车去市中心,结果我的朋友不同意,我坐在凯迪拉克的后座上与迪安挥手告别,他穿着一件破旧的大衣消失在寒冷的大街上。这就是我和迪安最后一次见面的情景,多么悲哀。当我把迪安的故事讲到这里的时候,我的好姑娘劳拉眼里已经噙满了泪水。

太阳落山了,我坐在河边,望着满天星辰,我想起了那条没完没了的路,想起了西海岸广阔的原始地貌,想起了迪安·莫里亚蒂……

这问题真他妈的幼稚。谁不想好好学习呢?但关键是,有许多事情你无法预知。